世界文學
經典名作

紅寶石之歌

SANGEN OM DEN RØDE RUBIN

AGNER MICKLER

阿格納・米克勒 著

裴顯亞 譯

關於本書

艾許・布勒弗特，一個挪威小鎮的年輕人，滿腦子對社會主義充滿了憧憬與抱負，於是向銀行申請二千克朗的助學貸款，跑到大都會奧斯陸來上大學、唸經濟，以尋求自己未來的出路。

在艾許身上，我們彷彿看到了赫塞《徬徨少年時》掌下的辛克萊身處於兩個世界，一個充滿了愛與智慧，一個墮落與詛咒，兩個世界完全迴異彼此分隔，卻又緊密相鄰……雖說人不輕狂枉少年，但不斷與年長的婦人、年輕的姑娘發生過多的情色愛慾，最後還是流於過盡千帆皆不是！沒有眞愛，就必須拋棄對女性肉體的迷戀、對社會主義盲目的狂熱……尋找出屬於自己人生中的紅寶石！

於是，在他遇見艾卜拉之後，他的心智開始從青澀、對未來的茫然與不確定性中走了出來，尤其是他對艾卜拉的愛，得到了她的首肯之後，他終於撥雲見日般地明白告訴自己：

「此刻，他才明白社會主義只不過是個妄想，任何一個理想的大廈，都會在生命最深處的守護神——愛情——的面前倒塌！」終於，他看清了自己，並且去了解愛與被愛……

《紅寶石之歌》出版之後命運有點坎坷，因爲本書相當眞實地把那一代的年輕人情慾的掙扎，有了相當深刻的描述。因此，引來了社會的批判與指責！不過，最後文學的純粹本質還是得到了公平的伸張，並爲社會各階層肯定。那些年間，幾乎挪威、歐洲的年輕人都爭相走告、人手一冊，這就是社會給《紅寶石之歌》最公平的審判吧！

譯者前言

一九五七年初到一九五八年五月，奧斯陸市法庭及挪威最高法院對《紅寶石之歌》公案做了審判。訴訟過程中，邀請了一些名教授、名作家、精神科醫生、神學家、出版商、內科大夫和一些來自北歐其它國家的文學評論專家出席，請他們做了文學、歷史及哲學方面的深刻分析。法庭上擠滿了觀衆，報界對審判做了極全面的報導，使其成爲挪威當代最轟動、最緊張的案子。

三十年後的今天，聽說我準備譯這本書，挪威國家廣播電視臺提出要就此對我進行採訪。我接到這家公司駐北京代表的電話，並說十分鐘後就到達我住宅時，心裡不免有些犯嘀咕。採訪仍然是老調重彈：該書是有價值的文學作品呢？還是誨淫書籍？我未加掩飾地向記者說明了自己的觀點——《紅寶石之歌》的文學價值很高，儘管書中難以避免地出現了些性描寫，有些地方甚至還很具體；但米克勒的敘述天才、表現人和事的將溫情和狂熱渾爲一體的手法，及流暢優美善於抒發的文字等，都是非一流作家可以匹敵的！

採訪錄音實況在挪威國家廣播電臺播出後的個把禮拜，電臺的駐北京記者向我轉達了阿格納·米克勒的感謝，感謝我能理解他這部書的宗旨，並把它譯介到中國。同時，他還帶給我一個訊息：出於維護作品的嚴肅性，作者只承認兩種英譯本裡美國的全譯本，請我能注意到這個事實。這是我以戲劇性的辦法得到 Barrie and Rockliff 版孤本複製品半年以後的事了，不久，我就收到了米克勒的出版商寄來的 Dell Publishing 英文全譯本。

事實上，米克勒在《紅寶石之歌》的卷首就忠告人們：「此書應當讀上兩遍，它還包含著一個啓示。」我在細讀這部書的英文本、直到動筆翻譯及在翻譯過程中與挪威語原文查對時，從未敢忘懷這一忠告。誠然，書中出現一些性描寫，但作者不是爲寫性而寫性，而是因爲那是逼眞的生活，逼眞的年輕人的生活，且那些章節不僅不淫穢，還具有勞倫斯同樣的功力和優美。

那些表現出來的情欲，要麼出自年輕人的空虛無聊，要麼出自他們的青春蠢動，要麼出自他們不負責任的惡習。書中的主人公「昨天剛會了威赫爾米妮，現在又有希望得到康斯坦絲，他又想佔有那個黃頭髮蘋果臉蛋的姑娘」。連他自己都覺得「有些不正常，都有點想哭出來了。」但「只過了一小會兒，他的決心又軟下來，頭又暈乎了……」又想到了「同類之間的遭遇戰，我們將在被窩裡把對方吸乾。」這種現象古今中外皆然。大凡碰壁多的人，都往往從殘酷的現實中受到教訓，在浪費了那麼多精力，深深地受了良心的譴責之後，他找到了愛的所在，於是，作者也就完成了自己的使命。

在故事有了頭緒之後，作者在一段自白中說道：「我過去認爲，肉體上的滿足就是一切，現在我明白了，那只是很初步的東西。今晚我才踏上了聖潔的土地。」儘管這樣的小插曲未免顯得過於謹愼了些，但那青年畢竟找到了愛情的紅寶石，他終究踏上了聖潔的土地。

由於工作的特殊性，使我和挪威朋友朝夕相處，能接觸這個民族多種類型、多種層次的人，這就給我提供了許多和他們探討《紅寶石之歌》的機會。因爲一個多世紀以來，在性領域中發生的自由化總趨勢，西方年輕人自身在這方面的經歷以及受這種文化的影響，遠遠要超出米克勒在書中的那些描寫；有關這方面的章節和文字，早已不足以使他們驚訝和給他們刺激，在他們還不懂得愛情或還未發現書中的那個「啓示」時，他們只是說「那書很有趣」，如此而已。

他們不明白當時的一些人爲什麼說它是猥褻文字，我碰到的好幾個不同專業的男女大學生都持類似的觀點。三十五歲以上的中年人，大多往冷靜、較全面地評價這本書，他們認爲從中可以懂得人生的眞諦，消除年輕人在愛情方面的幼稚和無知，從而使他們變得成熟起來，這也正是此書的價值所在。「不能讓餓狼們總那麼肆無忌憚，毫無收斂，他們必須得馴化一下才好！」一位在中國學習的挪威女醫生開玩笑地說。而她認爲《紅寶石之歌》這部具有文學價值的小說，就是馴化這些年輕人的最好工具。從五十年代走過來的挪威老一代的人，對三十年前的那場爭論雖然記憶猶新，但他們似乎再也不願挑起這個令人厭倦了的話題。即使是那時候反對這本書的人，現在也希望它不了了之，儘管他們和朋友提及這本書的時候，還不好意思地稱它是「床頭書」。你若問到一些上了歲數懂文學的人，他們會很富有感情色彩地說：「啊！當然是純文學著作，那些信口雌黃的說法，是出自宗教界人士和政治家們之口！」

隨著時光的流逝，再願提起那段歷史的人已很少了，而《紅寶石之歌》在這期間卻重印了二十一版之多，不同層次的讀者都爭相購買此書，使得這部書連年走紅，而且作者也名望大增。

阿．米克勒是一位非常嚴肅的作家。據悉在他的《紅寶石之歌》經歷過那難忘的一年之後，他沒再向世人展示過什麼新的作品；他不是不願再在文學的道路上跋涉，而是覺得出手的東西再沒超過《紅寶石之歌》了！

《紅寶石之歌》公案

一九五七年二月末的一天，奧斯陸警察局公共道德部的一名警官，來到吉羅丹達爾出版公司哈拉德．格里格先生辦公室的外屋。格里格當時很忙，請這位官員以後再來。但那人無論如何打發不走。事實上，他是去通知哈拉德．格里格先生和作家阿格納．米克勒共同被指控違反了挪威刑法B款第二一一條。此條款規定對任何一個「印刷、出賣、展出或透過別的途徑去散發誨淫文學、畫冊及此類出版物，或者同如此類罪行的附屬品」，都應判處兩年徒刑做爲懲罰。對格里格先生的指控，是基於他作爲吉羅丹達爾出版公司的總經理，出版了米克勒的小說《Sangen om denrøde rubin》（紅寶石之歌）；而對米克勒的指控，是因爲他寫了此書並將它交付出版。

格里格和米克勒案件，比任何以往挪威的起訴，都要引起公衆的興趣。在過去的七十年裡，還沒有檢察官因爲誨淫而起訴過一篇文學作品。從大範圍來講——首先是文學界——人們相信，由於對此案拖拖拉拉的緣故，再不會對有文學價值作品的所謂誨淫的指控採取什麼行動了。基於這一點和人們對新聞及文學出版自由認可的常識，對格里格和米克勒的指控，遭到了很多人的強烈譴責。但是也有很多人主張，在追求藝術的同時，作家有責任約束自己，不要讓普通人在道義上和莊嚴方面的感情受到傷害。

但是，最初從原則上講，並不是作家創作自由問題引起的這場風暴，使之在挪威的每日新聞裡圍繞《紅寶石之歌》和法庭叫喊了一年之久。從一九五七年年初到一九五八年五月最高法院審判的這段期間，在挪威報界千萬次提及這個爭論的原因，主要是米克勒對性關係的描寫和那種罕見的程度，超出了不少不同個人背景、不同社會環境、不同宗教態度及不同人生觀的非理性勢力的反應。因此，那些爭論漸漸變得感情用事，僅僅是貌似講理。有厭惡的，有熱情支持的，仁者見仁，智者見智。然而，報界的討論，恰恰集中在法庭必須要決定的那些問題上——這件事，由於關係到藐視法庭的一些條例，在許多國家都是難以想像的。

阿格納·米克勒是在一九五六年八月將《紅寶石之歌》的手稿交給格里格的。公司的第一位讀者小說家S·霍埃爾和格里格先生都極稱讚這本書，包括性描寫。於是草擬了一個普通的出版合約。《紅寶石之歌》在一九五六年十月底在挪威各書店上市。第一版印了四千冊。

接下去的那一段時間，一直到一九五六年十二月中旬，報界對米克勒的小說評論都還正常。總而言之，那些評論都是冷靜和眞實的。多數評論家對這本書都是讚揚的，尤其強調米克勒的偉大敘述天才，他的詳述能力——已經是得到認可了的——和那種表現人和事的將溫情和狂熱渾爲一體的手法。但是甚至最熱心的批評家，也認爲米克勒在書中塞進了過多的性描寫細節，結果總的印象受到了損害。

但是，稱讚這本書的評論家們，在這個領域裡絕對不是唯一的觀點。也有一篇接一篇的評論文章，說這本書是不道德的、獸性的、黃色的和猥褻的。這本書的文學價値或作家具有的天才，常常因爲道義上的聲討而置於不顧。儘管如此，還是有確屬第一流的文學批評家讚揚這本書。

在有些方面，說《紅寶石之歌》是本所謂的「圖解小說」。在那裡面，米克勒對他的男女主人公用了活的、辨認得出的模特兒，性描寫方面也是這樣。在報界的辯論中和在奧斯陸市法庭的審判中，這個論點都起很重要的作用。但是米克勒從未因誹謗性的私生活透露而被起訴過。

在挪威，有很多的公共圖書館——即所謂的「民間圖書館」。挪威教育和宗教事務部（kirkedepartementet）提名組成了一個永久的六人委員會，做爲這些圖書館的顧問團。這個委員會的推薦自然是非常全面的；有地位的挪威出版公司出版的挪威小說，在非常例外的情況下，才被排斥在這種推薦之外。

但是，當這個委員會的推薦名單在一九五七年初出現時，《紅寶石之歌》卻沒有被包括在內。這個名單把米克勒的書排斥在外，以及與此同時，有幾家民間圖書館出於道義原因已經把這本書排斥在外的事實，引起了報界的強烈反應，不少人主張在許多方面要實行道義方面的審議。

報界的大量報導和這個懸案引起的轟動一時的事件，一下子打亂了吉羅丹達爾出版公司對《紅寶石之歌》預先統計的銷售量。到聖誕節的時候，總銷售量達到一萬冊，到一九五七年十月十一日，已賣掉了七萬五千冊。對於一本挪威小說來說，這是個不尋常的數字。此外，在瑞典和丹麥，《紅寶石之歌》的譯本也相繼問世，在那裡，這本書的銷路也很好。

由於首席檢察官挑起的行動，給這本書帶來了很大的名氣，使其銷路意外的好，所以格里格和米克勒一九五七年三月時，決定將此書在法律行動開始之後得到的純利潤設立一個圖書館基金，其目的「將日後決定」。

一九五七年四月二十九日，奉首席檢察官之命，（Riksadvokaten）檢察員草擬了控告書。阿格納·米克勒和哈拉德被控告「印刷和極力擴散了」好幾版《紅寶石之歌》，「鑒於全書有相當幾部分都由相當尖端的性行爲描寫所支配，諸如玩弄和舌舔性器官，有關女性的性交動作，和強調生殖器細節，和個人特點等情景和她們的反應……」它誨淫是必定無疑的。在控告書裡，檢察員號召人們要懲罰他們，根據法律，要把他們判刑。書銷售的收入應該沒收，其中米克勒十五萬克朗（七五〇〇英鎊），吉羅丹達爾公司九萬克朗（四五〇〇英鎊），尚未售出的書也全部沒收。在市法庭判案子的時候，要求沒收的款額分別提高到二十萬克朗（一〇〇〇〇英鎊）和十五萬二千克朗（七六〇〇英鎊）。

奧斯陸市法庭審判此案，是從一九五七年九月十六日開始的，到那個月三十日才結束。整個訴訟過程中，法庭上擠滿了觀衆，報界對審判做了極全面的報導。案子是在挪威當代從未有過的轟動和緊張氣氛中進行的，大概只有審吉斯林（Quisling）的案子例外。

根據法律，這本書總的說是誨淫的。因此，控告書中所提到的章節，必須得和此書其它部分的內容一起評價。法庭的頭三天——原告的辯護人R·A·立耶克勒斯先生作了簡短的開場白之後——其它都花在閱讀《紅寶石之歌》。接著是提證據，這一程式差不多延續了四天，無論在挪威法庭上還是外國法庭上，這都是無可相比的文化探討。除了阿格納·米克勒，哈拉德·格里格和法朗西斯·布爾（吉羅丹達爾公司董事長和奧斯陸大學文學教授），一些著名作家、精神科醫生、神學家、出版商、內科醫生，和來自挪威、丹麥和瑞典的批評家被召集在一起。他們詳述了自己對藝術和道德關係的看法，詳述了自己對藝術自由和保護莊重和道德不受極端小說傷害的必要界線的看法，詳述了米克勒著作的文學質量及其它方面的東西，那種可能對文學的不利影響和其它一些有關這些主要問題的疑難。這裡面的一些證人，提出了深刻的文學、歷史或哲學的分析。絕大多數的證人都認爲，從文學角度而言，米克勒的這本書質量很高。他們還以爲就這點而言，這書就不可能是猥褻的。他們還指出，這樣的定罪將會帶來不可彌補的損失，作家們將要在壓力下工作，這對他們的創作靈感會極有害的。此外出版公司將要被迫採取一些預防措施，以致使有價值的挪威文學和外國文學面臨在挪威找不到出版的前景。多數證人同時也反對這樣的觀點：即藝術質量高的作品會因詳細的性描寫，而對一種類型或多種的讀者產生有害的影響。

原告的證人——兩個神學家、一個觀念歷史學教授、一個精神病大夫——認爲《紅寶石之歌》觸犯了普通人的莊重感情，使他們產生有害的性興奮效果，尤其是對於年輕讀者。據說，米克勒在書中超越了一些體面的界限，而這些界限又是任何體面人都必須遵守的；就這方面而言，書中出現的那些性過度的詳細描寫，是越過了這些界限。

在處理這個案子的時候，被告的兩個辯護人Ｋ·布羅姆先生和Ｊ·Ｂ·赫約爾特先生，把他們的部分辯論，立基於對挪威和其他國家大量文學作品的調查，以便證明在實踐中，文學創作是有相當的自由去描寫性關係的。另外，被告和原告雙方，還好多次激烈地爭論憲法裡爲新聞自由制定的條款，和以歷史根源、歷史評價、法律草案及外國法律慣例爲基礎的對「猥褻文字」這個詞的解釋；同時，也提及在前七十年這方面起訴的不活躍，和那種一個世紀以來，在性領域中發生的自由化的總進程。被告的辯護人提出的一些主要問題之一便是，《紅寶石之歌》的文學質量是經過複審通過了的，也是由絕大多數證人肯定下來的，所以法庭必須對這個專家的意見給予應有和足夠的重視，而根本不用考慮這書是不是猥褻。

奧斯陸市法庭的判決是在一九五七年十月十日做出的。總結了被告提出的一些問題後，法庭用介紹的方式說，從原則上講，挪威法律是不用法律手段阻止宣判有藝術價值的小說有罪的，假若它們眞是誨淫作品的話。

判決中的要點便是：就猥褻文字而言，值得保護的道德感和莊重感還是需要的，特別是許多評論家強調，有些情況下還批評了書中過分的性描寫。法庭裁決米克勒的這本書確實超出了容許的界限，並必須判決它是部誨淫作品。但是由於法庭覺得，假若他們表現得有誠意的話，他們是可以得到諒解的，於是宣判了格里格和米克勒無罪，但是判決吉羅丹達爾公司未售出的《紅寶石之歌》必須得全部沒收。這個判決，立即被吉羅丹達爾公司上訴到最高法庭。

在最高法庭處理這個上訴的時候，由於該案提出了一個原則問題，所以有十五個法官聽了此案；而一般情況五人聽就行。並且這個案子是由檢察總長（Riksadvokaten）A．奧利葉親自主持。此案延續了一個半禮拜。

最高法庭的判決於一九五八年五月九日以十二票對三票通過。吉羅丹達爾公司被宣判無罪，多數法官認爲《紅寶石之歌》不屬誨淫，儘管對此案還存在著重大的懷疑。這個原來僅僅是關係到米克勒這本書是不是誨淫的問題，實際上在法律這個特殊領域裡，從原則上提供了相當的指導意義。

判決剛一開始，最高法庭的態度就很清楚：憲法規定的言論自由，並不排斥裁決一部文學作品是否誨淫的可能性。另一方面，憲法也認爲言論自由的意思是：一個作家必須「擁有把他的思想用文學方式作藝術表現的充分自由！」和市法庭一樣，最高法庭也做出裁決：文學專家不允許決定——就法庭而言必須得這樣——一本書是否有文學價值，或書中的性描寫是否非得成爲實現它藝術目的必須部分。根據刑法條款的規定，一本書誨淫到什麼程度或者是不是誨淫，這得由法庭來決定。一本書的文學價值本身，並不足以開脫它的猥褻文字。

談到具體問題——米克勒的這本書是不是一篇猥褻文字——最高法庭宣判它無罪是基於這樣的考慮：即言論自由「在這方面也是如此的必不可少，以致在劃分這條界限的時候一定要特別小心，以免使它成爲嚴肅藝術家作品裡的絆腳石」。因爲這個原因，對印刷品採取懲罰的做法應該「要減到最小限度」。接著，最高法庭的多數法官強調了這些年來性問題的自由化發展，並且還提到好幾部小說，包括D·H·勞倫斯的《查泰萊夫人的情人》。

經過這些初步的觀察，最高法庭聲明，把一部文學作品僅僅因爲能引起和已經引起許多人心中的厭惡或傷害了莊重的感覺，是不足以說成爲誨淫的。這樣的裁決必然會成爲眞正的罪過，即使《紅寶石之歌》在性描寫方面的數量和種類都達到了驚人的地步，最高法庭的多數法官還是做出了這樣的裁決：憲法裡「出版自由」條款的精神和思想必須導致它無罪。

隨著最高法庭的判決，十八個月的轟動、論戰、辯論結束了，廣大讀者對誨淫小說這個問題的興趣也結束了。

目錄

時代要查我的通行證，要看我的手印；
而我卻生性隱秘。
時代搜尋了我；
但並沒找到我的痛苦。

未來的青年會耕耘大地嗎？
我們並不都想得到那些死氣沉沉的行星，
我們共同渴望的是徹底的理解。

此書應當讀上兩遍，
它還包含著一個啓示。

〈作者自題〉

1 有白天鵝的公園

在平靜無人的春夜，你從街道走向公園，站在公園大鐵門前舉手撥開那個大大的舊銅門閂的時候，你會覺得心裡有些堵得慌。

這也許是因爲夜的緣故，也許是因爲夜是一種不太尋常的時光。你像個有經驗的小偷兒一樣，神不知鬼不覺地一轉，匆匆地向街道遠處的那些房子看了一眼。那些房子都已熟睡了。成千上百的窗戶都拉上了簾子，什麼也看不見。這座城市入睡了。

也許因爲你要去的地方過於僻靜。此刻，一個無人的公園使你模模糊糊地有種神秘的感覺，像犯罪的感覺。在我們的童年和青年時代，我們都在公園裡做過些趣事。我們做那些趣事，是在春天，是在黃昏，是在黑夜，是在空氣裡充滿了泥土和樹木氣息的時候。

或許，是因爲對公園有一種不可寬恕並難以改變的看法：一旦進去了，你要有驅邪術，要有決心，甚至要受到懲罰才出得來。當然，公園總是會有平靜的閃爍著光彩的綠洲；不過，那只是從外往裡看的時候。當你走進去的時候，你就會發現那綠洲有一個高高的鐵籬笆圍著，你就會被關起來。搖曳的柳枝把這個綠洲變成了牢房。你去那裡是爲了要迫使自己赴約或做出什麼決策嗎？黑夜在細細地注視著你，並將告訴人們你安的是什麼心。對黑夜的這種做法，每個人都會膽戰心驚，你也總會在春夜站在寥無人影的公園門前覺得心裡堵得慌。

但是，最主要還因爲你是個學生，你已二十三歲；因爲春季狂歡會剛結束；因爲你心中仍然繚繞著《歌唱學生的愉快生活》的旋律；因爲男低音們唱過《我們的心中不曾有過風暴》，並使你覺得有些邪門；因爲你熱愛眞理；因爲此時此刻是清晨兩點；因爲這是一個溫和的、絲綢般的春夜；因爲你和那個你終生都在尋找並且剛才還陪你跳舞的年輕姑娘站在那裡；因爲你問過她是否願意上公園走走，而且她說了願意；因爲你是個靦腆的青年；因爲你在這世上最欽佩最崇拜這位年輕姑娘；因爲你從不敢在她面前流露出一點你內心深處的感情和奢望；因爲她是天使，你只是個騎手；因爲你希望公園裡將發生奇蹟，你將有勇氣向她表白。你會意識到，假若奇蹟發生，假若她也分享了你的感情，你還不知道會如何地高興呢！

我們當中的任何人都經得起痛苦的折磨，但只有強者才不至於在順境中倒下。

五月的夜，五月的夜！

春天來到挪威的時候，人們心中流著融去寒冰的淚。那是一種不屈的、時有時無的、深深打動人心的快樂，像是凍結了的河流解凍一樣。在我們國家，春天是那樣的強烈，那樣的無情。我們不僅能看見它、聞見它，還能聽見它。它在我們耳邊輕輕私語、潺潺作聲、悄悄訴說；融化的冰水從屋簷上、樹枝上滴下來；小溪輕輕地唱，洶湧的河流在咆哮；春風噓噓，路邊跳繩的小姑娘們繩子打在地面啪啪直響；春之歌出自小鳥的歌喉，出自輕脆的自行車轉鈴聲；發芽的小草道出了春意，陳年的落葉下掀出了春芽；春天從黑油油的田地裡破土而出，在植物的莖幹、樹木的枝葉和人們的肢體裡快速地生長著：乳液和漿汁，鮮血和精華。春天像一隻巨大的花貓熟睡在大地的懷抱，十分得意它那聲音不高但卻威嚴的歌聲。現在這隻大貓醒過來了，伸展著腰身。

春天是希望；但首先，是要求。春天是一種全然的、叫人難以相信的、令人悲痛的要求。因爲，有誰能把就要臨近的歲末變成莊嚴的一年之際的春天呢？春天是對我們提出的要求，而我們都明白我們將會令人失望。所以春天才那麼無情，所以人們在春天心中才流著淚。

鐵籬笆的頂端，像磨平了的矛頭指向泛著微光的夜空。他們去往公園的路上還在想，這種時候公園的門還會開嗎？他們好像記得，公園晚上一般都是關著的。

他把手伸向銅門閂，轉了一下，使勁兒一拉。門開了。瞬間，他覺那鐵門重得嚇人。門吱呀一聲開了，兩人同時打了個寒噤。他仍屏著氣，在寂靜中站了半天。他們互相看了一眼。他拉著門，請她先進。她向他投去快活的一笑，但看得出來，她是累了。這時是凌晨兩點，昨天又工作得挺晚，把她折騰得筋疲力盡，也許這正是我所需要的，他吃驚地想到。把她折騰得筋疲力盡，使她癱在長椅上，（公園一定會有長椅吧？）然後我再問她是否要在我懷裡躺躺。她要眞那麼做就好了，我就可以任意地去撫摸她的臉蛋，於是不用我問，她就會答應。或者讓她更累一些，讓她累得昏倒在地？這樣我就能藉口去摟住她的腰，去把她拉起來，藉口把她摟在懷裡，拉住她的手，摸她的頭髮，表達我內心不好說出口的柔情。

她進入公園，他把鐵門隨身關上，他知道自己沒有勇氣把心裡的話說給她聽。

他們慢慢走向鋪著石子的小路。路的兩邊是高高的發暗的樹木——柏樹、白楊、白樺、銀杉，還有一些奇形怪狀的針葉樹，樹枝像搖動的老虎尾巴一樣；在這裡走，就像走在拱頂的屋簷底下。

她停下來打破了沈寂使他一驚。她說：「咱們去看看天鵝還醒著嗎？」

他點了點頭，強做了個笑容。

「天鵝游泳的樣子最好看了。」她像對自己說話一樣。

於是，他們朝湖畔走去。但沒看見一隻天鵝。

他們慢慢走著，不時地談論著什麼，又返回了剛才的小路。他指著一條長椅：

「咱們坐坐好嗎？」

「嗯。」她說。

「等等，」他說，「你會把衣服弄髒的。」他掏出自己的手絹，擦掉木條上的露水。手絹濕透了，都快能擰出水來了。

「謝謝，」她說，「你眞好。」

「行啦！」他說。

他們坐了下來。他蹺起腿坐在那兒，一雙腳上下動著；但這使得他的那雙腳尤其引人注目，因爲他穿的不是漆皮皮鞋，只是一雙普通的黑色小牛皮皮鞋，和他的晚禮服並不相配，他便把那隻腿放下去。然後，他朝後靠去，伸開臂膀，讓兩隻胳臂平放在長椅的靠背上。也就是說，他的右臂就在她的脖頸後面——只一寸之隔，他就可以挨著她的肩了。他說：「你想抽支煙嗎？」

「想。」她說。

他把煙盒遞過去，劃了根火柴。她把臉湊近火柴的時候，他閉上了眼。她湊得眞近。這黑夜裡就他們兩個人，這公園裡就他們兩個人，就她和他，而他卻什麼都說不出。

他的心情十分沉重。他是天生的演說家。她聽過他演講，聽過他辯論。那天晚上，他建議爲女士們乾杯的時候，她就坐在他身邊。過後，幾個學生甚至還上前來向他祝賀。但是現在，在這夜裡，他善辯的口才倒不見了；和這位年輕的姑娘單獨在一起，他倒不善談吐了。他只會閒聊，只會就那些平庸的事情聊聊天——天氣，對夏天的展望，煙牌子，天鵝，搖擺舞曲，年輕時以寫民謠聞名的老教授。一個奇怪的春夜。此刻，他判若兩人——一個在禮貌地談笑般地對著話，活像個機器人；另一個又對這些不著邊際的話題感到失望。他一支接一支地抽著煙，喉嚨變得又苦又乾；他心裡有些害怕，自己也不明白是什麼原因。

他想不顧一切地把心掏給她，他實在太需要溫情了，以致心裡都有些覺得難受；但是，他不能，也不敢。一切都還在危險之中，這也正是他最關心的。這是個最大的賭注，他把自己放在了如此的困境。他開始在心裡說著一句話，重複了一遍又一遍。他眞生自己的氣。他對自己說，我這就豁出去把它說出來。我這就說，一、二、三、我這就說。不過，他還是沒說。他想：假若我說了，而她出於某種原因拒絕我，假若她出於某種原因不像我對她那樣熱情，假若她出於不得已而禮貌地或者不高興地拒絕了我，假若她說她不愛我而我們可以成爲朋友，（難道還有什麼比「成爲朋友」更可悲更可憐的嗎？）假若，她不接受我的求愛，那就一切都完了。我憋著不說倒還忍得下去，但這件事一宣布失敗，我就眞無法活了。最好，還是什麼都別說。這樣，我至少還有點希望。我只對她說明天我要去法國，要到秋天才能回來見到她，這時間可夠長的。

「不覺得冷吧？」他又問了一次。

「啊，不冷。」她笑著說。

他嚥了口唾沫。他會很高興地把自己的外套脫下來披在她肩上的，沒有什麼比摟著她更美了；可是她卻說不冷，眞可惜！

「要抽支煙嗎？」

「不了，謝謝，今晚我抽得太多，都有點頭痛了。」

於是他自己點了支煙，擔心地看了她一眼。他當然可以用手去摸摸她的頭，能摸摸她的鬢髮該多好啊！不過那自然是不可能的事。要能撫弄她的秀髮該多好啊，他都快叫出聲了。

他模模糊糊地覺得，假若他去向她解釋他自己的這種感情和在這種感情下自己的無能，她是理解不了的。他模模糊糊覺得，歲數再大一點的女人或許能理解一個迷戀的小伙子，但年輕姑娘是理解不了的。歲數大一點的女人是透過她們也許是有科學依據的思維去理解的，但是不從感情上去承認，以免無法從感情中自拔。他模模糊糊覺得，年輕姑娘願意屈服，只願向血氣方剛的小伙子屈服。這種小伙子老是帶著笑聲，他不懂得乞求，只知道趾高氣昂地要求。對別的女人，對那些在他們心目中不占分量的女人，對那些他們不怎麼看得上的女人，他們也會是那樣。他們可以把自己的胳膊放在這種女人的肩上，讓她們明白他需要什麼。

但在這兒不行。在他愛慕的這位姑娘面前不行。他不能碰她。他不能對她說。何況他是這般的自負，絕不能去乞求。他雙手放在膝上坐著。他的下顎肌肉有一種奇怪的感覺。他不得不咬緊牙，免得由於渴望、擔心和寒冷而打顫。

天邊開始現出微弱的晨光，但黑夜仍然籠罩著大地。這個公園地勢稍高，它的一邊位於仍在沉睡的城市，另一邊延伸至港口，各種船隻還都未醒。他們坐在一張高樹底下的長椅上。他聞得見春天夜裡那痛苦的勾人思情的氣味，那濕潤的春之夜的氣味。一陣陣的氣味從泥土中而來，從草叢中而來，從花草樹木中而來，從天鵝戲耍的小泥潭而來。從懷抱城市的遠處山中，傳來了遲遲的冬天的氣味，傳來了山峰上層層積雪的氣味；從港口和峽灣，傳來了一陣陣冰涼、無情、深深的海水的鹹味。但是，從天空中，樹尖上，傳來初夏的顫動的溫暖氣息。而從他身邊姑娘的身上，他隱隱地聞見了她身子和她香波的芬芳。

他想，我不打算說出來。要是沒有什麼奇蹟發生，我不打算說出來。她要是不昏倒，我找不到藉口摟她，我是不會說出來的。我是不會說出來的。我以後再說，也許一年以後，也許不超過五年。但是，他又失望地想，應該現在就說，現在——就在這個時刻——奇蹟就在這裡。五年以後會是什麼樣子呢？誰能擔保五年以後她還會屬於我？等我變得更有資本更成熟再去向她求婚？也許那時她就嫁給別人了，也許那時她就結婚了，甚至有孩子了！

他想：我爲什麼不現在就把手伸過去呢？

他冒失地向下看了看她的手。那隻手就在她膝上，那麼纖小，那麼有力，那麼黝黑，那麼溫暖。離他的手就那麼一點點距離。他像著了迷似地坐在那裡，看著她的手。他開始有點兒哆嗦。只要把自己的手放在她的手上，這局面就打破了。

就那麼一指之隔，他就得不到那奇妙的生活。

他吸了口氣，開始結結巴巴地談起法國來。他最近剛讀了本怪書，是法國作家路易．吉尤寫的，叫《黑血》。這本書有了挪語本，講的是法國一座省城裡一個中學老師的故事，這人非常可憐，自己經常犯嘀咕，最後連學生們都欺侮起他來了。學生們在教室裡面打撲克牌，強迫他在門口把風，叫他看見校長來的時候給他們通風報信。這個老教師的名字叫克里普爾，是教哲學的，他對康德的《純粹理性批判》最有研究。他的學生們把它曲解成了《屁理論的克里普爾》，此後，這也成了他的綽號。她讀過這本書嗎？

「沒看過，」她說，「不過聽上去怪殘忍的。」

「是的，」他說，「這本書是有點令人震驚，書中的主人公能充分掌握哲學，卻沒有生活的能力。」

他又說，那是一九三九年的事，戰爭烏雲布滿了整個歐洲：「我讀這本書的時候，總覺得吉尤內心深處不是在寫那個叫克里普爾的老教師，而是在寫一個叫法蘭西的國家。」

他們靜靜地坐了一會兒。然後，她把臉轉向他，微笑著說，但他卻聽得出有一種掩飾著的挑戰：「你知道我最討厭哪個哲學家嗎？」

「不知道。」

「叔本華。」她說，「生活是件苦事，我整天都在想這件事。你聽說過這種事嗎？請給我支煙。我一想起那個討厭的叔本華，就會激動。」

他給了她一支煙，同時心裡突然產生一種謝天謝地的感覺。他接著說：

「我不能同意你的看法。不過，你關於生活的觀點我倒贊成。要說哲學家，只有偉大的十足的悲觀主義者才能引起我的興趣，只有那些鼓吹生命的短暫和空虛的哲學家才能引起我的興趣。至於其他的，那些半樂觀主義者，那些正派的、仁慈的在我看來都是虛僞的，像人工香草油或道德重整運動的鼓吹者一樣，也可以說像是沒有眼淚的基督教徒一樣。最差勁的就是那個樂觀的美國人威廉·詹姆斯，那個實用主義鼻祖的實用哲學家，他鼓吹眞理是一切你認爲信仰它就有好處就有用處的事物的條件。他給眞理下的定義是——『觀念的現金價值』。」

他向石子地上唾了一口。「這可不行，」他深深吸了口氣又說道，「我寧可要一個確確實實的悲觀主義者。我一讀詹姆斯就覺得噁心，我寧可要叔本華，他不給我希望。正因爲他不給我希望，才迫使我鬥爭：他的絕望在我心中喚起了相反的東西。你聳聳肩就能把詹姆斯忘掉。你瞧，你對叔本華也生氣了，所以，還是叔本華這個悲觀主義者能激勵人。」他說著，對她笑了笑，「就你生叔本華的氣，這件事就證實了他是個哲學家。」

「你眞怪！」她說著笑了。

「是嗎？」他說著，失望地看了看她的手。

「你剛提到的那本法國書怎麼樣？」她說，「那個老教師，他也夠慘的，不是嗎？」

「何止是慘。在書的最後部分，你簡直覺得那是在哭訴。」

「你的意思是，正因爲它悲觀，這書才有價值？」

「太有價值了。不幸的是，書寫得太好了，一般人看不懂它。要是在法國人人都能讀懂它，就會增強法國人的士氣，比馬基諾防線要強得多。人們能接受馬基諾防線這樣的想法，在它的防禦下，人們可以覺得愜意和舒適；但是人們卻不忍去想想那個無能卑微的老克里普爾。他是寫在牆上的標語。法蘭西……」

他沒再往下說。

他再次看了一眼她那纖細、黝黑、柔軟、有力的手。與他的手只隔那麼一點點了，他只需要把手伸一下，那整個豐富、奇異的世界就是他的了。他坐得身子發麻，手都無法動了，於是他產生了個想法：唉，得啦，法國也會有姑娘的。在他產生這個放蕩的自然的想法時，他知道自己快堅持不住了。因在關鍵時刻想到退路的人，是沒有竭盡全力去贏得決定性的勝利的。他已經快不行了。他絕望地吸了口氣，把臉轉過去，不讓她看見眼裡的淚。有一件事他完全可以肯定——一個年輕女子是不會尊重一個掉淚的小伙子的。一個社會主義者是不會掉眼淚的。

他臉轉向一邊坐著，向下看著草地。他的眼睛看著露在外套下面的褲子。他看了看褲子下面外側接縫處那條閃閃發光的黑綢子邊邊。他花了十五個克朗租這套晚禮服。他突然痛苦地覺得，這是最後一次穿晚禮服了，這是第一次，也是最後一次穿晚禮服了。確實，再沒有比穿晚禮服更滑稽可笑的了。他的憤怒給了他某種寬慰。

我不管怎樣應該問問她，艾許想。我現在就問她，一、二、三，現在就問。

2 要復活的維蘇威火山

人要掌握的東西很多，要了解的東西很多；但在這裡，時間是個很大的謎。

時間，命運，來生。又是時間。

作家寫這些句子、讀者讀這些句子的時候，地球一直在宇宙中轉動；那麼，三十秒鐘前我仍在什麼地方呢？

總有一天人會無家可歸。時間之謎的自救不在於信不信上帝，而在於時時去看鐘錶。當然，鐘錶是個奇妙的騙術，我們大家都知道，挪威人的錶顯示的時間和日本人的錶顯示的時間簡直就差得太大了；但是沒有鐘錶我們就會迷失，沒有鐘錶的錶盤和那兩個指針的似乎眞實的安全感，我們就無法生活，就會面臨時間無形的空寂和恐怖。時鐘抓住每一秒鐘，然後拿給我們看，所以人們從永恆的時間中取出每一個瞬間，緊緊地抓住它。喜歡耽擱時間的人無疑是等於死亡。有些人必定會死去！這樣其他人才能生存下去。

即使是兩億年，也是由一分一秒組合而成的。時間一天一天地過，一分一分地過，像是嗡嗡飛回家去死的蒼蠅。每一秒鐘都是浩瀚時間的一個窗口。

你瞧就有這麼一刻——

一九三八年秋天的一個早晨，一個高個子蒼鷺般的挪威人在他的故鄉——挪威海邊的一座城市——登上了船。他剛剛過了二十三歲的生日。一、兩天以前，他已在各種信函和文件上簽過字。那些文件裡，包括一張銀行向他提供的兩千克朗的債券（無任何抵押）。在他的簽名下面，他暗自得意地加了個：商業系學生。這就表明他已被國立政治經濟科學院錄取了。這個學院剛剛成立一年，但人們已知道了。它設在西海岸的另一座大城市，乘郵船到那裡要兩天兩夜。

他帶的行李有一個大衣箱、一個帆布背包和一個提琴盒子。大衣箱裡有一套西服，一件過冬的大衣，還有些內衣、內褲、襯衫、領帶、書籍；帆布背包裡是鞋子、襪子、拖鞋、一件"Hussif"、兩瓶山莓醬（母親離別時給他的，他本來不想帶）；提琴盒裡是一把琴、一張弓。

這個學生（叫艾許．布勒弗特）是去上一所培養安分守己養家餬口的會計師和業務經理的學院；但卻隨身帶著把玩兒的油亮的提琴，這表明這個年輕人以後的日子將不會很好過。因爲在世界上的任何地方都和挪威一樣，你可以成爲一個薪水可觀的會計師，但唯一的條件是你不要誤入不現實的帕格尼尼（一七八二～一八四〇）〈編按．義大利作曲家，十九世紀主要的小提琴演奏大師〉世界中；或者說，你可以成爲一個聰明的音樂家和作曲家，但唯一的條件是你不要陷入非常現實的盡是數目字、結帳單、虧損額、電子計算機的商業世界。

所以，不難看出這個年輕人處在一個十分矛盾的狀況，他需要做出痛苦的選擇——在辦公椅子和譜架之間。這只不過是他要面臨的鬥爭之一。他現在要去的這個學府是一所國立大學，一所非政治，中立的而且非常嚴格的學術性學院。但是，發起建造這所學院的以及這所學院相當大的一部分資金，都是來自守舊的私人經營利潤，這已是公開的秘密。所以說，從這所學院教授們那裡傳授出來的經濟學，也無疑是自由主義、資產階級的。

布勒弗特是個社會主義者，他一想起今後的兩年半時間，就有些膽戰。在這個資本家的老窩，我應該立刻宣布自己是社會主義者，並一開始就採取挑戰性的態度呢？或者關於他的政治信念什麼都不說，而在那裡像地下黨似地裝著學下去？用什麼辦法才能更完美地爲社會主義服務呢？他不知道該怎麼辦，也沒有人能給他出主意。

他還不屬於哪個社會主義組織，但他準備在他去的這座城市參加一個。想到這點，他就一陣激動。在家鄉的時候，他和一些人爲在學校辯論的社會主義者鼓掌而感到心滿意足。社會主義者們都是一流的演講家，他十分欽佩他們，他總也忘不了他們當中有個人在辯論時的那句反駁——它變成了他生命航船上的一個釘子。

在一個會上，學生會主席祝賀一個年輕的社會主義者初級律師耶斯派森擔任城市議員這個重要的職位。保守黨人孟克斯達德博士站起來說：「本人不敢苟同，因爲在我看來，耶斯派森先生對於這樣一個要求極高的職務太年輕、太缺乏經驗了。我只希望上帝在哪兒賜予了職務，他便同樣在哪兒賜予諒解。」

年輕的社會主義者耶斯派森站起來，用非常友好的語調低聲說：

「主席先生，難道沒有人能給孟克斯達德博士找個工作嗎？」

大廳裡靜了兩秒鐘，緊接著八百名學生爆發出一陣笑聲。

年輕的艾許·布勒弗特學會了怎樣使語言更有份量，他永遠也忘不掉。

一個社會主義者意味著什麼呢？艾許·布勒弗特還一下子答不上來。對於社會主義理論他還不很精通，他還沒讀更多的馬克思著作，他還不懂，也不能說他就贊同唯物主義對歷史的解釋。對他來說，社會主義還是一種非常簡單的東西——自由和麵包。對他自己如此，對世界上任何一個人也是如此。他打定了主意要變得富有，無論如何，比他自己的父親要富有。他是一個市內有軌電車司機的兒子，童年的很大部分時間都是在父母那些使人寒心的、痛苦的、沒完沒了的談話中度過的，他們總是談怎樣減少家庭的開資，談馬鈴薯、人造奶油、焦炭和魚的價格，談補衣服和改衣服，談把乳酪切得薄一些，把錢存進銀行和爲了省錢不抽煙等。是的，他想要變得富有，他在這一點上體驗得太多了——家庭開資緊的時候，已成年的兒子出去買根提琴弦也算是奢侈品，並被認爲是沒必要買的東西，還要因此引起家庭糾紛，於是和藹、教養、友善也都落空了。

但是，他將要得到的財產，絕不是對別人的剝奪，而是和別人共享。這樣，他也就算是個社會主義者了。

他想到這些的時候，一下子變得嚴肅起來，變得有道德感起來，而他又不是這種人，因爲就他的內心來說，或就他的靈魂深處來說，他是一個愛笑的、非常渴望生活的小伙子，一個冒險家，一個詩人，一個強盜，一個快樂的異教徒。從小他就被那無聊而又痛苦的哮喘病在家困了好多年；那些年的事都忘了，他只記得他是在屋裡透過窗戶的玻璃凝視生活的。他沉靜地坐在那裡，用一個小銅耙子耙著母親放在窗臺上的花盆裡的土。他渾身帶著松節油味兒坐在那裡，像是得了總也好不了的感冒，費勁地一起一伏地吸著氣，而他的伙伴們卻在陽光下、微風中、在街頭玩兒。他童年這種牢房式的生活，積攢了他對自由的飢餓，對活動的渴望，而現在——有意無意地——他走來走去，像是座要復活的維蘇威火山。

他是生活的崇拜者，他整個身心陶醉於生活之中，他可以為生活美妙的氣息而高興得落淚。他自己都說不清到底什麼更迷人一些——是享受一頓香噴噴的美餐呢？還是緊緊地偎依著一個美麗的少女？他渴望音樂、文學和整個世界的文化，他渴望友誼，渴望交往。他要自己去創造奇蹟，自己去贏得名望（但是最後這一點他從來不敢承認）。他可以出色地去參加一個聚會、一個舞會、一次宴會或類似的大吃大喝，但他卻害怕粗俗、獸性。（他有件見不得人的醜事，即人的那種見不得人的獸性。）但是，那個巨大的地下的火山卻是藏在一個彬彬有禮的、友好的、微笑的、害羞的青年身上。他是一個瘦高個的小伙子，比一般人高出許多，在細高的身子上，他的頭看上去也顯得很相稱。他臉色發白，但很熱情；他的額頭很高，又光又亮；鼻樑正正的，鼻孔一扇一扇，微微地顫動。突出的下巴和厚厚的發紅的嘴唇，使他看上去有些好色。只要你看一眼他的嘴巴和眼睛，就會損壞你對男性體力和剛毅的第一印象：藍灰色的眼睛，就像鹿的眼睛那樣靦腆，睫毛像姑娘的一樣，又密又長。

一頭亂蓬蓬的黃色鬈髮下，是一張微笑的、充滿夢想的、單純的臉。他的笑聲是快樂的、自發的，那樣的無拘無束，在電影院和其它娛樂場所總那麼惹人注目，他實在沒法子控制住自己。

十五歲到二十歲，他的臉長滿了膿皰。有那麼三年，他被認為是世界上最難看的人。現在那些膿皰消失了，但他仍然害怕和姑娘們的目光相接觸，他怕看見她們眼裡的同情和厭惡。他漸漸產生了某種對中年婦女的害怕。他在她們眼裡覺察到的東西是完全不同的。中年婦女們在看他的時候，眼圈就會濕潤起來，為什麼呢？

他站在大船的甲板上，這隻船要把他帶到一個新的城市，一種新的生活。這是一個年輕的一年級大學生，面前有許許多多的困難和內心沒有得到解決的矛盾思想。但是未來屬於他。帶鹹味的海風吹過船的索具，他的心怦怦地跳動。此刻，他具有取得成功所需要的一切本領；那麼，他爲什麼不自豪果斷地前進呢？去命令生命的航船起槳，把他年輕的挑戰拋向彼岸？他爲什麼站在船艙外面，靠著牆縮在那裡像逃亡者或罪犯那樣猶豫不決並把帽沿拉得那麼低呢？

這個年輕人是吃過苦頭的，他在生活的第一輪狠狠地摔了一跤，現在，接好了摔折的下巴骨，正爲第二輪做著準備。他不再那麼滿面光彩了，因爲他十分痛苦，給人留下一種犯過罪的感覺。他是隻迷途的羔羊，但他又不甘迷途；做了頑強的掙扎後，他重新站了起來。

這隻年輕的鷹在省城得到一份獨立的工作後，即去管理一所商業學校後，便放棄了在奧斯陸大學的學業，高興地飛上了他認爲的人生大冒險的道路：一個肥缺，還有自己的辦公室和一套外阜的住宅。這樣他就可以自由自在，不用再受父母那種專制的監督。他很快就找了一個多情而且狂熱的女主人，長長的頭髮烏黑亮麗（倒不如說是她找了他），她的名字叫宮西爾德，是當地有名的潑婦，大他六歲。他們在一起鬼混了幾個月，她就懷上了（若不是她故意懷上的話）。

打那以後，他母鹿般的目光就不再像過去那麼明亮了，他的笑聲也不再像過去那麼天真和純潔了。他無法說服大夫給她做流產，在無望的情況下，他逃到離原來那小城不遠的鎮上，在那裡又辦了另一所學校。在那裡他又碰到一個離了婚的女人，三十七歲，叫西芙。她有一頭淺黃色頭髮，憂鬱的嘴角和一雙暖烘烘的手。她個子很矮，只到他胸口。她把他摟在具有母愛的懷裡，而他很快就使她懷孕，來報答她的柔情和體貼（假若不是她自己懷孕成功的話）。他幾乎氣瘋了。

一天晚上——即他二十一歲生日的前夕——他站在那裡磨刮鬍刀，想把自己給閹掉。從那以後，他走路都無精打彩了，頭也不敢抬，怕見人，恨不得鑽到地底下去。

死過一回的人是永遠也忘不了地獄的。他一直鎖著眉頭，愁眉苦臉，不管他的金髮多美，也遮不住滿臉的愁容。上面說到的這些事兒大大地動搖了他的自信心。他生怕別人知道自己過去的這些醜事而被指著脊背骨挨罵。過去整整一年中，他在老家教書，對女孩子看都不敢看一眼，他感覺出了一個人、一個男人的痛苦。他太孤獨的時候，就求助於人們青春期指望的那種可憐的性行爲方式——那種乏味的獨自的慣例。那種做法只能增添他的自卑感，無法使他振作起來。他早就聽說過，獨自的性行爲是毒藥；但他也聽說過另外那種方式會導致什麼。他存了不少避孕工具，但根本不知道有什麼用。他眞的害怕了，並且見不得天日，任何一個人當眞要控告他時，他都會承認是自己的不是。

他今年二十三歲，已經開始懂得懺悔了。每次他看見穿制服的或是警察時，臉就嚇得刷白，以爲是因爲他延誤了交扶養費來抓他上監獄的。那個畜生，那個無恥的、冷酷無情的黑頭髮宮西爾德要好好地嚇他一下，透過廣播起訴了他不嚴守自己承擔的義務。好在他有一種內在的忍受力，這倒救了他。他把這些擔心藏在心裡，向誰都沒有說過。

從內心來講，他確實不承認他的這個挫折導致了精神上的崩潰；他確信大地總會是綠油油的、肥沃的、美好的；但也得承認同時供養兩個新生嬰兒確實夠昂貴的。他也確信在另一種情況下或從更廣泛的意義上來說，生兩個孩子絕不是什麼罪孽和丟人的事情；而且相反的，是件喜事。他深信那不是他的過錯，而是社會的過錯，是因爲關於性的謊言和恐懼所造成的。於是，他越來越恨他的父母，越來越恨家庭這種制度，越來越恨那種虛僞、那個小小的金戒指、那個牧師，尤其是被稱爲上帝的那種觀念。

在這種思想狀況下，他轉向了社會主義。不錯，在他的國家，社會主義開始有了追求物質利益的實用主義做法，並都落在了工會手裡，他們只把進步看成爲高工資和不失業；但是他卻沒有意識到這點。在他腦子極端發熱的情況下，社會主義對他來說是令人感嘆的二十世紀的新生，是人的主權的重新發現，是文化、高尚、自由、美好及智慧的縮影。因爲他只聽過知識分子的演講。（主席先生，難道沒有人能給孟克斯達德博士找個工作嗎？）在他生命的這一階段，挪威有兩個人的無畏和正直，給他留下過難以磨滅的印象，下面要提到他們的眞名字。這兩個人成了他青年時期心目中的英雄。此刻，他站在這隻帶著他沖向生命第二輪的船頭，兩個理想化了的形象成爲他最珍貴的東西，比他隨身帶著的小提琴還要珍貴。

第一個人是挪威作家阿．奧沃蘭德。艾許讀過他的論文集《基督教，第十次瘟疫》。這本書使得他有些透不過氣來，激動得熱淚盈眶。後來又有一段時間，他讀了奧沃蘭德的一個詩集。讀他的詩，就覺得像是把匕首從耳邊飛過，插在他前面的一堵牆上，柄端一顆紅寶石閃閃發光，那就是這些出色的詩句——

撕下你旗上那基督的十字，
舉起的紅旗那樣的樸素，
誰也別想唬你，
說什麼我們有一個救世主！

他永遠也不會忘記這些詩句，這些優美的詩句會永遠在他的血液中燃燒，那樣美好，那樣自豪。假若他眞能站起來成爲一個男子漢的話，他應該像阿．奧沃蘭德那樣做人。

另外一個英雄是誰呢？這是一位女英雄，她的名字叫托維．穆赫爾，是個醫生。

一天晚上，她穿著一身黑衣服，高高地站在那裡演講，講她贊成合法的流產和在全國範圍內建立計劃生育診所。從前他聽說過她，也讀過她諄諄教誨的著作；但是那天晚上，他坐在八百名學生當中聽她演講，卻有些不敢相信自己的耳朵。他內心充滿崇敬的感覺：他太感動了，不得不用雙手捂住自己的臉。她的嗓音是那麼有教養，那麼平靜、溫和且具有學者風範；出於這種或那種原因，她那種爲不幸者和痛苦者而做的演講，給他留下了極深的印象；她那樣做不是因爲她自己受了什麼牽連，不是因爲她這個無產階級女性做錯了什麼事而需雪恥，而是因爲她一心只想著憐憫和慈愛。她雖然用不著更多地爲合法流產說什麼，但還是達到了同樣的效果。

這位婦女的勇氣給他留下極深的印象。他自己也私下認識一些女人，她們關起門私下談論的時候，也主張女人可以打胎。但是，若讓她們公開說出來，比如在報紙上登一登，或是在講臺上說一說——她們就會躲躲閃閃，害怕社會譴責。害怕，對女人來說，也許是最嚴厲的懲罰：讓女人們去議論。但是，這裡卻站著一個女人，公開討論這種丟人的事，說這種最難啓齒的事，而她聲音一點都不顫抖：這是個多餘的孩子……

聽完演講還有一個研討會。他不敢參加，擔心自己說話時嗓子會變，擔心自己感情的火山會爆發。他悶悶不樂地在那裡一直坐到十二點鐘。最後他實在忍不住了，只得站起來，神經緊張地問主席，學生會是不是能給當局遞一個決議，以便加速促成此事。

主席：您的意思是要建議往上遞個決議嗎？

艾許：是的。

主席：那麼我們必須得先通過這個決議。

禮堂裡響起了聲音：我們必須得先知道決議的內容。

（艾許的臉一下子白了，他想假若大家要他起草決議可怎麼辦。）

禮堂裡響起另一個聲音：這個決議將是非法的。三分之二的成員到場決議才能通過，而現在絕大多數人都回家了。

（艾許環顧了一下已走得半空的禮堂：確實如此。此刻，透過煙幕，他的目光和女醫生的目光對在一起。他低下頭去，坐到了自己的座位上。他消失在人群之中；但是，還默默地祈禱她將不要放棄她的鬥爭。）

他很年輕。

時間，航船，又是航船。（總會有一條航船，那麼現在它把我們載向何方呢？）殘忍的時間可以做出答覆，但是時間沒有嘴巴，這個年輕人無力而謙卑地看了一眼他的錶：還剩三分鐘了。

他很年輕，有一顆赤裸裸的非常敏捷的心。（就像種馬油亮皮毛底下的那種顫抖）他渴望生活的各個方面，但心裡又像羅盤指針一樣地擺動，找不到一個固定的方向。他還很年輕，要尋求教育、力量和服務；（因爲他不想發號施令，想成爲一個眞正的人。）他要尋求愛情，（啊，愛情！）尋求尊嚴、尊嚴、尊嚴！一種有尊嚴的生活。他的靈魂像蝴蝶，軀體像麋犬；他站在甲板上，（只剩兩分鐘了）身後有一大堆的醜事，又做著成名成家的美夢，心裡一半是提琴，一半是現金出納機。（他從來沒有這樣爲錢動過腦筋，但是他已有了一個父親該盡的義務。他現在太窮了，爲了保險起見，他用別針把那個裝錢夾子的內衣口袋別起來。那個別針弄得他挺彆扭，但誰也不能讓他看出來。）他眞想遨遊太空，但卻被一個別針給別住了。

他還很年輕，是一個年輕的音樂家和會計師（綠葉蔓藤葉和各種利率），是一個年輕的詩人和社會主義者（繆斯女神和卡爾．馬克思），需要美和正義，充滿了對未來的想像（年輕人總好幻想）。他是一個因悲傷而把臉轉過去的年輕預言家，一個追求幸福的青年，純潔的幸福，永恆的幸福。（假若存在的話，一定會存在！並且他一定能找到！不要上當受騙會有什麼救世主！）

他是一個走向生命第二輪的年輕人。他本已經落到了死神的國土，但又自己脫身出來；現在他要尋找永恆的幸福；他做夢也在尋找一塊紅寶石。這個有一雙柔和的母鹿般的眼睛並接好了下巴骨的青年要去尋找紅寶石，即使他要挖開、挪走世上的每一座山，即使紅寶石並不存在，即使需要自己去造出塊紅寶石——難道他不敢去當這樣一名探險者或煉金者嗎？

一九三八年早秋的一天，艾許．布勒弗特站在那立刻就要駛出死亡的郵船甲板上。

船上的鈴響了第三遍，他戰慄了一下，緊了緊風雨衣的帶子。

船慢慢地駛出峽灣，大地令人發暈地在無限的天宇中轉動，天空又在時間中繼續著航程。

他扶住船邊褐色的欄杆，抓得很緊。

3 我真不知道中產階級是怎麼生活的？

帶著鹹味的海風使他蘇醒過來，船艙裡機器活塞的撞擊聲，把他的憂愁驅散得無影無蹤。那聲音像是一個大的生命交響樂隊的銅鼓，他眞想在甲板上跳起輕快的舞步。

爲什麼人們在航行的第一天總會有種暗自幸福的甜蜜感呢？也許是知道要去冒險的那種既激動又不在乎的心情，也許不全是因爲一去就整整兩天兩夜，遠離大地吧？

船剛剛轉過第一個海岬遮住了遙望故鄉的視線，他就莫名其妙地像餓瘋了似地想吃東西。他聞到從走廊裡飄來的一股香味。他鼻子一扇一扇地使勁往裡吸著香氣，實在是控制不住了。他想，今天船上的飯一定是煎大比目魚，帶檸檬汁兒的油煎大比目魚！

國王也好，草寇也好，勝者也罷，敗者也罷——只要一個年輕人還能站在甲板上，並餓得肚子直叫，就還有希望。

這天又過了些時候，在賣票的窗口，身後有人對他喂了一聲。艾許回過頭來，吃驚地發現站在他面前的是原來的一個同班同學。他情不自禁地嚥了口唾沫。他並不高興，倒暗暗嚇了一跳。過去那些見不得人的事使他心裡有些害怕。無論是哪一段事情，他都不願讓人知道。他要逃避的正是過去那些事，他再不希望想起它們。每一張熟悉的臉孔和每一個熟悉的聲音，都像警察一樣可怕。（他爲自己的生活訂了一個策略性的計劃：我要隱居五年，躲在陰暗之處把帽子拉得低低的；以後我會帶著我偷偷獲得的知識和力量捲土重來。我將會像霹靂一樣地出現，也許是個音樂家，科學家，政治家，這驚人的出現會使人們暈頭轉向，會使得他們把過去那些事全都忘掉。一個霹靂會使他們忘掉我的過去。）

他腦子裡飛快地轉了一下，判斷出這個老同學不知道他近來的事。沒錯，他是從他家鄉來的，艾許確實也是在那裡摔的跤，但是挪威這個國家比人們想像中的要大，並且到目前爲止，宮西爾德還沒有就他的事在廣播裡做緊急呼救。

於是，艾許微笑了一下。「喂，」他說：「你上哪兒去呀？」

對方是個又瘦又黑的小伙子，安安靜靜的，叫丹尼爾。他用嘴做了個對不起的表情，並說他也考上了大學。哦？他是去上學。

艾許．布勒弗特張口呆看著他。

艾許是班上的頂尖人物。他有最好的成績，有最好的升大學的評語，但是在過去的幾個月中，他總是提心吊膽，擔心自己的條件還不夠好。在等入學通知書的時候，他覺得上大學比上奧林匹克學校還難，只有神童才有那種運氣。他接到入學通知書的那天，簡直都快高興死了。

可是，又癡又呆的丹尼爾卻是個天生的倒楣鬼。他已經在奧斯陸大學學了一年，只通過了語音課的初試，但拉丁語可慘極了。大學的那些條件都哪裡去了？哪還有什麼奧林匹克的光彩？神童又怎麼樣呢？

緊接著，他的失望得到了寬慰。假若像丹尼爾這樣的低能兒都能當大學生，那麼上大學也一定不是什麼多難的事兒，那裡的考試也只不過是玩兒一樣。實現他的理想就會像用熱刀切黃油一樣容易。假若剛才他的虛榮心還受到打擊的話，那麼現在他已充滿了寬慰。也許功課會很容易，他可以花業餘時間做工掙點兒錢，也許他在學大學的課程外，還可以在音樂學院聽聽和聲學和配音學！

他搓了搓雙手，在丹尼爾背上拍了一巴掌。他太高興了，發現身上那幾個錢還能請丹尼爾在交誼室喝杯啤酒。他一下子興高采烈，四周亂看一氣，看能不能找到漂亮的女人。但他只看見一個肥胖的農村婦女，下巴的痣上長著一根汗毛，頭上圍著圍巾。還有一個又老又瘦的城裡老太婆，臉色發灰，穿著花邊領子的衣服，頭戴一頂別著大得嚇人的帽飾針的香水草帽。但是這些並沒有使他們掃興，也沒有削減他們對未來的幻想。

丹尼爾變得不那麼淡漠了，喝著啤酒，兩人商定等他們到學校後，打算找間房子一起住。（兩人可做伴，並且兩人住一間屋便宜多了）丹尼爾認識這隻船的船長，那天晚上挺晚了，還來對他說他們可以從三等艙搬到頭等艙兩人住一間屋子，並且也不用多出錢。這一來，他們確實覺得好多了。那時已經不是旅遊旺季，頭等艙裡有不少空屋子。

那天晚上他們躺在紅木床上，不像神仙也和貴族差不多了。

艾許把煙灰往床邊的紙板煙灰缸裡一彈，帶著一種深深的幸福感仰天問道：

「我眞不知道中產階級是怎麼生活的？」

4 旅途中

他醒過來時又是一天了，船外風平浪靜。他覺得餓極了。走到餐廳門口，他就聞到了鹹豬肉、煎雞蛋和熱咖啡的味道。他貪婪地嚥了兩口口水，走了進去。他用刀切剛煎好的雞蛋，裡面流出了稀稀的蛋黃。他吃這香噴噴的第一口時，往常發生過多次的事情又重現了——他想到一個沒有合法父親的小姑娘，母親又很窮，不得不威脅說要透過廣播來控訴他這個做父親的。在餐廳吃早飯要花兩個克朗，而這兩個克朗應該給那個沒父親的小姑娘。他嚥了一口，把一片雞蛋放回了盤子。吃五頓這樣的早餐，他就可以給孩子買件衣服寄去。肯定，東西會從郵局給他退回來：宮西爾德一定會說，她決不會被小恩小惠所迷惑。她不會收他這種用來騙人的東西。

他被激怒了，再次用刀叉來吃可口的雞蛋和鹹肉。這次，他大口把它吞了下去。

他想，如果我無法克服這種內疚心理的話，那將會是極大的悲劇——要麼我自殺，要麼我向別人發洩——我將發動一場革命或一場戰爭，我將揮舞著鐮刀把周圍的一切都斬盡殺絕。他想，也許不只是我的救命恩人，就連整個人類的救星，在節制我們的內疚感方面都是騙人的。不要太多，不要太少，他的內疚感只要有點節制，他也就知足了。

帶著一種愉快的、令人嚮往的安詳，他平靜地吃完了那頓早餐。他開始微微地感覺到一個十分有趣和重要的哲理。

反正一樣：哲理也給不了孩子衣服。他沒有給服務員小費。

後來，丹尼爾和艾許的絕大部分時間都是在頭等艙的大客廳裡度過的。外面下著小雨，客廳幾乎是空的。他們兩人在那裡讀書，艾許借給丹尼爾一本資產負債表分析教科書。

「這些你都懂？」丹尼爾問道。他把目光從書上轉到艾許臉上。

「哪還不懂，」艾許說道。把正讀的那張地方報紙放低了一些，眼睛還看著剛才停下來的地方。「我甚至都教過一年。」

丹尼爾嘆了口氣：「看著可眞夠難的。」

「像遊戲一樣。」艾許說。

緊接著，他打了個寒噤：他又觸起了自己的往事。

那天晚上是什麼時候他們被那兩個姑娘吸引住的？後來怎麼也想不起來了。

那兩個女孩子穿著大衣，頭上的方頭巾不住地飄動。她們一會兒坐在客廳的桌邊上，一會兒門也不關就跑到甲板上去，接著又傳來她們在走廊上和船員大聲的說笑聲；最後，她們又回到客廳，四周看看，互相神秘地咬著耳朵，爆發出一陣笑聲又跑了出去。她們風風火火的，走到哪裡都帶著笑聲。艾許眞有些被她們倆激怒了，尤其是她們倆老膩在一起，他更討厭。一個相貌很平凡，另一個很漂亮。但是因爲她們老手拉著手跑來跑去，使得兩人的性格和外表都沒有多大區別。她們總那麼吵吵嚷嚷，總那麼小孩子氣，沒完沒了地咯咯笑著。艾許特別討厭那些在公共場合不檢點的人；他眞想把她們的頭揪在一起，一塊兒按到水裡去。

那天夜裡挺晚了，他們在通往頭等艙的走廊上碰見了那兩個姑娘。她們其中一個走出來，尖聲尖氣地要女服務員送兩瓶子檸檬水，她又進到房間時，把門敞著，窗上的簾子只拉了一半。艾許看見，那是間雙人房，另一個姑娘也坐在裡面。她面前的桌子上放著一個瓶子，看上去是瓶杜松子酒。丹尼爾和艾許走到她們門口的時候，兩個姑娘忍不住大笑起來，其中一個站起來把簾子拉上，一眨眼，另一個又把它拉開。丹尼爾和艾許咳了兩聲，說了句什麼，兩個姑娘回敬了點什麼。當四個人一起坐在那間屋子裡喝杜松子酒和檸檬水的時候，艾許和丹尼爾也開始笑起來了。

後來——艾許不知道是什麼時候，但至少是一個小時以後——他突然發現，在那間兩個床位的屋子裡，只有他和那個漂亮的女孩子了。他們兩人坐在他坐的那張床上對飲著，他倆共用一個平底杯。

過了一會兒，他站起來，走過去把門鎖上。他又回到原來的地方，在她身邊坐下來。他伸手去探酒杯，伸出去的手擦了一下她豐滿的乳房。她一點也沒躲。他喝了一口，又餵了她一口，伸手把酒杯放回桌子上。他手還沒有收回來，她就問：

「你爲什麼要鎖門？」

他朝前探去，離她更近了。

「我想，咱們兩人單獨待會兒一定挺好。」他說。

「也許。」她笑著說。

他手上的酒杯輕輕地碰了一下桌上的玻璃板。他把酒杯放下，直起腰來。她又豐滿又勻稱，紅紅的臉蛋，黑黑的鬈髮。她身上散發出一股蘋果熟了的香味，杜松子酒使艾許有點醉意，他下頷開始顫抖起來。他往回收手時，手又擦了一下她那動人的胸脯，把手放在她的一個乳房下面。她把自己的手放在他的上面，像是要推開他。他拿起她的手，輕輕地咬它。他已經有四個月沒和女孩子在一起了。她呼吸變得急促起來，看看他咬的齒印。他用手指撫弄她的頭髮，咬她的耳朵，親她的臉頰。他像暴風雨一樣，心裡充滿期望地怦怦跳動，幾乎都要幸福得哭出來。她只反抗了幾秒鐘，接著便變得忸怩起來、溫和起來。她那紅似蘋果的臉蛋上不是咯咯的歡笑了，而變成了那種銷魂的多情的笑容。她仰著往下躺去，說了句：

「別撕了我的衣服就行！」

她已經軟綿綿地躺在下面，小聲地呻吟著。他的情欲已無法控制，但他渴望著一個完全的過程，他想把她的衣服全部脫光。他猶豫了一下，擔心一停下來，她便會以爲這事就算完了。這種情況他過去有過一、兩回，現在想起來要算是他最痛苦的事了。他最討厭急急忙忙上去完事就下來，那只是男人的一種發洩。對他來說，要是不能雙方都達到滿意，只是擁抱一下又有什麼意思呢？男女雙方摟在一起至少應該有十五分鐘才滿足。但是，對於這個豐滿漂亮的姑娘他很有把握，他覺得她是歡迎他的，他覺得他即使下來一會兒，她也會歡迎他再上去的。

他開始脫她的衣服，但是他的手抖得挺厲害，她只好幫著他脫。她渾身上下都是粉紅色，眞是個仙女，他肉體上的快樂都快使他暈了過去。他哼哼著爬到她動人的身上。小屋裡挺熱，他已滿頭是汗，一會兒，他貼著她的頭髮氣吁吁地問她覺得怎麼樣，她顫著嗓子細聲地說：「妙極了！」這字用得太漂亮了，並且出自一個鄉下妞兒之口，他差點兒跌落下來。但他咬住嘴唇沒笑出來，一笑可就全砸了。又過了一會兒，他大著膽子問：舒服了嗎？她呻吟著說舒服了，舒服了好多回，一直就那麼舒服。他大爲驚異。他覺得脖頸後的汗毛都驚得豎了起來，他定神地看了看她，她把頭轉向一邊，對自己如此貪欲有些不好意思。經不起他那樣地看，她用手把他的頭扳下來。在這心醉神迷的時刻，他更想知道一下這種奇蹟。他問她現在是不是還有那種感覺？有，她輕輕地說。現在還有？她說還有。他可從來沒見過這種情況，並覺得已有些頂不住了。她能這樣多次地達到高潮，使得他覺得有點邪門。得讓她瞧瞧他的厲害！但是他已覺得自己馬上就要控制不住了。

他從髮根到腳趾尖都感覺出了那種快感，像一個帶有千伏的電極那樣痲酥酥的。

這時，傳來了敲門聲。

開始他嚇壞了，船上的屋子和旅館的房間一樣，你從不知道什麼是容許的，什麼是禁止的。說不定外面站的正是船長或大副！但他馬上就意識到事情不會那麼糟。也許是丹尼爾或另外那位姑娘，或他們兩個人一起在外面。所以，他反倒高興了，變得異常興奮，徑直走過去，對門外喊道：「等著！我睡覺呢，過半個小時再回來！大清早再回來吧，哈，哈！」

外面沒人說話。確確實實覺得沒人了，他才又回到床上。往回走的時候，他從椅子上拿起衣服，在一個口袋裡摸了半天，找到了他想要的東西。因爲手哆嗦得厲害，他只得用牙撕開那個小紙袋。他三次才把那東西戴上。她掉過頭去看他做什麼？但很快又把臉轉了過去。他把那男人的剛毅又放到她裡面，她輕輕地說他不用擔心。他停了停，問她是什麼意思。她說，就她而言，完全可以碰碰運氣。

她淫水外流，百般地獻媚，使他血液沸騰起來。但在那一瞬間，他的血好像又一下子停止了流動。過了半天，他彷彿才蘇醒過來，才慢慢地抽了出來。他下了床，站在地上，覺得臉色變得蒼白、緊張。

他嗓子變得沙啞起來，由於害怕和著急變得有些吭吭哧哧。他給她解說著道理，她在鴨絨被下蜷作一團，膽怯地望著他。難道她一點兒自然規律都不懂？難道她不明白女人是怎麼懷孕的？

難道她對精液和受精一無所知嗎？啊，難道她？她能不能行行好告訴他用不著擔心是什麼意思？難道她是想要個孩子不成？是因爲這樣嗎？難道她私下有什麼辦法可以給孩子一個像樣的家並能把他帶大嗎？不行，唉，反正他是不行。他是個窮學生，那幾個錢只夠他吃乾麵包，他根本沒有打算要孩子什麼的！他一個勁地說她，他只穿件襯衣在屋子裡走來走去，一個勁地說著。

天哪，他可眞是狠狠地說了她一通！難道她沒有意識到，假若她不採取預防措施，一個女人會陷入什麼樣的悲劇嗎？不負責任，他就是這麼說的。犯罪行爲，是的，就是犯罪行爲！他對她揮了揮拳頭。她被嚇呆了，躺在那裡眼睛瞪得老大看著他，最後哭了。她一哭，他倒高興了，同時心裡也消了點氣兒。他把憋在肚子裡的話倒了不少，一通子說教後他覺得舒服了些，當然這對她也是有用的一課。這就挺好。他站在那裡，意識到自己頭腦十分清醒。突然，他爲床上這位姑娘覺得難過。也許她並不是他所想的那樣，天曉得她是什麼意思。都見鬼去吧！現在一切都砸鍋了，並且還惹得她挺不高興。

他遞給她一塊手絹，她接了過去。接著，他看見她臉上露出了點笑容，並且一個勁地壓制著又開始復活的感情。他覺得又有點來勁了。爲了使自己振作一下，他伸出手去，喝了一口杯中的酒；酒雖不涼，但倒更提神了。他把酒杯遞給她，她接過去抿了一點。有那麼一小陣子，他們什麼都沒說。他在她旁邊坐下來。他焦急了半天，不時地深呼著氣。他把手放在她脖頸上，她又把自己的手放在他的手上面。她渾身那麼興奮，有些微微的顫動。他把手偷偷地向她乳房摸過去，鴨絨被從她身上滑下來，但她並不阻止他。他很不喜歡克制自己的情欲，再說她又是那樣的心甘情願，而他又帶著一千伏的電顫動著，他緊緊地摟著她豐滿的胸脯，那一感情爆發的時刻到來，他叫出聲來，因爲那太美妙了，以致他的脊骨裡都閃著火花，他實在記不起來那有多美了。

過了一會兒，他們穿上了衣服，因爲聽見外面走廊上有腳步聲。他們相互看了一眼，笑了。接著是敲門聲。

「等等。」艾許說。

他從床鋪上把她拉起來，趕忙用手把床單弄平。他站在那裡看著她。他拉著她的手。

「多謝，」他小聲地說。「太謝謝你了。」

「謝謝你！」她說。有點兒害羞。

又敲了一聲門。他趕忙向四周看了一眼，看了屋子裡確實沒什麼可讓人說的了。這時，他慢慢地張大了嘴，這原來不是他和丹尼爾的屋子，也不是兩個姑娘的屋子。這又是一間屋子，沒有人住過，除了床之外，根本沒什麼東西，像牆上掛的衣架，櫃子上放的牙刷都沒有。他還沒來得及告訴她這個驚人的發現，她已經把門打開了一個縫，把頭探了出去。

是另外那個女孩子，多嘴多舌，還是一個勁地咯咯地笑。她使勁一推門進來，艾許趕忙把門關上。兩個姑娘在床上坐了一會兒。艾許覺得他應該和她們說說話才對，他在床邊的椅子上坐下來。他往下坐的時候，看見另外那個姑娘看見了什麼東西，她從地毯上的那個小紙袋一直看到他臉上。她的鼻孔一張一張，半是反感半是高興地看著他。她並不漂亮，但身材很好，臉長得普通，看上去有點兒厲害。她笑的時候，他看見她門牙當中黏著藍白色的黏固粉——她不去找牙科醫生，而是自己治牙。艾許不好意思看著她那心照而不宣的笑臉，於是只好用老辦法，一個勁地往上揚著眉毛。過了一小會兒，他站起來和兩個姑娘道了晚安。

回到自己屋子，丹尼爾仰天睡著正打呼嚕。

艾許脫掉衣服洗了洗。他還沒有上床入睡，就又抑制不住地渴望那個姑娘。他有點兒顫抖地站起來，朝門走去。他小心地拉開窗簾，打開門朝走廊偷偷地看去。他聽著船底下機器巨大的撞擊聲，屏住氣，強壓著自己的興奮和難忍的情欲。他的心和機器同步地跳動。那姑娘在哪間屋子呢？——她們睡了嗎？——他敢穿著睡衣冒險到走廊去嗎？——去敲哪個門呢？——也許會走出一個女服務員或一個工作人員？他站在過道上，不得不扶住側柱，控制住自己顫抖的身子。

突然，她們倆走過來，就她們倆，也許是從廁所回來。他覺得腿軟了一下，頭也很暈，但他還是吃力地舉起一隻手向那邊招了招。「嗚！」在靜靜的黑夜，他那聲音聽著像吹低音管一樣。她離開了女伴，急忙朝他走來。他拉著她的手，把她拉到了過道。他什麼也沒說，什麼也說不出，只是用手摸索她的臉。幽暗中，他覺得出她也在摸他的臉，但是她找著藉口：她的女伴不願一個人待在那裡。她站在他身邊，小聲地說著，輕輕地推著他。不，她不能再跟他進去了，不行。她不是怕丹尼爾，她聽見他已睡得很熟；是因爲她的女伴，她不能在外面待得太久。他一直都在撩起她的裙子，他的手一直放在那兒。她輕輕地對著他的耳朵說，假若快一點兒，能站著來的話……

他氣喘吁吁地摸索著自己那玩意兒。他一隻赤腳踏在椅子腿上，另一隻死死地扣在原地不動，像在那裡跳著一種奇怪的獨腿舞。他眼裡湧出淚水，什麼也看不見了。行，他這會兒已經快射了；他擔心她的高潮已經過去，但她正等著他呢！走廊裡的一線亮光在她黑髮上一閃，他哆嗦的手摟著她的身子，她的呼吸也和他一樣急促起來。

完事以後，她整了整衣服，偷偷地退出門去。往外退的時候，回過臉來對他匆匆地說了聲再見。他摸了摸她的臉蛋。

他過份興奮，過份感激，差點兒癱在地下，最後他無法忍耐，抑制不住地呻吟和喊了出來。丹尼爾停下了呼嚕，一骨碌，翻了一下身子。

艾許再次睡下，突然想起了一件事情：他還不知道這姑娘叫什麼名字！生活就是那麼怪，他想。他用手捂住臉，再一次吸吮著她身上又苦又甜的氣息，又高興，又感激，獨自在那裡呻吟著。生活是無限美好的。

他仰身躺在床上，雙手十指交叉地放在胸前，像小孩在向上帝做晚禱告一樣。他覺得倦怠、昏昏欲睡、幸福、無辜，第一次感到一個清白的、毫無壞心的來世。這個上帝的無辜的孩子，躺在那裡比床都長出一大截，抽著一支極樂的香煙，看著自己的手還在像產後痛一樣的哆嗦。然後，他在用硬紙板做的嘔吐杯裡摁熄了煙頭。（明天一早，他會給航運公司寫封信，感謝他們在床頭放這麼個東西太實用了）他側過身來，咕噥著說：「一個人在旅行時……」他沒完沒了地說著這句話，覺得想沉沉地睡一覺。

第二天一早醒來，他覺得有什麼事兒不對勁。他躺在那裡半天搞不清是怎麼回事，覺得哪兒有點痛，眼屎把眼睛也黏在一起了。他聽著外面的動靜。他爲什麼會有那種覺得有什麼事兒不對勁的感覺呢？

他立刻明白過來：睡過頭了！他看了一眼丹尼爾的床已沒人了。他看了看手錶：七點四十五分。根據時間表，船應該八點到。他打算七點起床，在船駛進港的時候看看峽灣，據說這座城就在峽灣之間。該死！再有一刻鐘就要到了，他還得刮鬍子。丹尼爾爲什麼不叫他呢？這個笨蛋！

這會兒，丹尼爾當然已上了甲板，鬍子刮得乾乾淨淨——欣賞著船駛進峽灣的美麗景色。丹尼爾的手提箱整整齊齊地放在地上，什麼都打包好了，收拾得乾淨俐落。他眞恨那種愛乾淨的人！尤其是把朋友扔下，讓他死睡，以致使得他急急忙忙刮臉、打包、跑得上氣不接下氣、暈頭轉向、又氣又累、血壓高到二百，趕了半天，就爲看一隻停泊了的船。旅客也都上了岸，碼頭上甚至連一個搬運工都看不見。這時，他聽見傳令鐘的響聲慢了下來。她仍在那兒哪！

他上到甲板時，那裡正在往下放跳板。他突然看見那個姑娘和女伴在甲板上排著隊下船。他大吃一驚，她竟然像不認識他一樣，他小心翼翼地對她點頭，她也不理會。她臉上一定會有隱隱的笑容，但他不敢肯定。她照料著自己的行李、出示船票，裝得還挺像回事。她和女伴兒靠欄杆站著，顯得高傲和冷漠，看上去一點都不像那時在走廊和客廳跑來跑去嘻嘻哈哈的樣子。她們站在那兒，像貴夫人一樣，那樣不可侵犯，像塑像一樣高雅。艾許摸了摸頭，實在覺得有些莫名其妙。是個夢嗎？他用手去擦了擦嘴唇，聞到手指上留下的隱隱香味——他沒有在做夢。

他立刻高興起來，但馬上又不高興了，因爲他不知道那姑娘到底往哪兒去。在目前的情況下，他也沒辦法去問問她的名字和地址。她和她的女伴是進城找工作嗎？去當招待員，幼兒園保姆，女工或售貨員？她走下了跳板，她走上了碼頭，她在他生活中消失了。一個男人在碼頭上接她們，他和她兩個都握了手，但和那個漂亮動人的笑得更熱情一些。艾許含糊其詞地對自己說：唉，我眞該死！

他向跳板下走去，心神不定地想著。他踏上了圓石子路，那就是他腳下的未來。他停下來，站在人群之中。從晴朗的天空傳來海鷗的叫聲。他開始了生活的第二輪。他進了城。他的心開始顫抖，一個人在他耳邊說：

「愛爾沙昨天從醫院出來了。」

5 公野豬

在一個陌生城市的第一天！

眞來勁！鼻子使勁聞著，眼睛瞪得老大，步子也那樣輕鬆，像到了一個新世界的動物，耳朵不住地轉動，聽著四周的聲音，城裡人說話的調調……

是的，所有那些。但首先還是那種變小了的感覺，那種對大城市那些亂七八糟東西的懼怕，房子、街道、地址、電話號碼。這座城太現代化了，連電話都是自動的，你只要撥五位數，電話就通了；但話又說回來，你笨手笨腳地從兜裡摸出個硬幣放進去，過早地一按扭，急得你滿頭大汗，因爲那個貪婪的小縫是永遠塞不滿的。這是一座大城市，比他的故鄉大兩倍，美麗，清潔，管理得挺好，市中心是高聳的現代辦公大樓，側街上則是老式的、漆成白色的、保護得挺好的住宅區。這裡群山環抱、天空高爽，是座開放、自由的城市，是座有許多教堂、石頭城堡和碼頭，有不少上中世紀房屋的古都，是個現代的、充滿生氣的、有實力的二十世紀商業港口。

千奇百怪的令人興奮的氣味從倉庫、工棚、辦公室、小餐館和街道上向他襲來。有瀝青、棕櫚、鯡魚、乾魚的味道，有桔子、白菜和洋蔥的味道，有胡椒、咖哩、丁香、小豆蔻和蒔蘿的味道。那個麵包房的門開開閉閉，頓時，熱騰騰香噴噴的新麵包和麵包卷的香氣繚繞在他周身。他聞到啤酒廠冒著熱氣的麥芽香和製革廠新皮子的酸味，還聞到裁縫工作間傳出來令人窒息的衣服和布的味兒，以及硫化廠的硫化膠味兒。

這地方以雨多而著稱，所以天老下著毛毛雨；他和街上的人擦肩而過，就聞見那種油布雨衣的味兒。在經濟暫時緊張的情況下，他也只得買把傘。一把傘得多少錢呢？他還聞到食鹽的味道，聞到有軌電車在灣道的鐵軌上磨得發熱的味道。（作為一個有軌電車司機的兒子，他已注意到，這些有軌電車是西門子—舒克爾特公司造的，和老家他父親開的車一樣。）他還聞到港口船上和街上摩托車排氣管裡的煙味兒。花店裡，還傳來了玫瑰的濃香和苔蘚及暖房肥土的味道，這立刻使這年輕人想起了秋天，生命也就要結束了，國王也不例外。

那街道，那具有北歐富麗和新穎的房屋，那市中心整潔的八邊形噴水池，以及它周圍的草坪和塑像——在年輕的艾許看來，這一定是挪威最可愛的城市。（後來歲數大了些，他知道確實如此）他和丹尼爾很快就到了大學。校舍在一塊高地上，他倆走進辦公室的時候，都脫下了帽子，因為他們沒有預料到這地方如此壯觀。那些硬木門框和厚厚的地毯，把他們弄得有些不知怎麼才好。（他們鞋上都還沾著泥！）銅扶手亮閃閃的像是金子做的，大理石臺階，洛可可式鏡框的牆鏡。他們總覺得會有管事的出來查看他們的證件。教務秘書讓他們坐下，接過他們塡好的表格，他們的臉都嚇白了。行，艾許把帽子放在膝上坐在那裡朝四周看了看，心想：假若他們想用大理石臺階和硬木門框來軟化我的話，那他們可就大錯特錯了。要我看的話，這座建築物有點新貴的味道，有點兒過份了。這房子使我想起了古羅馬哈德良的別墅，船主們建這樣一所學校一定是居心不良。這樣會更好一些：他將告訴他們什麼是無產階級專政，他確實會這麼做，並且（秘書暫時進裡面屋子了）放了個屁確認自己的想法。但是他立刻就臉紅了，因為一個坐在隔區那邊的金髮姑娘掉過頭來吸了吸並看了他們兩個一眼。

第一夜，丹尼爾得上旅館去住，艾許是在母親的一個遠房親戚家裡度過的。第二天一早，他倆就碰頭去找住房。丹尼爾關於他在船上的最後那一夜一個字也沒說，艾許也不想問他和那個姑娘在哪兒過的夜。儘管在挪威，便宜姑娘並不處處皆是，但為了丹尼爾好，他還是希望他沒去。

早晨，艾許給親戚打電話，親戚對他說，歡迎他去吃午餐，並且一定得去。艾許接受了他們的邀請，儘管他眞有些擔憂：幾年前，他見過這家的男人，總覺得他像個蠢騙。而現在他要去見他們全家，向他們大家問候。

那是一次很難忘的訪問。他先見到女的，那是個中年婦人，蒼白、文靜，握手的時候出奇的柔軟，幾乎像是道歉一樣。艾許覺得像是握住了死的東西一樣。她丈夫可大不一樣：矮個頭，壯壯實實，渾身肌肉，五十來歲，皮膚黑黝黝的，大嘴裡長的一口牙倒挺白，下巴突出得老高。他滿身是毛，精力旺盛。他肩膀特別溜，肚子特別鼓，屁股特別大，所以整個身子都快成梨形了。儘管他這個女人般的體態——也許正因為這一點——他幾乎是加倍的強健有力，幾乎都有點兒發蠻。他公牛一樣的脖子和短粗的胳膊力大無比，走進屋來，隨身帶著鹹魚味、臭奶酪味和濃咖啡味。艾許不難想像，這個小個子不費吹灰之力就能搬起上百斤重的魚桶。後來他才發現，那天在大家聚在一起的時候，他的拿手好戲是給大家表演力氣活：抓著椅子背把它舉平為止、用手指頭捏碎核桃、一隻手把鋼琴抬起地面等等。他激艾許也來比試比試。艾許一看他那胳膊肘子也就打了退堂鼓。他把袖子捲得老高，手臂上的肌肉一鼓一鼓，就和狒狒的臂膀一樣毛乎乎的。艾許藉口說，他的臂有他的兩倍長，以槓桿原理來說，這種比試是不公平的。
這位男士的名字叫西維爾特·尼爾森，因爲他有一口參差不齊的白牙，鼻孔裡還長出亂叢叢的黑毛，艾許立刻就給他起了個綽號——公野豬。
他很快就厭惡起他那種胡吹的勁頭。他剛剛進到屋子握完艾許的手，就拉著他滿屋去看他那些寶貝：「你覺得這怎麼樣？嗯？」艾許每次都只好說挺好，說他客廳的傢俱、那兩張畫、鋼琴、臥室家具、孩子的屋子、收音機、書架及書架上的那些書都挺好。公野豬把每樣東西的價錢都告訴他，還有當時是怎麼討價還價的。
他搓了搓長滿了毛的屠夫般的手，說他來看這套房子時的機會不錯，房租月付才三十克朗。他戳戳艾許的肋骨，用那雙凸出來的像是在海水裡泡了很長時間的暗藍色眼珠子眉飛色舞地看著他，好像對他說只要他在大學考好試，找個好工作，他也會有這一切的。上半天學，最後才奮鬥到公野豬這麼個家，他想到這裡，簡直是害怕極了。他置辦一套周圍都是這些東西的家還不如死了好。他無法表達他那種火熱的高遠的理想，但在這些理想裡面，他最渴求的是美和靜，是又大又亮的窗戶和簡單大方的傢俱（最好是他自己做的），有鮮花、寧靜和微笑，有一個漂亮的女人（啊！誰是他生活中的那個女人呢？她長得怎麼樣呢？——他不知道，但她一定會有一雙白淨、小巧、溫暖、有力的手，握手從不會那樣軟綿綿的）。
他要是請人到家裡來，肯定不會向人家吹噓自己買的那些東西。站在這個矮矮胖胖的自鳴得意的奶酪商身邊，他產生了幻覺，很可能是因爲公野豬那內在的威脅性的、無窮的力量，使他想像出另外一個也力大無比且十分剛毅的人，一個百裡挑一的能把一節節鐵軌不費力氣搬起來並且又能一隻手把它們放回去的人。

他想到了黑頭髮宮西爾德，那個和他有過孩子的女人。若是娶了她，她也會和公野豬一模一樣地佈置屋子，她是什麼都做得出的。假若過去他心裡還不夠明白的話，這下子已意識到逃離她是十分英明的。他大鬆了口氣，再一次看了看還在忙著的奶酪商。他從腰裡掏出金錶，來回地開開關關，直到他肯定眼前這個年輕人注意到了他的寶貝——一隻金錶！

後來，艾許想：對那些吹噓自己財產的人我為什麼那麼討厭呢？是因為我覺得那應該受到道義上譴責的緣故嗎？也許是因為我覺得替他們遺憾？因為他們內心深處那麼貧乏而不得不以裝門面來唬人？或許是我暗自害怕他們？忌妒他們對待生活的獸欲？

後來，這家的兒子和女兒也都回來了。兒子白白的，蔫不唧兒的，給人一種皮膚發白，不那麼舒展並且膽小的感覺。他好像缺少陽光，使艾許想到窯裡入多後馬鈴薯上生出來的白芽。他比艾許大幾歲，在銀行工作，艾許覺出他對自己入大學暗暗有些忌妒。他有一種模模糊糊的鬱悶，尤其是告訴他讓他和小伙子在同一間屋子睡以後。他們讓他在那間屋子的沙發上過夜。和一個暗暗忌妒自己的人過夜可不是件令人高興的事。那個女兒十七歲，準備上商業高中，又胖又壯，傻呵呵的，和她父親一個樣子。艾許對她是不會有動心的危險的，她大大咧咧地向他吹牛說自己在學校手球隊裡如何如何，還說前年她和班上同學去過奧斯陸。艾許禮貌地點點頭。他偷偷地看了她一眼，看她鼻孔裡是不是有毛：還眞有。毛不多，也不太重，但總有一天會像她父親那樣又粗又黑的。她以後一定會是個醜八怪，艾許想。

大家都在桌前坐下來，公野豬合起手掌來做飯前感恩禱告，大家也跟著做。艾許沒有想到要跟他們那樣做，一時竟有點兒尷尬。太可怕了，他不由得驚呼出來。公野豬和上帝，太不可思議了！有什麼不可思議呢？難道上帝不是一直都和那些勤懇的、節省的和苦苦討價還價及來回數錢的人聯繫在一起的嗎？已故的十八世紀清教徒式的評論家理查德．巴克斯特說過，要是用兩種法子做買賣，基督教徒們會賺更多的錢！那麼公野豬做做禱告又有什麼大驚小怪的？

他早就過完了二十一歲生日，完全懂得是世上千百萬的公野豬們使上帝存在，同時上帝也促使他們生存！不要對這種事兒反感了，有一天你也許會到阿拉伯半島，那裡的主人吃飯前很可能會面對麥加跪下禱告一番。一笑就算了，只是微微地、禮貌地、不出聲地一笑就算了。看看桌上的魚湯，把自己的信仰留在心裡就是了。從你的旗上撕下基督教的十字架，把鮮紅的樸素的旗幟高高地舉起，這樣做好是好，但沒有必要在人家飯桌上表現出來。且不說公野豬夫人的湯做得很香，接著還要上鮮魚和豬肝。

公野豬沒用刀叉，只是用手指把熱騰騰的魚撕開，放到了自己的盤子裡。他使勁地用嘴嘬著指頭，在連連的咂嘴聲中手指被嘬得乾乾淨淨。這給艾許留的印象太深了，更主要的是這個人竟一點沒有意識到這是沒規矩的。那個花崗岩腦袋是絕不會做什麼自我批評的。

飯吃到最後，當煮梅子乾端上來的時候，（「是我店裡的眞正的維多利亞梅子乾，你吃得出來，是嗎？」公野豬問。艾許禮貌地點點頭，而心裡卻懷疑那完全可能是假貨。）話題轉到了艾許今後的打算。公野豬想知道考完試他是否打算自立，比如說在食品雜貨店找個工作。艾許不得不承認，無論是批發還是零售他都不打算幹；最理想的是，他能否有機會爲合作運動幹點兒什麼。

他一句話說得屋子裡鴉雀無聲。公野豬嚥下了一個梅子核，他的眼珠子差點兒鼓了出來。他是說合作運動嗎？

艾許很快就意識到，他這句話激起了多大的浪花：資本家奶酪商和合作商店像國教牧師和小教堂傳道士一樣，是死對頭。他眞想掩飾一下，可是太晚了。公野豬喝了口桔子水，把身子探向桌子那邊的艾許。心中的仇恨和眼前的情況使得他嗓音都有些哆嗦，他問道：

「你知道《啓示錄》裡是怎麼寫的嗎？」

「不，不知道！」艾許不得不承認，對於高深莫測的聖經他確實了解得不多；但是他突然想起了不久前在一次討論會上聽說的那一點點，笑了笑說道：

「我想是在聖經的第八章，不是說耶穌打開七重天的時候，天堂靜了半個小時左右嗎？」

公野豬的嘴一張一閉。

艾許繼續往下說：「我經常懷疑天堂是不是有鐘錶，或許他們就是靠推測過時間的。」

艾許覺得，他可以冒險開這個小小的玩笑。使他無限吃驚的是，他發現那個馬鈴薯芽兒般的兒子正用一片麵包遮住他要發笑的嘴角。這彌補了一下他在這裡的不足，這是他在這個家裡首次得到的一絲溫暖和理解。

「我不是那個意思，」公野豬說，「我是在想別的什麼。據聖約翰的啓示錄裡說，世界末日來臨的時候，地球和所有人的命運都是息息相關的。」他像說書似地說了半天後，直起腰來深深地吸了口氣，又把身子探過去。他用長滿黑毛的手掌拍拍桌子，放低聲音，用一種陰陰的威脅的語調說：「你知道這些都是什麼造成的嗎？」他沒有等待答覆就小聲地說：「合作運動。」然後忍不住了，他大聲地喊道：「是合作運動！」他用那又短又粗狒狒般的手掌擂著桌子吼道：「是合作運動！」

艾許看了一眼桌子那邊公野豬的兒子。他好像在這年輕人的臉上再一次看到了一點笑容。

「當然，」艾許說，「也許合作運動並不那麼十全十美。」

「十全十美！」公野豬驚呼道。由於生氣，他的肚子一鼓一鼓。「那都是鬼話，小伙子，參加合作運動的人都是反對基督教的。」

「您剛才不是還說它和世界末日有關嗎？」艾許小心謹愼地問。

「就是這種東西和反對基督教的人，它們都有關！」

「所以希望那些反對基督教的人都將努力的幹活。」

「沒錯，」公野豬哼哼道，「上帝會那樣安排的。」

毫無疑問，桌子那邊年輕人也笑他的父親了，因爲他暗暗地理解了艾許的意思，吃完飯，艾許比他剛坐在餐桌前的情緒要好多了。

那天晚上要說的話都說完了，艾許發現那個年輕人比自己開始想的要好多了，有趣多了。

「我從沒見過……」年輕人說，並用手指著。

「什麼？」艾許問。他穿著睡衣坐在床邊上，朝下看了看自己的腳。

當他看見對方也在看自己的腳時，他也急了：他的大腳趾頭都認不出來了。他從沒見過這樣的腳趾，全紫了，幾乎變黑了。艾許用一個手指頭小心地按了按，痛得他直要掉眼淚。他想，世界上的每一個愛都要付出痛苦的代價。他害怕地說：

「要是長疽可怎麼辦？」

「啊，」對方笑著說：「掉不了。明天就會變綠，後天早晨就變黃，再變就又是白的了。」

「謝謝你。」艾許說。他對他已經產生了好感。

在馬鈴薯芽兒身影的後面，卻是一個謙虛、聰明、多思的年輕人。關燈前，他們躺在那裡聊了半天。這個年輕人讀過不少書，人們從沒料想到一個職員，一個奶酪商的兒子，一個合作運動的死對頭，會在這些領域裡讀了那麼多書。他讀過奧爾德斯．赫克斯利和T．E．勞倫斯（他告訴艾許，不是那個寫《查泰萊夫人的情人》的勞倫斯，而是在第一次世界大戰期間差點兒替阿拉伯人征服了阿拉伯半島的那個勞倫斯），他還讀到過一個叫魯道夫．斯坦耐的德國人的作品，對這個人艾許卻從未聽說過。還有（這一點，艾許就更難爲情了）《可蘭經》的丹麥語譯文。

是全本《可蘭經》嗎？全本。

後來，艾許有各種偶然機會見到那個年輕人，但他再沒去過他們家。他再也不想見公野豬，他那又紅又亮洋洋自得的臉龐使他深感厭惡。那天夜裡他長這麼大還是第一次嚴肅地自問：我能不能去殺個人？當然不是說去合法地殺人，從道義上行得通嗎？世上有過這種情況嗎？世上還有這樣的害人蟲嗎？

那天晚上，公野豬和艾許單獨在一起待過一會兒。艾許對公野豬說他兒子和女兒長得一點兒都不像。公野豬清了清嗓子，四下看了看，放低了聲音。見周圍確實沒有別人，公野豬說：「那男孩子不是我的兒子。」艾許想知道他是誰的兒子。公野豬把聲音壓得更低些說道，那男孩——

啊，你瞧——當他，也就是公野豬碰到他現在這個妻子時，她生下了個私生子。他，即公野豬，不知道孩子的父親是誰，後來，他就收養了這孩子。

對這個奶酪商的諒解和寬厚，艾許十分驚奇，眼瞪得老大。公野豬雙手往圓鼓鼓的肚子上一放，假心假意地嘆了口氣。甚至他自己都被自己的善行感染了。然後，他把身子往前探去，把一隻手放在艾許膝上（他永遠忘不掉那隻手的樣子），用很低的、會意的、保密的語調說：「我對這事兒倒不覺遺憾。她挺聽話，從無怨言。」

他發黃的眼珠充滿了自信、蠻橫和貪婪。艾許想到這個沉默寡言的女人即產生了同情心，她沒有什麼性格，握手都帶著歉意，都那樣無力。他起身告辭，臉色很不好，結結巴巴地藉口說他實在是累了。此後，艾許再也沒有去過公野豬家，在這裡他舉目無親，好多夜他都躺在那裡想：是不是可以去殺個人？

6 五十隻白膚金髮的餓狼

第二天一早，艾許就進了城。他找到丹尼爾，一道去租房子。四個小時（校方給開了一個看房子的單子）看了三十間房子，看到第三十一間的時候，他們已筋疲力盡了。一位上了年紀的婦女剛打開門，艾許就問：「有空房子嗎？」那婦女剛囉哩囉嗦地說了句「有、有……」艾許就一頭扎進去，忙說：「我們要了。」

學生處，教務處。

課程表。

課程表。

從何處著手呢？當一個年輕人發現他必須從浩瀚的書海裡選出其中一種的時候，他會覺得自己是多麼的渺小和淒涼。

就在第二天，他剛上了幾堂課就有點兒著急了。一連好幾年，他都教課，都是動嘴皮子，已經失去了坐和聽的本領。不僅如此，教授們和講師們在這幾堂課拿出來的東西，在他看來已最清楚不過了，只不過是小菜一碟。他最擔心的是，假若他聽了上百堂這種催眠似的課，他的精力、鋒芒和極大的熱情，就會無謂地耗盡。他簡直是著急透了，想立刻就坐下來認眞幹點實事，立刻就清晰自己的思路，敏銳自己的才智。他不是到大學來混日子的，是來經歷那場使他變得更爲成熟的最艱難最重要的鬥爭的。他和其他五十個年輕人坐在那裡，長長的橡木新式課桌漆得又平又亮，大家都興奮得直發抖。

他猛地意識到，這些課堂上的內容，都是過去學爛了的東西。這些教授們和講師們都是多餘的，用他那社會主義者的術語來說，他們都是些非生產性的掮客！但願他能自己去掌握這些知識——並且能盡快地掌握——然後他便將和他的敵人針鋒相對，作拚死的搏鬥。

過了幾天，他更糊塗更不知該怎麼辦。課程表長得嚇人，像那些難熬的歲月，涉及的書就更沒完沒了了。這些書包括必讀的，也包括選讀的。（天哪，他們聽說的選讀是什麼意思呢？選誰的著作呢？選讀著作在考試中佔多少份量呢？）第一學年大量講義都是油印的，有許多修改，盡是打字錯誤。（啊！所以我們要去聽課，要和講師們從頭到尾去查對這些講義，並改正那些錯處。因爲那些笨蛋連打字錯誤都檢查不出來，我們只好跟著受洋罪。）

從各方面都一看就清楚，這是所新大學。組織不完善，管理無經驗，甚至教授們和講師們也都是新手。他們的專業知識倒還可以，但是卻不知該怎麼教才好。他們不清楚學生已懂得了多少，也不清楚學生們想學什麼。因爲這種情況他們往往是支支吾吾、結結巴巴，尤其是那些年輕一些的教員。他們在黑板上寫字時常常斷粉筆，他們做算式的時候往往出錯誤，課快結束的時候，滿頭大汗，紅頭脹臉，他們便急忙求助於課本，整段整段地往下唸。因爲這些講義不是瑞典語就是德語、英語或法語（這種專業的講義還沒有挪威語的鉛印），他們只能在那裡做即席翻譯工作，經常出錯，吭吭哧哧，抓耳撓腮，一個勁地瞪著天花板，像是搜尋著相應的挪威語意思一樣，又難受、又緊張，聽課的學生都恨不得上去幫他們一把。

尤有甚者，因爲實在沒有能幹的挪威人勝任了，最重要的科目——經營管理學教授是特地請來的外國人。這位教授生在哪一國不清楚，只知道他是中歐什麼地方來的，可能是生於匈牙利，在德國上過學，在瑞典做過一段買賣，那以後，又在美國待了相當長的一段時間，兼個大學的教授和幾個大財團的經濟顧問（罐頭食品及電器設備）。他的閱歷不凡，眞是個叫學生們讚嘆不已的人物。但也許他非凡的閱歷並不等於他是位能幹的老師。他學了一口怪聲怪調的瑞典語，並大膽地用它和挪威人試著，因爲摻雜了不少挪威語的表達法而使得他那口瑞典語也大爲遜色，其結果往往是花許多時間來探討單詞的意義。他根本就不曉得怎麼講課，事實上是艾許見過的最差勁的老師。艾許很難把這位教授的閱歷和他的實際能力一致起來：學生們簡直不懂他的方程式、計算題和坐標圖，更糟的是，他在黑板上潦草的書法，就像瘋子瞎畫的一樣。

最後，還是艾許得出了結論。有一天，大家上完他的課精疲力竭不知所措地坐在那裡，艾許對大家說：「這人太聰明了，事情就是這樣。」

這位教授黃頭髮，胖胖的，溫和寬厚，有點兒稚氣。他可能在四十歲到五十歲之間。總是帶著和藹如天使般的微笑，但有時卻有些乖戾和憂鬱，像是心底還隱匿著什麼怨恨；慈愛的後面，還藏著絕望。他像遠道請來唸經的和尚一樣，爲了和學生們處得融洽一些，他不是站在講臺後面，而是晃悠著雙腿坐在上面，活像個上了歲數的童子軍頭兒一樣微笑著。艾許覺得噁心透了。他認爲一個教授應該是對他的專業掌握得爛熟，並且是待在講臺後面。假若他想和學生們交朋友，應該是在教室外面。艾許是來學經營管理的，不是來欣賞教授晃悠的雙腿下面的灰色短襪的。他覺得，因爲大家對他的專業知識產生了動搖，而這位教授的形象算是完蛋了。什麼叫教授？教授就是要有勇氣被他的學生不喜歡。

（艾許突然想起了他小學時候的德語教員，他讓學生們充滿了無聲的恐懼和絕對的欽佩。他從沒有笑容，但他的專業卻十分道地。艾許從心底感謝他的德語口頭和筆頭都像德國人那樣自如。他們真恨他！那人是多麼的寂寞，多麼的寂寞啊！他確實就是那樣。艾許想，任何有價值的成就都是來自冷酷的寂寞！然而，他剛一想到，臉就嚇得蒼白：世上再沒比寂寞更可怕事了。）

這個教授滿臉的溫和和狡詐，強做出笑容，額前還留著一撮男孩子那種耷拉下來的頭髮。（艾許真想剪掉它，因爲它老是往下掉，而他老用手去往上梳，非常分散學生的注意力。）他屬於一個當時稱之爲牛津小組而現在改名爲道德重整運動的宗教派別。他若是只自己信奉那一套，艾許也就算了；可是這位教授偏把那些東西帶到課堂上，並奉行經濟基於人類慈善的原則，這樣艾許就很難諒解了。

看上去，這位教授和經濟學的原則都是「服務於人類」。但一聽，艾許就覺得上當了。經濟學的目的是要用最小的努力和成本，生產出最大的產量。任何傻瓜都明白這點。經濟學是一種技巧，而正是爲了這種技巧，艾許才來學習的。「服務於人類？」行，有一天他會這樣做的，用社會主義的法子。他也有同樣的目標，但他來學的是經濟手段。那些關於道德、人類慈善、關心別人等的隱晦說教有什麼好處呢？道德不是什麼只是讀讀聽聽的東西，而是真實生活中的一種態度，一種和人交往的實際方式，一種自生的東西，絕不是一種可拿上講臺的東西。一切對道德的空談只會喚起對它的對抗。道德就是人們互相謙讓、在相互鬥爭中磨掉稜角的結果。（有時，人們簡直是搞不到一起，於是一個殺掉另一個，或是逃開了事，就像艾許逃開黑髮女人宮西爾德一樣。他想，這也是道德，實踐中的道德。世界上什麼樣的牧師也不可能使我和她結合。）

假若孩子們從小就要求學幾千年前老沙漠頭子摩西爲他們遊牧民族的文化破壞者灌輸的十誡，人與人就會彼此友好。這是人類最偉大和最重要的幻想。這些嚴格的、非現實的莫名其妙的戒律，才是人們私下幹秘密勾當的主要原因，才是多數人表面高興心底仇視地利用一切能得到的機會去信仰別的鬼神而不是信仰上帝的原因。他們把上帝當成空名，對安息日不那麼虔誠，不尊重自己的父母，殺人，通姦，偷盜，提供假證據，垂涎鄰居家的房子、毛驢、僕人和老婆。艾許想，要拯救這個世界，就得要停止所有對道德的空談。對於這個奇特的哲學思想，連他自己也知道得甚少，並且也沒有人聽這一套。其實，艾許也很不好意思開口談這種想法。

當擔心和不安出現的時候，邪惡就會進入人的心中。那些本身就是擔心和不安的根源的人（教授們），不是設法去掉心中的邪惡，而是相互發著脾氣。他們像是猛擊同類的動物。他們觀察著，聆聽著，因爲他們經受痛苦，別人也必然經受痛苦。這種事都有個規律，一個勾心鬥角的規律。這個規律對一切感到不安全的人和無法脫身其困境的人都適用。

艾許往往是在上課的過程中明白這些的。哪個學生要是發現一個單詞、一個智慧的火花、一個有助於解答教授所提的問題的想法，並且趕忙趴在練習本上把這些東西記下來的時候，等待他的總是來自一些人挑釁性的笑聲。他們把眉毛揚得老高：「好像他發現了新大陸！」他們把大拇指塞在耳朵裡，兩隻手富有表情地動著。「把我們放在什麼位置？」他們甚至從那個學生手中搶過鋼筆傳來傳去：「咱們不能讓他記那些胡言亂語！」

課間休息，一堆一堆的學生站在校園枝葉茂盛的栗子樹下的時候，艾許對這些就更明顯了。

艾許對一堆一堆的人最爲敏感，尤其是對男人們。他好像特別想要了解不同的人在思考什麼。把這些人的思想拍成X光照片眞是令人又驚又怕。那種想法像是隻高飛的小鳥，像是隻盤旋的老鷹，使得他能看見一切。不，那想法更像是踩著無形的高蹺。有時候，那種想法使他有點高人一等；他並不想如此，但不知不覺就那樣形成了。於是他害怕起來，不僅僅害怕自己的這種優越感，而且害怕和別人之間產生了的這種距離，於是他實在想和他們打成一片，渴望得到友誼。

課間休息的時候，同學們站在外面，一堆一堆地站在那裡聊著天。他們有的吃著果子麵包，有的抽著煙斗，有的捲著煙捲。他們不時地向山下牆那邊的女子學校投去心不在焉的目光。在滿是沙子的操場上，姑娘們手把手走來走去，有一些在一旁單腳跳房子，有一些在跳繩。

那些大學生吃著麵包，抽著香煙，看上去好像很輕鬆，但艾許十分清楚，他們腦子裡卻想得很多，他們像狼一樣，十分機警地聽著周圍的動靜。他們那些從無休止、激動人心，而又難以啓齒的問題是什麼呢？如此而已：他們裡面已經有人在下面訂計劃了嗎？已經有人偷偷開始了嗎？濃密的日爾曼族式的黃色眉毛底下，機靈的藍眼睛觀察著：他們當中有人著手幹了嗎？眞正著手幹了嗎？他們是從誰那兒得到的暗示？還是去年猜中的那些題？或是從教授們那裡得到的？難道他們私下到教授們那裡去過？從他們那裡搞到了什麼？那麼其他人又幹什麼呢？那些像他們一樣已經在下面訂了計劃的人，他們又在幹什麼呢？誰也不會相信同學的話。尤其是有人說他在讀一本教科書就更沒有人信了。很可能這只是個假像，只不過是想把別人引入歧途。不讓別人比自己考得好，叫那傢伙幾個星期都去白白地啃一本無用的書。

新學年的這五十個年輕人，來自全國各地，看上去都是要幹一番事業的人。他們都將會在社會上有出頭之日，都將會是出色的企業家。他們的希望和決心是有朝一日在某大公司做事，他們是一代新人。所以一開始，他們學習就很認眞，決心就很大。他們看著、聽著、往心裡記著。儘管買賣的勢頭不錯——部分原因是歐戰的威脅在增長——但也不是到處都能找到工作。

這所大學太新，許多私人企業的頭兒們都斜眼看著這些怪裡怪氣的年輕人，把他們都當成火星人一樣的怪物。其實，私人企業不需要只懂得年金和累積資金之間有什麼區別而不知道什麼是轂子什麼是麥子的空頭理論家。

於是，學生們不僅只是要頑強地攻克考試這個堡壘，而且在學習的同時，還需有計劃地去克服私人企業對他們的不信任。這就是說，他們遲早得選擇一個固定的分科，或者說是一個固定的公司，做它的工作，對它進行軟化（最好的辦法是向這家公司提出申請，允許他寫一篇此公司情況的論文）。這樣，適當時，他就會被看成是世界上唯一能挽救那個老式、舒適、浪費而又混亂的公司的人，會把這家公司平安地引入合理化的、能獲高利潤的、據有科學性的經營管理中去。

所以，有必要一開始就知道別的學生都在做什麼？他們都開始讀些什麼書了？爲了專門研究，他們都制定了什麼計劃？和哪些教授關係好？和哪些公司有聯繫？因爲——啊，太可怕了！——可能就在結業考試後的第二天，兩個初出茅廬的經濟學家會出現在那個同一服裝廠的董事辦公室，有指望瓜熟蒂落地去撈個經理什麼的！兩三年的緊張學習，只要目標沒選錯就行！

然而，這種遊戲只需要了解別人的計劃，而自己的卻要守口如瓶。要做一個出色的外交官，在這個賭注很大形勢複雜的遊戲裡擊敗別人，就得要永遠不暴露自己。假若別人也都像你那麼外交又怎麼辦呢？東方人的狡詐素有所聞，但也比不上那些大學低年級學生們的北歐式狡詐。

鈴響了，學生們都向教室湧去。這五十個挪威青年，（是五十個嗎？也許有幾個利用課間操的機會和主任去私下談談？）進教室上下一堂課去了，心裡充滿激動、僞裝、擔心和不安。他們是一群狼。不過，他們還得等幾年，到他們考完試的時候，到他們能夠嚎叫的時候。

艾許以一種奇怪的方式並且幾乎是寬慰地發現，同學們當中這種唯物主義的尋求職業的態度。自上中學起，他就看不起那種生活態度。那種人只懂得表面的勝利，只看東西的價錢，而不看東西的價值。他常常覺得他對社會地位、財富、獎章、榮譽的藐視是對他母親的一種掩蓋著的反抗。她對小資產階級羨慕的要死，認爲所有那些都是屬於「有教養階層」的。童年時，他非常依戀母親，很愛她。她是世界上唯一在他生病時能去求援的人，她是光明的天使。

後來，到了青年時代，這種關係就變了。從一個病童的支柱，她變成了一個快要長大成人的青年的累贅。孩子是她的，長大了，她還想佔有他。兒子應該賠償她生活中所失去的、所錯過的東西。她從未有過屬於自己的房子，兒子應該爲她建一座；他應該給她買一些別的女人都有的那種寶石和狐皮；他應該使她擺脫那種微賤：因爲他就要得到顯赫的地位，應該讓母親榮耀一番。她已經開始對人說：「我大學的兒子」，她就只等著說：「我那在銀行當經理的兒子」或輕飄飄地想：「我那當部長的兒子」了。

每次她那當有軌電車司機的丈夫連申請職務升級的事兒都不敢去想，這種有失臉面的事只有兒子才能彌補得回來。她干預兒子所有的事情，從梳什麼頭，穿什麼衣服到交男朋友女朋友她都要作主（儘管在最後一點上往往總不成功），每次他對母親干預得不是地方大發雷霆時——那種實在令人傷感且一直看上去像有絕對權威似的干預——她總是這麼說：「我可是爲你好啊，艾許！」啊，但願她能老老實實承認，其實她是爲她自己著想！

正因爲這樣，艾許討厭柔情，總是願意人們乾巴巴地毫無感情色彩地說話。也許這就是原因之一，儘管他很有寫詩和天才，但在保密的日記裡卻沒有寫過詩。他只寫過兩行詩——

我痛恨我的親生母親，
勝過痛恨任何別的人。

完全可能是因爲母親的關係和她對他盲目的崇拜，儘管他渴望著別人對他的承認，但對別人的讚美卻總表示懷疑。在他心裡，讚美是個疑因，是把人們騙進陷阱的誘餌。讚美變成了只做好事不做壞事的同義詞，這導致了他性格中那種古怪的東西。正是這種古怪，使得他做爲一個學生以及在以後的生活中，最終要成爲有油水的社會棟樑而沒有得到成功。所以他總是下意識地被那些不守常規的人所吸引，被那些生活在社會邊緣的人所吸引——吉普賽人、妓女、酒鬼、小偷、作家（那些反叛者，而不是那些寫堅信禮、銀婚日等好事的作家），總是同情窮人、病弱者、和平主義者、離婚的女人、黑人、猶太人、共產黨人、社會主義者。

可是，他不是也自己出來找職業嗎？找位置嗎？是的，確實如此，不過那是爲了使他過好日子就行了，而不是讓他花天酒地。他後來甚至還明白了，一個可憐的靠賣苦力掙工資的人，是不可能擠時間去享受那種稱之爲文化的東西的，（自相矛盾得很，那年頭掙錢餬口的人和文化接觸唯一的機會是他和他們工會罷工的時候，因爲只有那樣他才有時間上圖書館去讀一本書）那些滿腦子生意經的買賣人也是這樣。一個拖家帶口收入只有四千克朗的人，幾乎是不可能進入文化和美的王國的。但是，爲了他們的地位，爲了在來年還取得同樣的盈利，難道對那些每年收入四十萬的公司董事不也同樣困難嗎？那麼要是能解脫又怎麼樣呢？完完全全地解脫又怎麼樣呢？

「就內心來說，我是想出人頭地的，」艾許對自己說，「我未來的年收入在四千克朗和四十萬克朗這個範圍之間，但是四千克朗比四十萬克朗的可能性更大一些。我將會掙足夠的錢去買我需要的東西，去買那些怎麼也比來自歪門斜道要好的東西。讓我母親和那些美國人都相信快樂存在於表面現象吧，反正我比他們清楚。我一定會讓母親失望，因爲她無論如何從我這兒是得不到自己的房子或者銀狐外套什麼的。沒有必要現在就把這些全告訴她，我還是個學生，最需要零用錢的時候，而我母親現在還能給我一些。她使喚了我那麼多年，我現在剝削她點兒也沒有什麼良心上過不去的地方。但是，有一天她會吃驚地發現，她寶貝兒子的社會地位是多麼的低下。更不幸的是，她的兒子絕對成不了挪威銀行的董事。」

然而，艾許以一種奇怪的方式並且幾乎是寬慰地發現，同學們的唯物主義態度是那樣的明顯。於是，他知道自己面臨著什麼。他知道這裡不存在什麼柔情，而是踐踏別人或被人踐踏。經歷了年前使他不快的道德和唯心的自我反省後，落在這個狼群中使他有些耳目一新，甚至覺得有些寬慰。在這些金髮狼崽樂園中的唯一不協調因素，就是那個對五十個吵吵嚷嚷的學生強做出笑容的經濟學教授，尤其是他用一種迎合的、拿不準的語調及吭吭哧哧的挪威語規勸他們「爲人類服務」的時候，更是這樣。

但是，艾許心中的不安比別人更大一些。他確實過得太拮据了，即使一條鞋帶壞了也需要開支，他都會十分擔心。銀行貸款的陰影像斷頭臺的鈍刀掛在他頭上：那兩千克朗要供他兩年，甚至三年，過後，這些錢都要還回去。他想到那筆債，想到他每用一個克朗就失去的自由，有時候就有些絕望，以致發誓要去過麵包就白開水的日子（他每隔一段就這麼做，結果是丟人敗興，餓得夠餓，又忍不住地找個像樣的飯館，花上七、八個克朗，狼吞虎嚥地吃一通烤羊肉和配菜）。他要做的事情太多了，他必須得比別人都早點兒出頭露面，取得只有金錢才能賦予的獨立和榮耀。他必須得爲自己創造一個未來，比別人都快地結束那不值得留戀的過去。

時候他觀看別的同學，看見他們豁達開朗的臉孔，聽見他們清脆自信的嗓音，覺得他們眞像一張張沒有污點的白紙。他們的額上沒有一點皺紋，藍藍的眼睛又明又亮。他們不都是來自富裕家庭，但所有的人看上去都沒有留下什麼不光彩的烙印，也沒有什麼人成心向人求援。

有時候，他內心非常痛苦，非常妒忌他們。他爲什麼就不能像他們那樣原原本本地做人，像他們那樣沒有染上什麼惡習，像他們那樣身心健康？爲什麼不能也成爲他生命歡欣鼓舞的第一輪呢？爲什麼就只有他一開始就這樣倒楣，腳上就要縛上一個沉重的腳鐐呢？爲什麼，爲什麼呢？他們能不能別那麼開心？別那麼神氣？他們幹嘛非要那麼得意洋洋地拿出心上人的照片？他們的姑娘們都那麼漂亮，有朝一日他們都會結婚，並且生出可愛的合法的孩子。

7 藍封面的書

有一支歌，唱的是一個叫凱爾．彼特森的青年。他被他的情人尤賽芬拋棄了。這是學生們地下俱樂部裡常唱的歌曲之一，也就是艾許用鋼琴伴奏的那首歌。由於這首歌，他被請去開辦學生合唱隊，後來又搞學生樂隊，還當了這兩個隊的隊長。這些音樂活動變成了他大學生活中最出風頭的事了。唱凱爾．彼特森的歌詞有這樣幾句——

我的歌聲發自快活的心底，啦啦啦，
我光棍兒一個有沒有老婆全都一樣，啦啦啦，
我來無人問、去無人管，
我光棍兒一個多麼自在，啦啦啦！

自由是件好事，但絕對的自由卻像黑夜一樣無底。就上課這點來說，艾許覺得自己也像凱爾．彼特森：想上就上，不想上就不上。可是，他不但不開心，反倒覺得這種自由折磨自己。他憂慮。像所有年輕人一樣，慣於有些強制性的學校生活約束自己，慣於用學習來約束自己，這種學習意味著你必須去完成一定量的工作，並且老師必須要檢查你確實是做完了。而在這兒，這些

都不存在，這種無止盡的自由，使艾許的自覺意識潛移默化地消失了。

過了十來天，他感覺有些害怕，不得不強迫自己去做點什麼。他去到閱覽室，開始在經營管理欄查找起來。他一頭鑽進了一堆德語參考書中，最後拿起一本淺藍色封面的書，就跟聖經一樣的大部頭，也那麼厚。在那本書的那麼多章節中，他竟一下子就翻到了最引人注目的標題《工業會計，技巧與方法》。尤其是「技巧」這個字吸引了他，使得他充滿期望，心都有些顫抖。他小心翼翼地朝另一桌子的周圍看了一下：別人是否注意到他發現了寶藏？很清楚，沒被人發現。他把那本寶貝書在胸前緊貼了一下，心裡對上帝禱告了一聲，便開始翻著看下去。

啊！這比他希望的要好多了，他眞不敢想！

行文是用漂亮的小體字印刷，每一頁上都分成兩欄，印滿了計算例子、方程式、圖解、帳目等等。闡述的內容好像和某個工業財團所想像得到的每一個經濟方面都有關係。這是在德國一所著名大學執教的一位有名望的德國教授著的，是篇出色的、論據紮實的、非常集中的學術著作，通篇簡練，很有才氣，書中沒有一個印刷錯誤，沒有一句廢話，關於爲人類服務的觀點，一個字也沒有提。最令艾許感到寬慰的是，書中講經營管理學的任務時，連爲希特勒服務的一點點暗示都沒有。事實上，這篇文章從哪方面講都稱得上是佳作。這正是艾許所渴望的，也是他內心所偷偷朝思暮想的。他的目光立刻有了神，對自己說：這下我可得到最簡要的經營管理學了！

他高興和寬慰的勁頭兒就甭提了：他至少可以從這裡入手了。他坐在那裡讀這本書的時候，心都在怦怦地跳。他無不有點蓄意地想到教室裡拉長著臉的可悲的另外四十九人，他們已成爲那個低能老師的玩弄品！

不久，他心裡就猜疑起來，也許這篇他奇蹟般發現的二百頁長的文章，並沒有包括這個專業的所有方面。他還懷疑，也許教室裡的另外四十九人，會偶然想到那篇神奇的德國論文沒有提到的東西。這種想法剛一出現他就打消了：在他那樣不踏實而又內心恐慌的情況下，必需得有點兒什麼能給他希望，必需得用這點好事兒來安慰他。

第一天，他簡直決心大極了。他發誓，既然已下了決心，不把那篇文章吃透就不罷休，他要一句一句地引用它。腦子清醒也罷，昏昏沉沉也罷，都要能爛熟地引用它。他要把經營管理的論據在腦子裡弄得清清楚楚，這樣，他自己才能立得住，因為他可以用文章的主要精神來指導自己分析具體的問題。這樣，他更可以在課堂上站起來說：「先生，我能指出來……」他能夠有把握地十分自信地說：「這個問題當然應該連同公司的整個經濟結構來看，僅僅把它看成是會計問題是絕對不夠的，因為它和成本的關係很大。」

嘿！他的論據會很充足，天底下再沒比這更美的事兒了。

後來的整整一個月，他什麼也沒有做，就只坐在閱覽室啃那本書。他死盯住那本藍封面書，像個猜疑的情人盯著他的心上人一樣。天一亮，他就趕到那裡。他像沒有睡醒似的，閱覽室的門一開，他總是第一個進去。他常常是抑制住自己著急的心情朝書架走過去，生怕那本書不在那兒了。他用顫抖的雙手從書架上取下那本藍皮書，趕快走開，躲在最遠的角落裡，在一張桌子後面讀起來。他像動物園裡的一隻猴子，好容易搶到個香蕉，不願招引其它猴子的注意，躲在一角吃起來。香蕉一口吞不下去，都快噎死了。

他每天都帶著本德語字典，把整篇文章都一字字、一句句地翻譯成挪威語。他把譯文寫在一本專門的本子裡，以及所有的圖表、方程例子等等。他整整一天都用漂亮的銅版字體抄著，到了晚上回到家裡，再一遍遍把自己翻譯的文章唸熟，到能背熟爲止。「你在幹什麼呢？」丹尼爾問道。「哦，」艾許趕忙把他那寶貝筆記貼在懷裡，答道：「就讀讀我的筆記。」有時他坐在閱覽室寫的時候，心想：「我完全可以坐在家裡讀這本書就夠了！」有時因爲書中有很多搞不懂的東西，他又非常洩氣，尤其是那些計算例題，好多東西他都摸不清頭腦。這個德國作者有個臭毛病，總是喜歡用高等數學，而艾許在數學方面又不是天才。他有些不耐煩了，但又不好去和別人商量。一商量別人就知道他的祕密了，緊接著大家都會抄他譯的這篇文章。他就像個不願告訴她的朋友們在哪兒買那種帽子的女人，他要是發現別人也找到了這個寶貝，一定會特別生氣的。不過，他總的來說是太年輕了，太野心勃勃了，太鬼迷心竅了，都看不出自己那種遮遮掩掩的做法是多麼可笑。好多年以後他才明白，過於刻苦自己和放鬆自己其實是同一回事。

經過一個月螞蟻啃骨頭式的勤奮之後，他又變了。他變得非常突然，非常迅速，都有些使自己招架不住。就像有人當頭給了他一棒，他一下子變得清醒了：猶如地獄升起一道靈光——他立刻明白過來，其他四十九人坐在教室正經八百地學著什麼。當他坐在那裡埋頭讀他那本書的時候，另外四十九人一個勁地學習經濟學、商業法和外國語！

他像當初突然拿起這本書一樣，又突然把它扔在一邊。這本書在他看來曾經是奇妙的新發現，是阿拉丁的神燈；而現在他卻把它看成本倒楣書，看成是迷魂藥、遲鈍劑，使他糊裡糊塗地失去一段寶貴的時間，錯過了準備考試的良機。他還在那兒忙著他那篇神奇的無可比擬的（眞是無可比擬呀！）文章呢！他連一半都還沒弄完呢，因爲翻譯那些分量很重的德語算題，同時還要背下他所翻譯的文字，就是十分艱鉅的任務——就在這個時候，其他四十九人在教室卻取得了一個月的進展，一個月，天哪！整整三十天——沒有偏移一點方向——他們快了三十天——而他還剩下那半本無可比擬的書沒弄出來。他弄出來的那部份一點兒用也沒有，根本沒人問起過這本書。一切都成了徒勞：那些用紅筆畫在印圖紙上的圖表，那些書寫得很漂亮的習題和方程式，所有這些都白做了——他眞是個大笨蛋，眞是豬狗不如，他眞是天底下最大的傻瓜，眞該死！天哪！也許他們做了上課的出勤考察，也許他們已經發現他沒去上課，也許他們打了他的小報告，也許學校有規定，不上夠一定數量的課不能參加考試，也許他就這樣失去了參加考試的資格！

那本藍皮書像個臭鼬，像隻死耗子，像堆臭狗糞，他把它丟在一邊，趕快跑了出去。他的白大褂——學生制服——在身後一扇一扇，眼珠子都快瞪了出來，飛跑下樓，衝進教室，一屁股坐了下來。從那以後，他一堂課都不落，重不重要的課他都去上，如飢如渴地學著。雖說老師不會隨時都口吐珍珠，但畢竟會有珍珠，所以他得頭腦清醒，隨時準備著。

整整一個月，他孜孜不倦地去上每一堂課。他記了一本又一本的筆記，就像畫天書一般。他漸漸地形成了自己的速記，只寫一個單詞的前幾個字母，下課後再趕快把它補寫出來，不然只要過一個小時，上帝都認不出來。他發現這個法子使他工作量加大了一倍，先記筆記，再抄一遍，眞夠煩人的。最後他向大家建議，他們應該採取輪流記筆記省事的法子，上課只要一個人記筆記就行了。從唯理論角度或效率專家的觀點來看，五十個人坐在那裡寫同樣一個內容的東西是不可容忍的。這就像中世紀的僧侶一樣令人討厭。

大家試了試他的建議，在一段時間內，這個法子還眞行。但有時某個記筆記的人也會漏掉最重要的部份，或者某個人的字跡很難認——沒法兒，世界上的事兒全得靠自己，僅此而已。

艾許像個被廢黜了的國王，心情很煩躁，整天埋頭於講義、筆記、課文、練習和活頁紙上了。他越學越覺得有東西可學。最後，那個令人頭痛的課程表在他看來，變成了古老北歐神話裡的那頭野豬薩里姆內，每天在英烈祠裡讓滿臉鬍鬚的勇士們宰割、煮熟、吃掉；第二天一早又活蹦亂跳地捲著尾巴四處跑跳。艾許的先人——那些老海盜們，一定認爲沒完沒了地大吃大喝是件好事；而今天，年輕的艾許，只是想透過這個課程表如飢如渴地學下去，盡快地學出來。

他在語言課裡找到了眞正的安慰。英語、德語和法語其中之一是必修課。三十名學生選了英語，十二名選了德語，八名選了法語。艾許毫不猶豫地選修了法語，他對這門外語已經有了相當的熟練程度。按照課程表看，外語被看成是「年輕商人」受過教育的必要條件，艾許發現自己有希望讀通法國文學、函授課本及關於法國經濟生活的書籍。他看到左拉、法朗士、伏爾泰、普魯斯特、莫里亞克，司湯達爾、巴爾札克、科克托這些名字就羨慕得直舔嘴巴——每個學生必須至少選讀六本文學著作，並且還要準備就這幾本書進行考試。他們不僅僅是允許讀這些書——事實上這麼做還能從中受益。

眞是不可思議，眞是太好了，艾許太高興了。

開電車的父親總是用一種輕蔑責備的口氣斥責文學是胡話，艾許就是在這樣一個家庭環境中長大的。給他童年和青年時代帶來最大快樂的文學竟被認爲是胡話！報紙和百科全書才是該讀的，因爲人們可以從中了解不少情況，學到不少一輩子都有用的知識。可是父親讀報紙和百科全書對他並沒有什麼用處，並沒有給他帶來什麼升官發財的機會，這點他倒全忘了。艾許從不敢承認，但內心常想：他長大後，生活中不會有別的什麼，只會是充滿了這種胡說，只會是由音樂、愛情、文學、友誼、充滿了令人陶醉的奧林匹克式的胡說所組成。他的生活只會是由這些東西組成。吃早飯胡說，吃午飯胡說，吃晚飯也是胡說，通宵通宵地胡說，胡說的生活，十分出色的胡說的生活，而他又是編造這種胡說最爲出色的人。胡說管吃，胡說管喝——阿門。

他想：至少法語我可以得個好分數；其它功課我可不在乎。法語老師特別棒，是一流的語言學家。他習慣於突然變得冷冰冰的，多少有點兒學究氣，多少有點兒怕羞，也不大願意多說話。有那麼一兩回，遇到點難解釋的問題，艾許注意到他嘴唇上方盡是小汗珠。出現這種情景，他總是低下頭去，他知道人們在這種時候是什麼樣的感覺。這位講師對他所學的專業十分精通，他的課總是備得挺細，講起來從無漏洞。上這個老師的課，艾許總是很高興，儘管他一想到要被提問就有些心驚膽戰，你是從騙不過他的！艾許每次都逃不過提問，因爲上法語課的教室裡僅僅八個學生。從教學角度來講，這種班是最理想了，尤其是有這樣的老師，你不由自主就想學法語。一個月以後，艾許在班上就名列前茅。他和這位老師之間慢慢產生了一種心照不宣的理解，在每堂課上，他們都暗暗地做著友好比賽，都在暗暗地試探著對方。艾許對這位冷淡、客觀、謙遜的老師小心翼翼，總是被他所吸引；而老師對這個敏捷的學生也暗自佩服，對他提出的問題也格外小心，這個黃頭髮小鬼不時用手指敲著點子，總是出其不意地提出些令人想像不到的問題。

僅僅兩個月，艾許的法語就相當不錯了，已能躺在屋子的沙發上讀高乃依（法國古典主義作家一六〇六～一六八四）的《熙德》了。「太神了！」他沉浸在法國文學裡，躺在那裡情不自禁地呼道。但是一想到別的功課也需要加把勁時，他的良心開始有點責備自己。他慢慢地不太樂意地從沙發上爬起來，嘴裡喃喃地唸著多恩．迪埃格的一句悲嘆的評論：

Jamais nous ne goûtons de parfaite allégresse:
Nos plus heureux succés sont mélés de tristesse.

丹尼爾正學著英文，從書上把頭抬起來。他們的屋子中間放著一張大桌子，他坐在桌子的另一頭。他把頭一歪，說：「什麼？」

艾許仍然還陶醉在高乃依的意境裡，把手一揮，故做正經地說：

Au milieu du bonheur mon âme en sent l’atteinte:
Je nage dans la joie, et je tremble de crainte.

「你給翻翻。」丹尼爾說。

「我沉浸在幸福之中，我害怕得發抖。」

「我看電影去，」丹尼爾說，「你去嗎？」

「看不起。」艾許說。

「我請你一次客吧！」丹尼爾說。

「Laisse-moi prendre haleine afin de te louer.」

艾許說著鞠了一躬，用假想的帶翎飾的帽子朝地下劃了一圈。

大學一年級，艾許學會了睡午覺。開始就是打打盹兒，他和衣在沙發上躺一會兒，閉上眼睛睡五分鐘。慢慢地五分鐘延到三十分鐘，後來，他乾脆脫掉外衣舒舒服服地躺下了。午覺養成了習慣，成了毛病，使他很不安，因爲他從不願意讓自己過得太舒適，從不願意過那種不受良心責備的好生活。挪威人覺得只有日子過得不要太安逸才叫有良心。其實，午飯後睡個午覺是好事。每天中午懶半個小時，但每天晚上他卻能多堅持一個小時。其實他常常一口氣工作到第二天凌晨兩點，然後倒在床上一下就睡著了。他總有點兒感情用事，總覺得午睡這個做法是難以寬恕的，這是小資產階級的舉動，是一種腐敗的表現，缺乏個性的表現，誰聽說過在戰壕裡打仗的社會主義者、革命者還每天睡午覺？

他有點感覺到了當局那隻沉重的、戴著黑手套的手，並且擔心那隻手會因爲自己的不端行爲而找上門來。「喂，站住！就是你。你不知道這在挪威是禁止的嗎？你叫什麼名字？住哪兒？家裡有些什麼人？以前犯過什麼罪嗎？」

一天，他正睡午覺，突然莫名其妙地恐懼地跳起來。

他和丹尼爾租了間老寡婦的房子，她有個半大不小的未婚女兒。母親每天給他們開早餐：咖啡、牛奶、麵包、黃油、乳酪、紅果醬、三明治，一頓完全讓你不敢想像的早餐。艾許愁眉苦臉，一點胃口也沒有。（他們是在外面吃主餐）

是那位中年女兒每天有幸給他們開晚餐。她個子高高的，皮膚很白，胸脯扁平，在一家稅務部門工作。她有胃潰瘍。下班回來，她就做她母女二人的晚飯，弄得滿屋子都是撲鼻的香氣，尤其是有時候艾許決定節省午飯，待在家裡就涼水吃乾麵包的時候。上盥洗室必須得經過廚房，艾許有時看見她彎著腰在煎鍋上給她母親煎滋滋作響的炸丸子和洋蔥頭，而她自己的飲食卻長期遵守醫生的囑咐。她用鼻子使勁往裡吸著香氣，貪婪地發著哼哼聲：「啊，天哪！啊，天哪！」艾許只好緊走幾步，進到盥洗間，餓癱了的身子靠在牆上，心想生活也真怪：他的胃口能把所有那些炸丸子消化掉，可惜又不是他的；炸丸子是她的吧，她又不能吃。「啊，天哪！」他哼哼道：「啊，天哪！」

大約在晚上七、八點鐘，這位老姑娘給他們用托盤送來的晚餐有：一杯茶，還有你可猜得出來的——麵包、乳酪、紅果醬、三明治，一頓完全讓你不敢想像的晚餐，艾許愁眉苦臉，一點胃口也沒有。

那天他猛地被驚醒了。他睡過了頭，醒來已是七點半鐘。丹尼爾不在，那響聲真是有點驚天動地。艾許坐起來，看見那個老姑娘站在好幾步以外，臉色發白，就像見到鬼似的。托盤扔在地下，杯子碟子摔得粉碎，麵包泡在茶水裡，化了的白糖微微地冒著小泡泡。艾許坐起來的時候，她急喘著，用手捂住嘴，退了出去。

艾許揉了揉眼睛。他吃力地在那裡坐了半天，睡得有點兒發暈，半天身子才探向前去，呆板地看著地上那些亂七八糟的東西。不見什麼動靜，也不見那女的回來掃地下的東西。他站起來，伸手去扣自己的褲子。

他扣第一顆扣子的時候臉一下子通紅。他褲子前面一直敞開著。他有不少壞毛病，其中一個丹尼爾常常笑話他。有些人睡覺愛把一個手指頭放在嘴裡；有些人愛摟著枕頭睡；而艾許睡著時好用手握住男人那東西。對這樣一位只習慣於所得稅利潤和偶然做做炸丸子的有胃潰瘍的老處女來說，那東西可不好看。

艾許的臉足足紅了十幾分鐘才恢復正常，接著，他把衣服穿得整整齊齊，才去廚房找掃帚，才再去找晚飯。無意中傷了別人感情，使他無地自容，但飢餓更是難忍難熬。

從那天起，他睡午覺總是蓋著毯子。

8 塔娜那利佛嗎？

現在談點兒愛情吧！

艾許到了這個新城市三個禮拜的時候，突然被一種深深的孤獨感所壓倒。他需要柔情。他畢竟是來這裡尋找（或創造）紅寶石的。他不相信在一個女人身上能找到生命最美好最可愛的珍寶。但另一方面他又相信，假使他能找到一個合適的女人，他一定能和她找到把一般東西變成紅寶石的點金石。於是，他渴望找個女伴兒。他和女人交過朋友，但從來沒有體驗過那種眞正伴侶的相互間親密的關係。艾許連個能送束花兒的小妹妹都沒有，所以在他的想像中，他要把花兒送給這樣一位姑娘，一位在他被美好事物陶醉後而不笑話他的姑娘，一位在他爲別人的不幸感到痛苦時而不譏笑他的姑娘，一位在他說出實情後而不懲罰他的姑娘。

就是送給這樣一位姑娘。

他在自己周圍尋找著，在大街小巷，在公園，在電影院，在音樂廳，在餐館和商店尋找著。在哪兒也找不著這樣一位姑娘。

他知道，她絕不平凡，但又人情味兒很重。他知道，他對她一定會一見鍾情。他非常自信，他心中已有了她的形象，有了她永遠不能磨滅的形象。她炯炯有神的眼睛使得這個形象十分清晰，她栩栩如生地站在那裡。

由於強烈的渴望，在他想像中，他和她在一個長長的海灘上迎面走來，他們馬上就要碰面，他很快就要看見她的臉孔。他認識她，生下來就認識她。他就要看見她的臉孔，像鮮花一樣的臉孔，眼底充滿了快活，站在他身邊，那樣的深情。她像太空飄下來的一顆幼苗的種子，落在這漫漫的沙野。他一見到她就拋棄了年輕人的傲慢和那種不可侵犯的神態，他將會永遠把她深深地印在心中。他見到她的第一分鐘，就會了解她。由於他找到了她的那種感激心情，他熱淚盈眶——他將會對她說：「請把我印在你心裡，印在你臂上。」而她便會無聲地拉著他的手，於是他毫無目的的沒完沒了的閒逛從此就結束了。他將會看見她的臉，她的眼，她的心一看就透。

但是他哪兒也找不到這樣一位姑娘。

然而，還是有兩個女人突然闖進了他的生活，一個疏遠，那麼的疏遠；一個親密，那麼的親密。哪一個先進來的呢？是那個不知道名字的呢？還是那個知道名字的？後來他記不住了。這兩個姑娘的故事，似乎不大好說是什麼時間的事兒，一個那麼的疏遠，一個那麼的親近。她們兩個故事，不僅僅說明了一個小伙子對柔情需要的動搖，和那個可以動搖的奇怪的界限，同時也說明了青年人的無能和絕望。

在年輕的艾許身上，肉欲和愛情哪種更主要呢？他不知道。一天，他夢見了長著小腳和透明小翅膀的小精靈，這個小東西又小又好玩兒，他讓它站在自己手上，連對它出氣都不敢。第二天，他又夢見一個真正的女人，一個內行的妓女，他在她赤裸裸的肩膀上咬了一口。這兩個夢把他弄糊塗了。他從沒想到，一個正經男人指望把二者全弄到手：和一個蝴蝶一樣的精靈及切切實實的妓女同時戀愛。他沒想，假若那個小精靈和妓女成爲一體或是同一個人就好了；但是他怎麼會尊重一個本爲妓女的精靈呢？——並且和一個妓女在一起縱欲呢，假若這妓女是個精靈？

這類問題老纏繞著他——並且死死地纏著他——正當他坐在那裡用對數表計算買一家製鞋廠的處理結算機的時候。

他自然有些靦腆，並且在這座奇怪的城市，他還覺得自己有些無家可歸和沒有根基的感覺。就他而言，他一直不知道這座城裡的人有一套秘密的爲人法則。他開始了一段完全喪失了自信的時光。他想說話，但又無話可說。他想舒展胳膊，可是雙臂已經麻木了。他想找個姑娘，可是一想到和女人勾搭他就不寒而慄。他在街上看見姑娘，他在商店看見姑娘，他在公共汽車的前兩排看見一個姑娘，他在有軌電車站站在一個素不相識的姑娘身邊。他覺得，他哪怕是能找到一句話，他的煩惱就會有個盡頭。那句話可眞難找啊！

這種舉步不前和無能爲力的感覺，對世界上哪兒的小伙子都一樣。

這些年輕人晚上躺在床上想：「我們應該找句話，一句不可思議的立刻就能消除我們痛苦的話。那些詩人們寫過各種各樣動聽的詩句，但卻沒有一位能想出這樣一句話。爲什麼呢？」

晚上，艾許躺著喃喃自語。他曾想到「塔娜那利佛」（Tananarivo）這個字。「沒錯！」他高興地小聲說道。他從哪兒找到的這個字？想起來了：漢姆生一本書裡的一句話：「我腦子裡湧出一連串毫無意義的古怪而微妙的地名，她也許就來自那裡：烏干達，塔娜那利佛，火奴魯魯，委內瑞拉，阿他卡瑪。這是詩歌呢？還是顏色？我實在拿它們沒辦法。」

對，他輕輕地說。就得用這種辦法在現實生活中引用一個作家的話。我從漢姆生那裡借了兩個字，並用這兩個字編寫了小伙子和姑娘之間相互介紹時的對話。這對話便可以使那個年輕孤獨的人不再受那些碎心的痛苦的折磨，不再需要等待了，不再疑惑了，不再憂慮了。眞是一種立竿見影的能解決問題的富有詩意的行動。

在漢姆生的幫助下，我將成爲人類的救星！我將向世界歷史介紹幫助男男女女勾搭的簡單技巧。我將消除幾百年來存在於男女間約會的擔心和憂鬱。我將讓陽光充滿受盡折磨的人寰！我將用兩個字就給人以生活的模式！我將要讓它比愛迪生的白熱燈還要光亮幾百萬倍！

例如（他們在有軌電車裡並排站著，目光碰在一起，又分開了）：

他（漫不經心地、溫柔地、恭敬地、一口氣地）：「塔娜那利佛？」

她（抬起目光，微笑，輕輕地搖搖頭，意思說她已不是自由人，即非常不幸，她愛著另一個人。她感謝他。儘管他這麼注意她而沒有得到回報，她希望他不要因此太生氣。）

他（微微一鞠躬，很有禮貌，他還不至於被激怒。他嘆了口氣，生活就是這樣。）

或者：

他（漫不經心地、溫柔地、恭敬地、一口氣地）：「塔娜那利佛？（Tananarivo）」

她（抬起目光，很快地對他做出了評價，不是不感興趣，半掉轉臉，向電車窗外看去，垂下眼瞼，潤了潤喉嚨，用一種低得聽不見的聲音說，意思是說她可以對他做進一步的了解）：「阿塔卡瑪。（Atacama）」兩人（都在下一站下了車）。

就像這樣。

兩個字就足以給全人類幸福、好感和自由。「塔娜那利佛？」

「阿塔卡瑪。」

兩個字。

兩個字還多嗎？

已經提到過的那五十隻北歐小狼，課間站在長滿落葉植物的籬笆隔著的校園裡，吃著小圓麵包，抽著煙，聽著周圍也許無意中露出秘密的談話，不時地向遠處一所中學漫不經心地看那麼一、兩眼。那是一所女子中學。女學生們都在十二至十六歲之間。她們沒什麼好看的，她們確實不在這些大學生感興趣的範圍之列。她們玩著「跳房子」、跳繩、一群群凍得哆哆嗦嗦的女孩子在單坡屋頂下面吃著她們從家裡帶來的吃的。她們或者在操場上四個一排、三個一排或兩個一排走著圈圈，通常總是挽著胳膊，把頭攏在一起說著、聊著，不時地有一個人在朋友耳邊發出一陣神秘的笑聲。姑娘們離大學生們很遠，用肉眼都無法辨認出她們的模樣，看上去黑壓壓的一片。

偶爾，一個大學生向她們招手，她們的笑聲就停止了；很少的情況下，一個膽子大的女孩子也向大學生們招手，於是女孩子們傻笑起來（離得那麼遠，笑聲聽不見，只看得到）。一般情況，女孩子們都是掉轉身，驚愕地低下頭去：上面那些穿白大褂的大人們可都是些大學生哪！

那些散開的小中學生只是黑黑的一片，模模糊糊的一片。但有一天，艾許突然意識到，他從她們當中挑出了一個。他低下了頭，對自己的這種行爲有些吃驚，並立刻擔心起來，因爲他周圍那些穿白大褂的同學注意到了他內心的活動和表現出來的慌張。

他若有所思地走進教室去上下節課。

從那以後，他總是去那個地方，找一個能看見女子中學全景的地方，呆呆地站著。他久久地凝視著那裡，一下子從人群裡認出了那個女孩子。女孩子們遠遠的顯得特別小，再往遠一走，簡直都變成了小小孩兒。假若要不是她們的髮型，人們完全可能把她們當成男孩子。但他一再偷看的那個女孩子卻開始有些女性美了。在她的束腰緊身校服下面，他能看見她的曲線和身材。她比她的同學高出半個頭，亭亭玉立，從她身上已經可以看見女性的溫柔。他已覺察到她很漂亮，也許聽起來太玄了，上百米的距離不用望遠鏡能判斷出一個女孩子漂亮還是不漂亮。但事情確實如此。她的行走、儀態以及萬般的柔姿都實在太美了。她昂頭的神態，每一個動作以及她和同學說話時欠身子的姿勢，都那麼好看。

一個禮拜以後，艾許開始找理由在課間去校園邊上散步。這個校園很漂亮，是一個富有的貴族商人建的。艾許脫掉鞋有六呎四吋高，他踮起腳從牆上往裡看，可以看見那些女孩子。不過真可惜，只能看見她們校園邊上的那些女孩子。一天，他爬到那個六呎高的貴族銅塑上，那天女孩子們正好玩手球，她們穿著體操鞋、藍燈籠褲和短罩衫。他爬下來，有點兒顫抖、迷惑和擔心。但他並沒有驚愕。從那裡回來後，他一句話也說不出，只是往嗓子裡嚥了口唾沫。

那個女孩子就和圖片上的一樣漂亮。

從那以後，她深深地留在他心底，他變得神魂顛倒，這小姑娘成了這一切的禍根。從一開始，他就暗暗覺得這事兒有點叫人討厭，覺得這種想法是危險的，整個事情都是不可能的，甚至是荒謬的。那是所什麼中學呢？他根本不敢問，怕事情不如他的願，怕自己所擔心的事成爲事實。一種中學，女孩子們是在十三歲至十六歲之間；另一種，則在十三歲至十九歲之間，他心裡明知道這所中學是前一種。（和她在一起的那三、四個同學，一定會是她的同班同學，又瘦又小，像只有十三歲的樣子。）他想：她一定是因病休過學，她也許會有十七歲。但他心裡明白：她才十五歲。他不好意思地笑了笑，心裡掠過一種無名的悲哀。

他可被她害苦了。每天晚上一睡著，他總夢見她。夢中，他們常常是在開滿小花的草地，他撫摸她的細髮，她只衝著他笑，他們不說話，他聞見她髮間飄來的香氣，同時還摻和著她採來的花香味兒。他不時地把她想像成個成年女子，但她還是他夢中的那個少女。他或許在夢中吻過她，但那只是純潔的吻。他要是能拉著她的手在一起走走可就太幸福了。

他常常是從這種夢裡猛地醒來：這有點兒病態，他對自己說。眞夠怪的，這一定是因爲我從小沒妹妹，因爲我小時候沒有差不多大小的女孩子和我一起玩的緣故。一定是和成年女人過了許多夜之後的反應，現在走向了另一個極端。現在不再是三十七歲、二十七歲的女人了，不再是那種多少有點酸臭的成年人身子了。但這種反應也得適當才行，什麼都得有個限度，這裡的限度——根據挪威的法律和憑自己的良心——應該是在十六歲。她是個尚未成熟的十五歲少女，而我是二十三歲的男子漢了。這種事可幹不得，這種事可不行。

但他心裡又總有些不甘心，其實並不如此，他心裡一個固執的大膽的聲音說，他就不相信，世上一個十五歲的少女和一個二十三歲的小伙子就不能有最好的關係。他們當中不過八歲的差距。我和宮西爾德差六歲，和西芙差十七歲，那對我沒有影響，也沒有因爲那樣把我們分開。我讀了些古代的故事，說美女怎麼在十四歲就被人愛慕，十五歲就有人上門求婚，十六歲就被人娶走爲妻。羅密歐向茱麗葉求愛的時候她有多大呢？是三十歲嗎？當然不。十五歲這個年齡是沒什麼錯的，主要是看我們的態度。自然，從社交和人道主義觀點來看，使一個十五歲的女孩子懷孕是件嚴重的事，可是我什麼時候那麼想過？我只不過夢見拉她的手，夢見拉拉手而已。

還有，即使我們倆都控制不住，發生了那種事，這和十五歲有什麼相干呢？她在這方面早已成熟，我看得出，也感覺得出。她是一朵含苞待放的玫瑰，一朵眞正的玫瑰！我愛她是正常的，我沒有瘋。我滿腦子全是些不正確的想法，僅此而已！明天我一定要設法見見她，我心中充滿了甜蜜和眼淚，她是我的小心肝兒，那個十五歲的小東西。

我要是找個十五歲的心上人，別人會怎麼說呢？「你越活越小了？」他們會問：「你開始玩兒洋娃娃了？」他在床上翻來覆去，怎麼也睡不著，全亂掉了，他含含糊糊地說。丹尼爾那邊傳來雷一般的鼾聲，像是贊同他的話。

幾天以後，他眞的著手了，他眞要試著到街上去見見那個小姑娘！經過足夠時間的觀察，他了解到女子中學學生們的生活規律，最後一堂課是兩點一刻下課。兩點十分他就來到了女中的那條街上。他在學校門口來回逛了有一刻鐘，偷偷地看著走出來的那些女學生。他找不到她。她被留校了？還是病了？或許她只是他病態心理的一個影子？

第二天，他確實看見她了。他看見她走出校門朝哪個方向去了。那一天能知道到這一步也就足夠了。他不能剛出校門就「偶然碰見」她，並且就在老師的窗戶底下！

一切全已就緒。他選擇了街上的一個拐角處，在那裡巧遇。他眞是提心吊膽。

她總是和同學在一起。他怎樣才能把那些同學支開呢？他當然得單獨和她說話才行。一想到那些厲害的小姑娘嘲笑他求愛時，他的臉就紅一陣、白一陣。

但是，即使他眞的單獨碰見她，他又怎麼說呢？

他一想到這個始終解決不了的問題，就覺得又沒勇氣了。

幾天過去了，他每天的最後一堂課都不上，以便有足夠的時間趕在女子中學打開校門以前看著姑娘們湧上街來。這時候，他已經來到能藏身的地方，一見他心上的那個女孩子，他便走出來，慢慢地不在意地向學校那個方向走去，像是個普普通通在這裡散步的人一樣。往往是走在半當中就碰見那女孩子了。他心裡哆嗦著，一個勁地禱告，希望能有一股力量使自己不哆嗦並上前和她說話，但是沒有一次成功：他朝前走著，她也朝前走著。他總是藉此機會看她一眼：她氣色特別的好，深色的頭髮有點捲曲，剪得很短，她常常是不戴帽子，喜歡把頭一甩，不讓頭髮擋在額前。她的面頰圓圓的、嫩嫩的，自然膚色顯得特別的美麗。她的雙目是褐色的，充滿了快活，充滿了孩子般的好奇。最使他心動的是她那儀態大方的氣質。她的微笑更使你意想不到，牙又齊又白，尤其是上面一排更引人注目。她是他見過的最惹人喜歡的女孩子。她走起路來尤其的輕快，已有了點青年女子的姿態。

她穿著一件淺色的粗布外套，腰間紮著一條同色的帶子，在領子的開口處，看見她裡面穿的是一件高領的黑色細羊毛衫。她腳上是一雙淺色低跟鞋，是一種很怪的皮子，也許是種什麼駝皮做的。她穿得很講究，在那些吵吵嚷嚷穿著隨便的一群女孩子當中顯得特別顯眼，他想：她父母很有錢，但是這一家子都不好炫耀。透過她身上的外套，他能看見她明顯的線條，既柔軟又結實的身子，像個體操運動員或芭蕾舞演員。

每天——他已在街上這麼走了半個月——他都對自己說：我這就開口和她說話，但他一直沒敢那麼做。他想：我當然可以問她一點無關緊要的事，例如去大學或動物博物院怎麼走？可他還是不敢做。

他非常絕望，想道：假若出點意料不到的事就好了，假若有匹馬驚了，在大家的一片騷動中，我可以……假若她絆了一跤，我可以……他想，我也可以買一袋桔子，從她和同學身邊走過的時候假裝撒在地下，桔子滾得到處都是。這會使得女孩子們大笑，上前幫他撿桔子。我自己來吧，我可以這樣對她們說……他站在他正在等她的那個角落處看了看周圍那些樓房，一座樓的三層，陽臺上擺了好幾盆花兒。他想，花盆從三樓掉下來，衝上去冒著生命危險接住花盆救了姑娘，難道只有小說裡才會有這樣的情節嗎？

他祈求上帝給他一個奇蹟，使他有勇氣向這位姑娘開口。有那麼一兩回他從她身邊過（他照樣無法隱藏自己極度渴望的目光），她曾很快地看了他一眼。他從她目光中看不出有什麼確切的意思來，不是吃驚，不是冷淡，不是厭惡，也不是頑皮。她像看馬路上任何一個人那樣看了他一眼。他是個行人，他就是個行人，一個行人而已。

他實在急了，於是想到是否請人幫忙。他只需要介紹一下。（這眞是最令人討厭的字眼）也許丹尼爾就行？丹尼爾是個生人，他不至於因爲愛那姑娘嚇得說不出話來。他可以非常自然地、從容地向馬路上任何一個人走過去問去火車站怎麼走。丹尼爾有空，也有這點說話的口才。咱們現在來試試：丹尼爾可以直接了當地走上前去，對她說：「對不起，我知道這有點兒不大正規，但是我有個朋友非常想和你交個朋友。就是他，他叫艾許．布勒弗特，那所大學的學生，我是他朋友，擔保他品行沒問題。他各方面都挺棒：詩人，音樂家，他非常願意認識你。」

不行，天哪，不行。假裝和丹尼爾打架也許更好一些。不，丹尼爾應該把傘扔出去，掉在她身上，然後他上去狠狠地訓了他幾句，用嚴厲的責備的口氣告訴他在街上要小心一些；然後掉過頭來問她，是否被打著了，然後……整個安排要笑著收場，他可以在笑的時候先把丹尼爾介紹給她，然後丹尼爾再介紹他……

儘管如此，他還是有點兒怕，還是怕傻站在那裡束手無策。眞要是那樣又會怎樣呢？那麼丹尼爾就會和她聊起來，還會輕而易舉地談笑風生，（因爲毫無思想準備地和一個女孩子倒容易談，可是花上多半個月想出一個向女孩子進攻的計劃，倒會失去主動性和勇氣！）丹尼爾會把她逗笑，引起她的興趣，而他——艾許——就像電線杆子一樣杵在那裡聽他們說話。那樣，就會是丹尼爾要到她的名字和地址，並且有可能請她一道去看電影。事實上，丹尼爾就把那姑娘搶走了。

眞要是那樣的話，還不如不試這些法子呢。艾許等累了，束手無策的局面使得他筋疲力盡。

一天，他跺著腳對自己說：再不能這樣下去了！他想請人介紹一下，看到底最後會怎樣：他設想去見女孩子的父母，她的父母用禮貌的、但又是審視的目光看著他。他想像中，她的父親是位大夫，可能是位外科大夫。他在她家的會客室，坐在一個厚厚的座墊上，左手搖搖晃晃地端著一杯帶檸檬的熱茶，她父親問他有什麼事。他手中的杯子掉落在地，因爲他不知道自己有什麼事，說不出自己的意向，便可解釋爲犯罪的跡象，他心裡有淫猥罪的傾向。氣氛很不友好，他站起來走的時候，被地上的毯子絆了一下，往下一倒，打破了一只高腳花瓶。（這個私生子的父親，這個反叛者，這個紅色社會主義分子在人家一個尊敬的大夫家裡都幹了些什麼呀？人家對自己的女兒另有安排，絕不會把未成年的女兒扔給一個未來的頭等冒險家。）

他在人行道上狠狠地一跺腳，大聲地說：「再不能這樣下去了！」

他確實這麼做了。有時候，他的目光當然還會痛苦地渴望著向街那邊遠處的女子中學張望，但他從不再曠最後一堂課，去到某條街上在某一個時刻去看一眼那個可愛的小姑娘，那快活的褐色眼睛和那白白的引人注目的牙齒了。

小姑娘，小妹妹，你在哪裡？

回來吧，從未見過面的小姑娘，回到我們等待你的那條街上來，回到那條帶著微笑的街上來。我們年輕的心上人。

你充滿稚氣的臉龐圓圓的，那麼動人；你的眼睛那麼明媚清澈，你的短髮又是那麼的頑皮，你會是什麼樣的手相呢？你還保持著兒童咬指頭的頑習或伙伴間常常頭靠在一堆私語？還有你那少女的秀髮，你是怎樣地梳扮？我們從你頸後向你的短髮吹氣，看見那可愛的髮絲輕輕地抖動。我們哪能忘記你的魅力？我們哪能把那心愛的歌，把那別人不知道的小路，把那紅紅的野草莓洩漏給靠不住的塵世？

我們應該手拉手爬到山頂，從山頂用我們的手去觸摸天空。你呀，我們心中的小寶貝！
你回來好嗎，我們的小妹妹？或許你只是悲風哀悼的鬼神？時光的流逝帶走了少女的春色，
我們永遠失去你了嗎？永遠？我們心愛的小妹妹？
回來吧，我們年輕的心上人。

寂寞的痛苦又攫住了他的心，艾許常常想起在郵船上和他匆匆過了一夜的那位漂亮姑娘。她時時出現在他眼前，在他心目中占了很大的地位。他再三責罵自己為什麼沒有問她的姓名和地址。她現在當然在這個大城市裡無影無蹤了。他還記得起她大概長得什麼樣子，但想不起有什麼特點了。有那麼一兩回他在街上就想：那不是她嗎？但一看又不是。或者說他根本就拿不準那是不是她。最糟糕要算後面這種情況了。

他常常研究自己的手。它們為什麼老不敢合起來呢？他想，它們長著就是做這個用的！它握小提琴挺在行，放在鋼琴鍵上不哆嗦，拿起自來水筆也不顫抖，打開打字機也很熟練，但就為什麼要伸向女孩子握手時就那樣猶豫，就那樣束手無策？世界上任何一個人都渴望有個好手相，這一點，我比別人要求更強烈一些，因為我一面臨愛情就猶豫不決。我敢說，只要我願意的話，我就能夠打破這個僵局。

天哪！他在黑夜輕輕地說，別讓我再受這可怕的折磨了，別讓我再愛上一個女人了！但緊接著又說：啊！上帝，讓我也懂得怎樣戀愛！親愛的上帝，讓愛情成為沙地裡的一顆幼苗吧！

9 什麼是貞操？

一天晚上，艾許和丹尼爾到外面去喝了杯啤酒。他們下了電車已是十一點鐘了，沿街向他們住的地方走去。他們心裡都在想姑娘。兩個女孩子從他們後面走來。艾許和丹尼爾放慢了步子，好讓她們超過自己。天很黑，下著毛毛雨。一定是誰開了句玩笑，也許是其中的一個女孩子，也許是其中的一個大學生。不大可能是艾許開的頭，幾乎可以肯定不是艾許說的第一句話，但第二句一定是他說的。還有第三句、第四句。四個年輕人一起向街那邊走去，大家都懶懶散散的。

其實，是這兩個女孩子跟上了他們。她們未必不想看看大學生們是怎麼生活的！瓶子裡甚至還剩一點波特酒。女孩子們不願意脫外套，只有其中一個在遞過來的杯子裡小心地呷了一口。他們在一起聊了一個小時。這兩個姑娘是姊妹，艾許把頂燈關了，和其中一個在自己床上坐下來。丹尼爾關掉了落地燈，好像和另一個也達成了什麼協議。

這時，屋子裡很黑，同時也變得很靜。不知誰扭開了小收音機，在被子裡唱起來，聽見這聲音，和艾許在一起的那個姑娘笑了。兩個姑娘中，她更活躍一些。一點鐘了，她在他耳邊輕輕說：「我姊姊在這兒，不行，明白嗎？」艾許懂她的意思。她的話剛落音，他們就打開了燈，把兩個女孩子送回了家。她們在同一條街住。艾許和她在第二天晚上九點有個約會。丹尼爾被支出去看電影，一個勁地抱怨。但是艾許很堅決，他想要獨自佔用這個房間。

那姑娘來了，她叫茱麗。她個子不高，二十三歲，在一個合作社工作。她有一雙褐色的、略有些看什麼都膽怯的眼睛。這姑娘總那麼樂，一說話就笑，一笑便可以看出她又小又白、不大整齊的牙。艾許並沒有感到對她有什麼情欲。她是不是處女？對這點與其說是渴望，不如說是疑惑。他想：眞奇怪，我的心怎麼不跳呢？他關上了頂燈，覺得她渾身有一種香味兒，她用的口紅有一點牛脂味，接吻的時候嘴巴出奇的遲鈍。

他把她按在床上，她眼睛睜得老大，有些吃驚。可是她沒有不讓他那麼做，他想和她更親熱一些，一往下脫長統絲襪，手就有種觸電的感覺。而她卻很安靜，但有些害怕。她不讓他弄，他有點詫異，他以爲他們已經是說好了的。她不說他爲什麼不能那麼做。他問她，可她就是不說。他又要去脫她的長統襪，一連試了好幾次，每試一次，他都向床邊靠攏一點，而她卻一個勁地往後退，最後她退到床頭無法再退了，只好半依著床頭。這一來，他也無法再往前了。兩人就那麼不出聲地不太使勁地足足掙了半個小時，弄得他滿頭大汗，心怦怦地跳個不停。他想說服她，可聲音又太啞了。過一會他又問她，她說是因爲怕疼。

聽了這話，他一下子軟了。出於同情，他躺在那裡一動不動。

他清了清嗓子，膽怯地低聲問她是不是處女。他從沒和處女幹過那種事兒，心裡有點兒害怕。但是她說她不是處女，只是覺得疼。他躺在那裡心怦怦跳，想這到底是怎麼回事。他不理解，不理解爲什麼會疼；但是，因爲他躺在床上沒有動，她用胳膊摟著他，對他透露說，她從未感到舒服過，只是疼，還不是普通的疼。然後他對她說，他給她想想辦法，便開始撫摸她。

他不是很懂，但畢竟經歷過一兩個，此外，他很爲這個女孩子可惜，從內心想幫幫她的忙。在他看來這簡直太可惜了，也太丟臉了，一個女孩子竟不能享受人生最甜美的事。他想到那種事竟成爲她的痛苦，有些不寒而慄，那活著還有什麼意思？他看來，這比瞎、比聾、比跛還可怕。他再一次地振作起來，給了她加倍的柔情。他聽見她說了句什麼，開始沒聽清楚，後來明白是說什麼了。

他在床上坐起來，一個勁地瞪著她：她都有點兒感覺嗎？他摸她的時候她都覺得裡面有東西嗎？難道她是說她一點感覺都沒有？她苦笑了一下，然後咯咯一樂：沒有，她什麼也沒感覺到。「可是，」——他又不明白了——「那她爲什麼要來找我？爲什麼她會讓我動手呢？是的，爲什麼過去她又和別人一起混呢？」她說：「哦，刺激。」——「刺激？」「是的，刺激，有點兒危險，但很刺激。」他坐在那裡，若有所思地看著她。現在他眞不知道該怎麼說她了。

最後他筋疲力盡地在她身邊躺下來。然後她摟住他，因爲她不僅僅是爲了尋找刺激才來找他，他感到眞正的高興。他們相互摟著，他輕輕地親吻著她的臉蛋。一會兒，他欲火又上來了，她看見了，沒有躲他。他覺得喉嚨有點兒堵，她吻了他一下，他覺出她的口紅有點牛脂味兒。她輕輕地說，他不能再往深裡去了，只好湊合弄弄就行了。她有些哆嗦，但躺在床上一動不動，她又說挺痛，他不能再進了。他癱在她身上。她小聲地問了句，他點點頭。她高興了，放心了，這下可完了。她雙手捧著他的頭，高興和感激地吻著他。她笑著，說著，不時發出咯咯的笑聲，他也不得不笑了，這事兒眞夠怪的。她在床上坐起來（她一直就沒有脫衣服），雙腿交叉著，用胳膊肘子輕輕地推著他，說著各種各樣的事：家庭雜物、姊姊迷上了丹尼爾、她在商店賣的葡萄乾和杏乾……他生來還沒見過有誰這樣高興，像是死裡逃生一樣……

從那以後，她每週都到他這兒來幾回，不管怎麼說，丹尼爾也不能老在外面待著。

這個褐眼睛像松鼠般的姑娘感情麻木，和她那種友好、不安寧、老是帶著笑聲的極快活的性格，形成明顯的對照，和她交往使艾許的良心受到極大的感動。他覺得他只是在用她的肉體，一開始，從這姊妹倆第一次來到他們房間，他就明白，他們只不過是認識認識，他們之間絕不會產生愛情。茱麗不屬於他的理想世界，甚至都不屬於他渴求的世界。他們除了人最原始的本能外，沒有什麼共同點，只不過是那種事罷了。他們可以相互微笑，可以在一起躺著，可以由於激動而共同心跳，她可以熱望，他可以因滿足而發出呻吟。他想：她甚至都用不著非說挪威語不可。

我們從來不交換思想，我實在不能對如何在一個合作商店給顧客服務發生興趣，或者對秤葡萄乾之類的問題覺得好玩。她每次把白天那些雞毛蒜皮的事兒講給我聽的時候，我總一笑置之，可是我都沒聽她在說些什麼，只是聽見耳邊的說話聲，她好聽的音調。我的心在別的地方。我所關心的事，也很難使她感興趣：我不知道是否向她提到過巴赫，或講起過卡塞爾的經濟學理論，講起過高乃依的著作。我不知道我是否和她探討過合作運動背景的科學性和歷史意義，是否探討過羅奇代爾原理。或者我是否告訴過她我正在拚命攻讀法朗士的《克蘭克比爾》。我只知道，在極少情況下，我若提及對我十分重要或知識方面的事時，她總是眨眨眼，咯咯一笑，看上去又爲難又冷淡，只是接著說說她看過的愛情電影，或哪天早晨怎麼趕車跑掉了鞋跟。

她是個很有趣很開心的小傢伙，但他十分清楚，他是不能跟她過一輩子的。紅寶石的光輝是不會照亮他和她的前景的。他常常覺得他從未給她做過什麼事而感到慚愧，覺得沒有什麼報答她而有些不好意思。她從未做過這樣的建議，而他倒有過類似的想法：找一個晚上帶她出去，讓她享受一下每個人都需要的那種室外愉快，至少去看場電影。

但是他不能，因爲他知道他和她沒什麼可談的，思想上沒什麼共同的東西。但有時動情了，他會認爲也許是因爲自己從社會地位上看不起她，讓人們在公共場所看見有些難爲情。（儘管他很少想到要帶她參加大學裡的舞會，即使這麼想想也都擔心。她只能說說杏子和抽絲長統襪子。這些黃頭髮小狼儘管也出奇地缺乏修養，但至少考上了大學。無論是對她、對他、對誰都是痛苦的，他們只會笑話她：茱麗，再給我們說點兒小葡萄乾！散裝葡萄乾！）於是他對自己說，他的猶豫——在這種猶豫中有對她極大的同情——是道德上的懦弱。他甚至不只一次地對自己說：我只是把她當成個妓女用，她天黑了才到我這兒來，像個夜遊神……類似這會敗壞一個人的生活作風等等想法。整個這件事都夠丟人的，他對自己說，這件事看不出有一點兒尊嚴，他只是利用她，純粹只是在性欲方面利用她。每天晚上他把她找到房子裡來，事後她起來自己再離去；他要是送她回家難道不覺得更寬慰一些嗎？然後再回來苦讀他的聖書，或練習他的提琴，再練他的金丹，激動人心地尋找他的點金石。這樣不是更寬慰一些嗎？是的，那麼這樣就有尊嚴了嗎？難道那不更卑鄙更骯髒一些嗎？立刻就會有人這樣說：誰給尊嚴下的定義？哪兒寫著生活裡非得有尊嚴？那麼天知道什麼是尊嚴。也許這只是人們從未在意過的又一個錯覺。我們爲什麼要服服帖帖地拜倒在這個所謂的尊嚴腳下呢？茱麗挺善良，這是無可爭辯的事實。

他和她一起有過很快活的時刻，甚至問都不用問她，她就樂著說她喜歡他。天曉得，每天晚上她敲完門走進來時是感到多麼的自豪！他們在一起過得挺快活，他明白，他的要求比這要高；但是他否認，這樣讓自己得到愉快的方式是不自重的。一個人在等待奇蹟的同時也得活下去。

除此之外，這裡還存在著他的不少幻覺。這些幻覺戰勝了他的意志，所以他叫茉麗來了一次又一次。茉麗半裸著身子的幻覺經常在他上課的時候闖入他的腦海來干擾他。老師的講課很難引起他的興趣，有一段時期注意力老集中不起來。他思想很快就開小差了，正當老師在吭哧吭哧講著如何在資金平衡表上最有效分配資產的方法，他卻想起了前一天晚上的情景，艾許眼前就會出現茉麗的腰部。他閉上了眼睛，內心那股甜蜜勁兒又上來了，他眞不知道該怎麼辦了，默默地禱告著上帝，老師可不要想起來在他這種荒唐時刻叫他到黑板前做問題。

他四下看了一眼，看看其他四十九人是否也受著同樣幻覺的折磨，要是那樣就好了，人們總喜歡有同病相憐的人。但是大家都穿著白色的校服規規矩矩地坐在課桌前記著筆記，很清楚，他們的精力全都集中在了這本最精美的複式記帳本上，全都集中到會計這個神位上了：資金平衡表。別人都想著一欄一欄的數目字，他卻想著姑娘。他二十三歲，這個歲數，他自己也承認，雖外表長得人模人樣的，但卻是個畸型怪胎，是個魔鬼，整個的生命會是可怕而漫長的魔鬼們的聚會之夜。

10 惡有惡報

他私生活那麼亂難道就沒有什麼報應？

有一天他感冒了，感冒得很厲害，只好在床上躺兩天。女房東那個害胃潰瘍的老姑娘給他送來熱檸檬茶。她現在和他說話的時候總是半側著臉，而他呢，總是在她進來的時候小心地看看鴨絨被蓋好了沒有。丹尼爾照常去上課，晚上給艾許帶回來筆記，所以他基本上能跟上課程。

第二天晚上，丹尼爾一個人出去看電影了，艾許一人躺在床上看書，外面傳來敲門聲。艾許用沙啞的聲音悶聲悶氣地說：「進來。」茱麗穿著雨衣，戴著帽子走進來，小心翼翼，輕輕笑了兩聲，怪不自然的。她比原先顯得安靜多了。艾許嚥了一口唾沫。她關上門，朝他床前走過來，有點兒缺乏勇氣，不知道說什麼好。她姊姊從丹尼爾那裡聽說艾許病得臥床不起，她只是來待一會兒，探探病，並且想：也許他……她打開自己的包包，從裡面取出一小袋餅乾，那種女人們湊在一起常吃的甜餅乾。艾許看著她手裡的那包餅乾。她說，她是從店裡帶來的，這餅乾挺好，她幾乎天天都吃。他心裡不知怎麼難過起來。部份原因是有些覺得不好意思，因爲他有點男子漢的虛榮心，不願意自己感冒不舒服或是受傷的時候讓一個女人來探望。她完全可以打個招呼，說她要來，不管怎麼說，跟她毫不相干，她爲什麼要來做不速之客！部份原因也是因爲貧寒，主要是因爲她貧寒：她曾經想過送他一件禮物，但她又沒錢買、或者想像不出什麼他珍視的禮物。她完全可以隨便給他帶點兒什麼，一本雜誌，一套煙斗通條，幾盒煙，一瓶啤酒——可她卻帶來包餅乾！什麼樣的餅乾他都不喜歡，他喜歡麵包，甜麵包、燕麥餅和麵包乾兒，可她帶來的卻是甜餅乾！還有一個原因——也是最重要的——他懷疑她的這次來訪和那包餅乾是蹩腳的愛情表達方式。也許她甚至已經愛上他了？這個想法使他嚇了一跳，他手托著餅乾從床上坐起來，大口大口地吃著。他們兩人若只是性愛方面的事還可以，但像現在這樣表現在感情方面可就不行了！他覺得慚愧和絕望，恨不得用床單把自己蓋起來！恨不得鑽到地底下去，恨不得哭出聲來，他要是乾乾淨淨的一個人該多好，即使是缺乏尊嚴，內心貧乏也好，因爲他不愛她，永遠不會愛她，手裡那包餅乾已把這些說得很清楚了。啊，茉麗，茉麗，你不應該來，不應該向我透露你的柔情，他想。但是他還保持著表面上的平靜，一直保留著臉上的友好笑容，不管怎麼說，他都該感謝她。「謝謝，」他說道，往下嚥了口嘴裡的東西。「眞是有點兒……」她十分不好意思，在床邊的一把椅子上坐下來又笑了：她只打算進來看一眼，不準備打攪他。艾許眞有點受不了啦。（因爲接受禮物是人一生中最難的事。每個人都可以送禮物，但是只有強者才接受禮物）他覺得這禮物是個沉重的包袱，總覺得要給她點什麼做爲還報才好？只有那樣才能抵銷得了。

他很快地在屋內掃了一眼，但是什麼也沒發現。他手裡正拿著一本法語書在讀，床頭櫃上，放著他的煙絲、煙斗、火柴、煙灰缸，還有一小包咳嗽藥。他苦惱地伸展了一下胳膊。（儘管他這麼做是不由自主的）他小心地摸了摸她的手，企圖把這當成一種感謝，她有點不好意思，眨了眨眼，又咯咯地笑了。他不能立刻就把手拿開，他模模糊糊地覺得，他也只有用這個辦法來謝她。一種奇怪的辦法，但畢竟也是種辦法。

他心裡帶著厭惡的情緒左思右想，不覺得使勁擰住了她的手。她樂了，也使勁擰他的手。因為剛從雨地裡進來，她的手仍然有點兒涼有點兒濕。她裝得像個眞正的來訪者一樣，淘氣地說：「我以為我眞是來探病的呢！」她把雨衣脫下來，又問：「我不必再脫衣服，是嗎？」他替她揭開一角被子，把她拉過來，悶悶不樂地說：「不用，你用不著脫。」

第二天早晨，他打算起床去上學。他們的女房東剛剛端著早餐進來過，丹尼爾正站在盥洗盆邊刮著臉。有時你看見丹尼爾的牙齒在肥皀泡沫中間總顯得特別黃。艾許從床上坐起來，腿吊在床邊擺著，雙腳穿上拖鞋——一點也不聽使喚了。

他肚子痛了好一陣，坐著不敢動彈，也不敢吸氣，覺得額頭上冒著冷汗。他閉上眼，用手捂住肚子，都快暈過去了，實在疼痛難忍。他一定在不停地吸氣，或者也許是他煞白的臉色引起了丹尼爾的注意，他走過來，看著他，連連搖頭說：

「是不舒服嗎？」

艾許費了很大的勁才點了點頭。

「怎麼回事兒？」

「不知……道，胃疼得厲害。我好像不行了……」他再也抬不起頭了。

丹尼爾嚇了一跳。

艾許吃力地說：

「你可得救救我……」

「當然。」丹尼爾說。

「快去找大夫，」艾許說。好像劇痛在往下移，他覺得移到了他的小肚子。「快去……」接著就什麼也不能說了。

「好，我這就去，」丹尼爾說。他有些手足無措了，用毛巾趕忙擦掉肥皂沫，四處尋找領帶、西服和背心。「這屋子裡可沒電話。」他說。

「街上有個公用電話亭，」艾許呻吟著。「讓大夫快點兒來。」

丹尼爾跑了出去。他臨走時的神色使艾許有些害怕，丹尼爾像是看見了一個快要死的病人，已經沒救了。他坐在那裡，從來沒有這麼難受過。他不敢往下躺，生怕躺下就再起不來了。他坐在那裡使勁用手抱著肚子。是疝氣（陰囊腫痛）嗎？小時候有那麼幾回，有點疝痛的時候，總是想拉便便，可是這回沒那種感覺。這回來得急，久痛不去。他起身站了片刻，但實在是疼痛難忍，他又倒了下去。這回他心裡還有點兒害怕。他從沒想到世上還有這樣難忍的病痛，他覺得自己是必死無疑了。闌尾炎？腹膜炎？也許是腎出了毛病？性病？茉麗？可是她挺乾淨，每次來都洗過，看不出她有什麼不健康的！也許船上遇到的那個女孩子帶給他的毛病？可是就他讀到的資料來看，性病是不知不覺染上的，不是突然就得的，可不是嗎？啊，上帝，一定是和性有關係的，這是對他私生活亂的懲罰。就在昨天晚上，儘管發燒，鼻子也不通，他還和茉麗性交了兩次。他竟然兩次都讓自己滿足了，只有不要命的色鬼才會那樣不顧自己的身體！尤其是在重感冒體虛的情況下！他就是那樣糟蹋自己身子的！——啊，上帝，他得感冒再不幹那種事了，任何情況下他再也不幹那種事了，從現在起，他要當一個規規矩矩的正經人，只要讓他這次好了，他再也不想女孩子了，只把思想集中在資產負債表上，從現在起只想資產負債表！

丹尼爾告訴了大夫。大夫說他盡快趕到。丹尼爾幫不了更多的忙，於是他上課去了。又只剩艾許一個人了。半個小時過去了，一個小時，兩個小時過去了。大夫，艾許想，我要這次好了，非要把世界上的大夫統統槍斃。大夫只會問你什麼時候出生，是不是自費病人。大夫只不過是坐在診室的狐狸，玩著手指，坐在那裡垂著眼皮朝前方看，想他的薪水會一年比一年高，而候診室裡卻等滿了粗略用繃帶包過還在往外流血的傷員，滿城都是像他這樣快要死的病人。

艾許差點兒沒疼瘋，像是胃裂了一樣。他在鏡子裡看了一眼自己的樣子，差點兒倒了下去：他的臉像紙一樣白，疼得樣子都變了，叫人認不出來。到最後實在疼得受不了，覺得只有吃抗刺激劑才能不暈過去，於是搖搖晃晃地朝桌子那邊走去，一下子耷拉著腦袋趴在高椅子背上。過了三個小時，大夫才來。艾許手頭沒槍，再說他這時已快失去知覺，連自己的死活都不知道了。他低聲地說：「能在這兒做手術嗎？」

大夫也有點兒傻眼，把他扶上床，讓他仰臥在那裡。雖說迷迷糊糊，艾許還是感覺到自己被人脫掉了衣服。他最不喜歡讓陌生人脫自己的衣服，尤其不喜歡這個陌生人把冰涼的手放在他肚皮上。哪兒最疼？這兒嗎？是嗎？是這兒？是這兒？是這兒？到處都特別痛，像是胃裡面那兒疼？會是闌尾炎嗎？大夫？不是，闌尾炎是這兒痛。那你認爲是什麼呢？還不大清楚（大夫是大笨蛋，比經營管理學的教授還差勁）；但我至少可以讓你先止痛。（這話算有點沾邊兒了！）大夫在袋子裡摸了半天，拿出一個小盒子，從裡面取出一片兒藥，圓錐形，不到一英寸長，亮亮的，像是石蠟做的。艾許立刻明白這是栓劑，於是他想大夫一定會一直把這個消痛栓塞到他尿道口去，想到這裡他嚇了一跳，幾乎快癱了下來。然後，大夫讓他翻過身來，並且讓艾許自己把它放了進去。消痛栓不費勁就滑了進去，儘管如此，他也還是不願意把屁股對著一個陌生人。他哼了一聲，又趕快把身子翻過去。大夫把他的東西都收起來，告訴艾許過幾天給他打電話，說完出去了。艾許人躺在那裡，心裡直打顫，覺得十分淒涼，又難受起來。

他醒了過來。

醒得很怪，無聲無息，不知不覺，像是又慢慢地降生了。起初，他還不明白自己爲什麼在床上躺著。丹尼爾站在桌子邊往外掏書、鉛筆和尺。艾許偷偷地看了一眼他手上的錶：是四點鐘。原來他從十二點開始睡，已睡了四個小時。難道沒有請過大夫？他突然想起了那個不知原因的疼痛，並且發現已不痛了。他安靜、虛弱地躺在那裡，像女人生過了孩子一樣。他簡直有些不敢相信，但確實是輕鬆多了，他的心感激萬分：現在確實不疼了，完全不疼了。劇烈的疼痛從他腹部消失了，他覺得裡面什麼都乾乾淨淨的。大夫是上帝差到人間的使者。啊，他熱愛所有的大夫！他將要寫一首大合唱來歌頌大夫，立刻就動筆。不，應該譜一首獻給古老神醫的序詩。但是，他好像怕樂極生悲一樣，趕快抑制住自己，在疼神的面前裝得沒事一樣：我知道，他說，只不過暫時解除了痛苦，很快又會再痛的，我不知道我剛才都說了些什麼？我很快又會疼得打滾的。

他閉著眼睛在那裡躺了半天。他覺得對疼神奉承夠了，睜開眼，小心地轉轉身。轉身子會痛嗎？沒痛。他慢慢坐起來。坐起來會痛嗎？沒痛。笑一笑會痛嗎？沒痛。他坐直了。痛嗎？不痛。他哼了一聲，向丹尼爾要煙。丹尼爾給了他一支煙和火。抽煙會痛嗎？他帶著得意的笑容往裡深深地抽一口煙，會痛嗎？太棒了，沒有痛。接著，他慢慢把腿探出來，坐在那裡聽丹尼爾說他剛才的洋相，說他肚子怎麼痛。他慘淡地笑了笑，對丹尼爾的話還有點不大相信，他小聲地對他說：「現在我可確實是好了。」

他站起來，由於原來的疼痛和藥的麻醉作用，覺得十分虛弱。但他確實是好了。他再沒腹痛過，過了一天，兩天，一週，一個月，一年，再沒那麼痛過。

但是他永遠也忘不了那天早晨，趴在椅子背上，痛得難忍難熬。他心裡還老是暗暗擔心自己的肚子。他擔心他會死，年紀不大就會死，死於某種肚子裡的毛病。罪惡的報應是死亡。他是個罪惡滔天的人，他一定會死於他的罪惡行徑，即過份的縱欲。他還記得尤金．蓋特的老父親，（這時候，他認爲托馬斯．沃爾夫是世界上最偉大的作家。）這個酒鬼和流氓，他因癌症死在醫院。是的，艾許想，我也會那樣死的，並且日子不會太長。啊，天啊！

但是，人生從悲哀到快樂，變化是多麼的快，只有天上的星星才是永恆的。不管是看見一對情人久別重逢，還是看見一個壞心的女人把新生的嬰兒扔進陰溝弄死，天上的星星在上面都無動於衷。歌德說：「人們不期望星星，只在它們的光輝下感到高興。」

啊，歌德，世界上沒有比星星更可惡的東西了！

只是在和大夫打了交道的第二天，艾許和丹尼爾在一起談論性生活。

男人談性，女人也談性。

在人們談論性的故事後面，有一種世世代代的永恆需要。各種人都有關於性的故事，各種人也都有關於上帝的故事。談上帝是一種釋放，談性也是一種釋放。這二者缺少其一，人們就會從壓抑的願望中沖將出來，因爲他們是需要向別人了解也向別人透露的。淫猥的故事和救世主的寓言——後者使得人們虔誠，前者使得人們發笑——讓我們世世代代讚美聖經，也讓我們永遠讚美淫書！

丹尼爾常繃著臉，沉默寡言，心情易變，他總是愁悶、憂鬱和冷淡，他身上有一種艾許永遠揣摩不透的東西。他在女孩子問題上總是不行，因爲老失意，他只是向她們聳聳肩，苦笑一下。艾許對他了解甚少，只知道他父親是個圖書館員，六十多歲，小個頭，並且有些駝背。丹尼爾是老大，所以他父親是在四十多歲有他的，丹尼爾總是有些憂鬱和老態。丹尼爾十八歲時，他父母又生了個女孩子。所以丹尼爾有個五歲的小妹妹。有一、兩回他收到家裡寄來的信，裡面裝著幾張胡亂塗畫的畫，丹尼爾還羞羞答答地把它們用圖釘釘在牆上。艾許有些看不起，但倒沒提出抗議。他不知爲什麼，看到孩子們畫的圖畫心裡就有些害怕。

茉麗和她姐姐第一天晚上到他們屋子來，丹尼爾和那個姊姊在自己床上輕輕地談了很長時間。後來，丹尼爾有那麼一晚上獨自佔過那間房子，艾許猜想準是有過什麼事兒。茉麗也暗示過姊姊和丹尼爾來往十分密切。這時，艾許直截了當地問他到底怎麼樣。嗯，丹尼爾說，並聳了聳肩，（丹尼爾這人眞怪，艾許想，從沒見他高興過，從沒見他發自內心地跳過、笑過。和他住在一起太不來勁，我一定得單找一間屋子住）你看這姊姊有多大歲數？丹尼爾突然問道。十九歲左右。艾許想，並想起了她那白白的總是帶點愁容的臉。二十七歲，丹尼爾悶悶不樂地說。艾許驚得說不出話來，兩人靜了半天。

「她是處女。」丹尼爾說。
「你是說她曾經是處女？」
「她現在還是。」
「她不願和你幹？」
「她想極了。」
「那是——」
「沒法幹。」
「胡說。」
「才不騙你呢。我三個晚上都白費勁。」
「胡說。」
「她躺在那裡煩極了，氣得直哭。她一個勁地和我使勁也不行，我還是放棄了。」
「別騙我了！」
「她有過不少男朋友——他們也都放棄了！」
「那，這姑娘一定得去看大夫！」
「我也那麼說，但她怕去。」
「天哪，你趕快弄個甘油栓試試！」
艾許再次發現世界上什麼事兒都有，難以理解，那麼可怕。茉麗倒是張開的，但卻很遲鈍；而她姊姊卻緊閉著，像爐火一樣熱。這一家子可眞夠奇的。他又想到船上那女孩子和她那沒完沒了的性高潮。他對女人的那些差異，充滿了深不可測的驚嘆。爲什麼上帝不把她們都造成一樣的呢？因爲男人在那一點上都是一樣的，不是嗎？

然而，有一天，問題出現了。自從上次來看過病中的艾許後，茉麗變得有些柔情。（這是個新的發展，使得艾許有些說不出的恐懼）她問他是不是願意帶著丹尼爾一道和她們姊妹倆進山裡住一晚上。這時，艾許眞有些要拿定主意和茉麗結束這種友誼了：是應收場了。（在床上幹完那種事兒，他和丹尼爾和這兩個姑娘談點什麼呢？幹那種事兒是不要花多少時間的，完了又幹什麼呢？）最後他不大痛快地同意了。也許他是不願意再像以前那樣傷人了，也許是他們渴望女人的柔情，也許是因爲他覺得太孤單了。要是他立即就和茉麗分手的話，他哪兒去馬上再找一個呢？

在去往山裡的公共汽車裡，艾許特別地沉悶，他痛苦、慚愧、不想多說話。到了目的地，他的情緒更壞了。那小屋子可不怎麼樣，冷冷落落，看不出有哪點兒美，它那樣無遮無蓋，顯露出深深的內心空虛。他心裡不禁一震。想到他要和兩個傻乎乎的女孩子在這間小屋裡過整整一個週末，過整整一個禮拜天，他眞不知道該怎麼才好。一個突然的擔心——一種恐怖症——征服了他：他已被黏上，跑不掉了。

她們其中一個把留聲機上緊了發條，擱上張叫《一個小金戒指》的唱片，建議他們跳舞，他氣喘吁吁地說：以他看，囚犯才跳那種舞。他們帶了些烈酒，他把酒倒滿了杯子，一仰脖子灌了下去，他立刻就醉了，接著就發酒瘋。他唱著，搖搖晃晃地跳起來。

過了一會兒，他把茉麗拖進了裡面的臥室，兩人待在裡面。她有點兒害怕，但也樂意，他卻看上去毫不在乎。不知晚上什麼時候，他氣喘吁吁第三次從她身上下來，看了看自己赤裸裸的身子，發現保險套已破了，一下子嚇醒了，耳邊嗡嗡響著，像是掉進了十八層地獄。她覺出了他的恐懼，自己也有點兒害怕起來。可是她咯咯地笑了，說假若出了事她會有辦法的，他用不著犯嘀咕了。他有點兒莫名其妙，問她是什麼意思。她搖搖頭說，有人能幫她忙。她說話的神態像是她早就知道這一切會發生，或者像是這事兒該怪她一樣。他暗自覺得厭惡和害怕，因爲對於他來說，那是世界上最殘酷的事，是無法形容的罪孽，但是她卻摟住他，對他說擔保沒事兒。他內心非常感激，也許最主要的是他再也不該恨她了的緣故。他明白，在出了事兒的那一刻去恨女人，是世界上最原始和最不體面的反應，但他知道事情就是這樣，他以前有過這方面經驗，實在控制不住：在這種時刻，人們眞想把那女人殺掉，因爲要不是她的話，是不會發生這種事的！

他緊張的肌肉慢慢鬆弛了，在她身邊平靜下來；他本來快睡著了，心裡又奇怪地想：她寬宏大量的行爲對我構成了新的威脅。開始是那包餅乾，現在又是這。他最後拿定了主意：今後我再也不能只用一個保險套了，我要用三個，三個重疊起來用。不行，我應該去硫化廠，讓他們訂做一個特殊膠質的厚厚的保險套，那就不會破了。

他那天晚上做了不少惡夢。

一週以後，茱麗去他屋子對他說，這天晚上可不能幹那種事。他簡直高興得不知如何是好了。他爲她幹什麼都行，給她買一串加拿大珍珠項鍊，帶她去最時髦的飯館子，什麼都行……他高興得一個勁地說，像家財萬貫一樣的慷慨，向外衣那邊走去，伸手掏皮夾子。

結果就只夠看一場電影的錢——假若她買她自己的票的話。

此後不久，一天晚上，茉麗又帶著新建議來找他。她和她姊姊以及她們的保護人（艾許嚇了一跳）應邀去參加一個大的舞會，不是在城裡，而是在幾十里外工業區的一個熟人家裡。那一家人特別好，是服裝加工廠的經理家，房子挺大，也特別有錢。是那家的女兒舉行的舞會：八對男女，全是年輕人，有幾個人聽說過艾許和丹尼爾，心想請上兩個大學生，一定會更有意思。不，艾許想，不，不，不，我才不和茉麗的熟人在一起呢，他們會挺討厭的。並且她會向他們介紹我是她的「保護人」，那我可不幹。

可是，另一方面，或許也有可取之處：他來到這城市已快兩個月了，除了第一天晚上是在母親的親戚家裡待的，他還從沒到過一個人家裡。教室、俱樂部、餐館、電影院、學生宿舍；不錯，就是沒去過人家家裡。大房子，很有錢？那肯定不會只有舞會、杜松子酒和與陌生人沒滋沒味兒的談話，也許會有溫暖的氣氛和享用不完的好吃好喝？也許還會有那種細細高高的深綠色瓶子裝的涼白葡萄酒，滿桌子冷食，或許還有帶美奶滋的香噴噴的大龍蝦？

可憐的艾許立刻流起口水，餓得不得了，許許多多的食品使他頭暈眼花。難道不會再有東西了？八對？也就是說有八個姑娘。去掉茉麗和她姊姊，還有六個不認識的姑娘。他一想到這點，便把臉從茉麗身上離開。他內心有些激動。六個不認識的姑娘。他會在那兒找到她嗎？

「行，」他說，「我告訴丹尼爾。」

11 來自墨西哥的友誼之手

那個禮拜六晚上，他們租了一輛車拉他們去那裡。車費是茉麗和她姊姊付的。臨走前，丹尼爾順手抄起剩下的半瓶子威士忌，現在他們在車上傳著喝。那些人也許會很討厭，想到這裡，艾許恨恨地喝了一口。茉麗坐在艾許膝上。他心裡一直有一種奇怪的感覺：你大概還不知道吧，茉麗，他想，這是你最後一次在我身上坐了。想到這裡，他產生了一種奇怪的憂愁，他強迫自己沖著兩個興高采烈的姑娘笑了笑。他不時地看著茉麗的姊姊，那是個皮膚白得出奇的姑娘，但是只要她一看他，他又低下頭去。他很同情她：二十七歲，處女，還封著口，過著一種經常失望、恐懼、低下、憂傷、丟人的生活。她自己丟人，她的男朋友也丟人，兩人都夠丟人的。接著，產生了一個令人吃驚的想法：也許我可以試試？我當然要比丹尼爾有經驗多了，他是個窩囊廢，我會絕對使她滿意的，我一定得幫丹尼爾的忙。

他們一到，主人就為他們舉行了一個雞尾酒會。因爲艾許總是最怕和生人待在一起，結果他後來對屋子的內部陳設記得很少，客人也沒記住幾個。他甚至都記不起來吃過些什麼東西，也記不得是否有白葡萄酒。他一定做了很大的努力去吸引別人，艾許社交的誘惑力，也正在於他害怕和陌生人交往。這種誘惑力一方面可以避開人們心靈中的特別敏感區，另一方面也可以創造一個溫暖和友好的氣氛。

雞尾酒會結束後，他們又喝了幾杯威士忌和蘇打水。艾許還記得那威士忌很好，整整一個晚上，這個大學生都快活極了。在這一幫子人裡面，有兩個人從直覺上他就不喜歡，所以他總避著他們。艾許只需握握手就立刻知道這個人是正經人還是不道地的傢伙。他好像在判斷人方面有很靈的第六感觀，所謂的一種傳心術。但是他辨別女人以及她們的性格可就不行了。也許是他在性方面敏感使得他在其它方面就不行了，只要他和女人們一接觸，他立刻就能表現出他在那方面的敏感，但卻很難一下子搞清眼前是個普普通通的姑娘，還是個眞正的烈女。

那裡有個男的，皮膚黑黑的，是個藥劑師，戴著無邊眼鏡，牙很白，艾許對這個人最反感，每次他從他身邊走過或是跳舞擦過他身邊時，他都渾身起雞皮疙瘩。對於艾許來說，經過幾乎兩個月的監禁，這一夜簡直是個大釋放，是從書本中、課堂筆記裡和他沉重的銀行貸款中的解放。這一刻他什麼都忘了，他唱著，他是個出色的民歌手。他用鋼琴演奏爵士樂，他這個鋼琴手可有用武之地了，他用鋼琴演奏了爵士樂，給他們彈了《殘暴的拉格》和《阿拉伯酋長》。他和姑娘們跳舞，心裡又有些不懷好意。但他和茉麗再沒跳過舞，他不時地看見她坐在角落，覺得那雙妓女似的眼睛老盯著他，也許還透著點惡狠狠的綠光。他實在控制不住，只想和別的姑娘跳。

六個不認識的姑娘。

她們穿得都不錯，中產階級，看上去在辦公室或商店都有份收入不錯的固定工作。她們每天都去上自己的班，都很勤奮、認眞，但都沒有眞正的興趣；因爲她們都不希望把年華度在做買賣上，都希望婚禮的鐘聲，希望新娘的花束和女儐相，希望蜜月和帶澡間的一套房子，希望有擺著樺木雙人床和三面鏡梳床臺的臥室，希望有波紋綢做的寬大便服，希望有個能夠接待昔日女友的地方，在那裡給她們喝點雪利酒，吃點自家做的小餅乾、松糕，坐在新式扶椅上，挺著發福的肚子，手指上戴著沉甸甸的金戒指，織著粉紅色安哥拉羊毛的小衣服，她們的朋友們都會十分羨慕她們，都親眼看見她們那麼富有，那麼好運。

艾許一眼就看出了這些，一眼就看出了她們在等待著自己的未來。他頃刻間爲她們感到遺憾，想到她們未來的那種幸福，他就有點兒悲傷，因爲那樣的生活是一潭死水。這些姑娘沒有一點膽量，他失望地想道。她們不敢冒險，她們沒有想像力，沒有嚮往和勇氣（詩就是勇氣）。

上帝！他爲自己祈禱著，給我一個敢作敢爲的姑娘吧。讓我今生今世遇見那個勇敢的姑娘吧！她不是去做人家的職員，而是要創自己的產業，敢於創辦一本油印的雜誌，能夠擁有自己的菜園或木器加工車間，（烏木、青龍木、柚木，天哪，用好木頭加工出來的東西多漂亮啊！）能夠經營郵購橡膠產品的業務，能夠爲事業而奮鬥——啊！上帝，讓我遇見一個不只是知道戒指、門德爾松結婚進行曲及在自家爐子旁烤蛋糕的姑娘吧！

但是這種憂鬱、絕望的感情，只延續了短短的一瞬。他是個快活的大學生，是個機靈鬼、浪蕩公子。就在第一次的雞尾酒會上，他就仔細地把姑娘們都打量過一遍。

當中的四個，明顯地引不起他的興趣，聲音平淡，長相也缺乏動人之處。儘管這樣，他還是同她們每人跳過一回兩回。她們顯得遲緩，像一袋子麵粉，跳的時候都轉不起來。她們有的還刮掉眉毛，重新畫了兩道，甚至連唇上的口紅都塗得不均勻。

剩下的另外兩個，其中有一個立刻就吸引了他。她細高個兒，深褐色頭髮，帶有光澤。確實是那一頭微微發捲的秀髮首先引起了他的注意，她的髮型隱隱顯露出雅致，再就是它那樣光，那樣亮。她穿一件半長絲綢衣服，衣服料子沙沙作響，也許那就是波紋綢。她裙子的下襬是緊身的，穿著件黑上衣，而別人都穿的是色彩鮮艷的上衣和鼓起來的裙子。正是那件上衣和緊身裙子使得她與眾不同。她的身材長得特別勻稱，有一種小姑娘的那種優美自如。她看上去很文靜，很細緻，約二十一、二歲，長得很甜，很惹人喜歡。她沒戴戒指，有人把艾許介紹給她時，她只是微微地一笑，把手伸了過來。她纖細的手很暖和，灰色的眼睛很漂亮。從她的笑容裡看，好像總有什麼事拿不大準，或者她就喜歡那麼做——不時地把兩片嘴唇咬在一起，像是怕笑出來，怕傾吐衷懷一樣。她嘴角掛著一絲憂鬱，艾許立刻就被她吸引住了。

他試著同她說話，心有點緊張地跳動。她不怎麼和別人合群，寧願自己在一邊兒待著。每次跳完舞，她和艾許總是走過去在窗臺上單獨待著。窗戶大開著，外面是舒適的秋夜。她對他說，她是美容院裡的最佳美容師，他看了看她的手，她的手也長得很漂亮，但是人都有些猶豫，沒有握完手。他們兩個跳舞正好成比例，她既輕快又平穩，像仙女一樣，和她跳舞很舒服。她身上沒有什麼刺激性的氣味，但有一種很溫和及女性的香氣。她人特別好，一看就是個好姑娘，使艾許敢上去和她進行親密的交談。他覺得她有點不大願意多說話，他坐在窗戶那裡和她聊著。他嘆息著，他需要她，他主要是想得到她的愛情。屋外是舒適的秋夜。

這個舞會的女主人，即那位經理的女兒，今年二十五歲左右，走過來在他肩上拍了一下。她要找他跳舞。她是半個德國人，名字叫威赫爾米妮。艾許一聽，笑了笑，並問她是不是以凱賽

（Kaiser）〈編按．德國皇帝之尊稱（一八七一～一九一八）〉命名的。她事實上並不好看。她的背不像別的姑娘那麼挺，兩個肩略略有點兒上抬，像是身子裡面有種力量要把頭頸往裡面藏一樣。她臉色微微發黃，不大有精神，給人留下比較遲鈍、比較笨重的印象。

另外，她的下巴也有點兒向外突出。她從椅子上往裡坐的時候，總是顯得有些緩慢，不大想動，同時對周圍的事還有點漠不關心的勁頭。她端著肩，雙手插在裙子口袋裡，在客人中間走來走去。她身上有點兒男子氣，艾許猛地想到她有點兒像個在岸上休假的、猜不透心思的船舶工程師。儘管她也想和他跳舞，但在那兩個他一開始就注意到的姑娘當中，她是居第二位的。

她穿的衣服是薄花料子，半長，裙子一直快拖到地。她的雙腿很結實，很好看，雙踝也很勻稱。她和艾許說話的時候有些保留，並且幾乎有些生硬。但是一旦她高興的時候，她那不太和睦的目光也就消失了。她鬱鬱不樂的臉偶然笑起來的時候，就像是太陽昇起，很白，很健康，也特別的漂亮。她笑起來還是很有柔情的。

這時她向窗戶這邊走過來，艾許正和美麗的康斯坦絲（這是那個穿黑波紋綢姑娘的名字）待在那裡。她像男的一樣在他肩上拍了一下，有些責備他似的，要和他跳舞。他們跳起來。她是黑頭髮，很黑，散發出一種香味。他們跳舞的時候，她緊緊地貼著他。開始，她離他還比較遠；可是他小心地把她往攏拉了拉，她就過來了，後來就靠得很近了。在這以前他和她跳過嗎？他自己也記不得了。貼著她的身子，艾許也有些驚奇：她結實，肌肉強健，但又柔軟。她沒精打采的姿態使她的骨盆大幅度地朝前挺著，他都能覺出她裡面沒有穿內褲。

隨著舞曲，他把她引得離人群遠了一些。他突然覺出她緊貼的身子在擦著他的大腿。他向下看了看她，看見她的黑髮，看見她脖頸的一點兒，胳膊的一點兒。這時，他才知道，這個生硬的姑娘，是個肉感很強的女子。這時，他才看出，她的皮膚像黃褐色溫和的絲綢。音樂停了，他們走過去又換了一盤子磁帶。他掏出手絹擦了擦額頭上的汗。挺熱，他說了句。後來，不知他還是她，說可以出去吸點新鮮空氣。外面已經黑了，剛才屋裡那麼亮，現在猛地來到外面，顯得更黑了。他幾乎什麼都看不見了，只好拉住她的手。他們沿著花園的砂礫小路走去。

那是個很大的花園，樹很多。他掉過臉向屋子裡看了一眼，康斯坦絲還在靠窗戶不遠的老地方，坐在那裡和另一個男的正在說話。他和威赫爾米妮繼續朝花園的小路走去。那是一個晚秋之夜，稍稍有點涼意，西海岸舒適的氣候，是墨西哥暖流送給他們的禮物，是從地球那邊伸過來的友誼之手。秋天的夜，草上沾著露珠，濕潤的夜幕柔軟光滑，微風吹來果實的香氣。開始他不知道頭頂上是些什麼，後來他才隱隱發現樹上掛滿了蘋果。蘋果的香氣是那麼的濃，那是股豐收的香氣，成熟的香氣，果子就要脫落的香氣。他覺得她在微微地顫抖，像是在不停地哆嗦。

啊！她沒有穿外套。他用手摟住她的腰，把她往前拉，兩人就這樣朝前走了好幾步。

他立刻覺出了她的臀部在他大腿上轉動，一隻胳膊摟著她的腰的同時，他把一隻手伸到她胸前。她那對乳房很大，大得就像熟透了的蘋果，所以她只能直接穿薄紗式的外衣，裡面再無法加內衣了。隔著那層薄薄的衣服，他就能摸出她的乳房是什麼型，什麼樣子，尤其是對奶頭感覺最明顯，就好像是他的手直接摸在上面一樣。他把她的臉轉向自己，心裡有些緊張。他的吻一定使得勁兒挺大，因爲她的嘴唇緊緊地朝裡抿著。他用手捧住她的臉，想一直吻到她的舌根爲止。他把她靠在樹幹上，這使得她那件薄衣服更薄了，顯得她更裸露了。他把手哆哆嗦嗦地放在她的陰部，她嘴裡喃喃地說「不」，但她還是把整個骨盆向他貼過來，嘴裡輕輕地說著「不」。

他胡亂地把她的裙子撩起來。她沒用吊襪帶，只穿了件絲褲襪，他不費勁就把手伸了進去。不需要什麼過程，也無須掙扎，他的手就摸到了她那裡。這時他的手可就不客氣了，他的心怦怦地跳。「不！」她說著，下身一個勁地動著。她依在他懷裡，小聲地說「不、不！」他的手稍停了一下，有點兒擔心和失望，不知她到底是不是願意他這麼做。

他一隻手放開她去解自己的褲子時，她又說了聲「不！」這時他有點好笑，覺得自己男子漢的那種野性起來得太晚。他用手扶住她的頭，使勁摟過來吻她。只要他下面一勃起，令人發暈的時刻就會到來。「不！」她輕輕地說。這時她已忘記了一切，就會說「不！」。他很快地看了她一眼，她閉著眼睛，那勁頭兒眞有點兒瘋了。伴隨著控制不住的哼哼，她大聲叫出最後一個「不！」字，頭往後一仰，身子使勁倒向樹幹，一震，樹上幾個沉甸甸的蘋果落到了草地上。他一下子軟了，挺快抽了回來，站在那裡把她摟在懷裡一個勁地喘著。

他也說不上，他的心爲什麼跳得那麼厲害，爲什麼喘得那麼急驟。透過樹枝，他看見屋子的窗戶亮亮的，在其中一個窗戶邊還看見美麗的康斯坦絲。他明白，也只有在這個世間，才會有這種怪事。他們整了整衣服。她問他帶梳子沒有。他們站在黑處聽了半天，但除了屋子裡的音樂聲和他們怦怦的心跳聲外，什麼也沒有。他們不自然地相對笑了笑，都很高興。他小聲地說「謝謝你」，她點了點頭。他太感謝上帝給他這樣的機會了，簡直高興得能把那蘋果樹連根拔起。他差點兒叫出聲來，把手伸向她脖子，第一次溫情地撫摸她。她按住他的手，讓它貼著她的臉頰。

他們眞該進屋子裡去了：她是女主人，不能就這樣走開。他想把她拉回來，但她拉著他往前走。他想：現在她是強者，我應該讓步。他問她什麼時候可以進城，她說她在父親公司的辦公室做事，但是她禮拜五可以去。禮拜五晚上，他趕忙想了想禮拜五晚上丹尼爾能否趕出去看場電影？一想可以。他給了她地址，又讓她重複了一遍：禮拜五晚上九點，九點正。他們在臺階上握手告別，然後誰也沒看誰，也沒有互相傳遞眼色就進了屋子。他走過去，在窗戶邊和美麗的康斯坦絲坐在一起，她依舊笑得自然，對他也沒有懷疑什麼。他問她是否願意晚上和他出去玩玩，去看個電影，去聽場音樂會。

他坐在那裡，心裡明白康斯坦絲也將會屬於自己，不過不是現在，也許不是幾個月之內的事，因爲她不是那種人，對她，他在摸索著走，很羞怯，一點兒也不敢莽撞從事。但是，他知道她是他的，他問她禮拜六是否有時間，她說有。他們的頭越靠越近，聲音越來越低。他問怎麼能打電話找到她，她把美容院的電話號碼給了他。他們覺得，最好一道去看場電影，他也只請得起一場電影了。他們跳了最後一支舞曲，她發亮的深褐色的香髮離他很近，碰著他的下巴，弄得他怪癢的。他覺出她身子並不怕靠近他，有一天他會了解她的。

在跳舞的時候，他們從相互的手心能明白對方的意思，他向她說晚安的時候，兩人都不好意思地笑了笑。他和康斯坦絲說了再見，又正式向威赫爾米妮告別——「晚會太棒了！」——於是訂下和威赫爾米妮禮拜五，和康斯坦絲禮拜六。此刻他簡直是狂透了，他簡直像發現了金礦。這不可能是眞的，但是他在和丹尼爾、茉麗及茉麗姊姊一起坐車回家的路上，從茉麗的面部表情就可以看出這是眞的。茉麗曾認爲自己是他的人了，但她此時一定已感覺出正在發生的事情。她明白自己失去了他，她進到車裡，在後排的邊上坐下來，長滿雀斑的臉有些發白，眼睛綠綠的。艾許實在覺得心裡過不去的時候，就把手搭在她肩上表示友好，她一擺身子把他甩開。

在回家的路上，車子裡特別安靜，這種安靜使得他的神經特別緊張。他立刻發現自己恨透了茉麗，只有那種對姑娘忘恩負義的男人才做得出這種事。

從那次舞會後，他再沒有邀茉麗去過他屋子，她也沒有要和他和好的跡象。他心裡已很清楚，那天晚上車一上路，一切就結束了。

兩年以後他碰巧見到過她一回。（第二次世界大戰爆發，德國人佔領了挪威，他自己的生活也起了很大的變化）他來到一條小街上，走進一家小雜貨店去打醋。他沒注意到門上掛著「合作社」的牌子，要不他多少會有點兒心理準備。小茉麗突然出現在櫃檯後面，她還是笑笑的，眼睛鼓得老大，滿臉的雀斑，還像以前那樣咯咯地笑著，只是在看見他的時候，有點兒難為情和不安。她穿著件白大褂工作服，腰間繫著帶子。他用紙去墊醋瓶子的時候，看了一眼她的手。她沒有戴戒指。他使勁控制住自己的感情，付了錢，趕快離去了。

事後，他發現她多找給他不少錢，但他沒有再回去。

後來，他一輩子都記得這位姑娘；她給了他許多他不應該得到的東西。

12 全世界無產者聯合起來！

十一月初，艾許和大學裡的一個學生做了次談話，那次談話使他一生起了決定性的變化，到了晚年，那情景還歷歷在目。

這個學生叫艾力克。他們在課堂上就相互注意到了。艾力克在課堂上心平氣和、頭腦冷靜，聰明過人的支持合作運動、工會及國家管理的觀點，使艾許很明白這人也是社會主義者。於是，在這個自由主義的堡壘中，不是一個，而是兩個社會主義者。這幾乎有點像搞地下活動的味道了，也許他要再往深裡挖挖，會發現很多穿著白色校服的人都是社會主義者。這個想法嚇了他一跳，但他沒再去調查。

據說不同類型的人容易相互吸引。假若真是這樣的話，這種相互吸引是很謹慎的，是在兩人暗自相互欽佩的情況下產生的。這兩個人的差別確實是太大了。艾力克像是佩服艾許的身材魁梧、思路敏捷、豪放不羈、能說善辯。在艾力克看來，他絕不僅僅是有點激情，而是有些狂熱。艾力克欽佩他見了什麼可笑的事都發出那種滿足的、痛快的笑聲。他也欽佩他參加的那些課外活動，佩服他這個大學生合唱團和小樂隊的指揮，（他是個不自私的人，艾力克想，一個給大家帶來快樂和歌聲的人。他哪兒找那麼多的時間呢？）最後，他還欽佩他經常態度明顯地蔑視那些陳舊的虛假的、頑固的東西。在艾力克看來，艾許是冒險家，是詩人，是最激動人心的——生活放蕩不羈的藝術家！

至於艾許對艾力克欽佩、尊重到什麼程度，艾力克卻知之甚少。

不錯，艾力克・富樂登確實有些可笑，甚至是相當滑稽的，但這些並不使他的聰明才智失色。他又瘦又小，看上去有點兒頭重腳輕，長著一雙農民的手。他粗糙但卻善良的臉上長滿了小疙瘩——可能是些不大明顯的丘疹痘痘——這使得他刮臉比較困難。於是，他下巴上常常是因爲刮破傷口而貼著小紙片兒，臉上其它部位卻有些刮不到的地方，露出一簇簇鬍子茬兒，像山上脫了顏色的草一樣。從正面看，他的臉是長方型的，這給人一種印象，眼前像是一匹安靜的好脾氣的轅馬。

他的頭髮很黃很稀，有那麼一小綹總是不斷地滑到他額頭上來，一掉下來，他總是用一個相當女性化的動作把它撥回原位。毫無疑問，他出身於農民家庭，心地單純，這就使得人們好奇，這樣一個粗糙的小伙子，怎麼性格上會具有這樣的女性因素呢？這也許是缺乏社會信念的緣故。不管怎麼說，艾許總覺得怪可笑，這個轅馬式的人物，一舉一動竟像個花花公子，走起路來，屁股賣弄風情地一扭一扭。

另外，他身上還有一種勢利和上等公民的氣質。他的領帶繫得很漂亮，西服上衣口袋裡老掖著塊白手絹，扣子眼裡老別著朵小花。這個農民出身的小伙子足蹬高統靴，頭戴安東尼艾登帽，手上還提著細把兒絲綢傘（他拿它在手上優雅地晃晃，也把它當拐杖來拄拄）。

一天——那是大學裡的一個不尋常的日子——這位土社會主義者穿著黑外衣、白襯衫、打著灰領帶、穿著條馬褲出現在人們面前，一副英國貴族派頭地向俱樂部走去。在大學裡或大學附近，從來不曾見過這種高雅的情景。他說話向來是正確的、無可指責的，但也喜歡那些關於教授們、講師們、助教們以及當地名人生活的小道消息和女人們的私下嘀咕，他知道哪些地方官員改了名字，誰有梅毒，誰有胃潰瘍，誰家老婆是酒鬼，誰家孩子是傻子，誰的收入多少，運氣如何，在什麼委會任職。他既是雜家，又是銀行的耳目，又是社團的領袖。艾許把眼睛瞪得老大聽著，但是那些事兒他一聽過就忘，因為他對這些事情不感興趣。

說到這裡，聽見艾力克·富樂登抽雪茄或抽小雪茄也就不足為怪了。他總是很有風度地把雪茄拿出來，不是吸，只是用那支雪茄向人們顯示他多麼尊貴：他用食指彈彈煙灰，膩味地抬眼看看，看煙灰落在什麼地方。不過你要聽說艾力克·富樂登已訂婚了，並有段戀愛史，也許你會大吃一驚。真正使你驚奇的，首先是他選擇的這位姑娘。

一般人認為，像艾力克·富樂登這樣一個勢利的人物，不為自己找一位出身貴族，也要找一位出身過得去的家庭。可是他的未婚妻卻是一堆肉，有兩個他那麼大，兩個他那麼重，並且是個補鞋匠的女兒。所有艾許見過的女人，就數她最胖，就數她臉蛋最紅，就數她奶子最大，但是艾力克一心一意地愛著她，並老身前身後地盯著她。他叫她「小西婭」。在俱樂部的晚會上，他總是這樣：「沒事兒吧，小西婭？你冷嗎，小西婭？要我給你拿羊毛衫嗎，小西婭？」但最精彩的是艾力克請西婭這個龐然大物跳舞的場面：他興高采烈，體貼入微，滿頭大汗，稀稀的一綹頭髮蓋著額頭。他在地板上轉著那個肉堆子，有時，整個身子都被她的裙子遮掩在一起。在這種時刻，人們不得不懷疑，他怎麼和她睡覺？這使艾許想到一種小長卷毛狗獸性大作，去追逐一條聖伯納大母狗，只搆得到牠情人的後腿下部。

沒錯，艾力克既好玩又可笑，但她一點兒都不壞，儘管他有些紈褲子弟習氣，艾許也不得不欽佩他。他身上那種幹什麼都有恆心的勁頭，給艾許留下很深的印象。艾力克頭腦很清楚，記憶力驚人，他有難得的穩健、客觀、頗能說服人的辯論能力。他對課程掌握得異常熟練，很快就能引起講師的注意，他從不含含糊糊，總是能用清楚的數字和事實說明自己的論點。有那麼一兩回，艾許開心地想：那些教授們有點兒怕富樂登！他還覺得，艾力克宣傳社會主義的方法，是那麼冷靜，那麼有說服力，一點兒不動感情，也不激怒別人，他完全能夠很快地把這所學院變成一所社會主義大學。

這就是大學裡的兩個社會主義者。艾力克是個現實主義者，艾許發現，他不是農民的兒子，而是工會會員和一家省工黨報紙編輯的兒子。艾力克是在社會主義環境裡長大的，他每天都接觸到社會主義。對艾許來說，社會主義是種幻想，只在夢中見過，幾乎是神聖的東西。艾力克要在山裡面建廠房，要耕掘出所有的窪地；艾許要在山頂上建起燈塔，並且在那裡大聲地擂起戰鼓。

這兩個年輕的社會主義者差異極大，但在那樣的環境裡又可以使他們相互補充，兩人都有一種謹慎的、不願明說的相互尊重——或者說是相互忌妒。

十一月的一天，他們上完課在一家餐館探討些經濟問題。艾許要了一杯啤酒，艾力克一點酒都不喝，他說是因爲胃有毛病；可是艾許心裡明白，艾力克是工會會員，是絕對戒酒的，他突然覺得嘴裡的啤酒不是味兒。

「你難道不想去參加一次會嗎？」他忽然問道。

「開會？」

「我說到過你，他們覺得奇怪，問你爲什麼不來。」

「來？來哪兒？他們是什麼人？」

他突然有一種無名的激動，覺得充滿了希望，每次當他聽說別人說起過他的時候，他都有這個感覺。艾力克對他們說到過他，他說了些什麼呢？他們說到過他，他們坐在一起談到過他！他們都說了些什麼呢？他在膝上來回扭著雙手，心裡滋生出一種對友誼和承認的熱望，這座城裡的某一角竟然有人在談論他，是在談論他，而不是別人，並且還想請他去。我的天哪！

「他們都是些誰呀？」他笑問道。

「社會主義學生小組。」艾力克說。驚愕地看著對方笑得那樣開懷。

艾許坐在那裡嘴張了老大，像是沿途乞討走遍了天涯，突然覺得可以鬆一口氣，心裡出現了一種輕鬆的感覺，現在總算……他嚥了口唾沫，用沙啞的嗓子說：

「你是說——嗯——就在這個城裡——成立了一個執行委員會——就是說一個有組織的社會主義學生小組。」

「當然，」艾力克說，「下次開會的時候我通知你。」

「誰都能參加這會嗎？」

「哦，當然不行！」艾力克說，努了努嘴。然後他把身子向前探了探，用一個手指向他這邊做了個示意，神秘地說：「不過我已向他們說起了你。」他齜牙笑了笑，站起來走了出去，讓驚呆了的艾許留在那裡一個人瞎想著。

艾力克對他們說什麼了呢？也許是說他脫掉褲子跳到池子裡看看那寂寞的金魚是雄的還是雌的那件事兒？也許是在經濟學課上校長假惺惺地說「我信仰自由主義」時他打了個嗝兒那件事？也許是在俱樂部的舞會他狠命地緊貼著人家，從大吊燈下怪叫著跳開的那件事？難道艾力克對他們說起的就是這類嗎？假若眞這樣的話，他們會認爲他是什麼樣的社會主義者呢？或者——他臉色一下子變得蒼白——艾力克誰的事兒都知道，張家長李家短的那些事兒比女人還愛說，這樣一個傳播醜聞的能手，也許他會知道艾許的私生活？也許他談到過他一直企圖要保密的事兒？（艾許申請學生貸款時，他塡過一張表，秘書問他：「你還有什麼人需要負擔嗎？」艾許猶豫了僅一秒鐘，但對他來說是那麼長，然後把目光移開，吸了口氣說：「沒有。」他被減少了一半費用；但他知道，他什麼錢也不用付。不管怎麼說，他的過去只應該自己知道，絕不能讓別人知道他的底細。）也許艾力克一直在了解他的情況？也許艾力克已經知道了他的一切？也許社會主義學生小組的人曾坐在那裡竊笑過他的那些醜聞？

慢慢地，他毫無意義的擔心消失了，取代那種擔心的是另外一種感情。他一想到能見這群人，就高興得心都快跳出來了，控制不住強烈的喜悅心情。這當然是他所渴望的，一群社會主義者，兄弟般地結合在一起，一幫子秘密反叛者，什麼也不在乎，團結一致，堅如磐石，就像一家人一樣……不過，他們會對他提出什麼樣的要求呢？這些人會是什麼樣的人呢？他們會讓他幹點什麼工作呢？他應該給他們顯示哪方面的能力？哪方面的知識？他怎樣才能爲這個高尙的事業服務得更好呢？他不知道這個革命小組都做些什麼？他們的地下活動都包括些什麼？

突然，他好像看見自己站在那裡做著煽動性的演講，那是在一個地下室，幾面牆已褪了色，只有一盞冒煙的汽燈照著他的講稿，或者也許他就沒用講稿？他看了看下面聽他演講的那五十個工人，他們的臉都仰望著他，像望著黑夜裡的一束光亮。在地下室的門邊，有一個人在放哨（即把風），只要警察前來襲擊，他就會吹響口哨。那一瞬間，他好像在街上的路障邊搏鬥，四周瀰漫著柏油、汽油和脫落的牆皮氣味，街道拐角處傳來汽車的煞車聲，還有窗戶玻璃的粉碎聲、哭聲、叫聲、呻吟聲、血腥氣、擦槍油味兒、煙味兒和火藥味兒。

他的心在劇跳，他的手也受傷包紮起來，他隱蔽在水泥樓梯下面，槍彈飛鳴，火光沖天……他以前可從沒握過槍呀，老天爺！他想到他們期待他有冷靜的頭腦和非凡的組織能力，想到他腦子裡的那張活地圖，街道、橋樑、工廠和營房的平面圖，戰略和策略，誰是朋友，誰是敵人，冷靜而且勇敢。撕下你旗上的十字，高舉起純潔的紅旗——就得這樣！前進，朝著那一天前進！讓我自豪，讓我佔有純潔的心靈——就得這樣！全世界無產者聯合起來！——就得這樣！烏亮的左輪手槍散發出擦槍油的氣味，只有用它才能取得政權，只有用它才能取得政權！黎明即將來臨，兄弟們！臉色蒼白，嘴角發抖，這個革命之子從桌前站起來。

他剛才有些飄飄然起來，在自由的血紅的雲彩裡飄起來。他的心都嚇得不跳了。

正這樣想著，他聽見外面廚房裡一個女招待打了個噴嚏。

13 陸軍上校

威赫爾米妮禮拜五該來了。

剛到禮拜四，艾許眼前就盡是幻覺了，晚上他只好去看電影。假若他強使自己坐在屋子裡讀《工業會計，技巧和方法》的話，只能看見書的每一頁上都有兩個赤裸裸的身子，一個是他，一個是威赫爾米妮。

威赫爾米妮一絲不掛，他知道她那綢緞般的皮膚會給人什麼樣的感覺。她這時更令人刺激了，因爲她生硬的面部表情和溜肩下面藏著極強的情欲。他看庫珀的電影時可以忘掉她，但戲院裡的燈一亮，他又想起了她，於是他只好出去沿街長途跋涉，直到極度疲倦爲止。回家拉拉小提琴也許會好一些，但是讓丹尼爾半夜三更躺在床上聽他拉提琴他也未必感興趣，儘管他可以在琴上裝上弱音器。艾許完全明白：在音樂廳聽M．埃爾曼的曲子是一回事，在一間六英尺長的小屋子聽又是一回事了，何況演奏者沒有一點熱情，並且還要省略掉練習曲和奏鳴曲的獨奏部份。

禮拜五，艾許簡直有些不知該怎麼辦了。他整整一個早晨手裡都在玩兒著把小刀，用這個辦法來分散自己的注意力。一幫子大學生在館子裡吃午餐，他吃了點他平常最喜歡的菜，竟差點兒吐出來。那天下午他覺得時間更長，尤其難熬。他不得不走出去，一個人去壓馬路。他不敢閉眼，一閉眼就感到她薄衣服下面的乳房；他也不敢睜眼，一睜眼就看見正在等待他的那玩意兒。他咬緊牙關在街上來回走著，雙手插在外衣兜裡使勁攥著拳頭。

他回到屋子裡發現丹尼爾已經不在，就覺得更難受了。屋裡就他一個人，他看了看手上的錶：九點差十八分。此刻，他已經等得筋疲力盡了。他又有點兒呆滯，又有點兒蠢蠢欲動，喝了杯水，開始心不在焉地整理起屋子來，把書歸了歸位，把床弄弄平。他心裡痛苦起來：這種透過血液的痛快本身是很短暫的，為了玩兒那麼一下，整整兩個工作日都搭上了。難道生活的全部就是巴掌大的那塊肉？他心裡覺得憎恨，先是恨馬上就要來的她，再就是恨那股黑暗勢力，它制約我們的理想，使得我們無法施展。褲襠裡那玩竟兒和感情，他突然這麼想。現在只是那玩意兒了。不過，也許安穩和貞操就在這二者之間？那就是生命？那就是上帝的安排？那就是愛情？人們一味歌頌而實際上沒有看透的愛情？

他突然害怕起來：要是感情的願望強於生理上的抽動可怎麼辦？要是一個男子無私地純潔地（什麼又是無私和純潔呢？）愛著一個姑娘又怎麼辦呢？——那麼也許性交的動作就能斯文一些？也許你就不會把心上人頂在蘋果樹幹上，震得熟透了的蘋果劈劈啪啪往下掉？可是假若真正的愛情是一種心心相印的溫柔平靜的感情，那一定就是說人們要放棄對肉欲的要求？難道熱欲的冒險做法就不好？難道他和威赫爾米妮在那舒適的蘋果香之夜的事兒不是他經歷過的最美好的一次？難道那就錯了嗎？是怎麼個錯法呢？那種舒服的感覺，使得兩個人都急促的呼吸，那一瞬間，挪威簡直成了大溪地。

他都等得有些遲鈍麻木了，他接她進門時，心裡都有點兒恨她。也許是由於她穿了件軋別丁

（gabardine）大衣，腰間還紮著條帶子，看上去有點軍人派頭。她頭上還戴著頂帽子，微微地斜向一邊，這也有點兒像當兵的。她雙手插在大衣兜裡走進來，這一霎，她給他一種感覺，像是一位陸軍上校在屋子裡踱步。她是空虛嗎？他想，或者她打心眼兒裡就想當兵？

開始，他沒認出她來，自然是因爲外面黑。他替她脫下大衣掛起來，手有些哆嗦。她立刻在桌子邊的一張椅子上坐下來。他想：她爲什麼不脫掉套鞋呢？他看了看她的衣著，不是那麼太合身。沒有想到她會這樣打扮，也許是成心的？他疑惑地想道。也許那是她用的一招兒，用來掩蓋和藐視那種女子氣質？因爲，做爲一個有自己住宅的經理女兒，是有條件把自己打扮得更吸引人一些。或者也許她失望？痛苦？或許貿易中心的生活扼殺了她許多思慕，爲了不致於太失望，而現在成心讓自己冷下來？他突然發現——因爲她坐在頂燈的光圈底下——她已經不很年輕了。二十五歲？這種年齡多數女人都結婚了。他可不打算娶她，她知道這一點嗎？

「你不想脫脫套鞋嗎？」他說。

「哦，脫。」她慢條斯理地說，幾乎是一種淡漠的口吻。她站起來，朝門邊走去，一隻手扶住牆，一隻手脫鞋。她直起身子再次走回桌邊。他注意到她有點遲鈍，他明白她覺出了什麼，也明白她爲什麼不高興。他向她迎了過去，由於隱隱的羞愧和欲火，她心情有點兒憂愁，他用手示意讓她朝上看著他。她下嘴唇的一邊有點兒青青的腫了，她用深沉而又有點兒沙啞的嗓音微微笑著說：「會計問是不是叫蜂螫了。」他用雙手捧住她的黑髮，深情地看著那張並不多麼惹人喜歡的臉龐和上回被他咬破的嘴唇。他顫顫抖抖地去吻她的眼睛。

此刻的情景和他過於激動幻覺可大不一樣。他們拉著手在床上坐了一會兒，她另一隻手伸過來，放進他襯衣的袖口裡。他覺出她溫暖的小手貼著他的胳膊向上伸去，一直伸到肘部。覺得出，她是想挨著他，想緊貼著他。這沒勾起他的情欲，反倒使得他更溫柔了。他拍拍她的頭，小心地撫摸她。過了一會兒，他們不聲不響地脫衣服，只是偶然不好意思地看對方一眼。她脫光了，趕快鑽進被窩；他也光了，屋子裡有點兒涼，他也隨後鑽了進去。

只過了一會兒，他又爬出被窩，去櫃子的抽屜裡找他們少不得的東西。可是，他們在被子底下把臉湊在一起的時候，又一下子鎮靜起來，都有些過於鎮靜了。他仰天躺在那裡，把她拉近身邊，一隻胳膊放在她的脖子下面，摟著她。他閃過這麼一個念頭：就聽其自然吧！他暗自笑話自己，又慘淡又吃驚，竟覺得自己軟了，前兩天還像根憋足了勁兒的槍筒子！床上這時還有點兒涼，他一轉身朝向了她。他撫摸她，按摩她，使她身體發熱，她的皮膚像絲綢一樣光滑，她在一點一點地向他貼緊。他看著她的臉，忽然貪婪地吻起她來。她抱住他的頭，把他的舌頭吸進自己嘴裡，一個勁地轉著舌頭親他。他簡直快暈了，揭開被子第一次看見整個裸著的身子。他有點兒哆嗦，嘴停在她的乳房上，睜開了眼睛。她乳房那麼大，太漂亮了。她呻吟，身子顫動著，他覺得出，她對自己那種強烈的欲火也感到不好意思。他吻她的眼睛，用吻去闔上她的眼睛。

他親她的兩腮、脖頸和肩膀，他親她的肚皮，親她的肋部。他側眼看了她一下，她在床單上的手攥起來，然後舉起來打他的後脖頸，她咽喉裡控制不住地抽噎起來。他騎在她身上一下子進去了，她的手不顧一切地抓在了一起。

慢慢地，兩人才恢復了知覺，先是呼吸勻下來，然後睜開了眼，胸脯還是一起一伏。他沉沉地癱在她身上，覺得她的肢體那麼柔弱。她會心地笑了，但他往出抽的時候又發出了抱怨聲。她當然希望他老待在她裡面。他們躺在那裡身子還平靜不下來，並排躺著，看見床上的被子已掉下去了，都覺得好笑。暴風雨過去了，他們挨著身子靜靜地躺在那裡，面對著面，呼吸也平穩了。四周靜下來，他再次回味。他把被子拉起來，許久都沒有聲音。他給她遞了支煙，她沒要。他仰著躺在那裡抽煙，覺得她的手輕輕地從被子底下伸過來，摸摸他的胸，又去玩弄他下面的陰毛。屋子裡那麼靜，他正想要問是什麼時間了，她鎮定地說，鎮定得馬上使他擔心起來：

「不知道今晚上我該不該來？」

他停住了呼吸聲。他用胳膊肘子支起身來，去彈掉煙卷上的煙灰，並把臉掉向一邊：

「爲什麼？」他問。

他知道她的答覆會包含什麼意思。他不知道她將用什麼詞兒，但他知道她會說什麼。他實在是從心底裡擔心害怕，他用了很長時間彈手上的煙灰。他必須在她答話的時候背對著她。

她像對天花板說話一樣，輕輕地低聲地說道：「因爲我怕會愛上你。」

他身子連抽幾下，又慢慢地滑進被窩躺下了。他拉拉身上的被子，一直拉至他們的下巴。

他沒有回答。

過了很長時間，他驚奇地發現，那一刻他竟想到了上帝。

但是他總得說點兒什麼，做點兒什麼。他小心翼翼地把臉轉向她，噘了噘嘴，笑了笑。他盡量能笑得眞一些。她也笑了，一種冷冰冰的充滿驚訝的笑。她向他投來帶有評估性質的目光，他覺得她的眼睛一下子就能看透自己似的。然後，她又收回了目光。他心裡有點兒打鼓，她從他臉上發現了什麼，但是她看上去很平靜，並且相當的鎮靜自若。

他一想到時間，就鬆了口氣。上帝保佑那個發明鐘錶的人。

「再過二十分鐘丹尼爾就該回來了。」他說。

「嗯。」她應道，幾乎像是和自己無關一樣。

他半坐起身子，俯在她上面一點一點地咬咬她的耳朵，摸著她溜光的身子。他推得她翻了個身，趕忙把她抱起來。他不想看著她的臉。

那樣折騰了一陣，他們穿上衣服。他問她什麼時候還能進城來。她明天沒什麼事兒，她說，他禮拜六晚上有沒有時間？他趕緊整理著床。他爬在床上一邊收拾著一邊說，不幸得很，明天他已經和人訂好了有事。也許禮拜一可以見？她想了一會兒，她禮拜四可以爭取來。禮拜四對他再合適不過了。他又說了句，他打算另找一間屋子，想一個人住，不過下禮拜四還找不到。

只過了一分鐘，丹尼爾就進來了。他向威赫爾米妮禮貌地打了招呼，並再次感謝了她舉行的舞會。艾許只好一笑，他忘記謝她了。他送她上公共汽車的時候謝了她。「也謝謝你。」她獰笑了一下。她穿著那件軍用膠布夾大衣，真像個陸軍上校。

14 一位信任你的姑娘

第二天是禮拜六，那天歸康斯坦絲。他利用課間給她打了個電話，她在電話裡的嗓音有點兒和原來不大一樣，她正給一個顧客做著頭，要他別耽誤她太長，聲音裡暗示著她工作挺緊，有點隱隱地起急、厭煩，好像有點兒要發脾氣。他在舞會上就注意到她一直有些克制著自己，他還記得她嘴角繃著，笑的時候，或是心情不好的時候，或是受驚害怕的時候，她的上嘴唇總是不敢放開，在這種時刻，他對她就產生一種同情和鍾愛的感覺。

可是與此同時，他又有點兒怕和她的關係有一天發展起來。他不知怎麼一下子覺得她應該找一個大夫當她的丈夫。他只能當她的情人。爲什麼甚至連康斯坦絲也只能是當情人呢？是因爲他太薄情了嗎？是因爲他生性太輕浮嗎？難道他在招惹是非的事情面前，在要負責任的事情面前，在要引起矛盾和痛苦的事情面前，總是往後退縮的嗎？

他們同意那天晚上九點去看電影。他會到家裡來接她嗎？他給自己找了藉口，說他特別忙，能不能提前十分鐘在電影院外面等？她讓他到家裡接她的建議使得他有些毛骨悚然。假若說他害怕什麼事兒的話，那就是非得去一個姑娘家裡，非得見她父母、非得進他們的餐廳、客廳。世界上他最害怕的（他母親除外）就是去一個姑娘家裡，去見她父母：她的這個建議就足以使他聽見監獄的手銬聲，就足以使他感覺到他隨時都有可能被關進牢房。

但他卻強烈地渴望一個家，一個親密無間的家。

他們的目光碰到一起時都有些發窘。他們相互打了招呼，笑了笑，好像都有些想念對方。他一直握著她的手，她也願他握著；但他覺得她的手一點兒都不自然。過了一會兒，他們都有點兒不好意思。他說，實在是可悲可嘆，請不起她上館子。她是否願和他一起走走，或是否願到他屋子裡待一會兒？丹尼爾在參加一個聚會，是一個神秘的聚會，在茱麗的姊姊介紹的一個人家裡，要很晚才回得來。「行嗎？」康斯坦絲說，並看著他。她的表情既坦率又公開。他嚥了口口水。「當然行。」他想。也許她還從沒到過一個大學生的屋子。而且，另外還有一點，她臉上顯得那麼安詳。她信任他。他內心鬥爭起來，把一個信任你的姑娘帶到你屋子裡可有些可怕。

但是一到了屋裡，他就開心了，也隨便了。他同她開玩笑，逗她，羨慕她的衣服，喜歡她的髮型。（他很快地掃了一眼她的手，她的指頭。她的指甲修剪得很好看，很細緻。）他讓她看自己的樂譜，但不願給她演奏。「下一次吧！」他說。他有幾瓶子啤酒，又高興又吃驚地發現，她喜歡喝。他朝櫃子走去，拿來麵包和黃油，還有一個蕃茄和一點燻羊肉，他切了幾片黑乎乎的肉，這便是一頓真正的美餐。儘管是一頓美餐，他卻非常驚奇地發現，姑娘吃得多麼少，只往嘴裡放一點點肉，只在杯邊呷一點點酒。坐在這位可愛、自信、有風度的資產階級姑娘面前，見她那麼秀氣，他對自己那樣狼吞虎嚥覺得有些不好意思，他像是吞吃大山、鄉村、教堂、樹木、活人和兒童的火神及農神，把所有這些填塞到血盆大嘴裡，然後又舔舔嘴唇，再四周尋找吃的。

幾乎快過了兩個小時，才起來幫她穿大衣。他冷不防地親了她一嘴。那是一個一時衝動而又恭敬的吻，她謹慎地回報了他一吻。她的眼睛變得非常深情，他立刻意識到她纖細的腰和她身上溫和的香氣，那是一種濃濃的香氣，使得他深深地吸了一口。但是她輕輕地從他懷裡脫開，笑了笑。在她的笑顏裡，有一點驚奇，有一點責怪，有一點害怕，也有一點快活，但更多的是痛苦。他有些莫名其妙，目光轉到地下。他把她送回家，她正好住在城的另一頭。他們住的房子旁邊有一個食品店，他看了看商店的名字，並問她這是誰家開的。她說那是她父母開的。他又吻她，她說將來他一定得到她家來。他說謝謝她，他很高興來。她走上了臺階，掏出了鑰匙，她在黑夜裡招了招手，輕輕地推開門，偷偷地邁進去。他看不見她了，在原地站了片刻——有點兒高興，有點兒擔心——然後掉頭離去了。

他在街上走了一小段，掉轉頭來看看康斯坦絲家的房子和那個食品店。他打了個寒噤。

就在那靜靜的街道上，他又想起另一個姑娘，校長辦公室的年輕職員。那天早晨他去到那裡，她告訴了他要了解的情況。她很結實，有些莽撞，個子不高，顯得水靈、絢爛，稍稍有點內八，腿挺有力。她有一頭黃髮，蘋果似的臉上長滿了雀斑，灰灰的眼睛很漂亮，上嘴唇微短，上面有個很惹人喜歡的小獅子鼻。她紅紅的嘴唇，嘴巴寬大，牙卻很小很白，但當中有點小縫。灰褐色的頭髮稀稀薄薄的。她有點兒像是健康快活的挪威廣告畫。艾許站在桌前，她朝他笑了笑。她把身子向前探去，整個前胸都壓在桌上。

他們相互看了兩眼，他心裡覺得那種甜蜜的感覺有點像杏仁糖霜的味道。他深深地吸了幾口氣，拿著他要的卷子走了。但是一走出屋子，他就連連嚥了幾口唾沫。他知道。

昨天剛會了威赫爾米妮，現在又有希望得到康斯坦絲，他又想占有那個黃髮蘋果臉蛋姑娘。我是有些不正常，他想，都有點想哭出來了。

一轉眼，他變得堅強起來，下決心道：現在我可得認眞對待了。

只過了一小會兒，他的心又軟下來，頭又暈乎了：禮拜四晚上威赫爾米妮要來。同類之間的遭遇戰。我們將在被窩裡把對方吸乾。仁慈的上帝，威赫爾米妮上校！

15 社會主義者學生小組

開會的那一天，他眞有點兒太不同尋常，非常激動，但又表現得特別謙遜。一個就要去參加共濟會入會儀式的新會員，一個將在羅馬得以發表意見並知道自己有幸去吻教皇足尖的年輕天主教徒，一個要到叢林地帶去見異教徒並將殉難的傳教士，都沒有像那天去社會主義學生組織的艾許那樣忠心耿耿和任勞任怨。每次一想到自己被他們邀請，他的手就哆嗦不止。（對於一個命運孤獨的年輕人來說，沒有什麼比這樣的邀請更偉大、更充滿希望了！）他一想到就要加入社會主義者學生小組了，心就怦怦地跳，又有點兒害怕，又有點兒擔心。刮鬍子的時候，他在臉上恨恨地割了一下。

這是他強烈而且痛苦地渴望過的事：這些正直、純潔、強大的人，他們會接受他嗎？他們會同意他成爲他們的一員嗎？他們會討厭他伸過去的這隻手嗎？

——要是願意的話，他們可以把它砍下來；但是他們拿它有用嗎？

他一個人從街上走過，這黑夜的街。他到得早了一點，在樓外面走了好多個來回。他不能再耽誤了，上樓梯的時候不得不緊緊地握住扶手。是在四樓開會，他看了看門上的名字，他久久地看著，像是著迷地看著一個白色象牙門鈴。他把發抖的食指三次向門鈴伸去，手指碰到門鈴的時候，他嚇了一跳，鈴在廳裡的響聲很大，他連忙用手在發潮的臉上抹了一下，顫抖著，祈禱著。他聽見大廳裡有很多人說話，聲音很大。門一開，他雙腿發軟，差點兒癱在地下。

一個灰髮女人把他領進去，並帶他掛起衣物。她的一對黃眼睛很有自信。「難得的人物。」她說。她抬眼看他的時候，嗓子顯出一種幽默。艾許淡淡地向她一笑。他多麼羨慕那些不總被人們當成長頸鹿觀看的人啊！他捏著把汗朝大廳走過去，停在客廳進門處的雙層門帷邊，嚇得都快尿褲子了。他用顫抖的手把簾子往邊上拉了拉，刺目的陽光向他射來，他聽見裡面傳來祭司長的聲音：

「讓整個農民黨都去見鬼吧！」

後來，那次會，艾許什麼也記不得了，總的印象是模模糊糊的。去開會的人，好像都是面目不清的鬼影子。

那間屋子很大，又難看，又沒什麼擺設，裡面有十二至十四個人，有的坐在椅子上，有的蜷著身子待在長沙發上，有的坐在地上的大皮墊子上，還有的就坐在地下，還有一個靠著窗框待著。艾許走進來的時候，他們用一種半是幽默半是煩惱的口吻胡侃著，他們的談話停下來，艾許的心好像也不跳了。屋子裡一下子靜下來。他不知道該先和誰握手，不知道這幫子人有什麼規矩。

他大步大步地從人群中走過去，經過椅子和皮墊子時，絆了一下，差一點兒摔倒在兩個女人身上。一個漂亮的栗色頭髮姑娘笑著說：「挪威，大腳板丫！」她是指他，這使得他很難堪，他臉紅了，頓時出了一身汗，臉變得煞白，強做了個笑容，邊握手邊說：「很高興見到你，很高興見到你。」儘管這在當時也給了他一點點快慰，但事實上使他十分難受。他這麼做確實是資產階級那一套，但社會主義者握手時又說什麼呢？

他含含糊糊地說了自己的名字，但聲音太小，他們沒有聽見，又叫他重複，但還是聽不見，接著好像許多人都想知道他的名字，於是他大聲喊道他叫艾許·布勒弗特。他們覺得這名字怪有意思，他也從心底裡同意他們的意見。他小時候因爲這個名字可受了不少罪。名字不是他挑選的，但又無法對他們說清。他只好像啞吧似的站在他們面前，讓他們你一聲我一聲地叫著艾許·布勒弗特。他眞希望自己叫一個像拉斯·奧爾森這樣普普通通的名字。

眼睛敏銳頭髮發黑的氣象學青年學生——像是那天晚上會議的主席——把臉轉向完全輕鬆地坐在椅子上抽雪茄的艾力克·富樂登，並提高嗓門兒問了他一個問題。艾力克微笑著思路敏捷地給他簡單地介紹了大學情況和這個新來的艾許·布勒弗特。你瞧，黑頭髮小伙子悶聲悶氣地說，他這麼問不是不禮貌，而是因爲那天晚上他們當中有位來自希特勒德國的流亡者，從集中營剛逃出來，拿著一個叫南森的人的護照來到了挪威（艾許敬畏地向流亡者看了一眼）。

這個叫伍爾弗岡的人準備給大家講講納粹主義的情況和德國工人的反應，並且說他的講話不得外傳……艾許明白，他們當中來了個不認識的，他們當然要問一問——別讓船主們辦的學校的人沾邊——艾許淡淡地一笑。

「別擔心，」艾力克彈了彈雪茄上的煙灰，用鎭靜的兄長般的語氣說：

「他是自己人。」他向艾許眨了眨眼。

一股暖流和一種自豪感傳遍了艾許周身。他是自己人。這對於他來說是最美好的了。他覺得感激得流出了淚。他在我們行列裡，是自己人。在同志友誼美好感覺的同時，他覺得有點驚慌，不由自主地往後退了一步。自己人？難道他最終找到了門兒？一個根本靠不住的門兒？一種暗暗的恐懼向他襲來，他產生了本能的自衛，臉色一下子白了。難道他們僅僅是為了毀滅才需要他嗎？難道人們非得在虛線上簽字，承認他們的靈魂可以被燒烤，所得的灰燼可以讓人民議會的女勤雜工當洗滌劑來用嗎？在這一瞬間，他一下子明白過來，他誰也不跟，不跟上帝，不跟魔鬼，直到他閉眼辭世那一天，他只堅持做自己應該做的那種人。他腦子裡閃過這一念頭時，覺得自己騙了這些人，辜負了這些人的希望。我真廢物，他想，我是個叛徒。我還不如趁早離開這兒呢！

開會的人還沒有到齊，所以那個黑頭髮氣象學家有時間和艾許專門談談。他想了解一下艾許為什麼要去那個學院學習。假若艾許對經濟感興趣，他幹嘛不上奧斯陸大學？那裡的老師教得很認真。難道這些大老闆們辦的學院不就是培養嬌生慣養的世襲貴族嗎？難道它不就是靠票券生活的大亨們的溫床嗎？他們實際上在那裡都幹些什麼？講激進的曼徹斯特自由主義？講晚禮服聚會？講用抽獎的法子來為旅行推銷員的寡婦和私生子提供基金？

一個接一個的問題像連珠炮似的向他射過來。這些問題有些怪可笑的，旁邊的人竊笑著，而艾許卻有點麻木了。他發現這種作法有些令人作嘔，也十分丟人。他像被拋出水的魚兒，嘴巴一張一張，一句話也說不出來，只得陪著笑臉在那兒聽。除此之外，他們之間離得很遠，氣象學家在他自己的地盤上，隔著老遠大聲地扯著嗓子說話也毫不在乎。

他變得悶悶不樂。他不得不使勁兒抓住椅子坐，不然他真的會哭出來。又自命不凡又低級庸俗，那個氣象學家就是這麼個角色。是否有人能向艾許用社會主義觀點解釋一下，為什麼學氣象要比學商業更體面一些呢？假若讓新來參加這種堂堂聚會的人提問的話，他一定很想知道，在氣象學家鯖魚天空的雲彩裡，是否比在地下的機修車間更多一些榮耀和社會主義呢？你說呢？就專業能力而言——假若新來參加這種堂堂聚會的人有幸提問的話——氣象學家什麼時候能夠像經濟學家判斷盈虧那樣準確無誤地預告過第二天的天氣？也許他不必這樣直言，不過確實該問問氣象學家對社會有什麼用途？這樣問是否有點太冒昧了呢？和那些高深的科學數據相比，氣象學家難道不只是一個偽裝起來的算命先生嗎？社會主義社會要氣象學家有什麼用呢？社會能從這些摩登的占星術家、巫醫、法師那裡得到什麼好處呢？看看燕子在田野上空飛翔，無論從哪一方面講，不都更好一些、更有意義一些、更動人一些嗎？不是嗎？

艾許這麼說。

他只是在自己心裡這麼說，只是回到自己屋子裡才這麼說。

每天晚上，世界上成百萬的人躺在床上睡不著，躺在那裡，嘴裡唸叨著那些他們要說又沒有說的好事，激動人心的事。在黑黑的夜晚，他們咬牙、攥拳，想著那些極妙的貼切的反駁，這些反駁將足以把對方制服。每天晚上，成百萬的人都躺在床上，練習著他們下回要用的最周全的反駁。不過下一回情況不同了，那個反駁也就不貼切了。

世上從未聽說過什麼最好的反駁；好的反駁常常都出自夜晚，但由於缺乏合適的場合，也都變得平平的了。

不管怎麼說，艾許也還是一直待到了會議結束。他沒有能夠把心裡話說出來——青年人要是表達不出自己的感情，便是個悲劇。這是年齡的悲劇，這種年齡不能把自己感情的要旨表達出來。艾許清楚——非常清楚——不要因爲自己在那個學院學習，就認爲自己必須得是個資本家。可以肯定地說，社會主義社會也是——事實上是最首要的——應該依據計劃、洞察和計算來支配的。甚至一個合作社也完全可能用複式簿記帳。

對他妨礙最大的，使他第一個晚上一句話也說不出來的，主要是他暗自意識到了自己的難處。他覺得自己像審判席上的見證人，知道實情，想如實地告訴法官，但因爲一時的神秘和危險，即使他說了眞話，也沒人信他，也不能信他。

現在的艾許可不再只是去大學生合唱隊和小樂隊玩玩而已了。好像他的事兒還不夠多，功課還不夠難。一天，艾許去到音樂學院，要求參加一個班，提綱挈領性地學一下音樂課程。他通宵沒睡，閱讀了領來的簡易教材，制定了一個引人入勝的計劃。他既然來到這個奇怪的城市——又沒有父母老管著他——他爲什麼不能在那個學院學習的同時，設法再受點音樂方面的教育呢？一舉兩得？或至少一舉一得半呢？誰也用不著知道這事。學院的功課當眞就那麼難，不能在上這些課的同時再上幾堂音樂課？不能再學點音樂理論？管弦配器？弦律對位？這個計劃裡唯一棘手的是音樂學院每門課程將意味著每個月多支出二十五克朗。他先上的是和聲理論。他已做了好幾回練習，往日只是憑感覺的東西，現在可用許多專業名詞在五線譜上表達出來，他心裡十分高興。

他一下子被置於一個危險的、激動人心的、神話般的世界，像是在一個迷人的森林裡，他能夠採擷各種花卉，並用它們編成各色的花束——主音，屬七和絃，反二和絃（啊！）雙和絃，悲的轉變，手風琴著眼點，變格終止，掛留音，先取音，未完成的瓦格納變奏曲，完美的震音，

（華格納這個音樂的魔鬼，他又多少有點兒欽佩起湯豪澤和羅恩格林），巴哈格里格、貝多芬的練習曲和主旋律，你在哪兒還能找到莫札特C大調四重奏開始的那種琴聲如訴呢？所有的作曲家，他最喜歡海頓。上帝，他甚至常常禱告，讓我也能有海頓那種的恬靜。不管我今生如何，讓我能像海頓，完完全全地像海頓。

（有一天，他從他那個迷人的林子裡跑回凡間，還帶了一束他採的花兒。他不好意思地把自己作的一首小曲子放在頭髮已發白的和聲理論老師面前。他的作品是一支小華爾滋舞曲，叫嘉琳姑娘。老師看完，奏了一遍，說了句「嗯」，並用一個肥胖的手指點了點和聲上面的幾個錯處，再就沒說什麼。對於艾許來說，那聲「嗯」是他進入這個世界後聽到的最寶貴的聲音了。）

可是，現在他卻坐在——社會主義者學生小組——在那些未來的技師和工程師當中，在那些今後頭腦冷靜的政治家當中，在一群二十世紀的黑色天使當中，讓那個咋咋唬唬的氣象學家盤問在學院學習的目的。

他沒有什麼目的！

他是個欺騙犯，他欺騙自己的父母，他欺騙借給他錢的銀行，欺騙宮西爾德和那個孩子，欺騙要把他培養成爲社會的一名經濟學家並爲此只收一半學費的學院，現在他又欺騙這些社會主義者學生小組的成員！

他向誰也不敢透露將要成爲……啊，他連說都不敢說，不過他希望能……無論如何他也要——他心中最大的秘密就是渴望有一天能作曲，能搞音樂創作。（他趕忙摸出手絹，假裝擤鼻子，捂住臉掩蓋他的羞色，他正在參加社會主義者學生小組的第一次會議，心裡又渴望有一天能——作曲。）

假若他要在這兒露了馬腳，假若他告訴他們他來上學是爲了能學音樂——誰會理解他呢？他們會把他當成個精神錯亂、傻裡傻氣、稀奇古怪的白痴，他們會笑話他，並讓他靠邊站——這個地方的人可不是鬧著玩的。

艾許有點覺得抬不起頭來。他第一次來到這些社會主義者當中，就清算了自己的靈魂深處。他意識到，對世上的法官什麼都能說，就是不能說眞話。

在那間煙霧瀰漫的屋子裡，他聽那個德國人伍爾弗岡的講話。伍爾弗岡當然只是個化名，這個人設法越過波蘭國境從德國逃往丹麥，再到挪威。他矮矮胖胖的，是典型的斯拉夫人長相，眼鏡後面的雙目很有神。他說話很快，很自信，非常迎合聽衆，非常有說服力。「同志們，」他說，艾許聽了這稱呼心底震了一下。他們都成爲同志了，是嗎？只聽了一小會兒，他就開始發現他的講話有點惹人討厭，也許是因爲這個德國人講的過於詳細顯得有些囉嗦的緣故。

在參加了社會主義者第一次會後回家的路上，他覺得自己像剛從絞肉機裡出來。他從來沒有覺得這樣虛弱，這樣無力，這樣悲寂過。

他曾那樣地尋找過他們，懷著眞誠和正直的願望，伸出渴望的雙手，帶著一顆虔誠的心。他們讓那個黑頭髮氣象學家不動聲色地在第一個回合中就把他擊倒了，然後讓他搖搖晃晃地坐在一把椅子上，一句友善的話都不跟他說。他們對他毫不感興趣，把他擱在一邊只顧商討他們的事，好像根本就沒他一樣。他覺得痛苦，覺得喪失了信心，尤其痛苦的是，他覺得自己是主動去和他們交的朋友，而不是悔恨和可憐巴巴地坐在那裡等他們來找他。

但是，任何一位牧師的妻子都會告訴你，要用笑臉去迎接新來的教徒，帶他轉轉，把他介紹給別人，要對他表示點關心，問候他，在他身邊製造出一點溫暖的氣氛，請他吃點丹麥糕點，喝杯水果汁——任何傻瓜都懂得這個。每來一個人你都把他推開，這樣是不能招集起人們和你奮鬥的。這些社會主義者甚至連組織隊伍和機構的最基本思想都缺乏。艾許聽過他們的吶喊：「在敵人的陣地爆破！」可是這些社會主義者卻在他們自己的臉上起爆！

好啊，太好了。假若他們認爲人們都會排著長隊來加入社會主義者學生小組的話就太好了。他們不請他，他是不會再去了。也許他們會從中吸取點教訓。他們覺得好像他們能把所有的人都組織起來一樣！眞夠棒的！

他回到家裡，覺得又生氣又恥辱，哀嘆不已。

他擤了一把鼻涕，洗了洗臉，又想起了那個氣象學家，那個黑髮魔鬼。他下次一定得找機會報復他。他狠狠地把椅子踢了一腳，下定了決心。一個氣象學家把馬克思主義的「剩餘價値」會置於何地？難道他不會在暴風雨中站在多格灘上觀潮？

他將告訴那位氣象學家什麼時候該收斂。

就在下一次會上。

16 所羅門和希特勒

他從和丹尼爾合住的屋子搬出去。他們倆很友好地分手了，都覺得單獨住要舒適得多。

他找了一間很好的房子，房東是個老太太，個子不高，黑黑的，非常胖，叫阿布蘭漢森夫人，現在還經營著已故丈夫留下的服裝店。和她一起過的是小兒子，正在上學。他發現阿布蘭漢森夫人是個能力非凡的女人。過了幾天，艾許在許多方面都留下了這種印象，並意識到她是猶太人。他對這一點印象尤其深刻。他知道不少猶太人在德國受迫害的故事。他從沒向阿布蘭漢森夫人提過這些事，但他總是用自己的法子來對她表示友善，在過道總是輕輕踮著腳尖走路，自己收拾自己的床，不用她幫忙，各方面都做得像個君子似的。有一天他回家還給她帶了一小束花，她簡直有點受寵若驚，臉都有點兒紅了，擁抱了他一下，高興地笑了。（她太矮了，雙手只能摟住他的屁股）她轉動踮起的腳尖，樂呵呵地笑了：「想得出，給一個老太太送花！」

只要是涉及別人的隱私，他膽子都特別小，從來沒問過她在德國是否有親戚，所以他對她的情況一點也不了解。作為一個女猶太人的房客，他一直覺得有點兒過意不去，他所能做的那一點點，只不過是對她禮貌一點、關心一點，這就是他內心對希特勒的報復。

年輕人深深的痛苦，深深的悲嘆，知道自己為防止世界悲劇的到來做著貢獻，為了制止集中營、那種瘋狂、那種咆哮和那個野獸般的傢伙做著貢獻——而那全部貢獻只不過是對一個猶太女人一點有限的、躲躲閃閃的友善；爲了保衛世界，他所能做的只是去買一束值一個先令的鮮花，知道了這一切以後的痛苦，知道了所有這一切以後的悲嘆。

威赫爾米妮每週到他這裡來一次。阿布蘭漢森夫人家的家具都很好，都很結實，只是那張長沙發不怎麼樣，咯吱咯吱直響。威赫爾米妮和他只好用床。他已開始討厭老睡在床上了。在床上，他覺得像夫婦倆，這種想法太使他受壓抑了，甚至有一次，他那東西都不頂勁了。既然那張沙發響得那麼厲害，阿布蘭漢森夫人在她屋子裡都聽得見，他只好試別的法子，在地上，靠在桌子上，在扶手椅上。

一次，威赫爾米妮待了個通宵。她住在城外十二英里的地方，要在下午很晚才能從辦公室趕到他那兒，她覺得當天晚上乘公共汽車再趕回去太緊張，兩人在一起待的時間太短，就住下了。艾許對她通宵和他待在一起的做法有些拿不準，他不知道好心的阿布蘭漢森夫人會說什麼，儘管她總是那麼高興，那麼慈愛，那麼有教養。有一次他竟想：我要當一個猶太人，我已經脫離了挪威國教，對於我來說，背點無關緊要的摩西教規和發誓去做猶太人，並沒有什麼關係，假若我也能分享那個富裕、熱誠、神奇的地區的財富，也能分享這些猶太人的友情，我將非常高興那麼做。不過，他們會要一個黃頭髮的小伙子嗎？我就是娶個猶太姑娘也不在意，要是猶太人不會性交可怎麼辦？世界上對性愛最神奇的詩要算是所羅門之歌了！

他肯定，即使威赫爾米妮留在這兒和他過夜，像阿布蘭漢森夫人這樣的女人是絕對不會說什麼的。即使她看出來了，她也只會在第二天用一種神秘的快活的目光看著他，一種暗暗的慈善和理解的微笑。然而——他有些憂懼——他知道所有人當中，女房東是最恨搞性關係的了。威赫爾米妮來和他過夜的時候，他多少有點緊張。他說話的聲音特別低，特別小，可是他們一進入被窩，就把這些全都忘了。天哪！他急喘著氣，又來勁又舒服。好歹他沒有哼出聲來，那天晚上很晚了，已是第二天早晨三點鐘，威赫爾米妮小聲地對他說要尿尿。洗手間和廁所在走廊的那一頭，也就是說，威赫爾米妮要在靜悄悄的屋子裡走過十英尺遠的距離，那樣也許就會驚醒阿布蘭漢森夫人。也許兩個人會在狹窄的過道上碰見，威赫爾米妮穿著她帶來的睡衣，阿布蘭漢森夫人穿著她的花和服！好一個遭遇！他打了個寒噤：他心裡罵著女人，爲什麼她們的尿泡不再大些，能存住整整一晚上的尿呢？

他從床上坐起來，四下看了看，屋子裡沒有罐子，那個小臉盆倒在那兒，但他不願意用它。桌子上立著兩個酒杯和一瓶快空了的葡萄酒，男的也許還行，女人可就費勁了。他的目光偶然發現了牆角那個黑糊糊的焦炭爐子，也許能尿到那裡面去？——他差點兒沒忍住笑出來。假若有個花盆就解決問題了。他苦想著，這倒給了他一點啓示。他屋子外面有個陽臺，陽臺有欄杆擋著，欄杆靠裡的上半部固定著長長的養花木箱。他剛搬到這裡住的時候，裡面開滿了旱金蓮，可是現在花兒全謝了。花箱和花盆一樣能用。陽臺對著教堂，不過，半夜三更，用不著擔心牧師或看教堂的人會起來坐在教堂的塔裡用望遠鏡往這邊看。

他把這個天才的想法告訴威赫爾米妮，她眼睛瞪得溜圓看著他，但還是笑了起來。他坐在床上，看她光著腳，穿著檸檬黃的薄綢子小睡衣開開通往陽臺上的門，噓噓地吸著涼氣，仙女似地進入黑色的夜幕。艾許總是被女人的這種裸體所吸引，他本想這會兒不去管她了，但只過了一、兩秒鐘，威赫爾米妮就滿臉好笑而害羞地進來了，並辯解似地說：「我搆不著！」「那就往陽臺地上尿吧。」艾許說。「你瘋啦？」她說。「那好。」艾許說，站了起來，拖了把椅子跟她上了陽臺。他凍得直哆嗦，正是十二月初，他只穿著一層薄薄的睡衣睡褲。她站上了椅子，蹲在木花箱上頭，他扶住她的手。她怕從陽臺上翻下去，這裡是樓的三層，下面是青石板路面。

他在黑夜裡站著，握著威赫爾米妮哆嗦的手，用眼睛死死地盯著教堂的鐘。黑夜裡，那鐘就像一隻閃著光亮的老虎眼睛。她尿完了，渾身一顫，從椅子上邁下來，兩人哆哩哆嗦進去了，提著椅子，隨手鎖上了門。

他們又回到床上，相互搓著對方，想使身子暖和一些。他一下子笑開了，趕忙把頭用被子捂起來。接著她也笑了，兩人都在被子裡呼呼喘著氣。緊接著，她用手摸著他，一直向胳膊探過來，像是要靠他近一些。威赫爾米妮的手總像淘氣的孩子那樣，她想向他爬過來，像是爬向母親，她心中對柔情的熱望立刻深深地感動了他，那種熱望總是使他特別刺激。女人用手貪婪地摸著男人的身子，這自然是不用多說什麼的。他們剛才還藏在被窩裡一個勁地笑，但現在不笑了，這會兒他用牙咬她，她也順從地讓他咬著。她結實的身子頓時變得鬆弛、柔軟了，一動不動地躺在他下面，乳房柔軟動人，向上仰著癱在胸前，像睡著了一樣，暈死過去，做好準備接受那醉心時刻的到來。她的嘴半張著。

威赫爾米妮沉默寡言，憂鬱，羞愧，並且還有點兒好發脾氣。有時候，他幾乎覺得和她待在一起有些不自在。有一次她洩漏出她忌妒那些上大學的人，她家就她哥哥受教育高，她自己只上過商業學校，學了點速記也就滿足了。現在她在父親的辦公室當了個職員，她看不出那會有什麼前途，但又不知道自己還有什麼本事。不行，艾許心想，她也就只能那樣了。

沒有過很多年，艾許就意識到，有些人——數目多得驚人——把大學生都看得比他的同齡人高，好像他們周圍都充滿了神秘的芳香，都有非凡的智慧和足以對別人造成危險的知識，好像都是戴著金閃閃的奇妙的頭盔的半神仙人物。而他自己當學生的歲月，他總認爲自己最低微，是小人，是個破衣爛鞋窮鬼，是個窮街小巷裡被社會遺忘而又倖存下來的傢伙（假若社會發現了他，就會在他背上踩上一隻腳），這種可怕、頗爲丟人的看法，只不過是對這種永恆悲劇的另一個例證：現實生活和人們想像之間差異頗大。威赫爾米妮因爲覺得自己配不上他而痛苦，而艾許又覺得自己誰也配不上而感到痛苦。他們相互都不敢說這一點，從來都不敢說出自己內心的擔憂。

艾許不鑽到她內心深處是絕不罷休的。一天，他向她問起了德國，因爲她母親原來是德國人。啊，德國可是個漂亮的國家，她說，和挪威可不同，那裡的人禮貌多了。（她曾告訴過他第一次和男的有過那種事兒好像就是在德國）德國是個漂亮的國家？最近她去過？是的，她幾乎每年夏天都會去看望母親的親戚，和他們待三個禮拜左右。所以，德國就漂亮了？沒錯，她都想到德國去住了。在希特勒掌權的國家？她對政治懂得太少，但她總覺得希特勒所做的事是對的，是出色的，宏偉的。那裡經濟繁榮，沒有失業，還有那種高速公路——他眞應該去看看那奇異的高速公路，和挪威的土路眞是天地之別，公共汽車行駛在那種土路上，連人的五臟都能顚出來。也看不出希特勒有什麼錯的；相反，他倒是創造了次序，讓共產主義份子和離間者們不敢越軌了，還禁止了罷工……聽到她說「次序」這個字眼的時候，他倒吸了口氣。他猛地意識到，這是最危險的觀點，並且是他終生所要鬥爭的，所謂次序，是隱藏著的專制和殘暴；在它的後面，是死亡、血案和恐怖；在它的後面，上帝的一排排瘦子將去踐踏那些無辜的生命。

（但是，歌德不是自己也說過，他覺得暴亂比不公義更糟？）那麼猶太人呢？他把臉轉向一邊說。猶太人？她漫不經心地說，並不在乎地聳了聳肩。那怪他們自己，他們只不過是遭到了報應。

她的這些想法確實嚇了他一跳。當他從她嘴裡聽說關於猶太人罪行的那一套謊言時，他的臉白得嚇人。他很清楚，從道義上來說，儘管他們說猶太人生吃孩子，但希特勒政權使得德國倒退了一千年；同時在這種神話般的指控下，他們自己又屠殺猶太人，並把他們在鐵 子上活活絞死。他太清楚了……一種強烈的絕望感向他襲來。他只得躺在床上，用雙手捂住臉。他怎樣才能向威赫爾米妮解釋清楚納粹主義實質上是什麼東西呢？

他自己是怎樣認識納粹主義的呢？他讀過不少的書，他讀過蘭霍夫的《地獄裡的一年》和赫·穆倫的《他們奪去了我們的女兒》。他知道作家是從不撒謊的，他知道要找一本道出眞情的書並不是多難的事。

是《偉大的祖國》使威赫爾米妮那麼想的嗎？他聽說過，惡棍最後的藉口就是愛國主義了。此時，坐在床上的情人身邊，他發現事情果然是這樣。就在那一瞬間，他也意識到了爲什麼自己會是社會主義者：因爲社會主義是國際性的，超越國界，它在所有國家都有自己的同志。他同時也意識到，儘管他從來沒見過那些黑人和猶太人，但是他和這些人的共同點，要比和任何民族主義的挪威人和德國人的共同點要多一些。難道不是「德國至上」？啊，會有比德國更高尚的東西！會有的！他能說出是什麼東西嗎？他說不出，但它是存在的！它一定存在。他將去發現它，有一天總會發現的，並且把它舉得高高的，讓世人看看。

他應該娶一個黑人姑娘，那才是他該做的事。這是他通向那條路的第一步，生下五個可愛的黑白混血孩子，都去滑雪——他要讓每一個活著的挪威人和德國人看看，黑白混血兒和亞利安人同樣是出色的滑雪者！——是的，他混血兒子中的一個，將會是世界跳臺滑雪冠軍，另一個是障礙滑雪冠軍，就得讓他們看看這種種族的說法完全是胡說八道。並且，他的一個混血女兒將成爲挪威的議會主席，另一個女兒將是傑出的科學家，三姑娘將是挪威從未有過的最天才的鋼琴家！

黑人！世界上還有比黑人更好更漂亮的人種嗎？

他在威赫爾米妮身邊坐著，筋疲力盡，說不出一句話來。

他很快地帶著膽怯的目光看了威赫爾米妮一眼：她知道她那一刻正是坐在一個猶太女人的家裡嗎？她知道她剛才是用一個猶太女人的酒杯喝酒嗎？

他不敢向她提什麼問題，不敢和她談什麼政治。他坐在那裡一個勁地哆嗦。他和納粹不共戴天，只要想到它都會覺得厭惡。他坐在那裡，知道只要自己開口，哪怕說上一句納粹那些可恥的事兒，他就會失去自控，就會大吼，就會破口大罵，就會摔打家具。說了一句，就會有第二句，等他還意識不到，他就會把希特勒及威赫爾米妮和她記憶中永遠拭不掉的名字相提並論。這對希特勒倒沒什麼，因爲他不在場；可是對威赫爾米妮就不一樣了，他十分清楚，由於他太控制不住自己，態度過於激烈，總會有可能把事兒全砸鍋，總不會有什麼好的效果。

他不是外交家，他不是靈魂的拯救者，假若他還有點感情的話，他應該找時間給她做一個對納粹主義的眞實、客觀的解釋，一再的解釋，用一種持續的耐心和克制，讓她看看在納粹政權下納粹主義是什麼貨色，德國是什麼樣的國家……但是他知道他不會那樣做。他沒有那個耐心、鎮靜、沉著和愛。

她是他的情人，他很喜歡她，但他並不愛她。她知道他怎麼想的嗎？她知道他永遠不會成為她的丈夫，永遠不會給她一個家庭，永遠不會給她後代嗎？

再說，他最近又和康斯坦絲搞在一起了。

17 一九三八年十二月八日

康斯坦絲來過他屋子好幾次，每次來的時候，他們倆說話都像以前那麼害羞、那麼小心。康斯坦絲那麼嚴肅，那麼害怕，她看他的時候，兩隻灰色的眼睛總是睜那麼大，顯得那麼純潔。「你是怕我嗎？」一天晚上，他用手摟住她的腰，輕輕地問道。她搖搖頭笑了笑。「啊，不過……？」他用疑惑的口氣說。他這時有點控制不住自己的激情，像是全身刮過一陣暖風，他渴望她的肉體，從她那邊傳過來她身上令人想入非非的潮濕的氣味，她的腰那麼細，那麼軟，天哪！他多麼想得到她啊！但是，她身上一直有種東西使他擔心，她那麼嚴肅，那麼莊重，是絕不會輕易和他發生那種關係的。她也笑，但他從來沒聽她大聲地開懷地笑過。

他想，沉浸在歡笑中忘掉一切的姑娘，有什麼過錯呢？當然她用不著跳到桌子上去撩起裙子跳扭屁股舞，也用不著去毫無意義地瘋笑或瘋鬧……哪怕她只坐在椅子上抱著肚子笑得渾身發抖也就足夠了。但是她從沒那麼做過。看上去，她好像上嘴唇太重，抬不動似的。她的嘴唇老那麼緊閉著，因爲老那麼待著，嘴角處都出現幾道不易消失的印記。他想：我吻她的時候，她的嘴唇都顫抖，她的身子也像我渴望她那樣地渴望我，但是她往往總是把吻中斷下來，一隻手攔住我的嘴，眼看向一邊，爲什麼呢？

他們認識已快兩個月了。他們一起出去過好多回，看電影，聽音樂會（一般都是她付錢）；一次禮拜天還遠足過。他總不明白她是什麼意思，他只覺得她很喜歡他，從她的聲音裡能聽出來，從她的握手中能覺出來，從他們每次見面時她那微微的、急匆匆的、極有風度的一笑中他看得出來。此刻和她待在一起的時候，他覺得有點兒擔心，擔心他會愛上她。她那麼好，那麼眞誠。

她會知道他仍然和威赫爾米妮保持著接觸嗎？還看不出她是否知道。

她去過他屋子好幾次了。最近幾次去的時候，他試著對她更進一步的撫摸；她搖搖頭，他只好慢慢地把她放開。「你生我氣了嗎？」有一次他情不自禁地問道。他的手有點兒哆嗦：「我在你身上摸的時候或我貼著你的時候，有什麼不對嗎？我瞎來過嗎？」她憂鬱地看了他一眼，然後笑笑，搖搖頭。他都快要瘋了。不過他太疼她了，不願再逼著問她，她不願說就算了，該知道的時候也就知道了。他實在希望能早日知道這裡面的奧妙。他顫抖著，因爲他還渴望著她的肉體。

十二月的一天晚上，他們從外面回他房裡，在廳裡碰到了阿布蘭漢森夫人，她笑著向他們點了點頭。艾許猶豫了一下，不知道如何處理這種情況，接著他果斷地介紹了康斯坦絲。他也不知道爲什麼，覺得在這種情況下介紹的意義是深刻的。「你好！」阿布蘭漢森夫人說話時拉住了康斯坦絲的手。她高興地抬頭看了艾許一眼，像是說：「你找了個好姑娘，可別讓她跑了。」這個無言的勸告像使艾許嚥了口甜甜的蜜糖。阿布蘭漢森夫人目送他們離去，已走過大廳好幾步了，她又說：「布勒弗特先生，你要想沖咖啡或沏茶，只管用廚房就是。」艾許感激地點了點頭。因爲她今天並沒有請他們到她這裡來做客。

「她眞是太好了，你的女房東。」康斯坦絲進到他屋子裡面說，同時讓艾許替她脫下外套。

「她是挺好。」他噘起嘴，搞不清楚爲什麼情緒低落下來。

但過了一小會兒，他還眞去廚房沏茶了。看了看阿布蘭漢森夫人廚櫃裡的東西，眞叫人有點不舒服。他經常是在自己屋子裡做早餐和晚餐的：牛奶、麵包和能往上面抹的東西，味道倒不錯，又簡單又便宜，還有營養，這使得他能節省很多時間來讀書。每天，他從學生餐廳回來的路上，都去一家奶品店買一瓶牛奶，開始幾次，他把奶瓶藏在提包裡，或是用大衣蓋起來，後來他膽子慢慢大了，最後就公開地一點也不難爲情地用手拿著了。他想：我開始成熟了。他現在第一次來到阿布蘭漢森夫人的廚房，允許他自己去廚櫃裡取茶壺、茶葉、糖和茶杯。他打開廚櫃的時候，一種奇妙的熟悉的香氣打動了他，那是一種具有家庭氣息的香氣，充滿對童年回憶的香氣，蜜餞、鯷油、鮮乳酪、鮮黃油、桂皮的香氣。

此刻，他有點像站在一個神聖的地方——廚房就像臥室一樣的私密——並給了他這樣一種奇怪的感覺。生活豪放不羈的藝術家，感情激動地站在那裡說不出話來，身邊是爐子、洗菜池、滴水板、架子上的瓶瓶罐罐……

他端著盤子搖搖晃晃地走過走廊，沒用手去敲門，而是用腳去踢，因爲他騰不出手來。康斯坦絲打開門，接過了托盤。「你去的時間夠長的。」她笑著說。

「燒水耽誤時間，」他說，「等急了？」

她低下了頭。他覺得不該取笑她。

他們並肩站著，把桌子擺好。他拉開五斗櫥的一個抽屜，取出了麵包、黃油、涼肉，端到桌子上來。他把東西放下，剛要對她說開晚飯了，她突然靠近他。她雙手摟住他的脖子，很快吻了他一下，她又害羞，又膽怯。他抱住她的腰，朝下看她。「這是你第一次吻我。」他說。

「總會有開始的那一天，」她說。然後她看著他：「我那麼做不會有什麼過錯吧？」

「不會，」他說，「謝天謝地，才不呢！」

他不怎麼想吃，她也不想吃。他們很快就走過去，在沙發上坐下來。

「那吊燈太亮了。」她說。

他站起來，朝門那邊走過去，開關在那裡。他走回來的時候，看見她站在通向陽臺的門邊。她拉上了簾子。她一隻手拉著簾子站在那裡，她的身材太漂亮了。他立刻看見她身上有一種少女的風姿，好像有一點沒有成熟的美。他對她的印象是細高，堅定，有一種女性的雅致。這時他突然發現她的身材那麼苗條，她像個小姑娘。屋子裡已相當靜了。

她走回來。他匆匆點了支煙。「你願抽一支嗎？」他問道。覺得自己有點兒頭暈眼花。她已在沙發上坐下來。她慢慢地搖了搖頭，深深的金髮輕輕地飄拂。

「我抽你兩口就行了。」她說。

他朝她走過來，坐下，把煙遞過去。她吸了一口。他把煙接過來，碰巧換了一下她的手，接著便在煙灰缸裡擦滅了煙。

他漸漸地用臉貼著她的頭髮，把手搭在她肩上。他覺得她掙脫開來，向後退去，慢慢躺在沙發上。他偷偷地跪在了地板上。他輕輕地把她的雙腿放到沙發上。他慌忙地看了一眼她的臉。

她臉朝牆躺著。他跪在她身邊，把臉貼在她肚子上。他那樣待了很長一陣子。她把手伸過來，摸他的頭髮、耳朵，最後她把手放在他臉上不動了。

她穿著件薄羊毛衫。他的臉貼著她的衣服，貼著較硬一點的羊毛織成的帶子，她的小腹在他臉下一起一伏。他把頭往高處抬了抬，用鼻尖碰她的乳房。她的頭刺激地向後一仰。他又把嘴放在她脖子上，下巴下。他不是吻她，而是把嘴唇貼在她脖頸上。

「你哆嗦得挺厲害。」她輕輕地說。

「你現在能給我嗎？」他貼著她的脖子問。

她沒有回答。她拍了拍他的頭髮。

他雙手摟住她，把臉埋在她脖子的深處。他不得不把臉藏起來。他也躺在那裡了。

她摸著他的臉。他把臉掉向一邊，她覺出他流淚了。

「怎麼啦？」她小聲地問。

「我等得太久了。」他說。

她捧住他的頭，讓他碰著自己的嘴。她那麼熱烈，他覺得就要融化在她身子裡面。

「我會哆嗦死的。」他小聲地說。渾身都不住地哆嗦，牙也在打顫。他抱住她，讓她知道自己抖得多麼厲害，想讓她止住它。他把頭埋在她懷裡，依偎在她胸前，緊緊抱住她的腰，抱住她的髖骨下部。

「我能要求你一件事嗎？」她低聲地說。

「行。」他說。

「別太粗魯了。」她的聲音小得快聽不見了。

他抬起頭來，但她把臉掉向一邊。

「我現在粗魯嗎？」他問道，有點兒吃驚。

她搖搖頭。

他不得不低下頭去，靠近她的臉，聽她說什麼。她的聲音太小了。

「現在不。」她說。

「不會的，」他緩慢地、沙啞地說。「我不會什麼都不顧。」

他一定暈過去了。他從心底高興，感激不盡，他最起碼有好幾秒鐘神志不清。他有好半天都說不出話來。他慢慢地用雙手去轉動她的身子，他只能觸著她的衣服。他的手慢慢摸到她的股溝，她顫抖起來。他小心地脫去她的鞋，輕輕放在地上。

「你大腳趾上面有個……洞。」他開心地說。

她微微地把頭往上抬了抬，但又放了回去。他看見她笑了一下。但是，他又哆嗦起來，緊張起來，他的手都不知該怎麼辦了，在康斯坦絲面前不知該怎麼辦了。在他看來，這時要是從她的大腿根來動情的話，那簡直太粗俗了。

他剛才一直都跪在那裡，這時他湊近她的頭小聲地說：「你往上一點兒好嗎？」

「幹嘛？」

「你那裡包著一長條布挺礙事。」

她搖了搖頭。

「你把衣服脫掉好嗎？」他悄悄地說。

她搖了搖頭。

「要不衣服該弄縐了。」他央求道。

她搖了搖頭。

他又被擱在那裡不知如何是好了。他小心翼翼地摸著她的腳踝，但無法再進一步往上伸了。無論是他手上還是心裡，都有一種東西使他退縮，他想把手伸進去摸摸她那圓圓的、細綿綿的膝蓋，但一想到那裡就害怕。他說不出爲什麼，不過他覺得用那種法子太有失尊嚴，太丟人了，太粗魯了，太卑鄙了，就像飯館裡的醉鬼，從桌子底下伸過手去摸女招待員的大腿一樣，流氓痞子的那一套做法……那一瞬間，這種想法使他麻木，十分氣憤；也就在那一瞬間，他看了一眼康斯坦絲的腿，那兩隻動人的、好看的腿！不是漂亮，而是動人！姑娘的腿，天哪！他無力地躺在那裡，心裡對自己說：康斯坦絲，你一下子不會明白，其實不過如此，等會兒咱們倆到了一起，我就能摸你的腿，就能摸你那細細的皮膚；不過現在不行，不到時候不行。

他又一次把頭貼在她肚子上。她閉著眼。他抓住她裙子的褶邊，慢慢地一點一點地往上提。他覺得出來，她身子裡有強烈而無聲的情欲衝動。她把身子微微地往上抬起一點，來幫他的忙；與此同時，她又去抓住他的手不讓他弄。他奇妙地發現她的阻止其實是在歡迎他，於是，他心裡昇起一種難以忍耐的快意。他把手一下子擱在她恥骨上面，覺出手掌下的柔軟和溫暖，他的手停留在那裡，她用手去推的時候，他不願挪開。他張開的手使勁地扣住她那裡。

她半坐起身來，抓住了他。她的嘴唇直哆嗦。她灼熱的目光在他臉上搜尋著，像是在尋求一個兄長，一個保護她的人，她說：「艾許！」

「怎麼？」

她把頭朝後仰去，臉轉向牆，一動不動地躺在那裡。他摸著她，慢慢地把她的小絲褲襪脫下來。她那裡傳過來強烈的分泌物氣味，那是一種溫室的氣味。她害羞地用手遮住自己的臉，他此時已看見她什麼都不顧地做好了準備。儘管她不停地推他，他還是把嘴貼在她的肚皮上，親著她的肚臍。「別，」她小聲地說。「沒事兒，」他結結巴巴地說，「別怕，會舒服，很舒服的。」他上來了，她都哆嗦得很厲害。「你可得小心點兒，行嗎？」他已是急喘吁吁：「行，行，我會小心。」他不知道是因爲什麼，在一瞬間，他想到了最糟糕的情況：也可能她是處女，在那一刻，他幾乎要從她身上爬起來。他太心疼太喜歡她了，她要是不願意的話，他眞可以放棄，但是他去吻她的嘴，兩人的舌頭緊緊吸在一起，她樂意地把自己交給了他。

他興奮得直喘氣，緊緊地抱住她的頭，口齒不大清楚地說：「不痛吧？」她微微地搖了搖頭。他下面的動作大起來，也越來越硬，兩人進行著一場激烈的肉搏。只一小會兒功夫，她就用手支住他的胸脯，叫他先拔出來。她怎麼讓他停下來？實在太自責了，他問道：「是痛嗎？」她半張著嘴，搖了搖頭。「那是怎麼啦？」她只是閉著眼睛，一動不動地躺在那裡。他覺得熱血沖擊著自己最敏感的地方，俯在她身上問：「到底是怎麼啦？」她細聲地說：「我就想要你慢一點。」他不明白爲什麼要慢一點，接著他腦子裡閃過一個令人眼暈的想法，他震顫了一下：「要舒服了？」他輕輕問道，她把臉掉向一邊。他又重複了自己的問題，她點了點頭，不好意思地兩隻手遮住了臉。他趕忙從她身上滾下來，躺在她身邊，高興得說不出話，滿懷期望地抽動著。他側躺著用嘴去親吻她的秀髮，他會等待她的，他完全能等她一同達到高潮。

他慢慢把手放在她乳房上，又慢慢把她轉向他。她把臉藏在一邊，不再阻止他了。他一次次地進去，出來，十分潤滑。她用自己的全部生命接受一個男人，接受了他。這時，他再也無法控制那即將釋放的一刻，那是他從未有過的最甜蜜的一刻，他只得讓它射了。

事後，他氣喘吁吁地從她身上滑落下來。他緊接著倒在地上，躺在那裡興奮地出著粗氣，像就要死過去一樣。他毫無目的地把一隻手伸向沙發，她的手也伸過來，放在他上面。

他們一道走在靜靜的街道上，一句話也不說。天有點兒涼，他用一隻手摟住她的腰，往自己身上貼了貼。他不時地向她臉上投去小心的、不易發覺的目光。她高興嗎？她高興嗎？

到她家了，他把她一直送至臺階邊，兩人站在那裡輕輕地說話。她不好意思地摸著他的臉蛋兒，然後又抬起頭看他：「謝謝你那麼友好。」她低聲地說。這使得他一下子說不出話來。他這人不能誇。假若一有人誇，準得出問題。他不知說什麼好。「下回我可就不那麼友好了。」他說道。她笑了笑，但她那一笑，充滿了憂鬱。她像有了負擔，但她一下子又把這負擔轉嫁給了他：「下回？」一種莫名其妙的沉重感使得他有些瘋了。她說：「這麼說來你還想請我到你屋子去呀？」他不明白她這話是什麼意思。她本來沒打算那樣殘酷，但這話又確實是殘酷的。難道她認爲他不願再和她交往了嗎？或她覺得自己低他一等？她也因爲自己還不夠理想而感到痛苦嗎？現在他無法答覆她，他自己也不知道爲什麼要和她在一起，他只能笑笑，只能支支吾吾。

此時，她一下子占了他的上風，他又得拜倒在她的腳下，向她保證對她的愛慕和崇拜。他不能那麼做，也不會那麼做，他深深地慚愧和擔心，因爲他還不能對她說他愛她。她是個最好的姑娘，但他還搞不清楚他是否愛她。他匆匆地勉強地親吻了她一下，目送她走進大廳，輕輕地拉上門，免得驚醒她的父母。他向遠處走去，掉轉頭來看了看這座小屋和雜貨店，心裡打了個寒噤。

他回到自己屋子，喝了杯冰涼的茶，他知道整個事情都很順心，但即使這樣，也有一個使他們關係不盡完美的因素。也許正是他自己不完美，正是他內心的某種愛情感受沒有得以發展，而這又是人鬼區別的十分重要的本能。他晚上一想到這些就怕得發抖，他又害怕，又自責，在屋子裡踱來踱去。他用手撫摩架子上的書脊，碰巧摸到了一本柔軟的皮面封皮書，他抬頭看去。他碰到的是一本紅皮日記本，是弟弟巴爾德給他寄來的生日禮物，封皮裝潢得很漂亮，封面上還安著把小鎖，還帶小鑰匙。他上面一個字也還沒寫，平日那些事眞夠令人斷腸的，根本就沒有必要去記它。他手中拿著那本柔軟漂亮的日記本，板著面孔把它打開，取出了鋼筆，在桌前坐下來。他咬了咬嘴唇，將在這雪白的紙上寫下他的第一首詩信。夜間他孤單單的一人，玩世不恭地用詩句來藉以聊慰。他寫道——

康斯坦絲，一九三八年十二月八日。

18 原諒你，老頭兒

十二月。

這座城裡從未下過雪，人們從來享受不到那種清新的、酷冷的空氣，進到鼻孔並在鼻毛上凝成細細的白霜那種肉體上的舒適感，也從來看不見人們呼吸時，口裡吐出來的雲霧似的白氣。只有雨，冷冰冰的雨。偶爾，雨中帶點冰凌兒。他的腳總是冰涼冰涼的。

雨，傾瀉不住的雨。過了好多年，他對這座城市記得最清楚的就是雨。那雨濕透了他的帽沿，滴到他脖子上，一直滾落到衣領裡。每次進房子時都要啪的一聲收下傘，傘上流下雨水，還有傘的那種油漆味兒，傘把兒上也直流水，他身後留下的一條水路，那水印兒。

Il pleure dans mon coeur
Comme il pleut sur la ville

夏天我去法國，他想。希特勒遲早會失敗的，看不到這一點才是傻瓜呢。

我要是今年夏天去，我總還可以看一眼巴黎。

巴黎，天哪！

也許過了年，我還能找到一份工作，在一所商業學院代課，或每天幹一、兩個小時別的工作，掙點兒錢。在巴黎，我只靠麵包和白開水和體面和陽光和小紅蘿蔔就能活下去（那裡的紅葡萄酒特別便宜，像水一樣多），必要的話，我爬也要爬過土伊勒草原，馬能靠吃草過日子，我也能。

他走過街道，打了個寒噤，身上的衣服已濕了。他用手在濕淋淋的臉上抹了一把，不知道是雨水還是淚水。

十二月好幾門功課都要期末考試。他坐下來做法語卷子的時候還興致勃勃，但做其它試題就不那麼有把握了。在考經濟學時，他心想這下子完了：他本來知道怎麼答，但突然糊塗了，就像進到迷宮一樣。他寫了四頁，但心裡總犯嘀咕，他有些答非所問。但是後來，他也就把它拋到腦後了。他要想的事太多了，他的音樂課，他的開支情況，威赫爾米妮，康斯坦絲。然而一天，學生們發回了卷子，灰白頭髮的經濟學老教授面帶笑容地把卷子還給了大家。不錯，每個人都及格了，他說，考試並不難，主要是看看同學們能不能跟得上。他只需叫一個同學去他辦公室做一次口試，這個同學的試卷太差了，答問離題太遠了。這個同學就是布勒弗特先生。

四十九雙眼睛看著他。他們一直認爲他是個聰明的小伙子，但同樣還是不及格了。這對於艾許的自信心來說是一個很大的打擊，這不得不使他擔心起來，所有的學生，就他一個人必須得通過所有的考試才行，其他同學都可以有補考的機會，可以沒完沒了地學下去，唯獨他一個人必須得考及格，必須得次次通過考試才行。

艾許被深深地刺傷了，又生氣又絕望，兩天兩夜坐在那裡死啃經濟學。第三天，他去到教授辦公室。他過去從未去過那間房子。他臉都嚇白了，他曾覺得自己在很多方面都是傻瓜和沒有主心骨的笨蛋，但想過他可以學，並對自己說他最起碼可以讀上一本書，去到那裡就考卷回答問題——現在，就連這點可憐的安慰都可能從他身上消失！

艾許說什麼也記不起來教授向他提什麼問題了。一定是關於限界生產率或是再投資理論方面的問題。聽了問題的前幾秒鐘，他已因爲怯場而坐在那裡發呆了，緊接著，他以最大的努力使自己鎮定下來，眼睛在屋子裡轉來轉去，想把目光停留在一個物件上。他找到了一件東西，這他才得救。他匆匆四下看了一眼，才發現教授辦公室都是漂亮的現代派家具，一張擦得很亮的櫟木小寫字臺，上面還有一部電話，另外就只一張教授自己坐的轉椅和艾許正坐著的這張爲客人準備的普通椅子，一面牆全被書架擋著。

屋子裡空得驚人，因爲太空，你立刻就發現了那件最顯眼的東西。牆上有六個書架，一個疊著一個，這些書架上本來可以放好幾百本書，但卻很空，上面只有一本不起眼的小書。

艾許看了一眼書脊，這是教授寫的一本教科書，是他唯一的著作，書擱在架子上！

在這個偉大發現的同時，艾許使勁地吸了兩口氣。他得知老教授這樣丟人，這樣貧乏，便急得直想搓手。他簡直太感到欣慰了，想道：我還從沒見過這樣的學術上的蠢貨。他要求教授重複他的問題。過了十五分鐘，艾許向那老頭兒鞠了一躬走出去。他通過了口試。

他晚年或者更晚一些的時候，當他想起書架上那本被人冷落的小書，他對那位老教授又有不同的看法。艾力克・富樂登有一次小聲地對他說，這位七十歲的教授，年輕時曾寫過幾篇不長的愛情故事和譜過點愛情歌曲。「（這可千萬別說，教授不願再勾起他年輕時候的那些過失。）」

啊，原來此人是從作曲混起來的，他現在倒成了經濟學家。年輕的時候，他曾夢想過最高尙的領域，即精神領域，到後來又不得不轉回到物質領域。現在他吃著大企業伸手扔過來的東西，同時又反當著能夠存放得住而又不至變質的眞理。

艾許這樣想的時候，就不再覺得那次看見教授辦公室的事兒說明那老頭兒愚蠢了，而只說明了一個人的失敗。後來，他從心底裡諒解了那個老頭兒。

19 一連串深深的內疚

十二月。

一天，聖誕節這個字眼突然打斷了他的思路。他瘋了似地看著手上的錶，儘管他需要看的是日曆。聖誕節期間郵局不會忙不過來吧？路途太遠包裹不是要早寄嗎？已經是十五號了。他的牙齒開始打起顫來。也許他已經太晚了。

他趕忙跑了出去，在一家玩具店停下來。他還有個女兒，一歲半的女嬰，一個他從未見過面的孩子。一個小姑娘，她叫阿斯里德，是她母親給她取的這個名字。宮西爾德帶著孩子去了教堂，牧師往她頭上灑了聖水。也許那曾是她的喜悅。她知道艾許是不去教堂的。而現在他只是想想這個孩子，阿斯里德，這個沒有父親的孩子。她開始說話了嗎？能問話了嗎？小女孩兒多大才會問：

「媽媽，我爲什麼沒有爸爸？」

他站在玩具店外面，臉煞白，偷偷地看著玻璃櫥窗裡面：裡面有娃娃、線鋸、小汽車、小卡車、聖誕樹裝飾物、搖木馬、鐵皮小兵、娃娃家具、甚至還有針線盒，他立刻明白他不能那麼做。他不知道爲什麼，但是他不能，絕不能走進去買個熟睡的娃娃。他的罪孽太大了。他什麼都能買，就是不能為一個一歲半的孩子買個熟睡的娃娃。

這個高個子斯堪地納維亞青年在玩具店窗口靠了片刻，然後掉過臉來沉重地穿過街去，他眼裡什麼都看不見。最終他找到了郵局，裡面又潮又濕，一股子熱氣襲來，像是進到了溫室。裡面擠滿了人，已經進到屋子裡面，他們身上還往下流著雨水。他填了電匯四十克朗的表格，臉色又白又難看。

第二天，他為他十三歲的弟弟巴爾德訂了本書，售貨員答應給他郵寄過去。那是本驚險小說，他小時候讀過，是雨果寫的，叫《笑面人》。主人公在幼年時被吉普賽人所拐騙，吉普賽人用刀子把他的嘴角割開，然後在集市上展出，人們付錢就可以看他，一看到這人的面孔，人們就會大笑不已。

他母親來的一封信：「你回家過聖誕節嗎？」「不。」

巴爾德來的一封信：「我太希望你回家過聖誕節了。」

「不行。必須得待在這兒工作。」

威赫爾米妮：「你若沒別的安排，也許能到我們這兒來過聖誕節？」

「太感謝了，不過……」

康斯坦絲害羞地小聲說：

「你能不能忍耐一點兒和我父母待著，你若能來——過聖誕節——」

「太謝謝你了，不過……」

還有阿布蘭漢森夫人：「假若你聖誕節沒事兒做覺得寂寞的話，就到我這邊兒來吧。我這裡就兩個人，我兒子和我。」

「太謝謝您了，不過……」

丹尼爾，好心的老朋友丹尼爾：「我們有兩、三個人想聖誕節在我這兒聚一聚，光是男士，就只有螃蟹、啤酒和杜松子酒。」

「螃蟹？在這個季節？」

「沒錯。我的女房東說了，她給我們做。每人兩個，有個傢伙會抓過來。沒錯，大螃蟹。來嗎？」

他慰藉地、感激地、饞螃蟹地深吁了口氣。鉗子裡那又嫩又白的肉，掰開以後黃黃的一層油，殼子裡滿滿的黃。涼涼的杜松子酒。啤酒。

他使勁地嚥了口口水：

「不過，你一定得要女房東做點烤麵包。吃螃蟹喝酒必須得有麵包和黃油才行。」

「那毫無問題，杜松子酒你可要捨得掏五個克朗。」

「現在就要嗎？」

聖誕節到了，他飽餐了一頓，喝得醉醺醺的，桌上點著不少蠟燭，屋子裡面抽得煙霧繚繞。他們起著鬨，唱著歌，不過不是聖誕歌。不唱聖誕歌艾許太感激了，因爲聖誕節是良心受到譴責的節日，是那些最心狠的規定制度的人創造的；不過又不幸得很，所有的商店老闆又極力反對取消這一節日。

20 清潔的軀體加上工廠的音樂會

直到新年，艾許才又去找那些社會主義者。

他進去的時候有些提心吊膽，他一邊往裡走一邊想著那個黑頭髮氣象學家，心裡還不停地唸著他準備應付的問題。但是進去一看，那個氣象學家那天沒到會。他進來的時候，是另外一個年輕的社會主義者高興地拍著他的肩大聲說道：「船主們的希望今天又加入了我們的行列？」

轉眼間，艾許想了想，決定用同樣的法子來對付：他笑了笑，把右邊的褲子背帶用大拇指一拉，向前邁了個拿破崙步，讓帶彈性的背帶啪地往回一彈，說：「對不起，是華爾街的巨頭。」

大家都笑了。艾許成了社會主義者學生小組的成員。

他曾經設想這些人都是超人、英雄、神仙。他不知道是爲什麼，但一直認爲，所有的年輕社會主義者都參加過西班牙內戰，都因爲自己的信仰在監獄坐過一、兩年牢，都在街壘裡打過仗，並且受過傷，包紮著帶血的繃帶送往醫院的路上，在擔架上還唱著國際歌。他一直認爲，他們都是被家長從家裡趕出來，受到老師譴責的年輕人。他也曾認爲，他們公開地唾棄過愛國主義、信仰和道德，他們是些高尚的人，繼承了羅賓漢的劫富濟貧事業，他們是夜間高尚的盜賊和復仇者，是些從未有過的綠林好漢。

慢慢地，他明白了他們也是些普普通通的人。他們有些人他一接觸馬上就能喜歡，有些人一眼看上去就是實利主義的投機分子，有些人則是無能之輩。儘管那樣，他對他們還是無限欽佩。這些人不僅有信仰，也有學問，也有同情心。他們多數都是年輕人，不比艾許大多少——儘管小組的領導人都是中年——但是他們有一天翅膀硬起來也是自然的，你瞧，他們手抓住椅子背，一說就是十五分鐘，流利、果斷、清楚、富有邏輯性及說服力。（在學校艾許已好幾次因口才好得過獎，那是種說話的技巧，玩弄字眼，聽衆都是同齡人，他只要一用遮羞布這個字眼，他們就會發出爽朗的笑聲。他們認爲他很有才能。假若他沒有記錯的話，他那幾次獎都是喝了少半瓶子波特酒才獲得的。他發現喝酒之後，舌頭才利索，才會不知不覺地變得雄辯起來。）

艾許開始覺得他能和他們合得來，他進去的時候覺得他們親近多了。他覺得周圍的氣氛很友好，不過這種氣氛並沒有使他覺得更踏實、更自信一些，恰恰相反！他們問他很多關於商業和經濟方面的問題，把他當成這方面的專家。這使得艾許說話時總是提心吊膽，他渾身都覺得難受。他們怎麼能要求他站起來立刻就說出一九二〇年以來，挪威農民階層收入相對減少的比例？即使他手頭有統計年鑑也不可能那麼快。可是他口袋裡那本該死的年鑑誰拿走了呢？

在其它許多方面，他也覺得相當迷惑。假若他們只讓他坐在那裡聽該多好，而他們非逼著他也要發表意見。這些知識份子幾乎每時每刻都說一些艾許從未聽過和不明白其意的詞句。他經常發現自己都是張著口坐在那裡，很快又閉上，然後又偷偷地看看周圍，沒人再比張大嘴坐在那裡顯得更傻了。在他看來，他有責任去彌補知識的不足，這樣也好無愧於他是個社會主義者。更絕的是，他把一張硬紙片嵌在玻璃框裡掛在牆上，上面抄的是魯道爾夫．尼爾森《革命之聲》裡兩句粗暴的詩——

說「我想是」的人太多了，
我們只需要一個人，他能說：「我懂得！」

後來，他一看見這兩句話，心裡就有些打顫。他一定得做一個「我懂得」的人。他必須得了解科學、藝術、政治的現狀；以後半部分的學校生活到現在，他都生活在那種不眞實的小說世界中（他對描寫人和人的命運的書才眞感興趣）。做爲一個政治團體的成員，他現在一定要把目標放在綜合性知識上，即知識的普遍性上面。人家在談孟德爾定律、戀母情結、畢卡索、預算、答辯、蒙特梭利法、退休金、維蘭多夫的維納斯、香蕉的病蟲害、L．布魯姆、太陽黑子、達爾文、複合基因、達達主義、染色體及毛利人的性生活時，他總不能坐在那裡當啞巴。

有一次，他答人家隨便提出的一個問題時說：「我覺得史特拉文斯基挺逗。」

「我覺得。」

當世界最後能夠拉開一定的距離看社會主義的時候，歷史書籍會記載下來，社會主義知識分子中間最糟糕的就是「我覺得」。聽了這話，地球就會停止轉動，一切秩序就不復存在，人們都會無情地把臉轉向被告席，上帝也會嘲笑不止——

說「我想是」的人太多了，

我們只需要一個人，他會說：「我覺得！」

語言裡還有比這三個字更表現出說話人的無知和缺乏見識的字嗎？「我覺得」是年輕人不能容忍的恥辱。這句話一出口他就應意識到，這種說法眞不怎麼樣，顯得那麼優柔寡斷、缺乏主見。他甚至缺乏談話主題的最基本常識，沒錯，就是這個字眼：最基本的！那三個丟人的字說出時候，眞應該把舌頭咬下來才對，可是已經太晚了。總是有人會皺起眉頭問他：

「你覺得？你想說什麼？」

對於想變得成熟的年輕人來說，沒有比把他用這種尖刻的問題當成小學生更嚴厲的懲罰了：

「你想說什麼？」

這還不夠，緊接著的那些話就更損了：

「史特拉文斯基挺逗？挺逗，史特拉文斯基？你說的挺逗是什麼意思？」

然後，他只能點頭，只能把雙手握在一起。那話剛說出去，但是他現在明白正好是這句話不能說。這句話可得要仔細想想才行。當然他不是說史特拉文斯基是位有趣的作曲家，是位愛好音樂的宴會主持人，是音樂方面的卓別林，不，當然不是，無論如何不是那個意思。他不是說有趣，只是想說「有趣」，啊！該怎麼說呢？他眞正的意思是想說和有趣相反的意思！事實上是討厭？不，不，天知道，不是討厭，他是想說，他是想說——他坐在那裡自己也不知道想說什麼。他絕望地打了個嗝，找不到詞兒。

人們學著用不同的辦法解決他們的矛盾。有些人將不再結交那些有刨根問底的壞毛病的人。有些人是提高自己回答問題的技巧，包括答非所問。「史特拉文斯基？我對他的作品了解得很有限。」（說話的語調要對，聽上去像不幸得很，只知道他的五個芭蕾舞組曲和兩個歌劇）「不過，我發現巴爾札克更有意思一些。」（和比較危險比較容易遭致損害的「有趣」這個字相比較，「有意思」這個字更不傷人、更淡漠一些，但不管怎麼說，驚訝地見對方把史特拉文斯基換成巴爾札克，這個字眼也就更容易被忽略了。）

而有些人則喜歡用煙斗來打馬虎眼。

手很有風度地握著煙斗，很得體地用牙叼著。讓咱們來仔細研究一下這位抽煙斗的。煙斗可以爲抽煙者的臉部形成一個煙幕，可以給他在回答問題前劃三根火柴點煙的權利，使他獲得一種沉著和深奧的冷靜的架勢。現在咱們再來端詳一下注視抽煙者的人。

抽煙斗的人總是有些神秘。同一個人，他既是一個西藏喇嘛，德爾斐的神使，又是古埃及的聖貓。所有的人都會對抽煙斗的人留下深刻的印象並被他所迷惑。他一個勁地吐著煙霧和抽煙的聲音（就像啞吧那樣），給人們一種智慧的感覺和包羅萬象的神奇的知識感。

艾許就藉助煙斗。

後來歲數大了，他回想起往日的時候，他才相當吃驚地發現好多人都用了這個法子。

據說後來社會民主思想在挪威占了上風，是由於工人階級的團結，和隨時準備的戰鬥；是由於工黨的宣傳有方，是由於它的那些小冊子，它的鼓吹者的狂熱，歌頌它的詩人的熱情和罷工者的威脅。人們忘記煙斗了嗎？忘記黨的代表和工會的代表嘴裡都叼著的煙斗，走路、坐著、談話和睡覺都離不開的煙斗？

艾許結識了一幫子年輕的社會主義者，成了他們的常客。現在，不再是他們對不起他了，而是他對不起他們了。作爲一個社會主義者，他一定不能給他們丟人，他必須得求上進才是，他有責任成爲多方面的天才。

他知道尼高斯沃爾德，因爲他當過他們國家的一名大臣；但他從未聽說過法國人饒勒斯和對他的暗殺的事情。他對自己在教育上面的這些空白十分生氣；就知識而言，他就像畫框裡的一張白紙。就在這種思想狀況下，他開始常跑公共大衆圖書館；他每天都去，並且幾乎每天都從那裡抱好多書回家，書那麼老沉，腰都疼了。（他簡直瘋了，害怕得要死，他想一定是和女人的那種事兒太多，快要死了。）他常常一坐就是半夜，坐在那裡閱讀，眼皮也腫了，眼珠子通紅。

他如飢如渴地讀書，但卻十分盲目。每兩個月，他能讀兩萬多頁。他硬是把馬克思的《資本論》通讀了一遍，開始部分是能找到的挪威語譯文，剩下的就讀德語本。他想出了自己讀書的一套辦法，把雙目盯在第一行的當中，然後讓目光不偏不移地往下走動，用這種法子，他可以把書中的內容全集中到中間來，並且全部把它吸收到腦子裡去。結果，他一頁也沒讀，卻把那本書越翻越薄了。有時，他用錶給自己限制時間：那一頁用了二十秒，我一定得把速度提高一點。歐文斯跑一〇〇米才用一〇．二秒！那就好多了，十六秒也不太差！不過我還要用得再少一點！十五秒？甚至我都能用一一．四秒跑完一〇〇米——什麼？一七秒？天哪！我都降到了八秒，二秒，有朝一日，我將要製造一臺閱讀機器……他內心極度地飢餓，他整整浪費了兩年的生命。

他和人家瞎搞，並搞出了好幾個私生子（這種事兒任何白痴不費勁兒都能辦得到）。兩年就這麼白白地丟了，兩年，七百三十天，一萬七千五百二十小時。他爬在書上發瘋地閱讀，彌補失去的時光，心怦怦地跳著。他讀恩格思、威爾斯、赫胥黎和克拉波特金，一九三二年《工人雜誌》合訂本，十二冊弗雷譯的《金枝》。他讀過關於愛因斯坦相對論的通俗介紹，並讀得頭暈眼花；他讀過約翰．福格特的《面對經濟教條的崩潰》，並覺得心裡美滋滋的；他讀過列寧的《宗教》，佛洛依德的《圖騰與禁忌》，T．布羅泰的《佛洛依德所涉及不到的》（他有點兒先知，在他看來，能了解一個作家在創作過程當中的思想，比讀他完成後的作品要有趣得多，無論從科學性或藝術性講，讀歌德的《浮士德》要是不了解歌德當時產生這種思想到完成這部書的過程，就不會那樣迷人了。他想：寫作過程要比結束這部書激動人心！）他讀過兩卷隆德的《十七世紀北方的日常生活》，希特勒的《我的奮鬥》，遇害者盧森堡的《馬克思主義和專政》（這太使他吃驚了，並給他一種溫暖和遲緩的感覺，發現社會主義不必不近人情，不必專制獨裁，不是恐怖，不是內務人民委員部和專政的同義詞。他立刻想到一位社會主義學生會的姑娘，他從前看到的、聽到的就只有辯論，只想到自己的無知；而現在還看見這位年輕姑娘有溫柔的笑容、深栗色的秀髮和他從未見過的又大又藍的眼睛——此時此刻仍歷歷在目）。

他還無意中發現一位叫魯德．赫爾謀的瑞典哲學家新近出版的一本書《社會主義的倫理學》，這是他生活中的一個啓示。因爲這本書攻擊了社會主義的一些主要精神，所以一下子把他搞得糊裡糊塗的，好多話就像說到他心裡一樣，他就像被最強有力的論據武裝起來一樣，奇怪的是，竟然還用它們在社會主義學生會攻擊社會主義！——他讀過關於馬克思主義和繆斯神的英語小冊子，他讀過聖經裡的《舊約．傳道書》，列寧的《論婦女問題》，挪威工黨的選舉提綱，蕭伯納的《人和超人》（從那以後，他明白了作家比政治家要偉大，就那一回，他便知道阿努爾弗．俄伏蘭德比艾爾令．法勒克要偉大），他讀過挪威社會主義教師協會出版的《國民的學校》；他又剛剛從圖書館帶回來兩卷斯賓格勒的《西方的沒落》。

——二月的一天下午——他吐了一口血，由於重感冒倒下了。

他不得不臥床兩個多禮拜。房東太太特別好心，替他找大夫，每天都把午飯給他送到屋裡。最後他能從床上爬起來的時候，已很憔悴了，下巴尖了，臉也黃了，眼也沒神了，滿臉鬍子拉渣；他凸出的顴骨和尖尖的無精打采的小鬍子，使他看上去有點像個亞洲佬，有點像個杜思妥也夫斯基小說中避難所裡的病人，像個西伯利亞的逃犯。他從衣櫃上面的鏡子裡看見自己那個樣子，都嚇得退兩步。他只得又坐在床上，渾身無力，木頭木腦。他覺得自己的身子像一攤泥似的。現在他該幹什麼呢？兩個禮拜沒了，十四天，三百三十六個小時，這麼多的時間一去不復返了！

兩點左右，他不得不扶著牆搖搖晃晃地從城裡走過。有些大學生是在市中心的一所公寓裡吃午餐，在那裡花上一個多克朗就能美美地吃一頓。他們通常在一間長屋子裡的大桌子上吃飯。隔壁是彈子房，午飯後他們可以不花一分錢玩個痛快。艾許極討厭賭博，尤其是因為他實在不理解，人們為什麼要把寶貴的生命消耗在那些五顏六色的紙片上。

他甚至從沒玩兒過撞球，但是那天下午他在彈子房裡整整待了三個小時，最後人們硬是把他從裡面拉了出來。他覺得他從沒有享受過這樣高尚、激動人心、嚴格的娛樂。他真是喜歡得不得了。那綠絨布、象牙球、秀氣的球竿、精確的計算、細瞄、準確地擊球，球友們當中那種輕鬆的、不明朗的、非常表面化的友誼。他玩兒了整整一個禮拜的撞球，一點兒書也沒看，也沒給威赫爾米妮和康斯坦絲打電話，一個人到郊外散步，每天喝兩大瓶牛奶，睡十小時的覺。

有一天，艾許覺得恢復了，身體又好了，於是又回到了那些社會主義者兄弟當中。

他驚奇地發現他們之間的那種友誼、那種坦率和那種團結。由於他的過去和未來，他就得坐得老遠？難道他和其他在場的不都是人嗎？或者說，難道一個背叛過來的人，就總得要被暗暗拒之門外嗎？他們相互之間從不掩飾自己的感情，往往對別人都是以誠相見。一個人說他缺錢用了，剛一說完，大家就熱心地商量起來，看誰能借給他五個克朗；另外一個是實習老師，說他怎麼當著學生們罵了其中一個學生，他真不知該怎麼辦了，問誰有什麼辦法？還有一個則向大家說他失戀的故事，他簡直淒涼得要死，問誰能陪他去喝個爛醉，然後看著他跳進峽灣淹死了事。艱難的道路，溫暖的家庭，無私的幫助。

一天晚上，那裡新來了個小伙子，相當年輕，壯壯實實，留著滿臉的大鬍子。初看上去，他有點像個年輕的北極拖網漁船的船長，但他卻是個氣象系學生（他們裡面有八個氣象系學生，這個現象艾許一直解釋不了），剛剛從格陵蘭過冬回來。

艾許沒有發現這人有什麼出眾和特殊的地方。相反，他多少有點妒忌地對自己說，一個年輕人願意在冰天雪地睡袋裡過六個月，只能說他是有點兒缺心眼兒；每天頂著暴風雪把儀器上的溫度和風力記下來，只有低能兒才幹這種工作。但是，艾許覺得周圍的氣氛是溫暖的，他被那種再次回到朋友中的場面所深深感動，儘管他滿臉的鬍子，他們還是一眼就認出他來，並對他說因爲這一段日子他不在，工作沒有大進展，不過他一回來就會好起來的。噢，那可不行，別拿考試做藉口，大家都得考試！大家開心地笑著，都爭著上前揪揪他的鬍子，看是不是假的。姑娘們哆哆嗦嗦的，想上去讓他吻一下。

他往那把最好的椅子上一坐，拿出煙來請大家抽。十二小盒煙一下子都散了出去。可是也許——哈！哈！——他自己現在就只好嚼煙葉子了？大家都把椅子拉得靠他很近，都想要從他身上得到溫暖似的，假若他想的話，姑娘們還要給他沏茶。很抱歉，他們這裡可沒鯨油，也沒新鮮的海象血，要願意吃的話，他們只能給他準備點肥豬肉。

艾許的咽喉都有點發哽了。太夠意思了，那些人見他回來那麼高興，那麼動感情。而他呢？目光那樣安詳地看著大家。一個人回到家的情景就是這樣，艾許想。家。

要是從前，他一定會特別煩他們，尤其是那些年輕人。這倒不是因爲他們有什麼不好，只是因爲他們說話口齒都不清楚（可能是由於他們什麼都看不起的原因），頭髮亂蓬蓬地耷拉至腦門，手指頭被尼古丁熏得發黃，指甲又黑又長，他們總是都穿著高領黑羊毛衫，這種衣服有些像無產階級制服一樣。他靠近他們坐下的時候，都能聞見身上久日沒有洗澡的汗味。他知道他們是所謂的窮學生；但他也知道他們當中有人找了個巨商當叔叔，只要他好意思開口，這個商人就會借給他錢上學。對那個不去找他資本家叔叔的小伙子，艾許一點兒也不同情，在公共浴室洗個熱水淋浴才四十歐，在全挪威也沒有一個人洗不起這樣一個澡。

開過這種會後，艾許回到家總是很生氣，脫下衣服，小心地把褲子壓在床罩下，再小心地躺在上面，他晚上從不亂動，擔心把褲子弄上褶子。假若那幾個年輕學生認為非得成心弄得邋里邋遢才算優秀社會主義者的話，他就要和他們沒個完。他倒想知道馬克思在哪兒說過洗得乾淨一點穿得像樣一點就是資產階級作風。他下次開會一定要穿條帶褲線的褲子，新壓的褲線，看看那些社會主義者是否敢在會上建議因為這條褲子而把他趕出這個組織。

由於某種原因，艾許特別痛恨那些醜化生活的人。他痛恨郵船上那個姑娘的女友，自己用藍白色的東西去矯正牙：他討厭工人、女人、服務人員的那種謙卑，他討厭那種奴顏卑色。他年輕自負，他想，人要是不能挺胸昂首活著，還不如躲得遠遠的，或乾脆來個光榮自殺了事。他討厭那些上教堂禱告的人，討厭那些給美好的生活大煞風景的傢伙，尤其討厭那些穿著黑色毛衣不洗澡的年輕社會主義者。

列寧告訴俄國人民：「社會主義就是工人代表大會加電氣化。」

艾許．布勒弗特對自己說：「社會主義是清潔的軀體加上工廠的音樂會。」

21 活受罪的一夜

他有點兒慢慢明白過來他和這個小組成員、領導及老資格們的親密交情了。

一天晚上他試驗了一下，他永遠也忘不了那件事。小組散了會，他和工人報的記者安德斯·塔拉爾德森及一個叫波比的老處女一同下樓。會開完，他像解脫了似的，想好好地喝一杯。「跟我來，」他對艾許說：「你和波比一塊兒到我家去，我還有幾瓶子啤酒。」他覺得心裡熱呼呼的，這個邀請都快讓他高興得暈了過去。他覺得太榮幸了，美得他打了個嗝兒，小組裡還沒有人請他到家裡去過，而現在安德斯和波比卻要他去做陪！他們眞的要坐在安德斯家裡喝著啤酒好好聊聊？就他們兩個人和他？他有點兒高興得暈頭轉向，結結巴巴地答應了句「行。」他想想到了他家裡的情景都有點發呆了。他們兩人都極敏銳，過於聰明，又把話題轉到了那個叫人頭疼的專業話題：「你到底是想說什麼？……」他被他們的淵博知識嚇住了，根本不敢和他們做智力方面的交流。而這兩位顯然發現把他請到家裡來太値得了。他覺得很榮幸，可憐巴巴地緊跟在他們後面，像家裡養的貓一樣寸步不離地跟著主人。

他說：「波比，您要我替您拿傘嗎？」波比正在和塔拉爾德森氣憤地討論著凱恩的小夜曲，根本沒聽見他說什麼。他沒敢再問。他想盡可能地離他們近一些，因爲他想聽他們談論凱恩的每一句話。「哎！你往哪兒踩呢！」波比生氣地說，把臉轉過來。他踩到了她的腳後跟，艾許的臉一下子變得像個紅蘿蔔。

波比和安德斯一同往樓上走去。艾許跟在後面。

他們在廳裡掛起了衣物，這是套現代化的居室。

艾許激動得不知該怎麼才好，他得說點兒什麼。他說：

「小夜曲……」

「爛書，」波比說，「二流作家。」

艾許一下子目瞪口呆，他慢慢點了點頭：當然，他是個白痴。他讀過這本書，覺得是他讀過的最好的書之一。不過假若波比這麼說……。他是個白痴。

他對波比知道的非常有限，據說她是個沒上過大學的極普通女人。儘管如此，她書讀得很多，並且常常能談出自己對音樂的不尋常的見解。她已五十多歲，瘦瘦的，灰灰的頭髮，留著難看的短式髮型。她是一種不健康的發紅的膚色，像是有高血壓或者別的神經方面的毛病似的，她的目光冷冰冰的，顯得一點兒同情心都沒有，眼瞼上沒有睫毛，儘管她頂多隻喝點啤酒，但卻長了個又大又紅的酒糟鼻子。她長了滿口大獠牙，上面全是黃斑，又薄又白的嘴唇上胡亂地抹了種噁心的黃色唇膏。她周遊列國，靠教書或當家庭女教師過日子。她懂得好多種語言，現在是一家工程公司總經理辦公室的私人秘書和外事記者。艾許一直就沒搞清楚她是不是社會主義者學生小組的成員。她是個非凡的、神秘的角色。在好多會上她都不露面，然而，她會像幽靈一樣意外地出現在那裡，立刻站在那些社會主義者中間。她那剪得像鳥兒一樣的頭歪向一邊，眼睛盯著天花板，像是看不起他們一樣。（或許是忌妒他們？）她在辯論的時候只說一句話，關鍵性的扭轉局勢的一句話。他們對她又同情又驚恐，很欽佩她的聰明才智。她是艾許見過的最不女性化的女性。其中一個老組員是個美食家，是個老院士，叫菲富勒，在舞會上一個女的問他願不願意和波比跳舞，他先是渾身戰慄了一下，然後壓低嗓子堅決地說道：

「我可不是同性戀者。」

記者塔拉爾德森歲數不大，大約三十歲左右，寬寬的肩膀，敦敦實實，站在那裡像座山一樣。他的臉寬大，形象很粗糙，鼻子兩邊的皮上留著深深的皺紋；從正面看，有點像刻在石頭上的北歐古字，那個鼻子像倒過來的V字。他的皮膚有點嬌嫩，沒什麼光澤，是個有禮貌的小伙子。他有自己的威力，談話輕鬆而詼諧，有點兒自命不凡的派頭。他是個議員的兒子，可以說，是屬於社會主義貴族。艾許不敢完全肯定他是否喜歡這個人。看塔拉爾德森那足實勁兒，用不了幾年就能長得很胖。他身上總有些實用主義的東西，有能力，一直比較順利。

一次，艾許自己想：塔拉爾德森將來一定會是個大人物。

這時艾許正和這兩位敬畏的領導人坐在一起。

他不知道他爲什麼應邀喝杯啤酒和這兩人一起聊聊就那麼激動，晚年的時候，他才意識到那是爲什麼：一個可憐的年輕流浪者，苦苦渴望那種有知識的談話，想聽聽那種有知識的談話，並也想加入那種談話。聽起來覺得奇怪嗎？那只不過是艾許內心的貧乏。他只在書裡面讀到過人們進行有知識的談話，他的父母、同學、以及同學的家長、他所認識的那個圈子、他的老師、學生、情人——他們總是沒完沒了地談吃穿問題，談生活開支，談天氣，他從來沒有能和誰做過有知識的談話，那是一種充滿了高雅、輕鬆、丰采、知識、豐饒和沒有偏見的好奇……

那天晚上他太激動了，不得不坐在那裡一個勁地偷偷地搓著手心。他自己也不知道自己在一個勁兒地出著什麼怪聲兒，從心底裡希望波比不要因爲剛才踩了她的鞋子而生他的氣；這可是個了不起的開端。他手中的杯子一晃，帶著泡沫的啤酒撒在光亮的桌面上。雖說他也像每個人那樣有自己最起碼的居住條件，也是個六呎漢子，但卻和雪地裡又瘋又野的小狗兒一樣的笨拙。

他感覺出了那種場面的神秘和吸引力，感覺出了大膽的思想和溫暖的心聲。但是那種須先體味到的愉快，總是和莫名其妙的擔心摻雜在一起，生怕事情的結果不像他所想像的那樣，生怕好運氣一下子煙消雲散，生怕他向門伸過手去而又沒有門兒。這眞有點兒使他害怕和不可理解，好像他去的房子都在鬧鬼，他能進得去，走進去後，房子也就不見了。他被留在那裡，心裡特別害怕，也特別淒涼，用手摸索著根本不存在的東西，在瀰漫的煙霧中摸索著，那裡總是回響著一種尖刻的嘲笑聲，像是在回答他那絕望的喊叫。

三個人在茶几旁圍成半圓形坐著，艾許和波比並排坐在長沙發上，塔拉爾德森在扶手椅上面對著他們，挨艾許坐著。三個人坐在那裡根本不像是知心的朋友。

突然間，就只剩波比和塔拉爾德森兩人說話了，就只剩他們兩個人了。突然間，艾許就被排斥在外面。更慘的是，他坐在那裡被他們拋在一邊，在他兩人之間完全顯得多餘了。因爲他個子大，他們倆不是越過他頭說話，而是從他胳肢窩下說話。

他們說話挺快，挺激昂自負。艾許感覺到其中一個的談話，是在改另一個的知識範圍和理解能力，開始的時候，他們只把他當成兩隻胳膊肘撐著膝蓋坐在沙發上的啞巴，後來他們乾脆把他忘了。

開始他咳嗽了幾聲，清了清嗓子，也想插上一、兩句。他們揚起眉毛看了他一眼，屈尊地笑了笑，繼續顯擺著他們那一套。他們談了半個小時的美術，探討是從塔拉爾德森在長沙發對面牆上掛的那張畫開始的，那是張女人的裸體畫。那女人站在地上，什麼也沒穿，一隻手放在椅子上。眞糟糕！艾許發現在過去幾個月他讀了那麼多書，可是一點都沒有涉及到繪畫。那兩個卻談到畫法、色彩、明暗、構圖、光線、濃淡、印象派、表現派、立體派、現實派、畫法、色彩、明暗、構圖、深度、有創造力的藝術品。

艾許坐在那裡臉色發白，表情呆板，只好聽著。他呷了一口啤酒，說了句「乾杯」。那兩個人卻沒有聽見。他看了看杯中的啤酒，痛苦地想道：畫中那姑娘只不過是個普普通通的裸體女人，她遠遠不如康斯坦絲勻稱。她只不過是個裸體女人，如此而已。

塔拉爾德森一個人住，他的未婚妻又在另一座城市。他在牆上掛這個裸體姑娘不是出於美學原因或對藝術感興趣，只是在晚上躺在那裡覺得想的時候看她一眼。他還不如老老實實對波比和我說了實話，於是我們也就不用再坐著聽什麼構圖、畫法和深度了。假若他和波比碰巧也是畫家，那當然就不同了。再沒有比那些業餘專家更可怕的人了，這種人只看一眼女人的裸體，就可以滔滔不絕地說一大堆。假若她要是活的該多好，這樣，她和我就可以退出到過道，他們便可在屋子裡甜言蜜語。

又害怕又悔悟，他又匆匆忙忙地否定了自己：明天我必須去圖書館找本藝術史，一定得去。

明天一定得借到。也許我應該開始學畫。上藝術學院。水彩，油畫，樹膠水彩畫，馬鈴薯燒牛肉。聽到馬鈴薯燒牛肉這個字眼，他傻笑起來，他倆不客氣地看了他一眼。他們繼續說著，從那以後，他就沒敢再笑，一句話也沒插。

他們坐在那裡談了四個小時，隔著他不停地談了四個小時，他鼻子底下一直泛著股啤酒味兒。他們從繪畫談到報紙，從報紙談到地方教育，又從地方教育談到學生（談到這兒，艾許才認眞聽了聽）。塔拉爾德森批評了小組裡的一個姑娘，她那天晚上竟然把指甲染成綠色參加會去了。這正是那個長著溫柔臉龐、藍眼睛和褐色頭髮的漂亮姑娘。塔拉爾德森覺得她在許多方面都有些太過份了，但他們必須得先讓她把那滿手的藍指甲去掉。艾許倒願意多聽聽她的事兒，眞想多聽點兒，但他們又不說了。他想：難道社會主義就不容許綠指甲？難道他們就不該去管管自己？波比嘴上那黃唇膏又怎麼樣呢？從小組又談回到報紙，從報紙回到教育政策，從教育政策回到繪畫！從頭到尾都穿插著對別人私生活的一點會意的評價，及那種事情的不良影響。

簡直神了——整整一個晚上，波比和塔拉爾德森不只是談艾許一竅不通的題目，也談了好多艾許根本就不想知道的事情。他對諸如此類的事情太漠不關心了：一家工會或是別的什麼組織的秘書開始酗酒了，還有謠傳說他把他的打字員肚子給搞大了，那個工會的財政官想把他趕下臺取而代之。這些都激不起艾許的興趣，這些東西糞土不值，讓它們見鬼去吧！

你做爲一個靦腆的青年，也整夜坐在一間小屋子裡聽過人家說教嗎？伸著脖子禮貌地、注意力集中地傾聽一個你可能懂得一點的問題，並且還要一直面帶笑容、客客氣氣，像佛爺一樣滿臉堆笑地一坐就是四個小時？你在抽得滿屋子烏煙瘴氣和感到十分生硬的情況下坐那麼長時間嗎？頭還越來越疼？額頭上像戴著個鐵箍？無須掩飾的失望？抽筋？（這兒說的眞是抽筋，當所有的肌肉、筋、五臟神經緊緊地皺在一起，皺成解不開的疙瘩，你知道那種眞正抽筋的滋味兒嗎？）你還記得你渾身難忍的那種疼痛嗎？疼得想站起來大聲叫喊，想在你坐的長沙發上打滾，然後美美地睡一覺，擺脫那個討厭的談話，那麼無法讓人容忍，那麼枯燥乏味？你還記得你是多麼希望能立刻站起來，跟他們說聲再見，去到靜靜的街頭，盡情地呼吸夜空下的寧靜空氣，獨自一人待著？那樣一個人待著比在這間屋子裡好千萬倍，竟然還和兩個稱之爲朋友的人在一間屋子裡坐著！你還記得那難熬的夜間？記得嗎？

四點了，塔拉爾德森長嘆了一聲，費了好大的勁才站起來，說他要去撒泡尿。波比掉過臉去，看著艾許眨了眨眼，像是很難想起這人是誰，嘆了口氣說：「啊，對了。」

塔拉爾德森又走進來，邊走邊扣著褲子。

「啊，」他說，「你要連著喝上好幾個小時的啤酒，沒比撒泡尿更舒服的事兒了。」他臉上帶著恍惚的神色，搓了搓手說道：「絕對過癮。」

到了晚年，艾許出於幾種原因還記得這個比方，但最重要的也許是因爲此刻那人的出現和見解，就像是對他最大最大的解放。這就像一個看守走向一個單獨監禁的被判了三十年徒刑的犯人那樣令人吃驚，看守對他說：「你被政府特赦了，你自由了。」

艾許這才又活過來，打了個呵欠，使勁兒伸了伸胳膊腿兒，發出嘎巴嘎巴的響聲，他這才覺得血液在身上又循環了，搖搖晃晃地站起來，膝蓋一不吃勁兒，雙腳就特別的麻，他只得站了會兒，把那發麻的感覺用手按回到大腿以上。然後，他又一次地恢復了活力，恢復了自由，因爲假若塔拉爾德森能出去，他也就能出去了。只要能出到過道，他就可以找藉口，可以不爲難地說，不幸得很，晚上過得很愉快，但已經四點多了，八點半還要上課……

他衝到過道，進廁所。他由於能得以脫身而歡喜若狂，高興親了親小屋子的牆壁。他一把抓住平底鍋上面的鐵鏈子，吻吻它的把手。他又跪下來，高興得把嘴唇貼在鍍鉻的紙托上。

他永遠也忘不了束縛在塔拉爾德森長沙發上的那四個小時，坐在他和波比當中，四個小時都坐著像啞巴一樣，那麼窘，孤獨得嚇人。那眞是他最痛苦、最丟人的經歷。他沒有能在待了十分鐘以後就有足夠的力量和勇氣告辭，請他們讓開，讓他走出去，因爲他只待了十分鐘，就覺出了他們是什麼人，他們是何等的渺小。

他一直都太虛弱了，太渴望聽好聽的，太渴望所謂的有知識的談話了，太渴望理解的閃光和一絲的溫柔，因爲這是一種團結的象徵。他像喪家犬一樣，爲了一句好話，就能搖著尾巴去舔人家的鞋。那天晚上丟盡了人，那就是證據，他還不能按自己的意圖去引導一個談話，還不能把人們引到自己要說的話題上去。而且，他一直都像是踩著無形的高蹺或飛得老高的大鷹，看著這一幕幕的悲劇印刻在自己的心靈上：那間小屋子裡有三個人，波比，艾許和塔拉爾德森。

22 頭兒們

小組其他一些老會員還是挺好。他對裡面的三個人非常佩服，都有截然不同的原因。

第一位是小組公認的頭兒，儘管他出於謙虛或出於自己時間緊迫，或想讓年輕人透過實踐得到提高，總是常常把各種工作交給年輕人幹。他是教會學校的數學老師，叫弗朗西斯．斯特拜爾。他並不高大，其貌不揚，倒像個膽小怕羞的人。他穿得很樸素，幾乎都有點兒寒酸，看上去從不在乎物質生活如何。作爲一名教師，他的工資少得可憐，但他把他的錢（還有其他人的錢）用來幫助政治避難者，用在組裡的財務上及需要用錢人的身上。他結婚了，但沒有孩子。他是艾許見過的人當中最不自私和最親切的人，是一位平易近人、引人入勝的人物，心靈就像水晶一樣的明淨。他經常發笑，並且往往是在最預料不到的時刻，像一匹小馬兒嘶叫般的笑聲。在有人的笑聲破壞了氣氛的情況下，他那種令人愉快的笑聲總是令人意想不到。

他膽小怕羞嗎？是的。不過，當你和他在同一間屋子的時候，當你感到他煥發生命活力的時候，當你眞正看到他臉部表情的時候，弗朗西斯．斯特拜爾可不是這樣子的。他是個禿頭，腦門兒特別亮，像深瓷做的法老塑像一樣。他戴眼鏡，額頭又高又寬，鼓鼓的，鼻子又長又尖。人們總在背後欽佩不已地稱他爲小列寧。他的那一顆頭太出衆了，對他瘦小的身子顯得過大了一點。

他搖頭的時候，艾許覺得總想跑過去站在那裡，擔心它掉下來，好接住。

斯特拜爾出生於一個舊政府官員世家，他身上總有一股有教養的東西，他身上那件灰色的舊西服，無論怎樣也遮不住他那種有知識的貴族派頭。但有一天，艾許總會懂得斯特拜爾的內心痛苦的；他從來不可能用社會主義者工人們的語言和他們進行談話。斯特拜爾想成為他們當中的一員，他再沒有比這更嚮往的事了，因為他具有政治領袖的才幹，而這才是他能在廣泛基礎上建立社會主義的唯一辦法。可是他那無瑕的、優美的講話，總是留著學者的印記，他說的話總是文謅謅的，改了半天還是那樣。或許說心裡話，他就不打算去改。他心裡最看不起那種曲扭個性的政治家——假若他有個性的話——曲扭自己的個性以便能成為他認為的「人民需要的那種人」。

也許他作為一個政治家不夠成功，就因為他性格的緣故，就是因為他的正直、誠實，他的廉潔，他自身的謹慎和他高格調的講話。對艾許來說，他是所有強大、正直、無畏和忠誠的化身。他是位出色的理論家和神奇的辯論者。

在社會主義青年的一次會上——他們正討論斯特拜爾在外地有關「青年和道德」的講座，這個講座受到城裡資產階級和基督教報紙的猛烈攻擊——斯特拜爾說：「一個社會主義者實質上是社會的異物，社會主義者的首要任務就是讓別人對他感到反感。」

艾許十分敬畏地交叉著十指。他從來沒有聽過有人說出這樣的眞理。

儘管如此，這個艾許心目中的英雄和榜樣，也還是有幼稚和令人可笑的地方。他不抽煙也不喝酒，偶爾出於禮貌的時候，他不得不接過一杯啤酒，為難地眨眨眼，像傾聽什麼似地把頭歪向一邊，然後小心地呷一口杯中黃色的液體，像嚇了一跳似地把酒杯伸得老遠。他這時的樣子活像一個見到蛇的孩子，不知道眼前的是蛇蜥還是毒蛇。（多年以後，艾許發現弗朗西斯・斯特拜爾出身於一個著名法官、科學家或高級官員之家，從他父親那輩子做起了生意，後來父親把好端端的買賣全給喝掉了，到了晚年純粹變成了一個酒鬼。一提到酒，斯特拜爾就持懷疑和謹慎的態度是可以理解的，艾許覺得自己很了解弗朗西斯・斯特拜爾為什麼會叛逆，為什麼會變成一個社會主義者，他為什麼又會是一個貴族社會主義者。）

要是能直接稱呼他教名的話會更簡單、友好一些，但是人們叫他的時候，他們注意到出於民主主義的信念，他則不喜歡別人這麼做。「斯特拜爾」，他會生氣地說：「斯特拜爾先生。」他覺得這違反了常規，他自己就很注意，有關名字和頭銜的稱呼，他幾乎都有點可笑。

他出奇地慷慨，誰要求幫助或提出要借點錢都不會落空。能看見這個自豪的叛逆者、誹謗者，社會主義者、貴族和他的錢包眞是一大奇觀。那是一個大皮袋子，馬販子常用的那種袋子，他會從衣服口袋裡慢慢地令人恭敬地拽出來。他誠懇地把袋子打開，側著頭往裡瞧，噘著嘴像禱告一樣，慢慢地從裡面掏出個銀幣，用拇指和食指捏著，瞇眼看看，把手伸向接錢的人，突然又把手抽回來，最後再看一眼那個神秘的、奇妙的硬幣，才慢慢地把它那麼富有意義地、嚴肅地輕輕扔在他手心。

有那麼一、兩次，艾許看見過另外一件事，給他留下很深的印象。有時候弗朗西斯・斯特拜爾因為開心笑得流出了眼淚，取下眼鏡去擦眼睛，或是鏡片本來就該擦了，藉這種機會看他是很難得的。這時艾許看見那雙無畏的勇士的眼睛是淺藍色的，是天眞的，就像孩子的眼睛一樣。從他眼裡立刻就能發現一種非常溫和的和一種幾乎是無能為力的東西，一種毫無遮蔽並對什麼都不做提防的東西，這使得他頓時咽喉發哽，湧出淚水的眼睛不得不從他臉上移開。

菲富勒對自己的綽號心裡覺得美滋滋的。他是個挺隨合、挺和藹的人，五十歲開外。他是海關的一個頭兒，也是那個圈圈裡唯一的高工資者。他有一個運動員似的壯實體魄，他多少有些發紅的臉色，使人第一眼看上去便想起日光浴和戶外活動，再一細看，就會清楚他那臉色是因爲酒喝多了才那樣衰弱不堪的。

他的穿著和他那將軍肚很相稱，老是那麼衣冠楚楚，那麼講究，這種雄赳赳的架勢怪滑稽。他對自己的笨樣兒很得意，所以他的舉止總那麼尊嚴。從他的出現到離去，他都不慌不忙地低聲開著玩笑。他受過傳統的法律教育，有點學者味道，是個深通世故的人。他散發出一股剛刮過鬍子和喝過酒的氣味。外衣的袖口裡面露出一點點潔白的衫衣袖口，成心突出他那雙好看的長滿汗毛的小手。他的領帶總是戴得盡善盡美。西服上方的小口袋裡，他總帶著一條眩眼的白色手絹。他兩鬢灰白，頭髮剪得短短的，用油抹得亮亮的。他令人想起一個西班牙貴族，有時扣眼裡還戴著朵小花。艾許實在不能正確理解菲富勒爲什麼會留戀社會主義陣營：這人從不發表什麼政治演講，從不和別人辯論，從不參加學習；他只是在角落裡找把舒適的安樂椅坐下來，扶手上放著杯飲料，嘴巴一動一動不出聲地說著什麼。他嘴裡出來的東西一定都很下流，因爲他從不敢說出聲來。他只是使勁皺起眉頭，好引得那些年輕社會主義者發笑。只是在辯論結束以後，他才又活躍起來，才再找一些願意參加的人繼續舉行晚會。

然後，他那快活的低嗓音就總是沒個完，他把剛才聽來的內容全翻了個樣，全歪曲得一塌糊塗，警句、俏皮話、語錄，他張口就來，從始到終他都帶著不動聲色的微笑，用那灰色的並多少有點兒無神的眼睛看著自己的聽衆。他是小組裡最會作樂的人，是小組裡所有人的長輩，是個獨特的、可愛的人。

有一次談得投機，艾許問他在社會主義小組裡幹什麼工作。菲富勒眨眨眼，舉起一個長滿手毛的手指打趣地說：「我是個不可知論者，我給社會主義者們帶來收稅官的智慧和走私犯的愚笨。我死後，挪威的社會主義者們爲了紀念我，會爲我蓋一座廟宇，我最後的願望和遺囑就是請求把這座廟宇設計得像個酒店，也能管理得像個酒店。」他笑笑，指著桌上一瓶威士忌和杯子說：

「喝吧，別客氣。」

菲富勒有個弟弟，偶爾也在他們的會上露露面。艾許簡直不敢相信他們是兄弟，他弟弟又高又俊，是個風度翩翩的青年，是個戴著閃閃發光的無邊眼鏡的建築師。他從沒見過長相如此懸殊的兄弟。他發現他們是同父異母兄弟，才有點兒明白過來。他們經常都在一起。史密斯．赫門森建築師（後面這部分也是菲富勒的姓）是在德國受的教育，喜歡德國的飲酒歌，他總是用一種有力的硬邦邦的調子唱著。當他意外地出現在門邊，向學生們招招手，露著潔白的牙一笑，他那優美的舉止實在令人吃驚。裁剪得合身的黑大衣，裁剪得合身的黑西服，裡面長長的白絲領帶眩惑地一閃。兄弟倆都是大學生合唱團的成員，一天晚上在合唱團，史密斯．赫門森向艾許走過去，微笑著很有禮貌地問：艾許是否願意找一天晚上賞光到他家做客，吃頓便飯，喝杯摩澤爾酒，坐在一起聊聊天。就艾許、菲富勒和他三個人，一個小小的男人聚會。好，非常感謝，不過……？

他們聽說過他在學院搞了個合唱隊，並且確實幹了件好事，他們想多了解點合唱隊的情況，還想談談艾許這個合唱隊和他們那個學生合唱團的合作……

艾許不大記得那天晚上在史密斯．赫門森家的情景了，他只記得當時的氣氛。那裡的家具佈置得很講究，牆上掛著不少的畫，畫都相當好，假若主人不告訴他花了多少錢買的，他覺得這些畫甚至更好。也許正是因爲這一點，使得艾許第一次掃興並暗暗地對他產生了反感。他開始不喜歡這個建築師了。他發現他是個妄自尊大的吹牛大王，是個家具華麗頭腦空空的小勢利眼。

他滿臉油亮地坐在鋼琴旁，自命不凡地唱起詠嘆調時，就變得更噁心了，因爲在艾許看來，最糟糕的，莫過於一個業餘歌手翻著白眼自我陶醉自己的嗓子了。艾許很快地往餐桌上看了一眼，立刻看出了主人的銅臭本性。桌上異常講究而奢華地擺著一套明晃晃的銀叉、銀勺和銀刀，每個人的座位前至少擺了一排四個不同的酒杯；還點著蠟燭，艾許有點兒覺得彆扭，他希望他們別把金盤子給吃掉了。他們由一位上了年紀的婦女在一旁伺候，她穿著一套黑色禮服，漿洗過的白圍裙，緊束的編帶帽子，是一位挺有教養的總帶著笑容的上了年紀的婦女。她剛走進來的時候，艾許急忙站起來，向她點頭，並把手伸過去，她卻好像沒有注意到這些。她幾乎是一轉眼就又出去了，史密斯．赫門森說：「她只是我們的女管家。」

因爲他對自己不知爲什麼造成的失禮感到內疚，因爲他想要站起來去和一位上了年紀的女管家握手，而根據上層社會的規定，他又不應和她握手；因爲他把一位上了歲數的女管家和一個年輕的建築師都同樣看成了人，而作爲建築師的客人他又不能把他怎麼樣，艾許只好脹紅著臉。他入了坐，好在電燈給關了。他心裡特別窩火，都不知道自己吃的是什麼，也不知道他們在喝什麼，而他又是個每天都吃不飽的人。過了一會兒，他們一同乾了幾杯，便問主人——這位建築師是否結婚了。建築師一直在詳細介紹他的這個家有多大，有多少個房間。

史密斯．赫門森把酒杯舉到蠟燭邊，正讚賞著美酒的色彩。他看著艾許說道：

「我曾經結過，」艾許注意到他眼鏡後面的目光微微閃了一下，他端著酒杯輕輕地做了個動作，用一種強做出的不在乎的聲音說：「已經過去了，不提它。乾杯！」

艾許瞧了酒，看了看他沒戴戒指的手，並沒有想打破砂鍋問到底，這個問題只不過是突然冒出來的。史密斯．赫門森都已三十好幾，又有那麼好的房子……不過如此！

吃飯的時候，他們談到過合唱隊。艾許小合唱隊的隊員是否願意考慮加入他們的大學生合唱團體？艾許搔了搔腮幫子，說不知道，並說下次排練的時候一定問問他們。他心裡卻暗自思忖：我可不參加包括建築師史密斯．赫門森先生這種成員的合唱團，在他不允許別人和他上了年紀的女管家握手的情況下我是不會參加的。晚飯後，他特別注意讚賞剛才的飯菜，以便能讓女管家聽得見，他看見她臉上由於高興，微微有點發紅，他心裡的不安才隨之消失了許多。

「威士忌在餐具櫃，」史密斯．赫門森對菲富勒說，「你拿一下好嗎？」

「Stante pene.」菲富勒說著很快地站起來。

「什麼？」艾許問。

吃飯的時候，菲富勒一直沒有說什麼，讓他們兩人討論合唱隊的事兒。

「你學拉丁語嗎？」菲富勒問道。既然他們現在把話題轉到了威士忌和一些輕鬆的事兒，這可是他的拿手好戲。

「也學，也不學，」艾許說道。「我是爲了考奧斯陸大學才學過一段時間，那時我打算成爲一個語言學家，不過後來我放棄了這個打算，我是（他趕快想主意避開對方問他過去經歷的問題）怕一輩子當老師。」

菲富勒噘起了嘴。他把幾個瓶子放在桌上，站在那裡把手指尖都擠到了一起，絕對沒錯，一定又有新的俏皮話。

「也許你知道拉丁語 Stante pede 是什麼意思？」他說。

「知道，」艾許說。「意思是『馬上』。不過，你剛才說的不是這個詞。」

這時艾許覺得建築師的眼睛在看著他。他向上一看，發現建築師正自己一個人笑呢。他又看了看菲富勒，他也像是對即將出現的俏皮話挺得意。

菲富勒說：

「你知道拉丁語的『penis』這個字，是嗎？」

「我好像模模糊糊地聽說過。」

「這不就是道地的拉丁語：stante pene。」

艾許坐在兄弟倆當中，正好處在他們取笑的交叉點上。他沒有去看他們，因爲他知道他們倆人一樣粗野。他只是有禮貌地笑了笑，覺得臉有點兒發紅，由於這樣或那樣的原因，他沒覺得這個玩笑有什麼好笑。他從來再沒去過這個建築師家裡，要不是好多年以後，他聽一個他喜歡的年輕女子說到過這個字，他都已把那堂小小的拉丁語課忘了，那句話使他回憶起史密斯．赫門森那座富有但卻空虛的屋子裡的情景。他聽到這個字的時候，抬頭看了看年輕女子那張惹人喜歡的笑臉，並覺得心裡有一種說不出的害怕的感覺。

人們都佩服和喜歡菲富勒。艾許無意中聽說他和他妻子的關係不是那麼好（他們已有三個孩子），並且注意到菲富勒沒有戴戒指，他只不過認爲一個結了婚的男子不戴戒指是件挺好玩兒挺時髦的事罷了。後來一天晚上，菲富勒請了組裡四、五個人到他家做客。那麼晚去他家裡合適嗎？他們都有些疑惑。他老婆孩子會怎麼想呢？去別的地方不是更好一些嗎？菲富勒沒顧他們那一套，把他們塞進了一輛出租汽車裡。

他們到家時，已經十二點多了。大家在客廳裡坐下來，心裡有點兒不安。菲富勒興高采烈地哼著歌去把酒拿出來，很顯然，他喜歡年輕人作伴，很喜歡總這麼開心。

聊著，唱著，他們坐了有十來分鐘，突然幾個人一下子全啞了。艾許回過頭去。過道裡站著一位中年婦女，睡得糊里糊塗，穿著睡袍、拖鞋。她滿臉的不高興，裸露的腿上青筋看得清清楚楚。她的髮色很深很亂，爐子裡的火光把她的頭髮照得又光又亮。她看著桌子周圍的幾個人，神色十分疲倦，潤了潤乾乾的不帶色的嘴唇，毫不客氣地說：

「你倒有錢！」

菲富勒正在開蘇打水，他說道：

「睡你的覺去，把過道裡的燈關上，你那尊容還是在黑暗裡最美。」

那女人拖著步子走進去後，艾許打算再多待一會兒。他沒敢再看菲富勒，他還一個勁地逗著樂，並說著一些接近於低級趣味的笑話。菲富勒非要叫他們一起乾杯，由於無名的失望，艾許有點兒遲鈍了，他坐在那裡臉色蒼白，心裡直顫，恨不得一下子鑽到地底下去一死了之。他覺得這兩個人都夠差勁的、夠丟人的，他心裡有些難受——老那麼難受，丈夫和妻子！天哪，丈夫和妻子！他明白他永遠也忘不了那個丟人的場面，他差點兒沒哭出來。他把臉轉到一邊，不讓別人看出他巨大的悲痛，然後站起來，吭吭哧哧找了個毫無意義的藉口，說自己得走了，還要趕早起來去上課，結結巴巴地問：「從哪兒能打電話要輛出租汽車？」

在這個小插曲的同時，菲富勒已開始讓艾許討厭了。他仍然佩服他的隨和、他的精明和深通世故；但是他已經發現他那些笑話都太令人生厭了。他發現菲富勒不總是他想像的那樣有好的嗜好、有教養的人，因爲有時候他身上酒氣熏天，這使得艾許討厭極了，把他看成是野蠻的挪威人之列，爲了喝酒而喝酒，喝酒只是爲了陶醉，只是爲取得或借得一點微弱的可憐的力量。

（再沒有什麼比他經常發現他的同胞做無謂的酗酒更痛苦更憂慮的了。很大程度是因爲這一點，他和普通工人打交道非常謹慎，在農村，他也從不和農民來往。他害怕人的那種野性。在黑地裡，在樓道上，在青年活動站，當有人粗野地叫喊他願出瓶劣酒去請他吃一頓時，他都隱藏不住自己內心的痛恨和絕望。他總是拒絕和他們去這樣吃喝，甚至有時他都逃跑了，還聽見後面罵著：「以爲我們不配你是不是？」他們那種知道我底細的勁頭兒，他們那種自卑感和話裡令人討厭的不快，使他悲傷得要死。這些話很傷人，他覺得最可怕的事，就是他們認爲他們都不配他。）

此刻，菲富勒把一隻手搭在一個姑娘肩上，建議晚上再聚一次。艾許從他那沒神的眼睛裡看見那種常見的情況——此刻他往往和他高興時一樣可怕。看得出，他講那些亂七八糟的故事只是爲了再次間接地體會一下做愛的滋味。

有一回小組裡背一首詩，裡面有一句「我得意的獵取。」菲富勒吸了吸鼻子，向一個姑娘的耳朵湊過去。只這麼一個簡單動作，就足以告訴周圍的人，他小聲嘀咕的時候，一定把最後一個字的第一個字母給改了。艾許笑了，不過只是禮貌地苦笑了一下。

小組的第三個人，也就是在那孤獨的一年裡，對他幫助比誰都大的那個人，是弗朗西斯·斯特拜爾教書的那個學校的中年校長助理。他挺好，挺客氣，也挺聰明。他的臉腫脹得很難看，稀稀的散亂的頭髮黃中帶紅，凸眼睛，大歪牙，軟綿綿的手背長滿了斑點，笑的時候像隻病駱駝在吼。他是艾許認識的最出色的一位。

他挺胖，塊頭特大，兩肩下垂，屁股特寬，像座龐大的金字塔。他已三十好幾，說不定都快四十了，已婚，有兩個孩子。他有點兒什麼都不大在乎，穿著和談吐都有些叫人暗自發笑。他是中學的語文和歷史老師。他沒再去參加什麼高級考試，以便使自己從工資很低的初中教員晉陞到稍高一點的高中教師。他一直想參加這種考試，但他像一隻洩了氣的皮球，甚至連去奧斯陸的票都沒買過。學校的工作消耗了他很多的精力，儘管這樣，他還會帶著難聽的笑聲告訴你，他發明過閃電式的英文、挪威語作文考卷法，（他還含含糊糊提到因此得過專利，但從沒說過到底是怎麼個考法。艾許懷疑，他也許是讓學生本來應該一周做一篇作文改成一個月做一篇作文。）他有個妻子，兩個孩子，他和社會主義學生小組的年輕人們一道工作，總是忙不過來，哎呀！

他生活的唯一目的就是用嘆息來度時光。生活是發痲疹鬧彆扭時的孩子，是不明白字義的小學生，是未付的帳單和失去的機會。此刻他正在寫一個廣播講稿，並且已經寫了三個禮拜，艾許知道寫個二十分鐘的講話稿能掙多少錢嗎？二十克朗。幹了三個禮拜才二十克朗。他看了看艾許，一咧鬆垮的嘴巴做了個怪相，悶聲悶氣地說：「還不如死了好！」他的聲音總是那麼疲乏，總是裝出生氣的樣子，耷拉著眼皮，身子顯得無精打采。你碰到他向他問候的時候，他便用鬆軟的手捂住臉，那肥大的身子裡發出絕望的嘆息聲，呻吟著說：「還不如死了好！」

然後他把手拿開，你卻可以看見他目光裡充滿了笑顏。他是個自尋其樂的人，被人們無限地熱愛。他叫多夫，艾許甚至聽見學生們都這麼叫他。

多夫是個特別喜歡吃、喜歡喝、喜歡聊的人。每天放了學，都總發現他坐在某個飯館裡的某張桌前，桌上放著一大杯啤酒，旁邊椅子上放著一個大帆布包。他渴望朋友，渴望與人做輕鬆的談話，他真像個出色的說書人，大肚子裡裝滿了學問。

艾許第一次在這個飯館裡碰到他的時候，他就揮著那隻引人注目的手大聲地叫住他：「過這兒來坐！」艾許過來坐下，多夫就呻吟著說：「我必須得找個像樣兒的人聊聊。我剛讀過《工人新聞報》的社論。現在簡直成了學生和車匠的世界了，還不如死了好呢！你有煙嗎？」他用指頭摸著煙斗。他說，他必須得在煙斗和啤酒之間做出抉擇，並想：假若我天天這樣在餐館裡喝啤酒，我總是能碰到人給我煙斗裡提供點煙葉子；可是我要買上煙葉子站在外面的人行道上抽，會有人過來送杯啤酒讓我解解渴嗎？難道艾許不同意他的這個推理嗎？艾許忍不住地笑出了聲，見多夫不是只把煙葉子裝進煙斗，而是拽了大片煙葉塞進背心的兜裡，佩服地看著他。「你可是個好心腸。」他說。艾許坐在那裡張嘴結舌，很高興地看見自己的煙葉用這種高尙的法子被要走。

按照別人的看法，多夫應該成爲別的什麼偉大人物——藝術史教授，或者音樂教授，或者文學教授……不過，他好像把這些全看透了，明白不是什麼畢業證書，不是什麼蠟封、鑲金邊的制服和浮誇的名片能給人最偉大的東西：自由。也明白人們不一定非要在高級而緊張的辦公室才能得到最大的發展。（「懶散是一切善良之根源，」說著並嚴肅地看了看艾許，「你應該記住這點。」艾許記住了，一生都記著。）所以從某種意義上來講，他對自己這個寒酸的教師，以及能使他付得起房租、有一個能放他那些心愛的書、鋼琴、留聲機的家和養活老婆孩子的工資就知足了。他的社會地位還沒有高到使他考慮應按自己的需要來得到應有的分配。教授是非凡的人，一舉一動都得小心；而人們對一個微賤的校長助理的所做所爲，是裝著看不見的。

哪天晚上多夫要是喝醉酒在街上和警察跳舞，人們不會反感，而倒會覺得挺好玩。艾許懂得一個成年人，偶爾喝醉酒在街上和警察跳舞後第二天不用去報效祖國，是多麼的難得嗎？艾許想他懂，並且就在那一刻，他眼前這個胖胖的、鬆軟的、其貌不揚的人，一下子變成了一個哲學家，變成了第歐根尼，變成了蘇格拉底。艾許坐在那裡目瞪口呆地看著他那無法估量的聰明才智。

因爲他僅僅是個中學教員，又有自己改作文的專利，所以他能夠培養出自己許多的愛好。他有足夠的時間讀每一本重要的出版物，（他自然讀過從埃斯奇勒斯到瑟德貝里〈編按・瑞典小說家、文學評論家〉等作家的全部經典著作）他去聽所有的音樂會，去看所有的話劇、畫展和雕塑展，他了解城裡所有的演員、畫家、作家和音樂家，他和每一個值得認識的人交往並且關係甚是密切（這不，他用一個肥大的手指按按大學生布勒弗特的肚子，眨眨眼睛，艾許的臉有點紅了）。他好歹已是當今世界這幫子最出色的社會主義者大學生頭兒了，好歹已是這些挪威未來智囊團的頭兒了（又向艾許快活地眨眨眼，他又臉紅了）。他每天都能花十分鐘去上餐館，通常他的煙斗裡總會有點兒煙葉，即使沒有也無妨，總有人會給他的。

艾許從心底裡佩服他，也很忠於他。因爲多夫不像其他那些出眾人物，他喜歡艾許，願意和他待在一起。多夫總是喜歡逗他，胳肢是他最怕癢的地方，艾許總忘不掉他講話時那種具有鼓動性的熱誠。多夫對他說話的時候，就只對他說；因爲，往往只是多夫一個人說，他天生會說話，總是具有一種在餐館裡一刻鐘之內就完成一個演講的能力。他急匆匆氣喘吁吁的那些滔滔不絕的講話，簡直是演講的傑作，簡直就是餐館裡具有表演性質的演說。

他是個奇才，思想沒有一點框框。當艾許和多夫在一起坐了一會兒要離開餐館的時候，當他看著多夫蹣跚著拖著沉沉的雙腿煩躁而疲倦地回家去見自己的老婆孩子、去改作業的時候——當多夫消失的時候，像是太陽也在落，一天剩下的時光也就無聊、也就空虛了。

有一天，多夫正在談論教育，他看著艾許說：「你要能受到我說的這種教育，你就可以去搞外交工作。」他沒有再往下說，艾許好奇得要死，想知道爲什麼多夫認爲他會成爲一個好的外交官，但他沒敢問。

他倒接著說起了另外一種工作，這種工作可以讓人們得到知識份子那種奇特和愉快的生活，並且還會有餘。他做了一個關於法國的鼓舞人心的演講（他從未去過）。在那兒，國家多多少少在暗中給那些有才幹的人提供一些掛名的職務，而不是帶電話、帶秘書的顯赫的要職，只是不起眼的某個部門的副職。他們的辦公室一般只是設在一些老建築物的屋簷下，他們早上去上班，但辦公桌上沒有什麼檔等著他們去批，或者即使有的話，也可以擱在那兒等幾年再說。

沒有人會檢查他們的工作，所以他們可以坐在那裡去寫自己的詩，寫出世界上最好的詩。他們工資少辦公室小，沒事可做。對於有才幹的人來說，生活應該這樣安排才是。（他用肘子碰了碰艾許，向他眨眨眼。艾許忍住沒吭聲，目光朝下看去。）用那種辦法，國家保持了文化的活力。他們在挪威做了些什麼呢？能想像一個挪威政府部門，會給一個什麼都不做的人提供這樣的工作嗎？嗯，能嗎？

假若這種事被發現，一定會有不少最強烈的抗議，來自全國所有的農民組織、工會、家庭主婦協會、傳教士社團，政府都會被迫辭職，不工作者不得食！寫詩簡直是罪孽！除非你工作一天還累不死的話，比如說一個中學老師，你就可以不去玩單人紙牌，而是用業餘時間寫幾行詩。

「你一定永遠不要當老師。」多夫嚴肅地說。

「不。」

「小學、初中、高中的老師都不當。」

「不。」

「甚至老婆、孩子也不能當。」

「不。」

「你若當了老師，你就會成爲一個有知識的賤人。」

「是的。」

「當了記者也會這樣。」

「是的。」

「你就得把老婆、孩子打發到街上替你討飯。」

「是的。」

「你有煙嗎?」

艾許打了個冷顫，把煙草袋服帖地遞過去。

「你的煙草味道不錯。」多夫說。「你知道嗎?」他用食指把火紅的煙草往下按了按，艾許坐在那裡著迷地看著他的這一舉動，簡直是神了，他的手能放在火上那麼久而燒不疼。

「你知道我一直想當什麼嗎?」

「不知道。」艾許說。他知道會有逗事兒發生，於是立刻產生了興趣。

多夫吐了一大口煙霧，把煙斗又放回去，慢慢地幻想般地說道:

「演員——領著工資窮開心。」

他透過煙霧看了看艾許，笑得滿眼生淚，把手放在喉嚨上壓抑著發出的得意笑聲，使勁地控制自己，但未見效。他雙手抱著大肚子，渾身的肉笑得直發抖，虛胖的臉變得緋紅，接著又成紫色，他用尖尖的牙齒咬住嘴唇不讓自己笑，但又沒咬住，忍不住又笑開了，索性坐在那裡露著牙齒尖聲大笑起來。他像隻大兔子，像隻大極了的紅色大兔子;不，像隻粉紅色的大駱駝，(駱駝也是屬於嚙齒動物，不是嗎?)一隻病態的紫色駱駝。他笑得直喘氣，發出嘻——嘻嘻的笑聲!路上行人和送奶車及出租車司機的嘴，都有些驚得合不攏了，馬路上的交通中斷了。

多夫時常請艾許到家裡作客，儘管多夫在家裡不像在餐館裡那麼興奮，那也是他最幸福的時刻。他站在過道迎接艾許的時候，有點不好意思，他好像是要說：你可得要原諒這裡亂七八糟和諸如此類的事兒；我活得並不那麼如意。每次艾許都待得挺晚，孩子們已經上床睡了，但他總能看見多夫的妻子麥雅。她是個嬌小玲瓏的女人，褐色的眼睛顯得很平靜，顯然是個好人，但目光有點兒不安和疲倦。多夫大大咧咧，動不動就笑，總好把腳踏在桌子上；而麥雅卻乾淨俐落，十分講究，所以她向屋子四周看去，眼裡總是能發現問題。

「有客人還不老實坐著。」她對多夫說。

「我還不如死了好呢！」多夫把腳從桌子上放下來，哼哼著說道。

艾許不得不把目光轉向一邊。他從沒聽過丈夫和妻子這樣說話的。

多夫沒有錢的概念，而麥雅卻算計得很細，艾許注意到她連他吃多少都管。第二次艾許去他們家的時候，就帶了幾片火腿和義大利沙拉。麥雅眞是感動極了。用多夫給她的錢維持這麼一家子可不是件容易的事，假若她能從他那裡得到一點錢的話。

在家裡，多夫穿著雙穿了多年的舊拖鞋，上面就剩點兒鞋幫了。他把這雙鞋稱之爲他的「演悲劇用的厚底兒高統靴」。接著，他把上衣一扔，扣開褲子上面的鈕扣，舒舒服服地哼一聲，穿了一件艾許從未見過的奇怪睡袍。那是個破布簾子或舊帳子似的十字架，沒有袖子，顏色模模糊糊，是一種褪了色的髒髒污污的黃色，一看就知道是用那種人們早就不穿了的軍雨衣毛襯裡改做的。多夫把這件衣服稱爲他的「歌德式大衣」，每次一穿上這件衣服，他就覺得自己像歌德了。

然後，他喜歡坐在鋼琴前，那張不幸的琴凳在他沉重的身子下便吱吱嘎嘎地響起來，他長長的有點發腫和長滿斑點的手指，在鍵上胡亂地彈著，他喜歡彈柴可夫斯基的曲子。彈得不錯，有一次艾許對他這麼說。

「不錯？」多夫說，並且憂傷地一笑。他突然看上去很疲倦。「不錯……」艾許把要說的話嚥了下去，他產生了一種既害怕又痛苦的感覺，他好像就要倒下去一樣，好像在短暫的一秒鐘，他看見了他不應該見到的東西，那是一種極端的痛苦，一個天才的演奏家演奏不好一部完善作品時的那種失望。

多夫還有一部留聲機。有一次多夫和麥雅在廚房，艾許看了看他們的唱片。後來，他聽見麥雅罵多夫，說她好不容易才把三明治做好，他卻把露在外面的火腿掏著吃了。「是艾許帶來的，是艾許的火腿，你別碰好不好！」多夫嚼著火腿跑進來，鬼頭鬼腦地笑得直哆嗦。一轉眼他又溜進了廚房，於是那裡發生了衝突，嬌小的麥雅一直用腳把他踢到了起居室。喜孜孜的多夫一屁股坐在鋼琴凳上，在那裡貪婪地舔著手指頭。這回，他幹掉了一大塊義大利沙拉。

多夫和麥雅是艾許認識的人之中最好的人。假若一天我發了財，他想，我就給他們送一箱香檳酒，一大桶蠔肉和一大罐俄式魚子醬。對了，再給孩子們送點蛋糕，給麥雅一件波斯羊皮外套，這一來她出門就用不著不好意思了。

艾許選了一張埃爾曼演奏的帕格尼尼第二小提琴協奏曲。聽完以後，艾許沉沉地出了兩口氣。

「這個埃爾曼先生過去還玩兒過提琴？」多夫說。

艾許只得笑了笑。過了一小會兒他說：

「這個協奏曲真棒。帕格尼尼把所有的感情都包括了進去。提琴獨奏應有的技巧全包括了進去，自始至終都是這樣。」

「你是什麼意思？」多夫問。

「從技術角度而言，」艾許說，「所有東西都包括了進去，從最高的E弦位降到了G弦的空弦，包括了所有的泛音和和聲。即使你非常聰明，手指很靈，耳朵很敏銳，這些東西你也得學五年。他甚至都用了雙和絃！還有指法八度。在提琴上奏出完美的指法八度需要花十年時間，還得要有一對拉提琴的耳朵；八度音在低音域比在高音域要大，它不像在鋼琴上，高八度總是在八度的位置上，而小提琴，你的指頭一伸就要找到一個高八度。裡面還有撥奏。就小提琴來說，也不過就這些了。

「你還可以用指甲去敲。」多夫說。

「對。」艾許說。

「你還可以把它往牆上摔，」多夫說。「那也能產生聲音。」

艾許不吭聲了。

那是幸福的時光，充滿幻想的時光。那是危險的、閃著火花的時光，在這種時刻，一顆星星也許就會逝去，它的光亮也許就會消失。在那所寒舍，麥雅總那麼怪癖，多夫穿著他的歌德式大衣，咕嚕咕嚕地說個不停，那個青年學生如癡如醉地聽他胡侃。

「文化？」多夫有一次說，「上次會上我聽你發言了；你大談未來社會主義的文化，假若我沒弄錯的話，你是說這個國家的每一個兒童都應該有調色板、畫筆，都應該有自己的鋼琴，有自己的詩韻辭典，有自己的木偶劇院，以便讓世界變得富有創造性——讓全民都能創造。天哪！」

他從艾許的煙草袋子裡取了一小撮煙，沒理他妻子責怪的眼神，接著往下說：

「文化是非創造性的藝術，當然我們總會遇到那些傻瓜蛋，好像沒有創造就活不了一樣，他們就是那樣的藝術家。藝術和文化是不同的。藝術天才一般來說，是獨立於社會環境的。米開朗基羅生長在有高度文化教養的義大利；亨·易卜生卻是在一個從不向藝術家伸出友好之手的未開化國家長大的。富有創造性的藝術家冒出土來，尋著陽光向上生長——儘管它被埋在冰川下都已快窒息了。但是文化不意味著創造，文化只意味著欣賞。文化不是給予，而是接受。我們不必，也不能爲創作能力過於操心；社會是不能創造天才的。我們所能做的是創造一個有文化的社會，教育人們去聽去看，去創造一個環境，以便天才出現的時候能接受他，能接受有能力識別好壞的人，能接受能夠欣賞的人，這就是文化。」

他一雙大腳又放上了桌子，麥雅看了他一眼，他把腳放了下去。

「你，」他對艾許說，「是個未開化的人。」

艾許使勁地嚥了一下。

「你創造多於欣賞。」

「那……你怎麼知道的？」艾許輕輕地問，沒敢抬起頭來看對方。

「你照過鏡子嗎？」多夫婉轉地問，有點兒像開玩笑。

「沒有」，艾許說。「照過，我當然照過，我意思是……」

「你遲早會創作出點什麼的。你也許會碰得頭破血流，不過你是不撞南牆不回頭的。我不知道你最後會怎麼樣，也許你自己也不知道。你好勝心太強了，你太欠缺教養，聽音樂的時候都坐不住。我注意過你，你把手插在褲兜裡坐在那裡，手藏在裡面偷偷地打著拍子，我都看見了。你還用腳踩著點子。你太缺乏修養，甚至還坐在那裡輕輕地哼著伴奏或低音部，不過，你的和聲配得挺好。你總是不能老老實實地坐在那裡欣賞音樂，你像個小阿飛，你臉紅也不管用。我對你還有更多的祝賀：你將永遠不會止步不前，你會向更高的水準奮鬥。你是個未開化的人，我看得出：你有創作計劃。」

他看了一眼顫動的艾許，他臉紅了。

「永遠不要滿足於普通貨，永遠不要滿足於平庸的作品。『不使其挨餓而去咬一口麵包的嘴巴！』那是個美國人，叫L．亞當斯，見他的鬼去吧！」他說道。一下子變得沉思起來。「有時候，詩人們把事情說得是多麼地恰到好處。」

兩人停了一會兒沒說話。寂靜中，艾許聽見自己的心就要跳出喉嚨。多夫說了那麼多如此奇怪、如此危險的事……

「去吧，創作點什麼！你會挺痛苦的，因爲人們眞要去做某件事的時候，是不大容易做得很完美的。不過去做做吧，冒險去試試！只要你開始不在藝術上失敗，然後可以轉向政治。世界上沒有比一個藝術家失敗而更危險的事了。你知道希特勒開始時是個熱衷的畫家嗎？」

他嘆了口氣，龐大的身子顫動了一下。

「警察應該注意那些曾搞過藝術的政治家們。我說對他們得提防著點兒。我現在可要轟你了，兩點了，我得睡一會兒了。」

他使足了勁才從扶手椅上坐起來，打了個呵欠，戰慄地說道：

「啊，上帝，我一早就得到學校，你知道沒有一個人能從學校學到點眞本領嗎？你可以關閉咱們所有的學校，並且絕不會有什麼損失。稍微有點聰明的人也只是需要入門，剩下的他自己全都辦得到。年復一年，日復一日，我就去那樣一所對我自己和學生都沒有用的學校上班。我還不如死了好呢！」

幾個禮拜以後，又一個幸福的時刻，一個危險的時刻。他們在討論作曲家。艾許說他覺得貝多芬比羅西尼更偉大。多夫聽後只是笑了笑：「當然。」

艾許咬了咬嘴唇。他不喜歡這麼明白的事還裝著要思考一番。多夫見他生氣了，覺得有些好笑。他說：「你認爲科里奧拉努斯序曲比塞維利亞的理髮師序曲更偉大嗎？」

艾許搭訕著。多夫不該問這樣的問題。他說：

「你若是說《偷竊的喜鵲》序曲也許還能有點兒難住我。」

這個回答看上去使多夫無限地高興。

他站起來，把一隻沉沉的大手搭在艾許肩上，從屋中走出去。「你有希望。」他說。

他用手搓了搓好多天沒有刮的臉，發出銼磨聲，接著欣喜若狂地說：

「你有希望，孩子！你不僅能辨別出英雄、黑暗、人吃人，還能辨別出人的輕薄！」

他突然變得嚴肅起來。他把一根粗大的、咄咄逼人的手指指向艾許，說道：

「你知道嗎？所有國家的社會主義者都慶祝貝多芬的生日，但沒有哪個國家的社會主義者慶祝羅西尼的生日。《偷竊的喜鵲》一股子的纖巧閨房氣，那樣的挑逗，十分輕浮。羅西尼的喜鵲是上層的喜鵲，牠不和普通勞動人民休戚相關，牠不是一隻合群的喜鵲。」

他滿面通紅，對自己的措詞很得意，一個勁地搓著雙手。緊接著又變得嚴肅起來。

「做爲一個社會主義者，我要告訴你：要提防社會主義！」

艾許久久地張著嘴巴坐在那裡。對於一個堅信社會主義的人來說，這是難以忍受的：從內心來說，他不喜歡多夫開工人階級的玩笑。他懂得這個玩笑，懂得這個玩笑的意圖，最糟糕的是，他同時也意識到了多夫話裡的眞實含意——不過他不喜歡。對，他不喜歡他這種玩笑。

大概也就在這個時刻，多夫想勸艾許給他彈個鋼琴曲子聽聽。多夫費了半天唇舌。艾許怕得要死，在這個家裡他有些膽怯。多夫對他說麥雅不懂音樂，把 Gubbon Noa——「老人諾亞」彈成邱比特交響曲她也聽不出來，但這不管用。（「謝天謝地，」多夫說過，「我要有個懂音樂的妻子會怎樣呢？她也一定想要坐在鋼琴前面搖頭晃腦！那一定叫人受不了。而你是客人，我聽你彈十分鐘。預備——起。」）艾許最後還是讓步了，他開始彈的時候，渾身上下都汗濕了。他把多夫當成從未有過的最好的、最正統的、最偉大的音樂鑑賞家。只要有他的一句話……不過打死他，他也不敢彈他自己譜的曲子。他哆哩哆嗦地彈了巴登曲集裡一首民歌的一段，那是首學生唱的歌：《聽，從外面進來了什麼？》那是他爲大學生合唱團安排的一段東西——

愛的人我得不到，
嗬啦西，嗬啦嗬，

不愛的人我又不要，
嗬啦西呀嗬！

最後一句的調子低沉陰鬱。

等有那麼一天我死了，
請將我葬在墳墓，
不要爲我立墓碑，
但需種上紫羅蘭和勿忘草，
嗬啦西呀嗬！

那使得最後一節很有點教會的格調。

「多利亞調式。」多夫說。

「弗里基亞調式。」艾許說。

「多利亞調式。」多夫十分自信地說。

「弗里基亞調式。」艾許堅定地說。

「多利亞調式！」多夫說，使勁跺了一下腳。

「弗里基亞調式！」艾許說，用手拍了一下桌子。

多夫看著他，眨了眨眼。他吃力地帶有威脅性地站起來，向書架走過去，拿出一本大部頭的音樂字典，往手指頭上唾了口唾沫，翻了幾頁，讀了起來。他站在那裡讀了老半天。艾許覺出了一種偷偷摸摸的感覺……多夫把書放回書架，掉過臉來，含含糊糊地說：

「眞見鬼，還是你對了。」

那天晚上艾許走的時候，多夫把他送到外面大門口。因爲外面廊子裡有些冷，他用那件大大的歌德式大衣裹著身子。他停住，站在那裡來回咬著他難看的嘴唇，像內心做著什麼鬥爭一樣。他臉半轉向一邊，低聲地說：

「你瞧，其實我過去也是個想幹點事兒的人，想創作點有新意的東西。我抽屜裡現在還鎖著不少我年輕時候搞的廢品：詩、文章、小曲、鋼琴曲，甚至還有個小歌劇稿子。」

艾許把眼睜得老大：這些他都不知道。想到他抽屜裡擱的這些東西，艾許有點兒動感情了，那不僅僅是因爲好奇，而且是因爲渴望了解另外一個人的靈魂深處，那種想法遠遠不只是抽屜裡的東西，對這個世界意味著什麼的問題，而是因爲那是多夫的詩、多夫的文章……他渴望著。

「不過……」他說，非常興奮。

多夫把臉轉向他，又轉了一下。艾許從他臉上看見了一種東西，一種蒼白，一種沉痛，一種疲乏，一種無可奈何，他開始咳嗦起來。

「不過，都不行，」多夫小聲地說，「哪一樣都不行，不行。你這傢伙，今晚上彈的那點兒和聲，比我二十年來所有的東西都彈得有獨到之處，你只是不要覺得……」

他從貼身的地方伸直了一隻無力而鬆軟的手，並帶有警告性地舉起來。

「……不要覺得你給我彈的那段有多突出。我敢擔保，其實很普通，任何一個在音樂學校上過兩堂課的小學生和車匠都彈得了。你這傢伙，我唯一能對你說的是，比我彈的要強。」

艾許的臉紅一陣，白一陣，覺得血充到他頭上，他有點兒顫抖，因爲看見對方這一切都是裝出來的，並且內心深深地隱藏著痛苦而覺得難過。他不知該說什麼或該做什麼，絕望中，他從口袋裡掏出了一盒煙，自己點燃一支，把煙盒遞給了多夫。多夫拿了一支煙，見對方是用那種法子耗煙卷，撕開手上的煙卷，把煙絲倒在手心，用手揉成個球兒，塞進嘴裡，含在牙齒和下唇之間，像嚼什麼東西一樣。艾許從沒見過這種事兒。多夫的巨大痛苦撕裂著他的心，他覺得剛才多夫對他說的話，過去對誰都沒有說過，多夫像是把心靈的大門對艾許打開了一點，讓他能看見自己的內心。打開心靈的大門當然是很難的……

「也許我太純淨了，受教育太多了，對自己的出身太背包袱了，」多夫說道。隨著一聲嘆息，他龐大的軀體動了一下。「我父親是個律師，是個陪席法官，也許我身上還流著法官的血。也許我對自己太挑剔了，以致使得自己永遠不能給人們拿出點自己的東西。不行。」他平靜地反省似地說道，「不是因爲這些，純粹是因爲那些東西不行，不行，還有……」他看了看艾許，目光是那樣的無可奈何和疲乏。這使艾許特別地擔憂，他出著粗氣，甚至話還沒聽完，就表露出了這種擔憂。

「……即使這些東西『好』又怎麼樣呢？又有什麼値得誇耀呢？」

「不是！」艾許感嘆地喊道，嘴唇有些顫抖。他的聲音很大，能聽見樓道牆面傳來的回音。

「嗯，」多夫說話的時候是一種奇怪的心慌意亂的目光。「世界上頂多也不過只有五個話劇，五張畫，五件音樂作品，五首詩堪稱爲完美的藝術品，而我又應該是這些作品的作者；其它成千上萬的東西都很平平。既然我知道自己永遠搞不出什麼完美的作品，我何苦要逼著自己去在大量粗製濫造的作品中湊熱鬧呢？幹嘛要做這樣瘋狂的努力？爲什麼要抱這種徒勞的雄心壯志？那些偉大的、不朽的、要我們花畢生精力去創造的東西太不可能，完全地絕對地不可能！既然搞不出好的作品，還搞它幹什麼？「不對！」艾許說，他走近多夫，此刻，才發現自己比這位長篇大論者要高。「不！」他久久地看著朋友那張發胖、難看、鬆垮的臉，一把抓住他的胳膊。他發現這種註定的厄運和無奈的情緒，撕裂著朋友的心時，覺得無限的震驚。

他一下子抓住多夫，他的老師，他最尊重的人，抓住他這個青年心目中的提奧奇尼斯，他這個孤獨的青年心目中的蘇格拉底，抓住他的胳膊，在牆上猛撞他，像是要重新點起他生命的火花，好像這樣撞擊就能使他清醒過來一樣。這一刻，他眞想把多夫置於死地，然後再給他一個新的生命。他用一種威脅的聲音說：「這些都是有用的。」

他把多夫使勁往牆上一摔。他的臉色白得可怕，內心痛苦恐懼得要命。他一個勁地說：「這些都是有用的，你聽見了嗎？這些都有用，一定會有用的。」

對方那巨大的身子動了動，使艾許閃過一個念頭，多夫要反擊，要對他還手，多夫錘子般的拳頭一下子就能要他的命。但是多夫站在原地沒動，耷拉著腦袋，慢慢地把他歌德式大衣往身上裹了裹。艾許站在那裡直發抖，對他剛才兩隻手抓過的那厚實鬆軟的膀子有一種奇怪的厭惡感。他從心底裡對自己感情的流露不高興。

「你聽我說，」他用悶塞的聲音說。

他們倆人好半天沒有說話。

「你這傢伙，」多夫開了口。他嘴角露出一絲苦笑。然後他收起了笑容，用痛苦難忍的表情看著艾許，朝他走近一步，低聲地說：

「你是個未開化的傢伙，你是我見過的最沒經驗的人，就像姑娘一樣幼稚，你相信藝術、愛情和社會主義，還有上帝。是的，我覺得你甚至相信上帝。我不知道你的出身，你從未對我說起過你父母是幹什麼的。我只知道你是個未開化的傢伙，是半人半馬的怪物，是飢餓的吉普賽人；正像斯特林堡說的那樣，假若歡樂藏在海底，你就是把海水吸乾也要得到它。你沒有教養，不會體諒人，是白痴。你什麼也沒有，就只有難以忍耐的飢餓。你知道……」說到這裡，他的聲音變得更低了，他靠他更近了，艾許能覺出他呼出的帶有酒味兒的熱氣。「你知道人的靈魂有多麼邪惡嗎？我就夠壞的，我這老朽無用的心底裡忌妒死你了。我希望你……」

艾許已用手捂住了臉。過了一會兒，多夫把一隻手搭在他肩上，他一下子變得非常激動。他不願讓多夫看見他流淚，不願丟人。他掙脫他的手。

「也許我的話說得過火了點，」多夫說，「你最近別來看我，你太叫我受不了啦，你走吧。」幾乎是用一種聽不見的聲音說：「你走吧。」

23 英雄

是在一次社會主義學生小組會上。這個會是在一個叫「馬廄」的地方開的，他們的會一般都在這兒開。講話開始以前，當大家還圍著桌子聊著時，他們其中一個「啪！」地一聲打了個梆子，像是突然想起了什麼，然後把身子朝桌子這邊探過來，看著艾許說：「我知道你不少事兒。」

艾許的臉變得煞白。他心裡害怕起來，覺得所有的人眼睛都在看著他。

那小伙子把椅子往後一推站了起來，像是要做演講一樣。

「同志們，」他剛一開口，艾許就覺出下面的人開始熱烈而開心地小聲嘀咕起來。這時他心跳得稍好一點，但一轉眼工夫他又會嚇得他夠害怕的了。「我們一直認爲咱們的艾許是個普普通通的人，就像每個社會主義者一樣，啊！很有點兒天才，人也痛快，也挺好，有在最佳時期做最佳評論的巨大天才，而且前途無量。」（他們從哪兒知道的呢？在我背後搞什麼名堂？——嘖嘖！）

「是個好兄弟，但看上去又普普通通。」

他稍稍停了停：他這時已經引起了大家的注意。他絕望地凝視著那個小伙子的臉部表情，呆笑著，好像就要一屁股坐下去似的。

「可是，」那小伙子說，「我發現有必要告訴各位，我們的這個好艾許竟有事瞞著大家。」

艾許覺得腿都軟了。

「像在神話故事裡一樣，艾許一直把我們蒙在鼓裡，在下面要什麼把戲。你們瞧他不簡單吧，眞不一樣，眞夠難得的。同志們，咱們的艾許小伙子是個英雄！沒錯，我知道咱們大家都是英雄，不過只有艾許是白紙黑字寫下來的英雄，他甚至還得了枚獎章！」

艾許使勁兒忍著，他頭都有些暈了。眞運氣！事情本來會很糟很糟的。倒不是說這還不夠糟，這已經夠讓人噁心、夠嚇人的了。他無論如何也應付不了這樣的局面，十四、五個年輕人圍著一張桌子坐著，譏笑地看著他，他臉都嚇白了。

「同志們，」那小伙子說，同時搓了搓雙手，「艾許·布勒弗特同志因捨己救人得了一枚獎章。我是無意中翻看兩年前的報紙才發現的。一個學生叫艾許·布勒弗特，二十一歲，得了卡內基英雄基金會的一筆獎金。他——我希望引用無誤——救了落水的兒童，這充份表現了他非凡的勇敢。好小伙子，艾許，你可給我們爭了光。同志們，讓我們來歡迎他。」

當然這裡誰也不知道是怎麼回事，當然這裡誰也不知道艾許當時已把生命置之度外了，不知道他剛剛接到宮西爾德的一份電報，讀電報前，他還祈禱著孩子流產就好了，也許甚至宮西爾德會生孩子生死。他讀完電報才知道她生了個女孩子，並且母女安然無恙，只是孩子臉上有個胎痣。他心裡特別害怕，特別內疚，因爲他老惦記著讓她死，才在孩子的臉上永遠留下一個烙印，於是他想逃走，騎上自行車就從那兒溜，結果在過一座橋的時候，上面有不少人，擋住他，指著江面對他說了些什麼……但是，他對誰也不能說這些實話，對眼前這些兄弟們，對這些社會主義者更不能說這些實話。他不在意地大笑兩聲，自己也不知該怎麼說，最後開口道：

「算不了什麼，誰都會那麼做的。」

周圍的人有些不知如何是好了，他注意到了他們的表情，並且也明白他們為什麼這樣，但他沒法子對他們說，自己也不知該怎麼辦。

他眞想立刻就退場，但他還是強迫自己把會開完了。

演講完了，一個姑娘向他走過來。她問他是否願意學點新東西——兒童心理學。

艾許低頭看她。

這姑娘的笑容如此平和、溫柔。她栗色頭髮，大大的藍眼睛。有時她戴眼鏡。

他還從未敢仔細地看過她。

24 關於「好」

「讓我親親你的奶子好嗎？」他吞吞吐吐地問。他躺在她身邊。「你幹嘛不讓我給你脫掉？」康斯坦絲躺著，把臉掉向一邊，沒回答他。「咱們幹嘛不一塊兒全脫光？」她搖了搖頭，像是打了一個寒噤。他的兩隻手在她胸前亂摸一通，她把手伸過來，想阻止他，但並沒強烈地反對。他開始解她衣服上頭的扣子，她躺著沒動。他看見了她脖頸的皮膚，聞到了她身上溫暖潮潤的氣息，他把她的衣服從肩上拽下時，好像她眼裡帶著淚，帶著懇求。（幹嘛要帶著眼淚？幹嗎要懇求？）她全身都光了，只戴著奶罩。他把嘴貼過去，用兩片嘴唇噙著下面的乳頭：「絕對沒事兒，寶貝兒。」她在哆嗦，他把她的乳罩解開，她用手遮住了裸露的乳房，他把她的手推開。「你瞧，」他說，「多好看啊！」她沉沉地出著氣，抬起頭，看了看他的嘴，又驚又怕地輕吟了一聲。

過了一會兒，因爲她的身子動了一下，他看了她一眼。「你哭什麼？」他輕輕地問。「不知道。」她也輕輕地答。他等了半天，又擔心，又驚異。「你把衣服全脫掉好嗎？」他聲音很低。「啊，不！」她說話的時候害怕地把頭扭向一邊。

他實在是太希望她脫光了，把她的身子貼在自己身上，皮膚挨著皮膚，充滿活力，盡情地擁抱個夠。是什麼使她這樣畏縮不前呢？她那樣可愛，長得那樣勻稱，渾身那麼好聞，又香，又溫暖，又潮潤，她怎麼會這樣呢？她身上散發著強烈的、潮潤的、沁人心脾的香氣，那麼好，那麼好……他慢慢地撩起她的裙子，她躺著一動不動。他摸索著去找她小褲衩上的鬆緊帶時，她暗暗地幫著他。他把她的褲衩脫下來，她同意了，儘管她把裙子往下拉了拉去遮住自己的恥骨區。

他費勁地解著她的吊襪帶，解開後，把那討厭的帶子往上一推，那種女孩子用的緊緊的鬆緊帶，不過女孩子們總得用什麼東西來固定她們的長統襪子。她躺在那裡上下都光著，就是腰間還圍著裙子，他覺得她這個樣子挺怪。他拉了她一把，她在他身邊站起來。他開始去脫她的裙子，她也沒有去攔，很快他們倆都光著身子站在地下。她的裙子就脫在她腳下，他把她拉過來，她整個身子貼在他身上，兩個人渾身上下都緊挨著。他看見她那樣子就跟小姑娘似的，使勁兒抑制住自己。他用胳膊摟著她，站在地下使勁兒和她抱在了一起。他把她抱起來放在沙發上，放在沙發邊上，屁股坐在邊上，腳能夠地。他神魂顛倒，昏迷了兩秒鐘，她太令人銷魂了。

那天晚上很晚了，她對他低語道：「你太好了。」

「是你好。你是我接觸過的最好的。」

「這麼說來還不錯。」

「不錯是什麼意思？」他說。她不知道他是個負心人，除此之外，沒有一個男人願意聽女人說他不錯，男人願意聽說他……噢，什麼別的都行，但別說不錯。不，絕對不願聽不錯。

「明白嗎？」她穩當地說，並沒有扭轉話題，「你第一次一點兒都沒讓我痛苦，就是做那種事兒的時候。你說怪嗎？一點兒血都沒流，我覺得什麼都那麼好。」

「啊！」他應道。他不知道她爲什麼又講起了這個。這使他心裡有點兒不舒服……

「你過去和好多人都有過那種事嗎？」他問道。他本來沒打算要問，但不知怎麼搞的，脫口而出了。

「和一個人有過，」她說。「我們相好都快一年了。」

他朝天仰臥著，看著天花板。

「他剛剛又和另一個好了，」她說。「我們還是好朋友。」

「是我主動和他分手的，他……」她停了停，聲音有點兒變了，「他太那個……」他聽見她把淚嚥了下去。「我不願意的時候他也非要那樣，他強迫我，最後我也舒服不了。」她抬起頭看了看他。她臉上那種嚴肅勁兒就像小姑娘似的，她的目光焦急、不安，像是要得到他的認可一樣。「那可眞難死了，因爲我沒法子告訴我父母我爲什麼要和他分手。他們都喜歡他：出身名貴，又有地位，知道嗎？是個藥劑師，但是我不幹，你說行嗎？」

「行。」他低聲地說。

她小心翼翼地撫摸著他的胳膊。「可是你就不同。」她說。

他喉嚨哽住了。他感到擔心、空虛，難道不是也有點苦澀嗎？他覺得自己有點不大好開口。

「你人好。」她說。

他不禁哼了一聲。他用一個胳膊肘子支起身子，去找香煙。他一直把那支煙抽完。然後他們的手碰到了一起。他慢慢地轉向她，看著她的臉。她笑了笑。她想蓋著鴨絨被，他想把它揭開。

他看著她，她躺在那裡光光的，因爲他老看著她，他覺得她身子在顫抖。他沒去碰她。他說：

「你該要生我的氣了。」

「我幹嘛要生你的氣？」

「因爲——我現在想你了。」

她沒出聲。她的胸脯一起一伏。她看了他一眼，用鼻孔深深地吸了口氣。「來吧。」她說。

那天晚上他和她一道回家的時候，她說：「你甚至都見過他一回。」

「他？」

「我原來的未婚夫。」

「是嗎？」

「就是在威赫爾米妮家裡的第一天晚上，他是她的一個表兄，就是因爲這樣我才認識她的。」

在說到「她」的時候，她的聲音裡有冷淡的意思嗎？他不敢正眼看她。「我記不得他了。」

「他是和他的新未婚妻一起去的。」她說。

「啊，」他問，「她長得什麼樣子？」

「啊，怎麼說呢？」

「他長得……什麼樣子？」

「相當普通，挺好看。黑黑的，戴眼鏡。」

艾許忍著沒說什麼。

「就那種沒邊兒眼鏡？」

「嗯。」

艾許記起那天晚上每次跳舞擦過一個男子身邊的奇怪感覺，頓時起了一身雞皮疙瘩。

「我相信我會記得他的，」他說，「會的。」

他們在過道上分手的時候，她充滿激情地和他擁抱。憂鬱。激烈。興奮。

小康斯坦絲，他想。不過他一句話也說不出來。

25 馬廄

那個學年就像十月懷胎。這不僅僅是因爲這個學年有整整九個月（九月、十月、十一月、十二月——一月、二月、三月、四月、五月）——幸運而又淺薄——而且也因爲這個年輕學生心裡有一種神祕的負擔，一種壓力，一些他必須要說出來的東西。歲數大了回想起這種學年時，年輕人會記得起來，一定是對其中的第四或第五個月，他心裡會覺出點什麼，一點刺激，一點活力。開始，他沒有注意，也沒有想它，後來，幾乎滿腦子都是這種想法，都沒法子逃避。我們每個人都有自己的命運，命運的多樣化實在是不可思議。在我們充滿求知欲的青年時代，我們有些盲目，但即使盲目，我們也是聰明的。命運引著我們向前，並滿足了我們的願望。有一天，世界上每個人心裡都會明白：「願望得到了滿足。」

馬廄是城郊的一所老式建築。原先，這裡是個眞正的馬廄，但是有個畫家擔心它可能會倒塌，就重新修建了一下，變成了一間既不像畫室又不像起居室的四不像。畫家出國去了好幾年，一個社會主義者小組成員的年輕姑娘租下了它。

這座建築物的一層是圓木築起的牆，屋頂很矮。艾許進門的時候不得不低下頭去，不然就會碰到刷白了的長方形門框。屋內的一角，放著幾張斷了彈簧的沙發，屋子中間是張長長的農家桌子。屋角還有個角櫥，沿牆是一個長沙發，其中一角還拉著簾子。簾子後面藏著個煤氣灶盤，幾個格子，換句話說，這就是廚房。還有一張色兒很深的，非常舒服的高背椅子，這往往是爲晚上最尊貴的客人保留的，往往是晚上辯論會的第一個發言者。其他人圍著桌子，坐在那種靠背很高很直的極不舒適的木椅上。這種木椅的座兒是用細繩子編的，兩條前腿高出座面兩英寸，這給坐椅子的人帶來很大的困難，你若把兩隻腿併在一起，即擠在兩個高高的木疙瘩當中，你的腿很快就會麻；你當然也可以把腿抬起來，把兩條大腿各放在一個木疙瘩上，但很快你就會疼痛難忍。或者你可以把兩隻腿叉開，把兩隻腿放在兩個木疙瘩外側，但你兩條大腿的內側肌肉很快就會抽筋。所以，必然的結果，你就會把椅子一轉，一隻腿放在兩個木疙瘩中間，一隻腿放在外面坐下來，那就是說，有一個疙瘩幾乎就在你的屁股溝中間，但只要稍加小心，是紮不進去的。

奇怪的是，竟沒有一個人對這種椅子提出過抗議，沒有一個人去把那些毫無意義的木疙瘩鋸掉。這說明無聲地忍受痛苦的人們，能承受家具樣式設計者和室內裝飾者們給他們帶來的何等的痛苦！還有，那些椅子的面兒也那麼差勁，椅子背直上直下——直極了，幾乎都有點兒向裡傾斜。這些椅子根本就沒有哪一個部位能讓你得以休息，它們簡直是刑具。要想在椅子上坐直，你要麼就得用腹肌吃力，要麼就得把雙手伸出去，反扣在椅子背上。無論這兩種中的哪種辦法，你遲早都會放棄的，然後將身子向前彎曲，把手或胳膊肘子支撐在雙膝上，或乾脆把手抄在一起。

一個陌生人碰巧在開會的時候走進來，他一定會認爲這是他所見過的最情緒低落的集會，都在低著頭默默地做著懺悔。但是，坐椅子的人並沒有什麼覺得要懺悔的，只是腰有些酸痛。用那種低頭的姿勢坐著，他們的眼睛都得看著地面，於是吃驚地發現，下面竟是水泥地。儘管地上鋪了不少小破地毯，但它還是水泥的。你完全可以想像這個曾經是馬廄的地方。

好幾個月了，艾許對那張大高背椅垂涎三尺。這椅子用藍色花毯做面子，料子面很粗糙，像毛巾被一樣，但是很柔軟，感覺很舒服。艾許曾用手去摸過一、兩次椅子的扶手。

那張深色的扶手椅。

他永遠記得那間屋子裡的氣氛。

屋子裡有一股香味。不是那種大清早你走進屋子剛剛擦過地板和窗戶敞著室外傳進來的清新氣味，不是那種你不敢踩進來的剛剛擦洗過地板屋內還帶著的隱隱的淡淡的肥皂氣味——這卻是一種嗆鼻子的味道，塵土和舊被褥的味道，油、松脂、泥污和食品的味兒。艾許好像覺得，他只要揭起一個鬆鬆垮垮的沙發面，就會發現破墊子裡有老鼠窩，包墊子的藍條紋布上盡是鏽斑、油漆印、焦油漬。他不知道為什麼會這樣，只知道這些墊子一定會是這種情景。

這是一種很怪的良好而愉快的氣氛，不是那種對人生的淡漠；而恰恰相反，這充分地證實了主人將其精力全放在別的事情上面了，全放在光輝的創造性的工作上面了。充分證明主人是一個把刷洗地板和拍打墊子都不放在心上的人，而這些事每天你一醒過來，擦擦眼睛，看見屋子髒得可怕，就會去做。於是，這裡屋樑上，你都能看見細細的舊蜘蛛網，用手在角櫥上一擦，指頭上就是細細的一層土，廚房的簾子後面沒洗的盤子上都是油，地板上也是透過破地毯踩進去的一層土。（這位年輕人碰巧又有點兒近視，有時還戴著眼鏡，所以不是所有的小毛病都能發現的。）

屋子最遠的一角，是通向二層樓的一個木質轉梯，去盥洗間就得經過那裡，樓梯嘎吱嘎吱討厭得要死。那個小盥洗間乾乾淨淨、香噴噴的，裡面有一種女人用的香波（洗髮精），邊上是個從天花板接下來的淋浴噴頭，周圍用薄油布擋著。窗臺下面的小格上放著擦臉油瓶、粉盒子和幾個神秘的小瓶，一個銅器裡盛著口紅，一大團棉絮——從色兒就看得出來——做粉撲用的。格子上還有一把剃刀。

艾許只在一樓從門縫裡偷偷地看過一次製陶間。那裡也叫做工作室。他看見裡面是大大的玻璃窗、斜斜的屋頂、作業臺和椅子，木臺上沒有完工的陶器。那裡還有一件看上去像爐子的東西（陶器不也得像蛋糕那樣去烤嗎？）牆上的格子裡擺滿了盤子、碗兒和別的什麼東西。屋頂上有一盞帶罩的吸頂燈，可上下升降，他聞到了粉筆和油和黏土和女人的氣味。

在這裡工作和生活的就是那個姑娘，她既是社會主義者、製陶人、主人，又是生活豪放不羈的藝術家，她的風度給他們會議帶來了平靜和色彩，她從很多方面來說，都是把這個小組能聚在一起並爲它的存在提供地方的人物。

這個製陶間是她自己的小經營，雇了兩個人，一位中年婦女和一個姑娘。這兩個人從來不參加他們的會。有時，也許是加班以後，能看見她們踮著腳小心翼翼地從起居室走出去。

這姑娘自己是個學生，二十出頭，那麼年輕，那麼快活，也許還不到二十歲。她那麼自理性強，那麼穩重，所以也許能有二十五歲。艾許是過了一段時間才發現她的，她性格很好，恬靜，近乎於順從，在各個方面，她都是這樣，和那些固執己見並且一說話就高嗓門的世界革新者都不一樣。她有一頭栗色秀髮和艾許從來沒有見過的大藍眼睛。她那對溫和的大眼睛大極了，像個仙女似的，眼瞼具有女性那種成熟的美，微微地從眼睛上方垂下來。這給了她一種平靜和智慧的神態，同時也給她添加了一種不輕易主動，而一眼便可看出的那種性感的色彩。有一天她沒有戴眼鏡，艾許看見她眼睛周圍的皮膚色兒發深，即她的眼皮和眼窩都顯得膚色稍深。這種褐色很快地使他想起了和性愛有關的東西，這種色兒和女人奶頭周圍的那種顏色一樣，那色兒立刻就在男人的心中引起震動，那是一種無名的色澤，是胎兒的那種暗褐色，是那種危險的貪欲和死亡的色澤，只匆匆看一眼就能讓男人的心停止跳動，那是最富有女性的東西了。

在這種色澤面前，男人會暗暗畏懼地低下目光，它會使他覺得自己看見了那種只有上帝和孩子才能看到的東西。他看了看她大大的、笑容可親的、瞇起來的、地中海似的大眼睛，然後很快地把目光從她臉部移開。那匆匆的一眼又神奇又美妙，他立刻看穿了她的某種隱密和成熟。不過，她不就是個小姑娘嗎？

那還不是給他留下深刻印象的第一件事。眞正最早給他留下印象的是她的手。時常在開會時，他碰巧圍著長桌坐得離她很近的時候，他就能看見她的手。那雙手是褐色的，不大，柔滑，但卻有力。皮膚那樣透明，他幾乎都能把它看穿。這雙手很講究，非常像但卻又比一般工藝品的手稍小一點，指頭很有力，指尖粗壯，並不眞正好看，但這些手指卻對傳遞感覺有獨到之處，同時還有那種什麼都不怕的勁頭。這姑娘什麼都敢用手去抓。她的指甲一看就長得挺結實。她總是把它們塗成紅色（就一次她塗成了綠指甲）。血紅的指甲油塗得很細心，兩邊卻都留了細細的一條沒有塗，這使他想到這樣做，是讓指甲比它原本要顯得細長（因爲剪的比較辛苦）。她想利用人的幻覺，他想，並對一個姑娘的這種想法和創舉，留下深深的印象。

受訓班的成員圍著桌子上課的時候，她手裡總拿著點什麼東西。她本可以把泥塊放在面前的桌子上弄，而她卻常常拿著塊泥在桌子底下捏，幾乎是心不在焉，但一直還聽著課堂上在說什麼，討論什麼，她的手像是自己在那裡幹活，不一會兒，雙手從桌子底下拿出來，一個小人兒就放在了桌面上。要麼，她把一根黑鐵絲來回彎成各種好玩的形狀；要麼，她用一個小卷煙機捲著香煙；要麼她用特別粗長的磨得發亮的竹針織著毛線活；（「老太婆的圍毯」她抱歉地解釋道，一個勁地眨著大眼睛。她這樣飛快地來回眨眼睛的時候，總是挺好玩，大家都忍不住地笑出來。她就像個上了弦的玩具娃娃眨個不停。）要麼，她把火柴折斷，用小短棍兒在桌前擺著各種圖形；要麼，她用一小管膠水把小塊的帶色料子黏貼在一塊布上（她把手指頭上的膠水在褲子屁股上擦擦，趕快抬起頭來抱歉地看看別人）；要麼，她坐在那裡在自己桌面上畫著。

艾許好奇地發現，她不像別人用大拇指和食指那樣握鉛筆，而用另一個指頭把它固定住；對於她來說，就只有小手指沒有用上，她是用拇指和其它三個指頭去握筆，看上去，她那樣奇怪、那樣有力、那樣緊密、那樣不顧一切地握著鉛筆。

艾許對她不怎麼了解，當消息靈通的艾力克．富樂登透露一點有關她的情況時，他總是想找種種理由把話題轉到這方面來。他只知道，離開學校後，她在奧斯陸待過一年，並且在一所工藝學校學習過一段時間。後來在巴黎學了一年陶瓷製品，然後又回國在馬廄開辦了她自己的這個工作室。他們都爲她感到自豪，並都暗暗地佩服她。知識份子對用自己雙手勞動的人才有這種欽佩。她當然打算以後要考學位，但她首先要把自己的事業搞起來，能夠先在經濟上獨立。

她抽煙抽得很厲害。她把煙吸進去，再把煙霧吐出來，當她這樣做的時候，便留下一個不十分好看的形象，因爲她總是把下唇伸出去，讓下巴向前，這樣才能讓煙霧升到空中（當時年輕女子煙癮很大的還不多）。艾許覺得奇怪，她那樣抽煙是爲了表現自己衝勁大嗎？難道一個姑娘表現得衝一些，不正是爲了能戰勝來自裡裡外外的反對？有時，當她一個勁地做某件事，她就讓煙叼在嘴的一角，並且歪著頭，免得讓煙嗆著她的眼睛。但通常她只是深深地抽上一口，然後把煙放下來，放在火柴盒子上，或者桌子邊上，好讓手空出來。所以屋子裡桌子的邊邊、窗臺、簷口、盒子蓋，都留下了深褐色的焦印兒，一看就知道是她在那裡把煙頭放得太久。艾許對她抽煙佩服得五體投地。一個姑娘的抽煙是對現存秩序的反抗。

她好看嗎？也許還行。但是她內在的魅力和風度，比她外表的特別勻稱更要美一些。偶爾，艾許獨自想起她的時候，他總是閉上眼睛，盡量想像著她的面容，但他總也看不清。眼前出現的總是和她的容貌無關的東西，而大多都和玩具娃娃有關係。也曾出現過那種短暫的使他想起童年迷戀過一個電影明星的時刻，她叫碧克馥，稱爲「世界的情人」，但是他立刻打消了這種想法，覺得這是愚蠢的，甚至覺得這對這位社會主義者同志是種侮辱。

她的臉微微的有點兒偏，有那麼一點兒不太正，只是在她笑的時候才能顯出來。也許她的鼻子似乎稍大那麼一點點，而她的下巴配她的臉又稍小那麼一點點，所以她算不上那種確確實實傳統的漂亮姑娘。但和她待在一起的時候是想不到這些的。和這麼一位迷人好看的姑娘在一起，人們只能感到一種隱隱的舒服。假若你注意到她臉上有點什麼特殊的話，那就是她兩隻大得嚇人的藍眼睛和它們放出來的快活、興奮、安詳的目光；假若你靠近她坐下來，你可以感覺到，她那種神秘的溫柔是實實在在的，就來自她的肉體，就像她手上和指頭上的皮膚一樣，她臉上也是那樣柔滑、嬌嫩和透明。

她受了驚嚇或是十分高興的時候，就會做出最怪最好玩的鬼臉來。有時候她覺得別人不在看她，便會讓腮幫下面的皮一鼓一鼓，像呱呱叫的青蛙一樣。像有些人心神煩亂的時候挖鼻孔、剔牙、撓耳朵一樣，她喜歡玩兒自己臉上軟軟的肉皮。她生命的精華就是那種柔順。她在場的時候，你就會變得興奮和高興。有時由於種種原因，小組需要到別的地方而不是在馬廄開會，大家就會覺得掃興和淒涼。和這裡相比，議院大廳都顯得黯淡和缺乏誘惑力。他們穿著大衣坐在這裡，領子立起來擋著脖子，總像吵架似的。

在馬廄開會時，她通常是穿一件無袖套頭衫、長褲和便鞋。你看見她穿便褲時就會發現她勻稱的身材，也不完全是人們公認的那麼標準，因爲她的臀部比維納斯雕像的臀部低那麼一點點。看慣了那些尺寸做得準確但卻平庸的維納斯雕像，人們發現她倒挺惹人喜歡。

她對自己的儀表很重視，艾許也正是喜歡她這一點，不僅僅因爲她是個漂亮姑娘，也因爲有些青年社會主義者總是要讓他們自己及別人都相信，社會主義就是不修邊幅的同義詞。她的指甲、眉毛、口紅、頭髮、衣著，看上去都很講究。儘管她很忙，儘管她幹的是那種工作，但她每天都要花點時間去打扮自己。她看上去一點兒也不爲自己打扮得好看而難爲情，而是暗暗得意。

艾許相信，她每次塗口紅，都是帶著那種她設計或製作一件寶貝陶器或一個煙灰缸時，自然而謹慎的工藝家的欣喜。事實上，他確實見她塗過一、兩次口紅。那情景實在迷人：她當著大夥兒的面塗，一點兒都不覺得不好意思。

她不是急急忙忙地用口紅往上塗，根本不存在什麼著急不著急的問題，也不覺得有什麼在做不應該做的事那種心愧：公開地、隨意地塗著，她把嘴唇伸出去老長，仔細地毫不猶豫地塗著，她這樣塗口紅就像木工使用工具和提琴手拉動弓子那樣自信和自如，只在把口紅塞進手提包後，她才向他們匆匆地十分可笑地眨眨大眼睛，像是要把可能出現的非難變成友善的理解的笑聲一樣。對不合時宜的報應必須就得針鋒相對嗎？不見得。她不合時宜，在場者們對她就總是報以友好的、理解的低語聲。在古羅馬，鬥士們慣於這樣向凱撒致意：「敢於獻身的我們向您致敬。」這位年輕姑娘對朋友們的默默致意是：「奉獻於生活的我向你們致敬。」

一次辯論得激烈的時候，有個人使勁地用拳頭砸了一下桌子，艾許在那一刻看見了她的臉和小嘴。在那一瞬間，他意識到在她衝勁、笑聲、強健的外表底下，有一顆小鳥般的心。在那一瞬間，他在她眼裡覺察到了她懼怕暴力和狂暴。

她臉上的神色告訴他，她工作很累很緊張，她總是睡不夠。難道還有什麼事或什麼人在撕裂著她的心嗎？關於她的情況，他所知道的就是這些：她是個受人尊敬的經濟學家的女兒，屬於「有教養」的人家，她祖上有詩人、雕塑家、內科醫生、律師、民族主義的牧師、還有更多的是大夫——但是她擺脫了家庭，自己進行了最實惠的訓練，自立更生地過日子。

艾許最欽佩她的，就是她和家庭的絕裂，以及這種行動所包含的意義。對他來說那是場革命。但是——他想，又驚訝又憂慮——具有人們都嚮往的文化背景，又有自己的工作室、自由和朋友，那是爲什麼呢？爲什麼她有時候看上去還那樣蒼白、那樣不高興呢？爲什麼臉上看去有點兒消瘦了呢?別人是不是也看見了她那漂亮臉蛋上的一絲痛苦呢?也許就我一個人看見?

一般情況，她栗褐色的頭髮都是梳在臉的兩邊。她嘴角叼著煙坐在那裡的時候，臉色由於缺眠而顯得蒼白的時候，總有點兒法國暗娼的那種勁頭，這使他想起了曾看過的米絲廷蓋特的一張畫。但下一回，她的頭髮就是另外一個樣子了，把頭髮束起來，在頭頂上梳成一個小麵包狀的髮髻。這時你可以看見她的髮型適中，漂亮，很有身份。你會由此想起諾夫雷特的一張畫，她像古埃及首領們的女兒，於是艾許便不得不趕快把臉看向一邊。和米絲廷蓋特相比，他更喜歡諾夫雷特的作品。（有個人——也許是艾力克——有一次說她有些過於縱樂。縱樂?她?怎樣縱樂?什麼時候?和誰?縱樂，難道只是說睡得晚嗎?）

艾許不知道是什麼時候第一次注意她的，她那麼恬靜，那麼和藹，從不突出自己。老遠看去，她沒有什麼太出色的。但是她喜歡色彩，於是你無法——或遲或早——不注意到她的裙子和罩衣或套衫等，她的這些衣服總是惹人喜歡、色彩鮮艷、有獨到之處。有一次她穿了件裙子，一件普普通通的黑裙子，只是前面沒有縫在一起，一邊的開襟上鉚了一排閃閃發光的銅鉚釘（她半是玩笑半是抱歉地說，還眨著眼：「我想穿新裙子，可是只能花五分鐘的時間去做，於是我就找了幾個鉚釘，找了把錘子。」艾許生來還沒見過這麼好看的裙子）。她喜歡戴各種奇怪的石頭項鍊，珊瑚項鍊，或者別的什麼小方塊做成的項鍊。她還有陶製的、金屬的或木質的夾在耳朵上的耳環。但她手卻是光的，連個戒指都從沒見她戴過。

她往往胳膊上什麼也不戴。那是因爲她的工作的緣故——她總是得把袖子捲得高高的——儘管有時候是無意識的。和她身上別的地方一樣漂亮一樣好看，她的胳膊也是艾許見過的最完美最漂亮的。她說話時，兩隻手也總是不閒著。艾許簡直無法不去看她那兩隻手，有時他眞著了迷。那兩隻手會笑，會開玩笑，會哼曲子，會唱歌，兩隻手簡直活躍極了。當她給那動人的手勢賦予語言的時候，就像是歡快而有節制的潺潺流水，就像是美味的香檳酒杯裡冒起的氣泡。她一說話，別人都一個個停下來，大家把臉轉向她圍在一起，她便面帶笑容說得更津津有味了。但是，假若她上了講壇，在那種嚴肅的場合下，她就變得拘謹和學究式了。在開始討論法爾克關於馬克思主義那本書的第八章時，她就不那麼自然了。她總是對他們眨眼示意，不讓在學生會公開討論時把自己的名字列在社會主義小組成員裡面。

這裡不妨也解釋一下學生會裡面的一些辯論。學生會是城裡那些學問人公開的公共論壇，歲數大的、小的、保守的、激進的、白種人、黑種人、棕種人、紅棕人都包括在內。在弗朗西斯·斯特拜爾的領導下（他在奧斯陸的社會主義小組「直到那一天」受過訓練），社會主義學生小組認爲它主要的任務之一，就是在學生會裡宣傳社會主義思想，並且可能的話，占領學生會陣地。

爲社會主義贏得大學生至少和贏得工人同等重要。就數字上說，前者在社會上只是一小部分，但是因爲他們的地位，他們是很重要的。在弗朗西斯·斯特拜爾看來，一個大學生信仰了社會主義，比二百個工會的管子工都値得高興。這種鬥爭，就是爲爭取學生會裡的青年學生，這些青年學生在幾年之內就會是教師、律師、大夫、動物學家、心理學家、建築師、工程師、經理。假若你把他們爭取到你這一邊，你就能從上層得到社會主義社會，而工會卻可以以基層達到同樣的目的。這就像在山裡挖一條垂直的隧道，有一天，這兩支隊伍會在山中會合，最後幾鎬打通後，隧道暢通，他們便可直接看到自由的蔚藍色天空。

怎樣才能贏得這些學生呢？一方面利用他們的聰明才智，一方面利用他們的感情和慷慨。所以，討論要搞得激動人心才行，要搞得有點像競爭和比賽才行。具體地說，必須把每一場辯論都變成爲拳擊比賽，在比賽中失敗的一方總是被擊倒，而把手高高舉起的勝利者總是社會主義者。

所以每一次社會主義者在學生會的露面，都要做最充份的準備。代表社會主義者的發言人要仔細地考慮，仔細地權衡，要盡可能多的了解他的爲人，他的政治主張，他的經歷，整個題目都要分析得很透徹。然後，弗朗西斯·斯特拜爾制定一個進攻計劃。十個社會主義者挑選出來預備在那裡做後盾。一個在這方面挺棒，一個在那方面挺棒，兩個人加在一起，在某個問題上就能給那個緊張的主講者提供更全面的補充。主講者講完後，這十個人都輪番上去講一通，他們的發言非常有力，毫不留情，把對方駁得體無完膚。

這些社會主義者不把敵人打個半死，也得讓他脫層皮。

由於種種原因，艾許不喜歡這種做法。

首先他覺得，即使是一個資產階級，發言人也能說出些合理的東西來；再者，他自始至終都在想著如何反駁對方，所以永遠也不會好好地去理解對手所說的意思。儘管斯特拜爾的策略常常使他們取勝，但絕對不可能總是取勝。事實上，資產階級的發言人和保守學生們往往能出奇制勝，這也許是因爲社會主義學生們準備得太細了、太死板了的緣故。他們登上學生會講壇時，缺乏說服聽衆的炮火，缺乏思路的自發感和靈活性。

斯特拜爾小心地布下了一張網，但多數情況是他手下的人自己被束縛住了。

艾許拒絕參加學生會這樣的辯論。他的藉口是學校的事太多，他沒有時間準備。眞正的原因是他怕在公眾面前講話，甚至是有社會主義者在場的情況下。

在學校他挺能說，並且喜歡站起來說。那裡的學生只不過是些他並不放在眼裡的餓狼。在社會主義者中間，艾許成了個沉默寡言的人。他知道，在學生會的辯論之後，那些社會主義者的演說家們，都要被召到弗朗西斯．斯特拜爾那裡，他會把每個人的發言都批評一頓。斯特拜爾一點也不客氣，小列寧也不總是那麼講理的。

除非在得意的時候，艾許才喜歡、才不怕、才相信眞理。

26 紅色騎士

有一天，艾許和多夫坐在一個餐館裡喝啤酒。難得，多夫有了自己的煙葉子，甚至還給了艾許一點。艾許一個勁地說，社會主義小組裡的女同胞們很少參加辯論使得他很吃驚。她們爲什麼要參加社會主義小組？或許她們只是想聽聽？或許——艾許躊躇片刻——難道——是她們笨嗎？

「女人辯論？」多夫說。「她們只不過缺乏實踐，那種對她們晚年在公衆場合講話有用的實踐和自信。那樣她們就更了不得了，一旦女人要是能在公衆場合說話了，男人就更不行了。在每個領域男人都不行了。你哪兒能找出個男人，在床上兩口子那種事佔上風的？你這傢伙，都想到過那種事兒嗎？」

沒有，艾許可沒有想到過那種事。

「一個女人能勝過世界上性慾最強體力最壯的男人。他把身體裡最後一滴水兒都榨乾了，她還面帶笑容地躺在那裡，說還要他再來點兒。正因爲這樣，基督教才不要女牧師。女人是不可戰勝的。唉，老弟，等你結了婚就知道了……還不如死了好呢！」

他往上托了托眼鏡，喝了一大口啤酒，像是在自己舉行的通宵宴會上一樣地喝著。

「女人辯論？天哪，只要她眞想說的話，沒有人能勝過她。我記起個故事……」

他點著了煙斗，胖胖的臉顯得有點兒更胖了，艾許知道他要講什麼故事，便使勁地咬著嘴裡的煙斗，好把牙都咬緊些。

「她是奧斯陸醫學院的第一個女學生，那肯定是在一九〇八年前後。婦女解放的思想，自然沒有喚起醫學教授們的熱情。搞內科的那些女人！外科教授覺得他們男性的尊嚴受到了傷害。一天，在他的解剖課上，他把那個姑娘叫到了黑板跟前。他打算教訓教訓她。你都可以把那姑娘畫出來：二十歲，羞怯，頭髮梳得很高，腰很細，花邊罩衫一直扣到了脖子上面，裙子拖到了腳後跟，還穿著帶扣子的高統鞋。你也一定想像得出，那個大教室擠滿了留大鬍子的醫學院男學生，在那年頭，年輕人看上去就像他們自己的爺爺一樣老。那姑娘站在講臺上朝下看，覺得十分難爲情。當教授叫她拿起粉筆在黑板上畫一個男性生殖器側面略圖時，男學生們大吃一驚。」

多夫把臉掉過去，從餐館的窗戶往外看了一眼。他的臉已很虛胖了。

「當她用粉筆畫的時候，教授把臉掉過去用背對著姑娘。教室裡一種奇怪的騷動，使得教授轉過臉來。他把眼睜得老大，看見那姑娘畫的陰莖是勃起的！他多少定了定神，對她說，她的圖是在非常特殊的情況下才是這樣的。」

多夫清了清嗓子，噘起了嘴。然後他轉向艾許：

「你知道這姑娘怎麼答的嗎？」

艾許一句話也不敢說，他雙手緊緊地抓住桌子邊緣。

多夫打了個呵欠，臉上掠過一屋暗暗的陰影：

「『假若我畫錯了的話，請您原諒，教授；不過我只看見過這樣的男性生殖器。』她說。」

當街上的車輛再次開動起來，艾許也恢復了鎮定之後（他總記得多夫那次給他講故事是那一年唯一獲益和自由的時刻），多夫又變得嚴肅起來。

他就像那天晚上在樓梯上那樣嚴肅，但這次不是爲了自己，而是因爲另一個人。

「你注意到他們都是怎樣糾纏她的嗎？他們那麼一大堆人！她是世界上最好的人，她是——請原諒我這麼說，你這個未開化的人——一個聖潔的人。在這群鞋匠和史達林分子中我發現的唯一的一位。」他用威脅的目光看著艾許。

「我經常告訴他們，千萬不要誤解她的那種友善和熱情。你也許會認爲他們看出這姑娘太累了，但並不那樣；一有事情，總是推到她身上。他們只知道忙自己的學習，機會那麼難得，所以學得特別賣勁，且不說還要花那麼貴的學費。他們沒時間到處奔走去收貨款，他們連爲西班牙來的難民在青年旅社辦個住宿都辦不好，他們更不會陪難民們從警察局到移民局，替他們找住處、找工作，替他們找衣服、找鞋子，他們怎麼會幹那些髒活兒呢？他們自以爲了不起地運算環酮的反應式或者搜集挪威奶牛蝨子發生率的統計，或者測繪一個峽灣的無底深淵，或者寫一篇不值一讀的關於易卜生《野鴨》的象徵主義論文。」他生氣地看著艾許。「她總是不停地幹，從不說個不字，因爲她是個高尚的人，覺得給你們大家做各種工作感到榮幸。」

艾許一個勁地忍著。

「我對他們說過好多回，會開完就走人，再說她還有自己的生意。你認爲他們會因爲這樣就不待到深更半夜嗎？就不用諸如戰略戰術的分歧及何時奪取政權等問題來煩她嗎？他們一天到晚不管什麼時候都往她家裡闖，他們半夜都給她打電話，說能不能帶瓶酒去她那裡坐坐。」

多夫看上去確實生氣極了，額上的青筋暴得老高。

「你們想叫她怎麼著就怎麼著，想把她當成跑腿兒的，當成洗衣女工，你們把鼻涕擤在她毛巾上，在她的廁所瞎撒尿，還喝她的茶，吃她的蛋糕。你們誰還想過她開銷要多大嗎？你以爲她家裡是百萬富翁？給你說吧，這姑娘自從開店以來，在銀行存的幾個錢都用光了。過聖誕節她都要借二百克朗去還食品店的帳！你們誰還想過錢的事兒？錢？鋪子老闆和小資產階級的意識！眞正的社會主義者只關心理論問題和純科學，把掙錢的事都留給女人去幹。」

多夫唾了一口，越說越來勁：

「除非有人教她該怎麼去做；要不然，假若在下次會上她站起來講話，累得把血吐在桌子上，你可不要嚇一跳。我早就覺得她該上醫院了——上醫院內科。」

艾許像挨了狠狠的一鞭。多夫覺出他動了感情，於是把一隻又大又沉的手放在他胳膊上。

「丹麥牧師看見自己關於陰間地獄之火的說教把聽衆的神經都嚇出了毛病，便說：『別太往心裡去，親愛的居民們，那不一定都是眞的。讓我也這樣說吧。』」

不過，在下一次開會的時候，艾許還是做了堅決的建議，那堅決勁兒連他自己都吃驚。他建議大家都一起離開會場，他敢肯定她也該好好睡一覺了。

她笑了笑，對他們的這種做法表示了抗議，但大家還是不會錯怪她的。他們往外走的時候，他看到地下被他們弄得很髒，他該……？啊，也許那會被人誤解的，他們已經有人說艾許小伙子以她的保護者自居了。

「紅色保護者。」艾許傻裡傻氣無所指地說道。他的臉一下子變紅了，就像神話故事裡傻裡傻氣的騎士那種顏色。

他們從街上往家走的時候，艾許有一種奇怪的感覺，總覺得他們分手的時候，有一個人偷偷地縮了回去，又去敲她的門，並對她說自己多麼的孤獨，是不是可以進去和她再坐一會兒。艾許好像還清清楚楚地聽見屋子裡面那個動聽和熱情的聲音：「你明明知道你可以進來！」

他眯著眼睛看了看周圍的人。這些人當中會是誰呢？他覺得他們當中肯定有那麼個鬼鬼祟祟的傢伙，肯定會有潛在的危險，但是從他們任何一個人臉上，都看不見能說明這種疑慮的東西。

這位馬廄的姑娘。

那張藍色的扶手椅。

哪天晚上要是輪著艾許在討論會上第一個領頭發言，他來開會的時候就有些害怕，就顯得有些侷促。他一定讀了不少材料，做了不少筆記，寫下長長的一篇論文。假若他要把他所寫的都念完的話，大家非得在下面坐著聽四個小時不可，而他的整個發言最多只允許他講十五分鐘。

他把一大疊筆記放在身邊的桌上，差點兒叫出聲來。他意識到即使是把這部鉅作念一小部份都辦不到，承認自己是失敗了。他頓時覺得腋窩下流出的汗水使他難受。他無可奈何地拿起了法爾克的《什麼是馬克思主義》，翻到他需要的那章，直接從書上唸起來。他唸書的聲音生硬，沒有感情，眞希望別人不要聞見他身上的汗味兒。有些人自然也會覺得他有點兒傲氣。

聽那位褐頭髮碧眼珠姑娘的發言多麼輕鬆啊。

她說話一開始就帶來了一種溫和平靜的氣氛。她說她沒有準備好，請大家原諒；不過那是因爲她工作室的那個姑娘摔了一跤，把端著的一大堆未乾的塑像全倒在地下，自己也摔了個嘴啃泥，就像這樣——她把胳膊朝前伸去，像青蛙在水中要停下來似地做了個姿勢，頭向上一仰，又放回來，一仰一仰，嘴裡「撲通撲通」地叫著。她的動作就像眞的一樣，十分可笑，在場的人都笑出了眼淚。她也顧不得擦淚，對大家說她們花了兩個小時才把屋子收拾乾淨，整個工作室就像丟滿了燃燒彈，哈哈（她這才用手絹去擦眼淚，哈哈……她又咬住嘴唇，還是忍不住）。

大家都趴在桌子上笑得喘不過氣來，所以大家明白了，她本來是可以準備得更好一些的，大家可別讓她下不了臺……

她眞是個奇才。

她說話的時候總帶有手勢。她往往一句話總是不說完，好像一說完就落俗套了一樣。前提有了，結果自然也就有了，人們又不是傻子。她說：「就那樣，明白嗎？」並用手在空中做個手勢，讓手指躍向想像的階梯，那動作使你聯想起一閃之下跳上樹枝、又消失在另一棵樹上的一隻松鼠，非常滑稽，但有驚人的解說力。就那樣，各代帝王、動物紀元、一系列爭論及整段整段的馬克思學說，全部無聲地從她指間表現出來；而大家呢，坐在那裡專心地注視著她魔法般變出來的語言。她是個奇才，是個文靜的面帶笑容的奇才，手比畫到哪兒，意思就表達到哪兒。

組裡還有其他幾個姑娘，開始他也是因爲她們才去的。其中一個挺漂亮，笑都那麼正經、純潔，就像剛剛消了毒一樣，什麼都好像引不起她興趣。另外一個黑黑的，高高的，有一張大溪地人的臉，用的是一種濃濃的粉紅色唇膏，跟她跳舞和說話都挺費勁，費好大勁才能從她那裡得到一句有點意思的話，他很快對她也失去了興趣。再就是兩位上了歲數的女教師，她們都嚴肅有餘，活潑不足，頭髮已發白，以及波比。再就是動物學家的妻子，氣象學家和語言學家的妻子，多夫的妻子和斯特拜爾的妻子。她們都有一個討厭的習慣，丈夫們一討論資本主義社會的地租，她們就談論肉湯和嬰兒的奶粉。丈夫們的嗓聲抬高了，也就根本聽不見妻子們嘀咕些什麼了；假若丈夫們的辯論稍一停頓，女人們的聲音就更低了。

有那麼一回最讓人難忘：一個人剛剛引用了些數目字，說明即使房地產主在睡覺的時候，城裡的地基價格都在往上漲，正在這個意外的時刻，一個織毛衣的女人大聲地說：

「給孩子織長統襪一尺要花二十歐。」

坐在那裡的幾個女人一聽都嚇傻了，不約而同地看著剛才說話的那一位。假若不是馬廄姑娘輕輕地圓場，這眞是小組史上最讓人受不了的最慘痛的一刻，天曉得怎麼收場。姑娘小聲地說：

「S·彼得奇說：按尺寸賣鬆緊帶兒可是件苦差事。」

她的大眼睛連連眨個不停，做出大吃一驚的樣子。她那種表情和她說的話太滑稽了，逗得人們大笑起來。你能聽見大角鹿艾許、大駱駝多夫、大種馬斯特拜爾，整個社會主義學生小組都大笑起來，笑的聲音大極了，把屋頂上的白灰、蜘蛛網、塵土都震下來。

有她在的時候，艾許總是穩重、不多話、必恭必敬。她在他心目中成了熱心善良、自我犧牲、公平合理、美德、文明、堅韌的化身；她太遙遠了，完全是另一個世界的人。正是由於她屬於另外一個世界，他才老想要得到她，並且每當他意識到她年輕漂亮，心裡就有點莫名其妙的生氣。然而他也有時候不喜歡她抹口紅、染指甲、露胳膊、戴項鍊及夾耳環；當然，這些東西本身無可非議，也很好看，只是在他看到這些東西的時候，他腦子裡就很難清楚和嚴格地想像出世上這個抽象的社會主義未來。她穿連衣裙、罩衫和裙子，會讓他心裡特別的快活，可她偏喜歡穿絨套衫和運動衫。有時候她在長桌邊挨他坐著，正好趕巧探著身子去在她粗製的陶器料上或已設計好的粗件上畫點什麼東西，那成熟的好看的胸脯碰著桌面，於是一種莫名其妙的觸電似的快感，通過艾許周身。事後，他生氣地寫了一本指南性質的書：《社會主義者姑娘們時裝入門》。

她用一種微妙的方式吸引著他。她對他，對大家都很直率，直率得一點提防都沒有。他記得最早有那麼一回，他正經八百地和她談話，並開始注意到了她。

那一次他是去馬廄開會，到得相當早。她到門口去迎他，她的手不大，但有力，被握在他手中，臉上的神態出奇地坦率、淡漠而又熱情：「喂，是你，艾許！進來吧，你先進來找個靠墊！」他們站了一刻，互相看著對方的臉，他微笑了一下，瞬間他覺得——儘管沒在看——她連衣裙的領子開著，露出鎖骨。她脖頸、胸脯、手臂上的皮膚，比她花朵般的臉上的皮膚要更深一些，更健康一些。他還覺出了她罩衫底下胸脯的凹處，並想：她有些過於的開通，過於的單純，她既不害怕也不內疚。假若我要像她那樣開通的話，此刻我會把我的手放在她手上，放在她裸露的鎖骨處。假若她不是那麼開通和單純的話，我會那麼做的。

她讓他不安起來。這事兒有些使他惱火。只要有人低聲和她親密地說上兩句話，或是拽拽她的頭髮，拍拍她的背，他都會覺得氣惱，這種氣惱也常常使他很生氣。有一次開完會，他們當中有個人沒深沒淺地一下子把她按倒在客廳的破沙發上，嘴裡還說：「這下我非得好好親你一下不可！」大家都笑了，她也笑了，艾許也跟著笑了，但那人眞親她的時候，他把臉掉到了一邊。

他看見菲富勒在她周圍轉悠打她主意的時候也很生氣。有一回，菲富勒手摸著她的胳膊，嘻皮笑臉花言巧語地對她說著什麼。也許是建議她去什麼地方參加個晚會，她笑了笑，搖了搖頭，但他還是一個勁地勸她去，並且一定說得很逗，因爲她忍不住笑起來，然後他靠近她，在耳朵邊嘀咕了半天，艾許知道菲富勒這個人好在別人耳朵邊說些什麼，他看見她笑得脹紅了臉。菲富勒往後退了一小步，觀察自己剛才說話的效果，她使勁咬著嘴唇，不得不去擦眼裡笑出來的淚。沒錯，菲富勒是挺逗，但總不能什麼都對一個正經姑娘說。而且——這對每一個年輕人來說都是合情合理的——對有些事情，正經姑娘是不笑的。

他第一次想到她的名字，心裡有一種神秘的、費解的刺激。

他對自己說過他不迷信。十六歲的時候他打過賭，說敢在大教堂睡整整一晚上，在那種古老的哥德式大教堂，睡在高高的聖壇上的睡袋裡。他要賭五十克朗，但是同學當中沒有一個能拿得出這個數字。所以艾許並不知道，獨自在空教堂裡躺著聽時鐘響到半夜是什麼滋味。

這和信基督教沒什麼關係。他倒是像突然想起了野蠻的北歐海盜創造的那種故事。穆斯佩爾海姆的暖流融化了尼弗爾海姆的積雪，從那股強大的暖流中開啓了第一個人，即巨人伊米爾。他有一頭叫奧德呼布拉的乳牛，伊米爾就是喝牠的奶長大的。奧德呼布拉舔乾淨岩石上蓋著的積雪，又變出了一些生命；這一來便有了博爾和他的幾個兒子，即後來的奧丁神、威耶神和維神。這些神殺死了巨人伊米爾，用他的屍體造就了世界。於是伊米爾的身體成了大地，骨骼變成了山脈和岩石，頭髮變成了樹和草，顱骨變成了天穹，血變成了海，腦子變成了雲，身上蝨子之類的東西變成了地底下的小動物。

後來，這些神又創造了世界上最早的兩個人。

這兩個人是兩棵樹造出來的嗎？也許。不過發現他們在海邊上，在濕濕的沙灘上躺著，沒有呼吸，沒有靈魂，也沒有血液。奧丁給了他們呼吸，威耶給了他們靈魂，維給了他們血色。乳牛奧德呼布拉在那兩個人從沙灘上坐起來擦眼睛的時候，鼻子和嘴離開過那些鹽石，並且叫過嗎？

那兩個在海邊上的人。

最早的兩個人，他們的名字是艾許和艾卜拉。

27 放蕩的騙子

後來，他就再也記不住他是怎樣開始的了，或者也許是她先開始的？他一定是在校長接待室裡向她笑過，並且她也一定對他笑過。也許是他請她去看過一場電影，或碰巧她正好有兩張音樂會票。兩人的皮膚都有點兒覺得刺激，反正至少對他說是那樣。這個豐滿的坐辦公室的姑娘，健康的臉上長滿了小小的雀斑，還有一個不可思議的挪威式的翹鼻子。這個豐滿的有些外八字的西娜維，有個方形的嘴，白白的挪威式的牙，眞像樹枝上一個熟透的蘋果。她微笑地問道：「你來接我好嗎？」看完電影（或聽完音樂會）他們向前走著，碰巧停在一個地方，他指著一座房子，「我就住在那兒。」他說完，又和她向前走去。他們站在樓房的階梯上，她用陰鬱無神的眼睛看著他說：「我知道你是正派人。」他說「當然。」她又說：「我要跟你上樓的話，能信得過你嗎？」他說：「當然。」於是，他們來到了他房裡。他脫掉她的外衣，於是她柔軟、豐滿的身子散發出一種蘋果的香味。他讓她靠著寫字臺的一邊站著，上去就解她罩衣的扣子，她一直目不轉睛地看著他在眼睛下面的一點。他脫掉她的罩衣和乳罩，當他站在那裡，伸手去撫摸她大大的、白得愛人的乳房時，她一直熱切地看著他左眼睛下面的一點。她的乳頭很小，很好看，那色兒就像是小貓的舌頭。

後來，他驚奇地回想起西娜維以及他們在一起相處的短暫時光。她是第一個他和她在一起感到自由的女人，這是因爲從他們在一起的第一分鐘起，他們就相互欺騙對方！

假若艾許和一個完全的資產階級分子打過交道的話，那就是她。她所想的和所談的是漂亮的家具，高雅的舉止，教堂裡穿著白色禮服的婚禮；她只讀《每個女人的心上人》和《愛情故事》這類的書和雜誌。當他們分手的時候——一次說漏了他是社會主義者學生小組成員，她嚇得倒吸了一口氣。她感興趣的是餐廳的紅木桌子。（有一次她告訴他，她父親是市政廳的職員。「哪個廳？」艾許問。「不告訴你。」她說道，不高興地看了他一眼。）

正像艾許是喜歡她甜絲絲的肉體那樣，她只是追求一個未來的廳長、經理、董事或銀行家。他們之間從來沒有難爲情的綿綿細語，從沒有柔情的撫摸。他明白，他不向她求婚，不娶她，是不會受什麼責備的。對於她來說，他只要能把她引到一個寬廣的世界，她也就足夠了。事實上，他只要帶她作爲他的伴侶去大學參加個舞會她也就很滿意了。她從來沒去過那裡，能去一次確實是她的夢想。「行，」艾許說，「找個禮拜六我帶你去。」他明目張膽地對她撒了個謊。

他從沒有見過她這樣的兩面派人物。她陰一面陽一面，常常是判若兩人。有些姑娘對過著放蕩的波希米亞生活以致破壞了社會道德的人總是保持沉默，而她卻像清教徒似的，對這種事兒十分生氣。她在說這種事兒的同時，便脫光衣服，在艾許的長沙發上伸開雙腿躺下去；她像換了個人似的，請求他在學校不要說她這些事，說完，一閉眼睛，讓他騎到自己身上。她總是用一種奇怪的辦法，使自己相信沒有發生這種事，或者是像發生在一篇《每個女人的心上人》的故事裡，她是和一位大學教授在床上做愛。艾許從沒見過這樣自欺欺人的人。他覺得和她做愛挺痛快，她一點都沒有羞怯的意思。

假若她沒脫衣服的話，他替她脫掉就是。每次她都是赤裸裸的。他從來沒有見過這樣柔潤、這樣白皙、這樣豐滿的姑娘。做愛的動作給了她更大的激情，但顯然不會立即就釋放，他可以隨意地把動作加快和慢下來。他一想到她坐在那裡用掩飾著的目光看著牆上的日曆，心裡數著到下次大學生舞會還有多少天的時候，就覺得更好玩。

不過，他們更多的時間是躺在長沙發上，她又白又嫩，十分豐滿，即使是她目光呆滯地想著《每個女人的心上人》裡的故事發楞的時候，她在那方面也還是挺能幹，並且手腳不亂。她用右手把住他的，用左手打開自己下面，像打字員小心地把一張紙放入打字機那樣，然後再讓自己躺舒服。在整個過程中，她臉上都帶著笑容，心裡想像著像是約翰先生正在纏他的年輕辦事員格拉迪斯一樣。完事後，她清醒過來，抬頭看看沒有什麼不測的情況，然後像一個清理資產的會計發現帳目沒錯，十分滿意地點點頭，把頭往後一靠，心不在焉地滿足地笑著咕噥：「你禮拜六帶我去參加大學生舞會好嗎？」

而他還在作情慾發洩後的抖顫，答道：「肯，肯定，我一定。」

但是，他從沒帶她去跳過一次舞，最後他覺得自己在浪費時間而寒心。他們兩個的事延續了整整兩周。在最後的一個禮拜六，他們不是在大學生舞會上，而還是在他的屋子裡，他們說好第二天一道進山裡徒步旅行去。他們訂好第二天上午十點在一條街的拐角處碰頭。

他一個人躺在床上，把鬧鐘拿過來。開始他把指針對準九時，然後臉上做了個思考的樣子，笑了笑，把指針一直轉到十一點的位置上。他知道自己睡覺像死豬一樣，鬧鐘不響他是從不會醒的。他的心底明亮、寧靜、安然自得，高興地打翻身，把燈一閉，像個在沙坑裡高興地玩兒了長長的一天的男孩子睡著了。

星期六早上，他被衝著床邊的那種特有的吵吵嚷嚷的、氣急敗壞的叫聲驚醒了。他迷迷糊糊，手足無措，心跳著坐了起來，頭髮亂蓬蓬的，眼睛也睏得睜不開。那一陣叫聲來自門口。

他用手揉了揉眼睛，屋子裡還半黑著，過了半天才看見門開了一半，門縫中——站在門檻上的是——西娜維。

「是你呀？啊，早晨好！你是怎麼——是誰叫你進來的？」

「女房東的兒子，我說我要找你。他對我說我可以進來。你知道已經幾點鐘了嗎？」

「不知道，幾點了？」

「我一直在那裡站了半個多小時，等了你四十五分鐘！你說你像話嗎？」

「不像話，確實不像話。我一定是睡過頭了。進來吧，別站在門口呀！」

「你還躺在床上我就進去？你把我當成什麼人了？我在客廳裡等你穿好衣服再進去。」

「在客廳裡？天哪，幹嘛要在那兒呀！我得要十分鐘、一刻鐘才穿得好，再說我還什麼都沒有吃呢，你就一直在客廳裡站著？」

「你心裡完全明白我不是那種隨便進大學生宿舍的女孩子。」

「什麼？對，我一定是睡過頭了。」

正在這時，床頭櫃上的鬧鐘響了。那鬧鐘的鈴聲從來沒有這樣刺耳，從來沒有這樣讓他下不了臺。他上前用身子擋住鬧鐘，趕快把它塞進被子底下，但已經太晚了。

「你說你是睡過頭了。」

他沒答話。

「你可不是我想像中的那種正人君子。」

他仍沒答話。

「你沒想過從此以後咱倆還要繼續下去嗎？」

他沒有答話。他把頭向她探過去，最後看了一眼他經常親吻的那個厚厚的挪威式的嘴唇和氣得變紅了的、挪威式的、滿是雀斑的圓臉蛋。她穿著件帶風帽的厚茄克和長滑雪褲站在那裡，頭上還繫著塊頭巾，她那個挪威式的小翹鼻子白白的。

他立刻產生了衝動，想穿著睡衣就跳起來把她拉上床，但他還是放過了她。這個一涉及女人就敏感就溫柔的小伙子，那樣喜歡女人，那樣離不開女人，在和女人交往中，從不由他口裡說出不字來傷害女人，而現在，他卻把西娜維放走了。她因氣憤使勁地把身後的門一摔，掛在牆上的提琴震得動了兩下，一個煙灰缸也掉到了地下。他聽見她在下面走廊氣衝衝地離去。他唯一的想法是：不知道親愛的阿布蘭漢森夫人是不是看見了，就西娜維而言，他是不在乎的，她也是無辜的。一個騙子走了，留下的一個騙子躺在床上。

他解除了痛苦，用一種非常漂亮的粗暴的方式解除了痛苦，把身子一縮，被單一蒙頭，在那兒笑啊，笑啊，笑個不停。

28 上帝給人們計算日日夜夜嗎？

他和威赫爾米妮的事也快要到頭兒了。那是三月的一個晚上，她像做了安排似的來到他屋子。因爲發現很難和她說話，他有些不安和輕鬆。那天晚上，由於某種原因，她不想脫雨衣。她就穿著雨衣坐在長沙發上。他在她身旁坐下來，握住她的手，有點兒不知道說什麼好，也許可以問問她上週辦公室的情況怎麼樣。然而，很自然，他們是老朋友，他一隻手搭在她肩上坐著，撫弄她鬢角的一小綹頭髮，她把身子蜷作一團，偎依在他懷裡，像往常那樣把手伸過去，想伸到他襯衫的袖口下面。他總也忘不掉她那雙手，那天晚上的感覺很強烈，像小狗似地沒頭沒腦地一個勁地用鼻子聞著主人，她想貼著他衣服下面的肉，想摸他的胳肢窩、大腿裡面，想掏他的心。他去脫她衣服。她擋住了他。

「我正倒楣呢，」她說著，很快地抬起頭來看了他一眼，像有些對不起他似的。「今天早晨才來的，你又沒電話。」

「明白了。」他說著，把手拿開。

「所以我才沒脫衣服。」她說。

「明白了。」他克制著自己說。

「不知道你在意不？」她溫柔地說。

「明白了。」他聲音很低。

「在意嗎？」

「沒什麼，」他說。「那是……」他不知道該說什麼，他倒沒有覺得太大的反感。過去也有過這樣的情況，儘管要求很強烈，他忍過來也沒有事兒。但是和威赫爾米妮可不行，他們兩人的關係中已經有很多事情令人不愉快了，有很多事情他都沒和她說，而現在又說來月經了，沒門兒。

「沒什麼。」他說。

她的手直往裡伸，像小狗那樣地用鼻嘴往上貼。她使勁地靠著他，哀求道：

「不過，你還行，對嗎？」

「不行。」他像落水者抓住了稻草似的，看了看手上的錶，是八點四十，要是走快點兒還來得及。「咱們去看電影吧！」

「有好長時間沒在一起睡了。」

「不行。咱們去看電影吧。」

「我太想你了。」她把臉藏起來，她的聲音都幾乎聽不見了。

「咱們去看電影。」

「那你能——就讓我滿足一下行嗎？」

「不行，我不行。對不起。快，咱們去看電影。」

那就是他們兩人在他屋子裡的最後一次談話，最後一次。

從那以後，他給她打過一、兩次電話，但從沒見過面。

後來他想到威赫爾米妮的時候，總覺得和她的關係還有什麼沒有結束，還有什麼不完善的東西。他對她曾經一直都很溫和，他們相互都很不錯，就他們之間的性生活來說，都不用過多的言語，而且又是相互都信得過的。那個秋天的晚上，在蘋果樹下的第一次做愛，是那樣地發自本能，沒有一點虛僞，兩人誰也沒有問過對方的想法，兩個人之間再沒有比這更坦誠的了。

但是也有一些別的事情，她默默地祈禱他把她從她父親辦公室那種陰沉的生活中解救出來，她默默地祈禱能得到承認，（用結婚的方式？）她心照不宣的對德國的同情，對希特勒德國的同情。他沒有能夠幫助她，並且總覺得要忘記她一樣。

更絕的是，在他們最後的那個晚上，他竟拒絕了她。他模模糊糊地感到，在不得已向他乞求得到性愛的滿足時，她承受了多麼痛苦的挫折。一個男人被一個女人拒絕也是要痛苦的，但那痛苦只是偶然事件，他只會做爲一個人來說感到難受，但沒有做爲男子而言感到羞辱。但對於一個要求肉體上的愛並遭到拒絕的女子來說，一定會更嚴重的。她不僅僅會做爲一個人而痛苦，而且會覺得做爲一個女人降低了身份。最後他擔心地想：她傷到了女人的最痛處，她一定覺出我發現她是個討厭的女人了！以後他要彌補一下才是，可是從未有過這樣的機會。

一些年以後，戰火蔓延到了這個國家，挪威被德國軍隊占領後，他們在街上偶然碰到了。當時她從一所房子裡走出來，和他差點兒撞了個滿懷。他抬頭看了看那房子，嚇了一大跳。那是德國人徵用的一座辦公大樓。他們微笑著相互打了個招呼，他問她過得怎麼樣，做什麼工作。就在這裡辦公，她說。這兒？他問。她輕輕地把頭一甩，指了指樓的那個方向，說：「秘密警察。」是嗎？她喜歡在那裡幹？沒錯，她一定是喜歡。那就再見了，再見！他們就從那裡分手了。走到另一個拐角的時候，他打了個寒噤，他又難受又害怕，因爲說得好聽一點叫「秘密警察」，不好聽就叫「蓋世太保」，難道不是嗎？他還記得她對他說在哪兒工作時的臉色，不是冷酷和傲慢，她臉上是一種多少有些歉意的表情，就像隻狗一樣。她褐色的眼睛裡有一種說不出的東西，他總是說不好，一個人的內疚始於何處？終於何處？

威赫爾米妮以前有一天晚上，曾坐在他陽臺上，還給他澆花兒，事後又那麼柔順。和威赫爾米妮一道過了那麼多美好的夜晚。（天堂的上帝都給人們計算那些日日夜夜嗎？）

29 吊在檐槽上的男孩兒

三月的一個艷陽天，他在人行道上撞了一個人。艾許正急急忙忙地去趕著上一堂課。兩人都撞得夠慘，雙方的下巴都磕得挺痛，帽子都撞得遮住了眼，誰也看不見誰。

對這種情況，挪威人有句發洩氣憤和埋怨的咒人的話，那是句人們很熟悉、很喜歡的話，這句話可以毫不客氣地吐出來，也可以被對方引誘著說出來，也可以好好地說出來。你當然也可以把它保留在心裡不說。他立刻注意到對方有出奇的能力能很快而果斷地把那個字壓了下去。他站住看那人的臉上表情時，見他想說那個字，不過好像那個字在他心裡早已枯竭，好像從來就沒有存在過一樣。那人特別友好，滿臉陪著笑容。艾許對那人的這種本領有些吃驚：是眞正的恭敬呢，還是在作戰？因爲，那一瞬間，他不是明明看見對方眼裡閃過隱隱的一道怒光嗎？

所有這一切都發生在一秒鐘之內。對方沒有動手打他，當那人緊緊地、動情地抓住他的時候，艾許覺得有些驚慌，有些反感。

那人輕輕地、面帶笑容地抓住艾許的胳膊上部，拉他往前走了幾步，用帶著笑容的、親切的褐色眼睛看著他，用一種當眞吃驚而又十分高興的聲音叫道：「艾許！」

在開始那一瞬間，艾許沒有記起他來，儘管他知道以前見過這張堅定、鎮靜、紅光滿面、經過長期日曬的臉，他在好些年前曾仔細研究過那雙深陷的褐色、老練、有說服力的眼睛。

他記起來了。

他覺得很反感。他從心底裡希望，他要只是脫帽行個禮繼續往前走就好了，但那又有些太失禮，此外，這會使那人得意，以爲他——艾許——是膽小鬼。

和他相撞的這個人是道德重整運動組織裡的人，他還是幾年前上學的時候，在家鄉的一次別墅聚會時見過他的。這個好管閒事、強壯、精力充沛的男子，一直神秘地盯著他，至少艾許覺得是這樣。那人一個勁地想把艾許往路邊上拉，並低聲地友好地和他聊著，他誇他挺聰明。有那麼一回，就只有他們兩人站在門廳的入口處，艾許還記得他腳踩進那柔軟昂貴的地毯裡的感覺，在那兒靜靜待了一會，那人微笑著用一種不高而又平靜的語調問：「艾許，你覺得上帝如何？」

突然，一切又都再現在他眼前，他又看見那大廳，看見那裡面的表演，那裡面的人。他記得那些年輕人的臉，他們在前面站著，做著懺悔，是些挪威人和美國人，多數是年輕人。一想到這事兒，他就覺得有一種窒息、驚恐和滑稽的感覺。那些站在那裡懺悔的青年們的臉，那些一張張出衆的臉，他們把前面的那綹頭髮甩向後面，得意地懺悔給人們看，就像背課文一樣，他們都用這句話開始：「當我初次和道德重整運動發生聯繫的時候……」難道那都是幕後小心地統一策劃的嗎？「當我初次和道德重整運動發生聯繫的時候……」艾許記不得下句是什麼了，但很可能是「……我是個罪人。」

他只記得那些青年站在那裡的姿勢，半是自豪半是奉承的樣子，一直都面帶一種明快的、順從聽話的苦笑。這些年輕的罪人都幹過些什麼事情呢？他們的行動給他的感覺比什麼都強烈，他們到這個星球上是投錯了胎。有一個是小時候偷鄰居果園的蘋果（甚至把肥大的燈籠褲都裝滿了！——他自豪地有點兒害怕地瞥了一眼他聽眾的臉部表情）；一個是借了朋友的集郵冊忘了還回去（組織裡的其他成員發生了克制和滿意的笑聲）；一個是在他的朋友「轉變」以前，他就對他鐵了心並特別恨他，後來這個朋友變好了，在一個平靜的早晨，上帝告訴他去看看這位朋友並求得他的諒解，他這麼做了（成員仍點點頭高興地笑了）；還有一個偷了他父親的皮夾子，用偷來的錢去吃了一頓，不過現在他已把這件事告訴了他父親。（這有點兒太激動人心，會議的頭兒打斷了他。）「告訴他們，比爾，對他們講講你父親的反應！」

「喔，當然那老頭兒氣瘋了，知道嗎？還說非要狠狠揍我一頓……」

廳裡又響起了克制和滿意的笑聲。

「也就是說（給那一夥解釋道）比爾的父親生氣極了，要好好地收拾他。可是現在比爾和他父親都變了。」（對比爾說）：「現在你父親也變了，是嗎？比爾？跟他們說說！」

「行。」

「你父親工廠的多數工人都變了，對吧，比爾？對他們說說！」

「行。」

「不罷工了是嗎？對工資沒什麼分歧了是嗎？每個人都滿意了嗎？對他們說說，比爾！」

「行。」

「這都是因爲比爾和他父親都找到了通向天堂的路，因爲他們學會了生活在絕對的友愛、絕對的誠實、絕對的無私和絕對的純潔之中。謝謝你，比爾。」

艾許想起那個人來了，（名字叫羅伯特．西伯格）結結實實、精力充沛、溫和、規矩，並具有運動員風度，有一雙坦誠、深情的眼睛，老帶著袖珍本的英文新約全書。他還記得在那個別墅聚會上，西伯格對他們講到經常碰見的工人青年運動裡面一些年輕人的事兒。他和這些年輕社會主義者都交談過，他說：「不幸得很，我不得不對你們說實話，我在那裡說話可就不行了，這些年輕社會主義者有的簡直聰明過人，我們必須得意識到這點。我們也應拿有力的論據武裝一下自己，我們也得像他們那樣聰明和敏銳才行！」

而現在，他們兩年後面對面地站在街上時，艾許自己已變成了社會主義者組織的一員，也成了一個聰明過人的人，羅伯特．西伯格還不知道這一點。這個羅伯特．西伯格有一種很強很迷人的男子氣概，大概有三十歲左右，他使你想到一個上流社會無憂無慮的運動員的形象。他總是看上去像剛從跑馬場回來，或剛剛打完網球，穿得挺講究，那樣快活，那樣強壯，健康俐落，容光煥發，覺得有深度，有吸引力，而且架勢十足。

艾許腦子裡突然有那麼一瞬間，回憶起他童年時的那種關於獸性的事兒，他突然想起了他們常玩兒的一隻塞特種獵狗，那隻狗有一種在孩子們膝蓋上做交配動作的習慣。開始覺得挺怪挺好玩兒，到最後一來勁，趕都趕不開的時候，牠那樣子就有點嚇人了，前腿抱那麼緊，整個身子來回動著，呼哧呼哧地出著粗氣，簡直推都推不開。本來是鬧著玩兒的，後來就變得討厭了，他根本不知道是什麼時候轉變的，也不知道爲什麼突然就變成那樣，所有的關係都這樣隱密和深不可測，甚至人和動物間都如此，誰也不知道爲什麼就變了。

「艾許！」那人叫道，他俊美的臉上帶著一種親切。「艾許，真沒想到能碰見你！」

那人向後退了一步，以便能把他打量得更清楚。要是對方能放他走，艾許簡直會高興死。

「我太想你了！我那回見到的人，最想的就是你了。不知道艾許怎麼樣了？我常想，他在做什麼呢？可是我沒你的地址，你知道嗎？此外，我又到美國待了一年多。」

艾許有些不安起來。他立刻就看穿了他的手法，並且心情是那樣的焦急。他自己就讀過D．卡耐基的《影響力的本質》——這本書是廣告理論課要求讀的——贏得朋友的成功點在於，要向對方一再強調他是非同小可的，強調他就是你渴望見到的那個人，他是世界上你最感興趣的那個人，世界上你最覺得靠得住的人，世界上唯一能完成最高尚使命的人……艾許站在對方面前，他的智慧告訴了他所有這些，他聰明的眼睛一下子看穿了羅伯特．西伯格的心思和他那種美國式的拉攏人的方式；可是……毫無疑問，此人是誠實和坦率的，他不可抗拒地感到了一陣真正的溫暖。那年整整一年，都沒有人那樣跟他說過話，他一直很孤獨，孤獨得可怕，在這個陌生的城市，那樣的孤獨……

「每次我想到你的時候，都對自己說：艾許真有兩下子。艾許，你真夠棒的。你確實是屬於那些能做出偉大成績的人。我真想你，艾許。」

艾許聽了以後，渾身上下覺得極大的痛快。那些話說明他是大有希望的，說明他會有不朽的偉大名聲，他只得用手按住喉頭不使自己高興得喊出來，一陣溫暖的、奇妙的希望和信念，從他心中升起……

「我知道咱們該怎麼樣，」羅伯特說著把一隻手搭在他肩上。「我住在大酒家，咱們今天一起到那裡吃午飯，我請客。」

艾許還從來沒到過大酒家飯店裡面。他模模糊糊覺得羅伯特有不可告人的目的，覺得這絕不只是應邀去吃一頓午餐。但是他確實已經好幾天沒吃一頓像樣的飯了，並且那種溫暖奇妙的希望和信念還一個勁地慫恿他；此刻，他非常得意，完全就像即將去大酒家飯店吃飯的樣子：雞，烤得發黃的雞；一位能住在大酒家的道德重整運動成員明顯能請得起一頓豐盛的午餐：先上湯，濃濃的湯，牛尾湯，對了，對。接著就是外焦裡嫩的烤雞，還有蔬菜、蘆筍，老天爺！也許像大酒家這樣的飯店，即使是在三月也能拿得出沙拉。讓我看看，甜食嘛，最好是奶油醬色布丁。他因爲有些營養不良和飢餓而暈眩，他因爲嘴裡老嚥唾沫都不好說話了，幾乎被自己的唾液噎住了。上帝保佑道德重整運動，就看在這頓美餐的份上，他也要答應告訴羅伯特所需的情況，他也會高興地信仰那四個絕對論者，他甚至可以發誓去信仰四百個絕對論者……

於是，他們繼續往前走。沿街走的時候，艾許早就把還要上課的事兒丟在了腦後。羅伯特又問是否能帶他去四處玩玩，艾許不願意，但又找不到藉口。羅伯特的一些事兒使他警覺了一下，他是個神秘的測慌器。唯一的做法是裝著不在乎，他們走上樓梯，走過阿布蘭漢森夫人的大廳來到艾許的屋子，羅伯特向周圍看了看笑著說：

「你這地方挺不錯嘛！」

艾許對此並不否認。然後他們脫掉身上的衣服坐下來，羅伯特說起他在挪威和美國的旅行，艾許給他遞煙，他笑著謝絕了。他們在那裡坐了一刻鐘或二十分鐘，艾許發現他們的談話特別的沉悶，最後羅伯特慢慢地把話題繞到了艾許的私生活，於是他不得不站起來，在地上來回走動。

羅伯特小聲地正經地問道：「艾許，你手淫嗎？」

艾許停住了，產生了一種噁心的感覺。他有些厭惡和反感，但最主要是有點兒替對方不好意思。老天爺，果不其然，他們遲早總要用這個問題向每個可能的叛逆者進攻。那一瞬間，他是不是只打算聳聳肩了事，不去回答他這個問題。年輕小伙子可以相互問問這種問題，以便了解對方的生活；可是成年人這樣做……他立刻決定接受這個挑戰，他輕輕地把臉轉向羅伯特，用很清楚的聲音說：「當然手淫，你不？」

羅伯特震了一下，但幾乎覺察不出來，接著他又變得彬彬有禮、仁慈和富有理解。

「艾許，你對這個問題很正確，明白嗎？」他站起來，一隻手放在他肩上，「知道嗎？我很喜歡你，你誠實，不會騙人。」

艾許咬了咬嘴唇。這招兒眞高，羅伯特又占了上風。

「你常搞姑娘嗎？」他小聲地問。

艾許吸了一口，他注意到他的呼吸都有點發顫。

艾許說道：「盡可能地多搞。」

他朝長沙發前走了一步，把手往上面一放說道：

「不過，不幸得很，我還得考慮到我的女房東。這張長沙發響聲太大，你聽。」他把裡面的彈簧按了按，看了看羅伯特。

「艾許，艾許，」羅伯特說。「那可眞沒什麼法子，你這肯定是實話。」

「嗯。」艾許說。

「有你想娶的姑娘嗎？」羅伯特問。

艾許擺擺頭。他自己都沒有意識到，又嘆了口氣。

「你是不是見姑娘就搞？」

艾許又嘆了一口。他們之間的談話再也沒意思了，他覺得有些煩了。

「噢，」他說，「有那麼三、四千吧。」

羅伯特又一次幾乎看不出地震了一下，然後他衝著艾許笑了笑。艾許不喜歡他那種笑，說教者是應該譴責性愛的；一個對色情荒誕故事站在那裡看笑話的說教者是危險的。

「不過，」羅伯特說，「難道你就從來沒有想過你是在對這些姑娘犯罪嗎？」

「犯罪？」這打到了艾許的痛處。羅伯特也差點兒被碰到了痛處。

「也許你不會有什麼惡意吧？」

「哪能？」艾許說。並且用一種頗帶譏誚的幽默使得他寬慰地咧嘴笑了，「我對她們中的每一個人都懷著好意！」

羅伯特笑了笑，好像他很欣賞他這個精明的以牙還牙的反駁。艾許立刻覺得很生氣。然後羅伯特改變語調說道：

「那麼你從來都不替這些姑娘們想想？她們還要生活下去。難道你從不覺得你只是利用她們一下而已，而後就根本不管她們？你會給那些姑娘們什麼前途呢？你忘了你是有責任的！」

羅伯特對艾許說，他已被負重如山的責任感壓得喘不過氣來。艾許覺得對方說這些話實在叫他丟人，但現在又無力把自己的想法用言語表達出來。像一個就要被淹死而撈到稻草的人，他拚命地反撲著：「而你，」他對羅伯特說，「你是怎麼過的呢？你從來不搞女人嗎？」
「上帝保佑，艾許，我可不。」
「嗯，你甚至做夢都不想？」
「不再想了。」
「你一個姑娘都沒搞過？」
靜了片刻。艾許看得出來，他問了一個對方不得不回答的問題；同時也看得出來，羅伯特這下可不能否認了。
「搞過。」羅伯特低聲地說。
屋子裡變得相當安靜。
突然，艾許有些覺得爲對方遺憾。羅伯特的聲音像是從很遠的地方傳向他：
「那時我還是個年輕學生，我甚至是在學神學，但是我那時心裡還有邪惡。有一次我對一個姑娘的做法確實是駭人聽聞的。你想像不出我是怎樣弄污她的。我認爲上帝已諒解了我，但我還不敢保證。啊，艾許……」他把臉轉向艾許，由於激動而有些哆嗦，這傢伙會做什麼缺德事兒呢？他滿以爲就要聽到世界上最恐怖的罪狀了，他攥緊拳頭控制著自己，結結巴巴地問：
「你做……做什麼……了？……」
「啊，艾許，我太壞了，我一輩子也忘不掉那件事，我……」
「怎麼……啦？」
「你知道我把她怎麼了嗎？」

「不知道！」

「我……」他放低了聲音，半邊臉轉了過去，把手緊緊地握在一起。「我……」

「怎麼……啦？」

「我叫她……用嘴巴……」

他慢慢把頭轉過來，看著艾許。他的目光半是求，半是搜索，以便發現自己的坦白對這個年輕人的效果。

艾許有些嚇癱了。他使勁地在地上跺了一腳，讓自己的神智恢復正常。他想放聲大哭一場和莫名其妙地大笑一氣，不得不在沙發上坐下來。他以爲會是世界上最殘暴的事情，然而這件事……羅伯特講的事兒有點幼稚。天哪！艾許懂得什麼是罪惡，但他也知道什麼不是罪惡。因爲男女之間，即使是最親密的最柔情的撫摸，也是不存在犯罪行爲的，絕對不存在！……而這個成年人，帶著最瘋狂的罪惡變態心理，闖蕩了這些年，卻只是因爲摸了女人一下！只是因爲他最喜歡做的那種事！片刻間，他止住自己可怕的笑聲，看了看羅伯特，腦子裡閃過一個懷疑：也許是羅伯特強迫那姑娘做的？那當然就完全是兩回事了。還有更壞的事兒，眞的，還有……艾許完全懂得還會有更糟的事。愛一個女人不罪過，但不愛她倒可能是罪。世界上很多事要比人們做出來的事更壞，世界上人們沒做過的事才是最殘酷的。艾許明白這一點。轉眼間，在他看來，羅伯特是他一生中遇到的最愛哭的孩子了，而就智力而言，他又是個畸型發展的孩子。

「快，」他說著從沙發上站起來，「咱們走吧。」

「上哪兒去？」羅伯特說，他有點兒吃驚，並且十分失望。

「你不是要請我吃午飯嗎？都快兩點了。」

他們來到大酒家飯店，在那個大大的只坐了一半人的餐廳裡坐了下來。艾許有點兒膽顫，因爲看上去太貴了。招待員拿著菜單走過來，羅伯特接過來看了看。

「我每次到這個城裡來，」羅伯特說，「都點熱鱈魚。你不想試試嗎？鮮鱈魚，我吃過的東西沒比這更好的了。活的，在全國，這兒的鱈魚最好了。」

他把菜單遂還給招待員，艾許是他的客人，又有點兒不好意思。當然，鱈魚是一種好魚，又細又嫩，尤其是當魚特別新鮮的時候，肉特別白，裡面盡是肉核的時候；但是，當你是個學生，一個星期在學生食堂吃上三次鱈魚，並且給你許的願是吃烤得油亮的烤雞時……有人說道德重整運動的後臺是美國的百萬富翁也許就純屬胡說八道，也許羅伯特．西伯格只不過是個普通的買賣人……啊，再見了，牛尾湯；再見了，醬色奶油布丁。

他吃的仍是鱈魚，好鱈魚，棒極了的鱈魚，高級極了的鱈魚。而甜食，他們吃的是淺紅醬汁的西米椰子布丁。刀、叉、勺當然都很講究，拿在手裡沉甸甸的，不用問就知道是銀製的。桌布很白，剛剛燙熨過，桌上還擺著花，高高的花瓶裡插著兩枝石竹花。

沒錯，儘管那樣，這還是頓挺講究的飯。

「你上我屋子裡坐一會兒好嗎？」羅伯特事後對他說。

艾許找了個藉口，說他要寫東西，有好多事兒要做。

「艾許，」羅伯特坦率地鎮靜地看著他說。艾許心裡覺得有點兒害怕，也有點兒生氣，「你什麼都不怕，是嗎？」

「怕？」

「可能上帝有什麼話要對你說。」

艾許打了個寒噤。他想起了那回打賭的事兒，他賭他在教堂過夜，敢在高高的空墳上睡一晚上。忍不住心裡的驚慌和厭惡，他站起來說：「就只一小會兒。」

在羅伯特屋子裡一小會兒變成了一個小時，變成了兩個小時。艾許也不知道爲什麼，但他找不出一個像樣的離開或逃脫的藉口。羅伯特一直都在用一種不高的聲音說著，又禮貌，又文雅，又有說服力，又那樣喋喋不休。好像羅伯特比艾許的精神頭兒更大一些。

艾許覺得想睡午覺，他坐在一張深陷下去的皮扶手椅上，但得不到休息，他心裡實在想走過去在沙發上伸開胳膊腿兒躺下去。但是他沒有那麼做，他不想過於親熱，不想這樣開始他和羅伯特的友誼，只有朋友之間才在對方家裡躺著。他不時地覺得牙縫裡還塞著點鱈魚渣，使得他懶洋洋的並且無精打采，但他自然不好借對方的牙刷來使用，要那樣，可就建立起永久的友誼了。他心裡有些不高興，因爲他找不到反駁對方對時代和人民的攻擊的論據。

他深深地陷在那個巨大的扶手椅子裡，又疲勞又氣餒。

他覺得對方在把他套起來，但他又無法還擊，他唯一的自衛就是乾脆給他來個粗魯的——假若他能鼓起勇氣的話——乾脆臭罵他一通，但是羅伯特一直就那樣誠實、那樣體面、那樣親切、那樣坦率，而艾許還從未學會傷人的藝術，至少對那些固執己見的人是如此。

在那一時刻，他發現自己很可笑，他最大的毛病是太軟弱，是缺少調動力量向對方發起攻勢的能力。他很想聽聽羅伯特到底要說什麼，很想試著去了解一下這個人和他們的道德重整運動，他的那種諒解和同情心使得他——他過去生活中經常如此——走得太遠了一些，他已經發現好幾次對羅伯特說的話都點了頭，並說「對」，他是同意的。對，他沒有什麼確切的信仰；對，他並不很幸福；對，他還並沒有發現自己；沒錯，我們生活的這個世界是罪惡的世界；沒錯，他是有自己所渴望的東西，而又說不清楚；沒錯，他並不認爲姑娘、金錢和成功是通向幸福的道路；沒錯，他常常爲一個無賴感到痛惜。「你是怕，艾許，」羅伯特輕輕地說。「不怕。」艾許說。（沒過幾年艾許就發現——他一生中最有價值的發現——只有承認畏懼的人才能制服畏懼。那麼他是不是明白他本可以這樣對羅伯特說呢：「是的，我害怕。我怕和你再繼續這樣的探討，每個人都害怕不明不白的事情；你知道，你可以不擇手段地利用人們的恐懼心理，而我是勇敢的，因爲我敢說我怕；我有敢於逃走的勇氣，所以你就無法傷害我了。我已經像你希望的那樣害怕了；咱們就停止這個對話；你和上帝去走你們的陽關道，我過我的獨木橋。謝謝你的談話和你的午餐。」）

可是他坐在那裡不知道該做什麼好。表面上看，羅伯特所說的都是正確和不容置疑的。最後，艾許用手捂住了臉，他覺得自己出奇的無望，幹嘛要和這個友善的請他吃午餐的羅伯特作對呢？他也許還會讓他有幸聽聽自己小小的說教，尤其羅伯特這個受過教育的文化人，不會有什麼火藥味。這時羅伯特和他的上帝越逼越近，艾許覺出一種無名的恐懼，那是一種醒著的時候從未經歷過的恐懼，只在夢中，只在惡夢中經歷過。在他軀體的深處，像是有一個生著觸手的東西，要把他往下拉；像是有一種半已遺忘的恐懼，一種害怕和鬱悶的感覺。

（他當時並不知道，但後來記得，女人是怎樣在他的童年，把上帝說成是個什麼東西都能看見的隱密生命，說魔鬼總是躲在他身後。他還記得那小男孩是怎樣跑到他母親的梳妝臺前，在鏡子裡看他自己，但那裡並沒有魔鬼，因爲儘管它一直都在他身後，但在鏡子裡卻看不見，那男孩兒在周圍轉來轉去，想要看一眼魔鬼的樣子，但從來也沒見到過，在別人身後也從未見到過。

（儘管它們被隱藏起來，甚至被遺忘或半遺忘，但上帝和魔鬼的影子還是跟在他後面，那黑影子一輩子老跟著他。難道他不是個害怕警察的年輕人嗎？難道他不是經常突然猛地站住，莫名其妙地害怕一隻戴黑手套的手，從身後伸過來放在他肩上？難道這不就是怕上帝嗎？這就是內疚和虛弱的表現。至高無上的上帝什麼都看得見嗎？尤其是色欲？

（後來一個黑的觸角從深處探出來，那便是堅信禮。他本來不想行堅信禮，但他經不住母親含淚的懇求：所有的好孩子都是行過堅信禮的；爲了母親，他也得去行堅信禮，並且他必須也得爲自己的靈魂想想。事後，他甚至還讓母親威脅和誘騙著去參加了聖餐。他極爲反感地哭了，並叫喊這是同類相食；但是假若他不上聖壇的話，她眞不知會怎樣，他一定不能給她丟人，於是他跟著人群走向了聖壇，跪在月牙形的凳子上。

（他覺得自己像一匹馬戲團的馬，跪倒在馬戲場邊上做著各種表演。牧師把一小點兒餅乾放在他舌頭上，說這是耶穌的身體，又往裡面灌了一銀酒杯兒莓子汁，說這是耶穌的血。牧師恍惚地事務式地看了他一眼，心不在焉地問，這個小伙子能否發誓和惡魔及罪惡的行徑斷絕關係？這小伙子做了個冷嘲熱諷的鬼臉，說了句能。說完後，他朝遠處看了看那些行堅信禮的人，偷偷地笑了笑，那個儀式給他留下遠遠大於他所想像的印象。他發誓和惡魔斷絕來往，儘管不怎麼情願，還是那麼做了。這非同小可，對於他來說，就是大有出息了，並且十分奧秘。

（那天晚上小伙子答應了上帝，他將再也不用邪惡的法子虐待自己了。假若說有什麼是屬於邪惡的話，肯定就是那種事情。他是在十五歲那年的那個晚上答應上帝的，並盡了自己最大的努力，才保證了兩天的諾言。從那以後，艾許就特別憎恨各種許諾，憎恨童子軍的諾言，戒酒者的諾言，聖壇前和死亡時的諾言。世界上最丟人的事莫過於強求許諾了，而主動許諾就更丟人了。）

這位三十六歲的強健而友善的羅伯特，好像注意到了他的擔憂和不安，一步一步地朝他走過來，（難道他不是已覺出羅伯特熱呼呼的氣息向他臉上撲來嗎？）溫和的問題一下子變得咄咄逼人：和他一道的那些社會主義者，他們幸福嗎？——不見得。他認識的那些社會主義者，他們都是好人嗎？——不見得。羅伯特自己就聽弗朗西斯．斯特拜爾在學生會做過講話，看見過他準備反駁時緊皺的眉頭和眨個不停的眼睛。難道艾許會說弗朗西斯．斯特拜爾是好人，是幸福的人嗎？是個沒有怨恨的人嗎？——不見得。

「你看看你周圍吧，艾許，你那麼聰明，那麼能幹，你看看這個世界是多麼的眞實，充滿了和睦和美好！人們要是都那麼眞誠和善良該多好！人們要是都熱愛眞誠和善良該多好！想想看，艾許，要是哪兒的人都那麼誠實，都那麼公平合理，會是什麼情景；想像世界上所有的商人，只需要絕對的誠懇，絕對的無私；想像所有的工人領袖，只需要忠誠老實；想想這個新世界，這個美妙的世界；想想所有的律師，想想假若法律都那樣公平合理，那你就有解決問題的辦法了。艾許，我知道你現在已明白了，你笑了，你現在確實明白了，明白解決問題的辦法了，艾許，你確實明白了解決所有煩惱和疑惑的辦法，把你的手伸給我，艾許……」

在那好像沒有盡頭的一瞬間，艾許掙扎在死亡的深淵。他像是在一個高極了高極了的屋頂上，一點一點地在往下滑落，他想喊，但又喊不出來，他說不出話來，從冰雪蓋著的屋頂上滑下來。這夢清清楚楚，特別可怕，他還覺得在往下滑，一直從上面滑落下來，離地面足足有三百呎高，他用一隻手抓著檐槽，吊在那裡。他高高地吊在半空中，羅伯特問他：「你相信嗎，艾許？」艾許又用另一隻手也抓住檐槽，整個身子吊著，突然，周圍的一切都變得出奇的清楚，羅伯特也滑落到了地下，站在他坐的椅子旁邊，羅伯特把手放在他膝上，輕輕地勸告似地問道：

「艾許，你和我一起禱告好嗎？」

接著，他在夢中顫了一下。夢中的小伙子做了巨大的努力，用最大的力氣將自己的身子撐了起來；這時他的雙手都撐在了檐槽的上面，已經占了上風，但他無論如何沒想到，深淵還在他的後邊。艾許搖搖晃晃地站起來，臉也白了，滿臉是汗，「不！」他沉重地說。

即使他的腳都著地了，即使他已戰勝了，（戰勝什麼呢？）即使他站在那裡低頭看羅伯特的時候，即使他站在那裡覺得對這個人已經很反感的時候，他的厭惡情緒還那麼大，在他臉上狠狠給了一拳之後是什麼樣子都看得清清楚楚。即使那樣，他也不能失禮，即使那樣，他也不能傷害羅伯特，他只是咕噥道：「現在不行。」

羅伯特站起來。他嘆了口氣，但沒有放棄：

「那你就明天給我打電話好嗎？」

「好。」

「明天是禮拜六，整個晚上我都在這個飯店，八點給我打電話好嗎？」

「好。」

「我想你會打的，是嗎？」

「是的。」

後來，他是用一種神秘的辦法才離開了羅伯特在飯店裡的屋子。他走到走廊，走下豪華的電梯，走到街上，走在新鮮的空氣底下，他明白，他寧可禮拜六被五馬分屍也不會給羅伯特打電話。但那是背叛，因爲他是許過願的，所以此時，他只是大口大口地吸著清新的空氣。天哪，他從來沒有處在這樣的絕境，太叫人不安了。他是什麼人呢？只不過是個膽小如鼠的傢伙，任何一個白痴都能把他的想法完全顚倒過來，在剛才兩小時裡他出色的聰明才智都哪兒去了？

他驚恐地哆嗦了一下。他太害怕了，以致連自己都不敢承認，在那糊里糊塗的一刻，他都準備要跪下向上帝祈禱了。就是他，這個社會主義者，一個什麼都不怕的人。

在晚年的時候，他想到那一刻，那是他一生中最墮落的一刻了。

禮拜一早晨，課間的時候，艾許被叫去接電話。他進到電話間，關上了門，拿起話筒：

「喂？」

「是艾許嗎？我是羅伯特。」

「喂。」

「艾許，我還指望你打電話呢。禮拜六整整一晚上，我都待在屋子裡等你的電話。」

停了半天。艾許希望對方聽不見他做了虧心事的怦怦心跳。

「哦，我打過呀，我想大概是九點左右吧，可是他們說你出去了。」

又停了半天。

「昨天一天你都哪兒去了，艾許？星期天？」

「我——我在家，看書來著。」

「你撒謊，艾許。」

對方那深切的有魅力的聲音很平靜。

「從你說話的聲音我就知道你在撒謊，再說我還去找過你。你的女房東說你和其他幾個人及你的女朋友出去了，到一個山間小屋去度周末。你們是星期六下午去的，她說。」

艾許無言以對。

「出去胡搞了一晚上，是吧，艾許？」

天哪，還眞是那麼回事。是和康斯坦絲。他本想忘掉和康斯坦絲所有的那些事情，可是康斯坦絲從沒有那樣好過。他還是第一回和她度過整整一夜。他們倆人住一間屋子，另一對兒是新婚夫妻。四個人都喝得有點兒醉意，艾許唱了兩首，並且還撥弄了一陣吉他。

康斯坦絲，那麼羞怯，那麼可愛，她穿著件挺好看的白色棉布女睡衣，上面是小點兒，小藍點兒，外面有根細細的腰帶，睡前她總要把它繫好，但是他抓住她的手，說他完事後給她打個蝴蝶結。她給他脫得精光，一點兒也沒害羞，她一直都興致勃勃，兩隻胳膊摟住他脖子，說他眞好。胡搞？不！才不是胡搞呢。羅伯特可以帶著他那些關於胡搞的清規戒律到西奈山去，羅伯特可以去到沙漠，去找到摩西石碑，在那兒撞死。

「你禮拜六不敢來了，是嗎，艾許？」

「不是。」

「你又撒謊了。你可以對我撒謊，知道嗎？但你從不能對上帝撒謊。」

「你還有事嗎？」

「還有，艾許，我想今晚上在我走之前，請你到火車站去一趟，這樣咱們就能相互告別了。我們那個隊裡有好幾個人一道旅行。他們好多人都聽說過你，都很想見見你。我對你說吧，他們都是挺出色的小伙子。」

「對不起，我太忙了，再見！」

「噢噢噢，艾許，我敢肯定有一天咱們會見面的，我知道上帝對你是有意思的，艾許。」

電話就這麼講完了。他實在太害怕了，也許以後他還會碰見這個人，但是電話咯嚓一聲掛上了，他手把著聽筒站在那裡。當他推開電話間的門走到走廊的時候，因爲害怕和羞辱而全身發抖。他剛才完全應該控制住自己的感情，那一刻，他知道心裡憋了有多大的火兒，那一刻，他知道有一天他會變成個殺人犯。

他耷拉著眼皮走到走廊，都不敢抬頭看大家，因爲有可能他看誰不順眼，一拳就把他打個半死。他在他的更衣格前停下來，想用腳去踢那個小窄門，恨不得把它踢成撞車以後的擋泥板一樣，但他壓住性子，走到了外面操場。他想在周圍找塊石板，找塊他能舉得動的石頭向牆摔去，但找不到大小合適的。他向街上走去，看見過來一輛有軌電車，他眞想把那車舉起來，使勁兒摔在地上，可是裡面又坐著不少無辜的人。他在外面走了走覺得好一些，回到教室的時候，火氣小了些，但還沒有全消掉。他仍然還有點兒哆嗦。這是堂經營管理課，講課的老師有一張溫文儒雅的面孔，額頭上留著一綹男孩子式的頭髮，所以本來只有點靦腆而且只滿足於在課堂耍點小聰明的艾許，把其他四十九個學生和講臺上的老師嚇了一大跳。

課正上到半當中，他再也忍受不住了，用手掌使勁地拍了一下桌子，緊接著站了起來。有人輕輕地笑了一聲，但當艾許用震得窗戶都響的聲音吼了一聲後，沒人敢再笑了：

「爲人類服務？我能問問你嗎，先生？以後能不能你自己堅持你的經營管理就行了（又拍了一下桌子），而行行好別讓我們也搞你那一套？」

他站在那裡一動不動，但仍有點兒哆嗦，臉像紙一樣白。教室裡頓時靜得可怕。他慢慢地恢復了理智，他覺得自己手掌有些火辣辣的作疼，低下了頭。他沒有去看教授，但是喉嚨裡嘶了一下，攏了攏桌上的書，向講臺鞠了一躬，很小聲地說了句「請原諒」，便走了出去。

在走廊裡鎭定了幾秒鐘，艾許向院長辦公室走去，在那裡找到了另一個信上帝的傢伙西娜維，說要見院長。他被引了進去，並講了剛才那件事。課間休息，教授也來了，也許是爲了艾許說的同一件事來的。艾許爲自己開脫，說自己有些太過份了，控制不住感情，於是這樣也就算了。布勒弗特免於紀律處分。

從那以後，艾許和那位教授的關係比原來好多了。教授也不再像以前那樣，老提經濟在道義上的任務了。

30 在哪兒替馬找個馬廄呢？

大概就在這個時候，艾許產生了一個幻想。
他產生這個幻想無疑是因爲暑假快到了，是和自由有關。

他好多天都在夢想著一匹馬。一匹馬，一匹白色的小馬。

他渴望一匹白馬。他準備要給牠備上鞍座，配兩個鞍囊、一個睡袋和一個單人帳篷。然後他就可以騎出去了。他將騎馬到北部去轉轉，在瑞典騎上匹白色小馬兒一定會挺不錯。夜幕低垂的時候，他會在農場住下，找個馬廄讓馬兒歇下來。他們也可以在森林裡過夜，就他和小馬兒，他會給牠找到一條小溪流，看牠把鼻子和嘴伸進去飲水，看馬飲水可是件挺美的事。在北部的森林裡，草那麼綠、那麼鮮、那麼香。還有紫羅蘭、木銀蓮、三葉草、吊鐘柳、金盞花和小野三色堇。那裡還有他和那匹白馬。

夜間，他能聽見馬的呼吸聲，覺出牠軀體的溫暖，他同時也可享受森林的那種寧靜。

他騎著他的馬兒，一會兒小跑，一會兒慢而舒適的步子，走遍鄉間。他在馬背上，拍拍小馬兒的脖頸，牠動聽地噴著鼻子掉頭朝他嘶叫。他們停下來休息的時候，他就把馬鞍取下來，替牠梳刮皮毛，扶著牠的頭，梳牠頭前的馬鬃，看著牠黑溜溜的眼珠，對牠說話。那馬也懂得他的意思，他和牠交談一點也不費勁。

他昂首坐在高高的馬背上，在清爽的空氣中高高在上、自由自在。他有高超的駕馭能力，只要輕輕地一帶韁繩，那白馬兒就明白他要往哪裡去。

夢想著一匹白馬。

他同他的法語老師說過，是否有可能到法國去度暑假。法國有爲外國人辦的夏季語言訓練班嗎？他收到過好幾本宣傳冊了。他花了好幾個晚上讀這些小冊子。他最後選定的是一個最有趣的專長，他的選擇不是因爲那專長是爲斯堪地納維亞的年輕人開設的，不是因爲它學費包括食宿在內才三百克朗，不是因爲它只延續六周，並由當地老師在法國商業信件、法國文學及法語對話方面做指導，而是因爲它是在庇里牛斯山區一個不知名的小城市舉辦的。那高高的庇里牛斯山。

他在地圖上看了看那個地方，發現它的一半，正好在比斯開灣的西班牙部分和地中海之間。里維耶拉。我眞想在蔚藍的地中海洗個澡，他想。就是在那個海岸邊，創造了人類的文明。當他想到地中海的時候，他想到了艾卜拉的眼睛。

然後，他想到了那筆三百克朗的鉅款，他有點兒不寒而慄。

幾天以後，他從朋友那裡聽說過一個搞汽車買賣的人，他也賣舊摩托車，並碰巧有一輛250 cc的輕型德國機車，要賣八百克朗。分期付款，可以降二百克朗，每月付一百克朗，從秋天開始。

艾許還沒有忘記白色小馬兒，但是他想：秋天到了的時候，給摩托車找車庫比給馬找馬廄要容易一些。

但是他從沒有忘掉那匹白馬。他和那匹馬在心中做過好多次對話，他們之間的談話，對他是很大的寬慰，他輕輕地把那些他本來說不出口的話都告訴了白馬，從牠那雙好看的褐色眼睛裡，他看得出，到底牠還是理解他的，並且不用什麼道義上的譴責，就能接受得了他這樣的人。

他估算了一下自己的財產，看了看銀行存摺。純粹是瘋了，去法國旅行要花他五百克朗現金，三百克朗的學費，二百克朗的摩托車開銷。除此之外，他還得有買煙、酒、桃、葡萄的零用錢。再說，摩托車還得燒燃料才跑得動。

純粹是瘋了。

他心裡已經拿定了主意。

31 我們為什麼已經愛了還要非得再愛呢？

就在大約這個時候，馬廄裡正開著會，艾力克．富樂登和艾許．布勒弗特在那個吱吱嘎嘎，搖搖晃晃從一樓通向二樓的螺旋型樓梯上相遇了。

是因爲一件急事兒，他倆才到那裡去的。艾許都從廁所出來了，艾力克還在樓梯上站著。

「你去過那個工作室裡面嗎？」艾力克小聲地偷偷問他，往樓梯上彈了彈煙灰。

「沒有。」艾許說。

「來，」艾力克說，「我給你看點兒東西。」

他推開了工作室的門，走了進去。裡面一個人都沒有。屋子裡面半黑著，只在一個牆角亮著一盞孤零零的落地式燈。屋子裡微微有點兒油、泥、松脂、粉筆的氣味。艾力克把艾許拉到另一個角落，那裡有一張淺色木製高檔摩登床。床頭對面，放著一個書架。

「艾卜拉就在這兒睡。」艾力克低聲地說，他那聲音像是打算給他透露點消息似的。

艾許頓時覺得有點兒不好意思和害怕的感覺。他想掉轉頭走出去，但一種好奇心又使他轉回來。他向下看了看蓋在床上的厚毯子。看上去像是非洲產的，白底上是黑色和褐色的阿拉伯式圖案。艾力克身子俯在床上，富於表情地指著牆上的什麼東西。光線太暗，艾許不得不探著身子往前看。那是一種牌子，是一種白色的搪瓷牌子，幾乎有一英尺長，差不多四英寸寬。他想試著讀牌子上的黑色字跡。艾力克說：「她毫不隱瞞是嗎？」

艾許再把身子往前探了探。這時他可以看見牌子上寫的是什麼了。開始他看不出有什麼可笑的。那一定曾經是塊標牌，艾卜拉或她的朋友從一輛有軌電車上撬下來的，用年輕人常常從飯館子裡偷煙灰缸或勺子做紀念的那種辦法。艾卜拉一定是很得意地把那牌子掛在床頭的。

這時，他才看出了可笑之處。

「他們都說，」艾力克小聲地說，吐了一小口神祕的雪茄煙。「她父母到這裡來看她，正巧看見了這塊牌子，他們威脅她說，她要不把這牌子取下來，他們就取消她的繼承權。」艾力克得意地拭了拭自己的下巴。他竟然能告訴艾許馬廄家庭裡的一個秘密。

艾許的第一印象是欽佩和充滿勝利的感覺。艾卜拉眞那麼做了！一個長著兩個酒窩和一對大眼睛的女孩子！她不僅僅是他們的聖潔和善良的天使，而且對資產階級的裝腔作勢也敢於鞭笞！她就當他們的面說：「我的床你們管不著！」

但是，他和艾力克又回到其他人當中再次坐在長桌前時，他心裡湧起另外一種感情。他小心地看了她一眼。她的嘴那麼小，那麼溫順。他從沒聽她嘴裡說過個不字。毋庸置疑，有些無恥的傢伙肯定會利用她的善良和溫順。她樓上那張床，何止是向人們說明抽象的觀念論？他不知道是爲什麼，就在那短短的一瞬間，覺得內心升起一種敏感的灼熱的情緒波動，一種憤世嫉俗的感覺。他沒有一點兒笑容，直在那裡發抖，他覺得自己要站起來，走到桌前她坐的地方，彎腰貼近她的栗色頭髮，輕輕地在她耳邊問：「艾卜拉，他們給你什麼好處了？」

開完會回到屋子以後，他因爲自己有過那種可恥的想法，而恨恨地打了自己一個嘴巴。他打得很重，下唇流出了血。

因爲他知道，無論是過去還是現在，她所做的都是高尚的、美好的、自重的和正確的。他會永遠保護她。那是他見過的年輕姑娘做出來的最冷靜的事——

在床頭掛一塊偷來的無軌電車告事牌，上面寫著——

請購票並說明您去哪一站！

正好是復活節前，學生會要開一次會。在會上演講的將是艾許評價最高的挪威詩人，那位無畏而又坦然的詩人。艾許過去從沒有聽說過這個詩人的事兒，也沒見過他，只讀過他漂亮的詩句和有力而尖刻的雜文。等了好長時間，會才開始，他幾乎激動得發狂了，他要向這個人表示敬意，但是怎樣向一個詩人表示敬意呢？

他不敢走上前去和他握手或直接和他說話，詩人會認爲他不合時宜並且冒昧。此外，艾許會一句話都說不出來，站在那裡像啞吧一樣地握住一個人的手，絕對不能說是向人家表示敬意。是不是給他寫首詩呢？艾許是能對任何一個人任何一件事大發詩興的，但給一個第一流詩人寫詩是不行的。那可就傻了。

給他送朵花兒行嗎？給社會主義者獻花？

看來唯一可行的是，假若會後緊跟著有討論的話，艾許準站起來給他最熱烈的支持。（艾許用不著聽他說些什麼——他講話的題目就夠諷刺的，《青年的道德敗壞》——他準備接受他的全部觀點——儘管沒看見，也沒聽見）但是有兩件事艾許做不了：不能清楚地表達自己熾烈的熱情，也不能清楚地表達自己極端的憎恨。他被自己感情的激烈爆發嚇了一跳，由於極力壓抑著內心的激動，他坐在那裡直發愣，臉色蒼白，雙手放在褲子兜裡緊握著拳頭。

開會時間到了。艾許坐在那裡，由於激動和興奮，有些發抖。大廳裡很擠，氣氛變得熱烈起來。他以前只見過這位詩人的相片，此刻，出現在他面前的，正是這個人的背影。

他邁步往講臺上走的時候，艾許開始覺得有點兒失望。詩人，一個人民的詩人，他想像中應該像畢約遜，又高又大，總是那麼沉思，像是高貴的首領，頭上像戴著裝有翎飾的頭盔。這個人卻是矮個子，身材瘦小，頭髮是黑的——還有什麼呢——頭髮向前梳，沿額頭剪得齊齊的，使得他像個中世紀手持長矛的士兵。

但是講話剛一開始，艾許——事實上是全體聽眾——就覺出了他有極大的內在力量，那是一種飽經風霜的漁民或貧乏的牧人們，所具有的那種不屈不撓的力量，那些渾身是肌肉而沒有一點多餘脂肪的人。他們出海捕魚或滑雪進山獵鹿，即使空網或是什麼也沒有打著，對於他們來說，也和滿載而歸一樣，白累了一天也從不放棄。他們的本性就是固執，從不屈服，從不放棄。艾許吃了一驚，掉過頭去看了看身邊坐的那個學生。他不認識這個學生，高高白白的，長得很胖，他想：這小伙子能把那小個子詩人一拳就打倒。但是，即使他把他打倒了，站在他身邊，站在那個半死的詩人身邊，從那張黑黑的頗有經歷的臉上，從那雙褐色的眼睛裡能覺察出一種東西，從那張微笑、鎮定、沉默的臉上，能看出有許多扼殺不掉的東西。

然而，這個學生將會意識到，人的軀體可以被消滅，但靈魂卻能永存。艾許想：作家總是能取得勝利。那種想法給他留下了極深的印象。他看見了一個他從未聽說過的眞理，驚呆地坐在那裡。過了好長一段時間，他才能把注意力集中到他說的話題上去。

那人的嗓門不高，但卻非常有力。他用的話都是冷嘲熱諷。說話很慢，幾乎從頭到尾都是慢慢吞吞，每個字都很清楚，每個音都很清晰，他完全精通演講的藝術，他不是在說話，而是在念咒，用咒語迷住了所有的聽衆。艾許還記得這樣一幕：

「讓我給各位女士們、先生們，念一段給一家日報的信（慢了下來）。像絕大多數關於道德的信件一樣（嗓音裡有點嘆息的味道），也是匿名的（聽衆那裡傳來竊笑，演講者的臉色沒有因爲這種竊笑而改變，他支配聽衆和控制自己的能力簡直神了）。我只念一句：年輕人當中所謂的自由戀愛必須得停止。每個年輕人在他或是她合法地結婚前，都有一個道德上的責任。提前發生性關係，年輕人就浪費了他們愛的精力，愛是人類最寶貴的財富，是千萬不能浪費的。」

演講者稍稍停頓了一下。他的每次停頓都計算得那麼好，但看上去又不像是仔細考慮過和學出來的，而是天生的一樣。他引起了聽衆的興趣，繼續往下說：

「我讀到這裡，深表懷疑（下面偷笑）。我們大家都知道，運動員們去參加奧林匹克運動會，他們都是要有準備的（停頓）。他們不怕事先盡量地拿出自己的本領（停頓），他們不是坐在那裡袖手旁觀，就覺得自己的能力在不聲不響地增加（此人鎮定而無情的諷刺在加大）。我們的運動員沒有因爲參加訓練而浪費他們的體力（停頓）！他們沒有（出奇地靜）浪費精力。」

五百名聽衆中響起一片激動人心的嘈雜聲，有一半人都是在笑他用這種辦法去駁一個論點，其它人都盯著地下，對此人這樣開永恆道德價值的玩笑有些生氣。

演講者用手正了正角質架眼鏡，不慌不忙地往下說：

「讀了這封匿名信，我首先就會要情不自禁地把那張報紙扔到廢紙簍去。這實在是（停頓）太像絕大多數給編輯（輕輕地嘆氣）的那種平庸之作了。但是，因爲某種原因，我好奇起來，我覺得奇怪，是誰寫的呢？是什麼人呢？我再次仔細地讀那張日報。我看著那些鉛字，首先透過眼鏡看，然後摘掉眼鏡看。我又戴上眼鏡，把報紙拿在手裡，把它舉至眼前，用右眼看看那封信，再用左眼看看。（他把這些過程全示範了一次，他還是個一流演員。）我又聞了聞那封信，思考一番。最後我對自己說，」

他停了下來，廳裡死一般的靜。他用舌頭潤了潤嘴唇，咬住雙唇，收起了一個怪相，摘下眼鏡，看了看聽衆，微微地向前探身子，用一種清楚的、帶噓聲的、尖刻的、得意的聲音說道：

「是個牧師！」

有那麼十分之一秒鐘，聽衆坐在那裡愣住了，緊接著便是興高采烈的狂呼。艾許高興過火，把椅子朝後靠去。椅子朝後一仰，使他躺在椅子背上。他高興得叫起來，頭一下子枕到了後面那個他從未見過的中年婦女膝上。「啊！」他大聲叫道，使勁攥著那女人的手。「啊！」他擦著笑出來的眼淚，一個勁地吼著：「啊！太棒了。啊，太棒了！」那女人把他的頭從自己膝蓋上推開，嚴厲地說道：「規矩一點好不好。」

他也還記得這一幕——

講完話後是通常的那種討論。對於這個會，斯特拜爾沒有制定什麼防衛的策略計劃，笑著說那個演講者：「他自己能頂下來！」討論中的一個發言者是學院裡經營管理系的那個教授，他嚴肅地、文雅地和感人地談論眞正的愛，那種無私的愛。這使得艾許噁心，他打了個戰慄想道，我的機會到了，現在我可以站起來，假若我能引起大會主席的注意，我就能任意擺布那個教授，同時也就能向詩人表示敬意了，眞是個一箭雙雕的妙計。但是他只是那麼想了想，就覺得嘴巴發抖，他不敢那麼做。

然而，另外一個小伙子跳了起來。艾許以前在這種會上注意過他一兩回。有那麼一兩回，他還參加過社會主義學生小組的會議。他還只是個孩子，像是個中學高年級學生，他快活得像春天，他的笑臉那樣的清新、坦然和明媚，就像那藍色的天空。他個子高高的，胸挺得很直，充滿了活力，他白白的牙齒留下明顯的縫隙，頭髮是紅的，一點兒也不服帖。

他渾身洋溢著青春的熱情。這時，因爲前面的人堵塞得太緊，他上不了講臺，於是跳起來，站到了自己的椅子上。他太迫切、太激動、太熱情了，站在那裡話都說不清楚。他有點兒收不住話了，站在那裡高出別人一截，紅紅的頭髮像是太陽照在了上面，他笑兩聲，結結巴巴地說兩句；結結巴巴地說兩句，再笑兩聲，反正就是不讓人們把他拉下來，他把聽衆完全給吸引住了，他說的有一件事使聽衆鼓了掌，艾許永遠也忘不掉：他心裡像有了新的發現。

大概二十年以後，艾許和那個紅頭髮學生又碰見了。那個紅頭髮小伙子因爲寫了一大本關於國際政治道德的書，最近當上了哲學博士。艾許讀過他這本書，並且還參加過這分題目的討論。那天晚上他們見面的聚會，就是爲那個小伙子舉行的。那天晚上較晚的時候，艾許把他拉到旁邊說道：「你那本書寫得很好，但你最好的哲學著作還沒有問世。」

「是嗎？」對方笑著說。笑容還是那樣的坦然，滿頭的紅髮還是那麼不服帖，牙齒間的縫隙還是那麼清楚。

「是在一九三九年的那次學生會的辯論上，你站起來，作了激烈的發言，擁護自由戀愛。」

「是嗎？」紅頭髮小伙子抽了抽鼻子。「我都說什麼啦？」

「你站在椅子上，大聲地喊道：我們爲什麼已經愛了還要非得再愛呢？」

他把白領帶拉拉直（他穿的是燕尾服），噘著嘴，想著這件事。

然後，他睜大眼看著艾許，很正經地問道：「我眞那麼說了嗎？」

「沒錯。」艾許說。

「可是，見鬼，我可做不出那樣的精闢之論。」

於是，兩人都停下來。

然後，紅頭髮小伙子抬頭看看艾許，帶著一種既高興又憂鬱的笑容低聲地說：

「不過，那是有了靈感才說得出來的！」

「沒錯，」艾許說，「這是你生活的格言。」

「裡面包含著一場完整的道德革命。」

「一場狂歡的革命。」

「那比我的整篇論題都更有價值！」

「是的。」

「而我倒把它忘了！」

「但我還記得。我——把它保存下來了。」

「嗯——這話現在怎麼樣呢？」

「你現在不能用它了。一個四十多歲的哲學博士可不能說那種話了。說那話必須得有十九歲青年的那種迷人的誘惑力。讓它和你的青春一起隱埋在那裡，那是一個我們能得到靈感但又沒有人能理解的年華。」

那位未來的哲學教授拿出了筆記本和鋼筆，好把那句子寫下來，他又慢慢地把本子和筆放回了燕尾服口袋。兩人一聲不響地加入了別的人群中。

艾許還記得那次會的另一件事情。討論進行了足足有兩個多小時，然後他們跳舞。艾許四處走動了一下，看見一些社會主義者學生小組的領導成員，坐在委員會桌上和詩人進行友好親密的談話。他沒敢向他們走過去，但他確確實實希望他們之中有一個請他過去坐下，和他們一道喝杯啤酒。幹嘛人家要請他和詩人坐在一起？

那天晚上早些時候他看見過艾卜拉，但是舞會開始後，就再看不見她了。她一定是走了，她爲什麼要走呢？跟誰走了呢？在那一刻，他最大的願望是：和詩人坐在那裡談談，和艾卜拉一起跳跳舞。他四周走了有一刻來鐘，看著那些跳舞的人，然後深深地大吸一口氣，回家去了。

那一年他去度復活節假。康斯坦絲有一個最好的朋友叫格爾妲，他們倆一次把她介紹給了丹尼爾。丹尼爾和格爾妲相互愛上了。這兩對兒一起去度復活節。康斯坦絲知道在山裡能租到一座小屋，要坐四個小時火車，兩個小時滑雪。農夫有一匹馬和一架雪橇，可以把他們的食品和行李運上山去。康斯坦絲說，艾許用不著去考慮費用問題，格爾妲和她都有份好的工作，她們有錢付。艾許點點頭，臉色有點兒發白，他確實覺得太對不住康斯坦絲了。再說，一起出去度復活節幾乎是等於宣布快訂婚了。他一輩子還要幹很多奇特的事，但有一件事他是永遠不會做的：一輩子不訂婚。他嘆了口氣，說去就去吧。

他們在山裡度過的四天，對他來說可不樂，他老想生氣，心裡總是不踏實，他不得不強打起精神來裝得快活。閒暇時刻，他們在小屋裡的火邊坐著，或是大家說過晚安後，各回自己的屋子，他覺得他們像是兩對兒結了婚的年輕夫婦。他偷偷地有意識地去聽康斯坦絲的聲音，並注意觀察她的情緒。

一天晚上他得出去上廁所，這裡的小廁所即使是國王，也得步行著去。他穿了件厚茄克，戴了頂滑雪帽，需要走兩分鐘的路。沿途挺黑，氣溫在零度以下，這地兒可真夠涼快的。

「哎，」康斯坦絲說，「我能和你一道去嗎？」

「什麼？」他說。

「一個人去怪嚇人的。」她說。

「可是，你……你幹嘛不和格爾妲去呀？」

格爾妲不想上，再說她確實也怕冷。

「姑娘們奇就奇在這兒，」艾許說，「沒有人陪連廁所都不敢上。」他笑著說，但心裡還是有些怕。他和姑娘一起做過許多事情，但從沒幹過這種事兒。這正好是個雙人廁所，兩人一起上會是什麼情景呢？

他們穿過雪地。他們儘管握著手電筒，還是摔倒了。刮著大風下著雪，他們花了很長時間才把門　從裡面扣好。她已憋不住了嗎？艾許想。康斯坦絲已經脫下了襪褲，並已坐下。他看見她雪白的大腿。手電筒放在木板地上，大風刮得這座本來就不牢靠的小木屋直搖晃。她怎麼拉得出？女人真夠怪的，她們沒有什麼約束，她們那麼不在乎，一點兒也不難為情。

他克制著，做好準備，坐了下來。他對著那個黑洞裡放了個屁。他從沒有覺得這麼難為情過，他從未幹過這種不文雅的事情。在這間小小的雙人廁所裡，同時坐著康斯坦絲和他，真是無法忍受的局面。他不得不放棄，站起來急急忙忙提起了褲子。他背對著康斯坦絲，等她上完了廁所，他拉著她的手，領著她從黑暗中走過來，進到暖和的屋子，把她送了回來。然後他又回到廁所，痛快地坐下來：人只能單獨地幹這種事兒。

在回屋子的路上，他突然停下來有些發愣，他想：當兩個人結婚了，　天都密切地接觸，也許這種事兒就會經常發生？不僅丈夫會這樣，妻子也會這樣！

「我一輩子都不結婚。」他想。

他在門口的臺階上踢著腳，想彈掉鞋上的雪。他想：不過，一般室內都是單人廁所，一次就只能一個人上，並且門還能從裡面鎖上，那就安全了，用不著這樣了。也許一結婚就什麼也能容忍了。

他們在第五天離開了那座小屋，一個個曬得黑黑的。那個農夫又趕著他的馬駕著雪橇上山來接他們。丹尼爾和格爾妲穿著滑雪板飛快地滑下山去，而艾許卻穿著滑雪板在雪橇旁邊走著。他不時地脫掉大手套，伸展伸展手指。在雪橇上的各種盒子和帆布背包當中，康斯坦絲蓋著張毛皮躺在上面：前天他們從山坡上往下滑得太快，她在雪地上一滑摔了一跤，把腳腕子扭了，現在路都不能走。

「特別痛，是嗎？」艾許一邊跟著雪橇一步一步地往前走著一邊問。

「躺著就什麼也覺不出來了。」她說。她躺在那裡身子一顛一顛，帶著溫柔的笑容看著他。她摸了摸他伸在外面的手。善良、忠誠、可愛的康斯坦絲。

但他不打算要她。

我們爲什麼已經愛了還要非得再愛呢？

32 「擁抱可是件美事兒！」

小組的上一次會議是四月底在馬廄開的。許多學生五月份要考試，很難把他們召集起來開政治性會議，所以還是等到九月份再開較好。

對於召開這樣一個會，氣氛令人震驚：人們歡快、激動、甚至有些神經質了。放假前開的那個會，就有點兒要告吹的勁頭。再就是來自歐洲的一種暗暗的模模糊糊的壓力。德國離這兒倒挺遠，但無線電和報紙使希特勒離他們很近。那裡的人們都很厭煩希特勒。張伯倫去到德國和希特勒和談，希特勒去英國不是更合適一些嗎？不知在搞什麼名堂？

他們都在那兒，多夫和麥雅，塔拉爾德森，波比，艾力克·富樂登，菲富勒，那個氣象學家，還有別的學生，斯特拜爾和他妻子。德國難民伍爾弗岡也在那裡，還有他妻子。多夫坐在那裡哇哇地唱著首怪歌，剛才，他已經唱過一、兩首了。凡是和奧地利有關的，他都入迷。他坐著唱道：「我的母親是維也納人。」後來艾許又哼了幾句德國民歌。伍爾弗岡問這歌詞是什麼意思；艾許不知道，他只是在一本詩集子裡見到過這首歌詞。可是，是什麼題目呢？艾許想了想，然後他想起來了。他微笑著說："A Busserl is a schnuckri Ding."伍爾弗岡笑了，艾許還是第一次見他笑。伍爾弗岡問那是什麼意思。艾許驚訝得發呆：難道伍爾弗岡沒有聽懂？伍爾弗岡說那是地方語，可能是巴伐利亞語，他能猜出來 Busserl 是什麼意思，但不明白 Schnuckri 是什麼。艾許也不知道，他只記得在那本帶譜子的書裡有一個副標題，翻譯成英文是：「我愛所有的吻。」（I love kisses.）伍爾弗岡又笑了一下。艾許看見他笑得很會意，突然覺出了一種溫柔。也許這是一首民歌，或者一首兒歌。那首歌一定是使伍爾弗岡想起過去的什麼事，這個被希特勒的警犬追捕的政治避難者，一定也曾有過童年和青春，一定也有過一點幸福和高興的時刻，是跳舞？這個想法出奇地抓住艾許的心。

伍爾弗岡向斯特拜爾和其他人走過去，過了一會兒又回到艾許身邊說道：叫什麼題目來著？艾許低頭看了看，說：

「A Busserl is a schnuckri Ding.」

後來他想，我對伍爾弗岡說過：擁抱可是件美事兒，（沒錯，就是這個意思。）他聽了挺高興，像我給了他件禮物似的。

會議開始了。

那天晚上是誰講來著？

開始是弗朗西斯．斯特拜爾，然後是伍爾弗岡，再後是艾卜拉。用那種辦法他才記得起最後一個晚上是該誰。

弗朗西斯．斯特拜爾和他們在一起，聽年輕人們的講話。他的笑聲還是那樣響亮和特別，他扶扶那副閃閃發光的眼鏡，心中不安地用手撫摸他那列寧式的禿頭，解釋一些概念，把大家思想上一些混亂的東西條理化，用粗話罵他們，損他們，用力拍他們的肩膀。他不抽煙，不喝酒，他細長的手指玩兒似地敲著桌面，他的思路異常敏銳，「你到底是想說什麼？」

避難者伍爾弗岡和他夫人。她是個小個子，是個憔悴的、蒼白的、不惹人喜愛的女人，眼看就要四十歲了。她的臉頰有些下陷，她想用胭脂把自己打扮得好看一點。她頭髮是金黃色的，但稀稀的髮間已出現一點灰白。她是德國人，一點兒也不精明，艾許莫名其妙地替她可惜。花，他曾經閃過那麼個念頭，假若我敢給她一束花兒就好了，我敢擔保從來沒人給她送過花兒。還有，她並不是伍爾弗岡眞正的妻子，艾力克．富樂登對他說過，他們只是「在一起」。她在德國給伍爾弗岡當過多年秘書，他們一同偷越國境，他們老待在一起，他們生活在一起，他們「在一起」。

伍爾弗岡在驚人的短時間內學會了寫讀並能聽懂挪威語，而他的妻子荷妮，只要別人一用挪威語交談，她就被絕望地排斥在外。她帶著一種文靜、暗淡、有禮貌的笑容坐在那裡，裝得像是很喜歡聽他們的對話一樣。她那憂鬱的邊兒上有點發紅的眼睛裡，有一種使艾許喉嚨發哽的東西。僅那麼一瞬間，他產生了這樣一個令人痛苦的想法：荷妮在挪威的地位和我一樣，我們兩人都帶著微笑，都是恭恭敬敬地聽別人說話，但內心都在哭泣。她是個沒護照的流浪兒，我是個有護照的流浪兒，荷妮，你要我的護照嗎？

伍爾弗岡老是要求別人當他面的時候說英文，他聽懂不成問題，只是要求他們能同意他用德語回答，他覺得說挪威語還是挺難的。艾許再一次地欽佩他體力健壯、生性倔強，甚至他粗硬的黑色頭髮裡都充滿了力量，他的目光閃爍著聰明才智和出色的組織能力。他抽起煙來一支接一支，艾許從沒見過人們用那麼長的煙嘴。他說話的時候，用它在空中指指點點，活像個樂隊的指揮。他說的每件事都深思熟慮，從不胡亂解釋或瞎做結論。他有一種讓人感到不舒服的東西，往往使你想到一種耗子。

他有一對褐色眼珠子，斯堪地納維亞人什麼時候對褐眼珠子人都不會放心。他的聲音清晰而且低沉，他說話的語氣像是（或曾經是？）核心人物，像是歐洲內部執行委員會的成員。他什麼都知道，對馬克思的著作得心應手，可以毫不含糊地大段大段引用。他什麼都知道，從馬克思到秘密反抗小組的組織工作，及非法傳單和彈藥的散發他都知道（這後一點誰也沒說過，艾許只是從他臉上的神態覺察出來的）：每個二十世紀社會主義者能做出來的事，他都做過，甚至有過之，所以每當伍爾弗岡清清嗓子開始說話的時候，周圍總是靜悄悄地：「同志們，我只是說幾句。我不是不同意斯特拜爾同志的觀點，我只是想把他提出來的一、兩個問題攤開來說一說。」他不是駁斥斯特拜爾所說的，只是準備把他的幾個觀點進一步發揮一下！事實上，他把對方說的一一都批駁了，不過只是用客氣禮貌的方式罷了。

大家都很欽佩他，都仔細地聽他說。他從沒遺漏之處，有時簡直是滴水不漏，那麼種說不出的德國味兒和那麼的詳盡，都有些讓人忌妒了。他在這一點上引起大家注意後，就轉到時下的話題，於是一種暗暗的激情就隨聲抒發出來，然後人們便會意識到，他是個蠱惑民心的政治家，是個巨人。人們會意識到，他能站在工廠裡的一個肥皂箱上或是廣場的講壇上厲聲地演講。在挪威，在這些講起話來喋喋不休、老喜歡講理論的青年學生和社會主義者當中，他更溫和一些，但是激情卻遠不消失。

「同志們，」他激昂地引人注意地說，「此時此刻，我們不能這樣簡單地看問題，蓋世太保不會讓我們安寧。（艾許想到了威赫爾米妮，眼睛盯著桌面。）同志們，在德國，我們的同志正在戰鬥，在德國，在奧地利，在捷克斯洛伐克全都這樣。對這些同志來說，每天都是真正的實實在在的戰場，都是血，都是絕望、貧困、壓迫。同志們，我告訴大家，這絕不是個學術性的問題……你們在書中是找不到答案的。」

這不是一個學術性問題——艾許記不得那是個什麼問題了，他只記得伍爾弗岡說的話：靠讀書是找不到答案的。當時，他曾想過：在任何書中對任何問題你都是找不到答案的。應該把這一點告訴人們。能把這個問題向人們講清楚是件很難的事，但是假若能讓他們明白，我們應停止只打筆墨仗就好了！

不過，只要還有人相信書中所講的那些東西並不惜自己的生命為它們去奮鬥的話，肯定不只是聖經，而且馬克思的資本論也是危險書籍、虛偽書籍。

是的，他情不自禁地低聲說了出來。

這個坐在社會主義者朋友中的年輕社會主義者，害怕地縮了縮頭，提防地看了看四周的人。有人看出他的想法了嗎？

突然，他意識到艾卜拉在說話。她一反常態，聲音變得那麼嚴肅。她看上去有些憂慮，坐在那裡正在她桌面上畫著什麼。

有人問道，假若回家負責撫養孩子，男人是否不會再對婦女們更加放肆了。

「我想大家一定會問，也許女人可以隨意去做人工流產？」艾卜拉說道。他看得出來，在這種大庭廣衆之下，人們問到這種問題，並把注意力都突然轉向她，她眞有點兒緊張。他清清楚楚看見她成心嚥了幾口唾沫。她急急忙忙點了支煙，深深地吸了一口。

「儘管這種事兒只是發生在孩子多的婦女身上……」看得出她很緊張，但他留的印象很深：眞想不到她這樣膽大，就在這兒，斯特拜爾和伍爾弗岡也在場……她潤了潤喉嚨，清了清嗓子，這時聲音似乎亮一些：

「假若回家給孩子提供撫養金的話，那就最終使婦女獨立了，不是嗎？」她連連眨眨她的大眼睛，不高興地向周圍看看。因爲沒人反駁她，她接著往下說：「今天的形勢下，女人不是使自己成爲妓女就是成爲奴隸。她們得看丈夫的眼色行事，她們從他的錢夾子裡被賜予或得到撫養孩子的錢。女人的地位是低下的，她終生靠可憐的救濟過活，靠男人的施捨過活。」

他們少許向前探了探身子，人們很少聽她那樣平靜那樣客觀地說話，不像往常那樣滿臉堆著笑容。其中有一個氣象學家問了她一個個人問題：假若她自己有孩子的話，她接受男人的幫助嗎？

她眨眨眼，思考這個問題。

「兩人若相愛時，這個問題並不存在，對嗎？他們雙方都會盡自己力量去負擔的，假若男的有工作，女的也有工作的話。」

「但是——愛情是會凋謝的，假若你們倆分手了怎麼辦？你是不是拒絕接受男方對孩子的撫養呢？」

「我不大清楚，不過我想是應該的。對任何不是痛痛快快給出來的東西，我都從不接受。義務是隨著愛情結束而結束的。（她還敢就愛情這個詞發表高見！艾許想。）我的親愛的人再不親愛了，我怎麼可能不與他做妓女似的那種事兒而得到他的錢呢？即使他是我的合法丈夫，我也不能用那種方式來要他的錢。我就這麼認爲。」

「那麼就是說你要自己扶養這孩子？」

「當然，」她吸了口氣，又說：「只要我們生活在社會主義社會裡。」她還有一件事要說，清了清嗓子：「社會主義的到來，必然會做爲一種制度而對婚姻起分化作用。但是『分化』是個不明智的詞，這詞有點兒……的味道……」她在空中晃了一下手指頭，大家立刻就明白是有點什麼味道了。「不如說最好還是少結婚。現在的女人，絕大多數人結婚都是爲了找個人，好使她們自己和孩子有個著落。在社會主義社會很少有眞正的婚姻，也許根本就沒有，爲了補救一下，男人和女人應該相互平等才是。少來點婚姻，多來點友誼。」

「太好了！」多夫的妻子麥雅說。過去她在會上從不說話。

「不如死了好呢！」多夫說著，不知怎地臉就紅了。

過了一小會兒，吱吱喳喳的聲音平靜下來，他們聽見伍爾弗岡低沉的、飽滿的、鋸磨似的聲音：「你們知道A·貝貝爾的《婦女和社會主義》嗎？你們有多少人讀過？就一個？兩個？」

他說，假若他們感興趣的話，他將在秋天開辦一個關於在社會主義制度下婦女地位的學習班。有好幾個人當即就高興地歡迎了這個建議。鑒於她那天晚上的出色貢獻，艾卜拉被選爲終身組員。艾許一直在注意伍爾弗岡，他在和艾卜拉談話，一直都是和她在談。伍爾弗岡臉上有一種艾許無法解釋的東西。突然間，他覺得明白了：伍爾弗岡是猶太人。出於這樣或那樣的原因，艾許掉過臉去小心地看了一眼弱小的、蒼白的、貧血的荷妮。她坐在那裡，文靜、乏味而又羞怯。艾許強忍著；她一生都渴望一個有保障的生活，一套房子，一個家，一個她自己的廚房，她渴望有自己的孩子，但她那個男人的精力顧不過來，還有大量的政治活動，把她所有的這些歡樂都給奪走了。

在那一瞬間，他覺得他能從她臉上覺察出她生活的風風雨雨：她不管在任何艱難困苦的條件下，都跟隨著伍爾弗岡，帶著速記本，提著小打字機；她一生都是在報社辦公室、閣樓、圖書館、地下室、監獄、集中營中度過；她的一生像是無盡的旅途，她的一生是那樣的無私。既然她現在已在這兒落腳，成了一個前途渺茫的避難者，對於她來說，生孩子也就成了一個學術性最強的問題，因爲社會主義已先來到了，不是嗎？（他想到這裡很快地看了伍爾弗岡一眼；伍爾弗岡送給他「學術問題」這樣一句妙語，現在可以把這句話風趣地還給他了！）

艾許能從荷妮的臉上看出來她都經歷了些什麼，失去了些什麼。她心裡充滿了痛苦和懲罰伍爾弗岡和所有社會主義制度的願望。他生氣地想道：我們幹嘛要辦關於社會主義制度下婦女地位的學習班呢？我們眼前就有一個實實在在的例子。看看被伍爾弗岡榨乾了的荷妮吧！

他剛剛產生了這個罪惡的想法，就用雙手捂住了臉。我算什麼東西？他絕望地想道，竟然也有資格去評論別人？我？宮西爾德寫信向我要五十克朗給小阿斯里德買衣服，我只給她寄去三十克朗，自己卻打算花五百克朗去法國旅行！

那天晚上散了會，他想最後走。結果他眞是最後一個走的。他想和艾卜拉告別。

「放暑假前我不會再見不到你這個小白臉兒了吧？」她說。

「不、不！」艾許說。

「歡迎你來，知道嗎？」

「那就先再見。」艾許說。他有點兒不知道說什麼才好。他本來已做好準備說幾句客氣的告別話，突然他說道：「我想買輛摩托車，打算夏天去法國旅遊一次。」

「啊，」她說，「那可夠你美的。」

「假若我買了摩托車，再辦好駕駛執照，我能夠哪個晚上給你打電話，並且——你願意出來兜一圈兒嗎？」

「我？坐著摩托車？」她怕得發瘋了似地眨著眼，艾許肚皮一鬆笑了出來。「我一生只坐過一回摩托車，都快嚇死了，我像殺豬似地叫著，眼前的一切都變得黑壓壓的，還沒到達我們要去的地方，就發現自己坐在車上，裙子把臉都包起來了。我再也不幹那種事兒了！」

艾許覺得有點兒失望，但他情不自禁地大笑起來。

「不行。」她說。「還不如你走之前哪天晚上來，步行出去走走。然後咱們一起聊聊巴黎，假若你願意的話，就那樣。」

「當然願意。」

「你瞧，人都是願意做自己願意做的事。」她快活地說道。

他有點兒覺得難受。天哪，他想，她當然可以那麼說……他不得不克制自己的感情，他實在受不了，她爲什麼要握住他的手站在那裡？她鬆開了他的手。

「假若你覺得我確實不打攪你的話。」他遲鈍地說。

「你知道你並不打攪我，」她答道。「不過，你事先打個電話靠得住一些，碰巧我們突然有事要做，那可就……」她把手舉起來動了動指頭。

「嗯，」他說道。「好吧，晚安……今天晚上太感謝你了。」

「晚安，艾許。」她說。

她說這話的時候，他覺得心裡有什麼東西扎了一下。他只得匆匆地看了看她的臉部表情，看了看她眼鏡後面的眼睛。沒什麼，這還是因爲她平常那種溫和的性格，沒什麼特別的。「晚安！艾許。」這是他聽過的最溫暖人心的告別。她多好啊，他想。她對我眞好，對每個人都那麼好。然後，她慢慢地關門，門都快關上了還在向他招手，微微地向他動著手指頭。他又看了她一眼，她像小鹿、小松鼠、花蝴蝶一樣的靈活，他舉起手向她告別的時候，覺得自己的姿勢那樣生硬。

他回家，但又像找不到路一樣。他那間房子，他猛地想到他那間房子是那樣的乏味。

她勇敢，眞夠勇敢的。不過，不過……她不應該過於自信，其實她也並不怎麼自信。她不應該亮明自己觀點。他生活中塡寫過不少匯款單，腦子裡老是那個收款人的名字。他知道，同時也感覺得出來，一個單身女人帶著個孩子，她的生活會是什麼樣子。艾卜拉，從表面上即理論上來看，一個女人站出來，宣布自己獨立於孩子的父親，看上去是高尚的，但實質上說……艾卜拉，你不能太自信，不要去亮明自己的觀點。等咱們到了社會主義社會再說吧。艾卜拉，世間的罪孽比年輕人的美好夢想可要多得多。美是很容易失去的，經濟上的貧困就能毀掉愛情。她把人世都看得那麼好，把人都想得那麼好。她那樣天真無邪就會摔跤的，看著這樣一位好姑娘摔跤是令人痛心的事……她需要有個人來照……照顧……

他繞著走了個圈子。

他又回到了原地，站在兩個鋼筋混凝土辦公樓當中的街上：一個角上是合作社，櫥窗亮著燈，其中一個窗口裡是一排裝著洗衣粉的紙盒子。"Persil"他心裡念道，並輕輕地念出了聲音。他慢慢地進到僻靜的胡同裡，走到胡同盡頭那塊空地，這裡就是馬廄，一個在二十世紀不合潮流的地方。他想：這座城裡，也許在整個國家，最先進的思想就來自馬廄這裡。這個老式的木式建築靜靜地立在黑夜之中，房子的好幾個窗口都見不到一點亮光。

在離門好幾步的地方他停下來，盯著門。那是個修復過的倉庫大門，對角釘著一條起支撐作用的木板。門上用的是種老式鎖，那大鎖眼一看就是馬廄用的；可是在這個老式鎖上面又裝了一個現代的耶魯鎖。他看了看這扇門：馬廄，他想，這個好馬廄。他靜靜地站著，屏著氣。他想他是允許站在這兒看看的。

門口地下，是一面寬大的石頭旗，在它旁邊，靠木牆近的地方，雪化了，外沿形成了一朵白色的雪花蓮。

他點著一支煙，把火柴往地下一扔，站著看那朵亮亮的雪花蓮。他不知道自己在想什麼。

他掉過頭，慢慢地走過空地，又回到胡同。

他繞過那個櫥窗裡有 Persil 的合作社時，裡面的燈光照在他身上。到這時，他才抑制住自己的感情。現在他明白過來了。

他繼續朝街那邊走去，謹愼地慢慢地走去。他明白，他要是著急或是跑的話，就會絆倒。他的步子很沉重。他用一隻手緊抱著肚子，像是怕裡面的內臟跑出來似的。

他現在明白了，他明白了。他那點可悲的知識實在是太無望了。

她是他整個青年時期所渴望的，他現在總算熬到了頭，現在他是明白了。航船。門。把手。只是他不配得到她。而現在，因爲他知道自己愛上了她，他再也不敢回去見她了。

有一次，他在結了冰的人行道上滑了一跤。他摔倒在地，膝蓋跪在雪水裡，覺得冰冷的水滲進褲子。他不慌不忙地站起來。他想，他生活中第一次摔跤，正好摔在冰冷的水裡，這眞是太適合他的情況了。

33 助理藥劑師

半人馬怪獸第一回看見了人。半人馬怪獸看看自己那毛髮蓬鬆的野獸身子。半人馬怪獸沒有壞心，所以他沒有什麼希望。

小心翼翼地捧住她的頭，用手捧住她可愛的頭。

怎樣？

怎樣去觀察她那大大的、純潔的、微笑的藍眼睛呢？

半人馬怪獸會輕輕地呼喚她的名字。

他能一動不動地站在灌木叢裡，一點兒都不動，沒人能發現他和他心裡的秘密。他一點兒都不動，就像灌木叢中的一棵樹；他會像一棵樹站在那裡，輕輕地呼喚她可愛的名字。只有她才能用魔法驅除他的獸身，只有透過她的愛，他才能變成人。

他坐著讀那些大部頭著作和核對還須讀的書單時，常常會發狂。眼前這些我就夠費勁了，他想，我註定要失敗。我曾經佔有世上所有的財富，把所能繼承的遺產全給揮霍完了。

康斯坦絲給他往學校打過電話。她折斷了腳腕子，沒什麼嚴重的，但也得把那隻腳打上石膏才行。他願意禮拜六晚上到她家裡參加個聚會嗎？她想再請兩對兒。她的父母哪兒去了呢？他們要出門，去參加朋友的銀婚紀念日晚會，一直到清晨三點才回來。她會請誰呢？噢，格爾妲和丹尼爾，她原先的未婚夫那位藥劑師，還有他的新未婚妻。不會。爲什麼不會？他也說不清楚，但是他對和「前」什麼什麼之間的社交是反感的。其實只是因爲她覺得那個藥劑師和她分手是出於一種壞心眼兒，「想貶低她」，而現在她想給他看看，她是愉快的、高興的……一切都很簡單，完全是一種友好的會見。和他在一起過一個晚上不會使艾許爲難，對吧？

艾許放下電話，還咬著嘴唇若有所思地站在那裡。實際上這個聚會的目的是什麼呢？人們的內心世界會是什麼樣子呢？康斯坦絲會像他印象中那樣文靜、美麗和善良嗎？或是她身上也會有那種令人討厭的小動作？她會不會帶著一隻打石膏的腿暗暗地欣賞兩根心弦的演奏——難道是個重新和好的筵席？難道不是也很容易成爲一個讓人對她產生嫉妒的小型私人宴會？幸災樂禍地看著兩個男子漢臉上的慌亂和窘迫？利用現在的情人反對昔日的情人，這樣，昔日的情人就會明白她過去都有過什麼？欣賞過什麼？假若是那樣的話，怎麼又能和她說的藥劑師強迫她的事情相吻合呢？艾許厭惡暴力和暴力罪行，同時也厭惡他和她過去的那種親密，突然，一系列清清楚楚的性愛圖像出現在他眼前，那些圖像那麼清楚，使他的臉立刻變白了。我不愛康斯坦絲，他想。那麼爲什麼我對我和這個人共有她這個想法如此反感呢？他緊跟著就忘掉了這個想法，並發現怪可笑的。哈——哈——他陰陽怪氣地說，現在咱們來看看藥劑師現在的未婚妻，也許這會兒她應出去迴避迴避，在過道，或是在地下室，或是在僻靜的街口上，或是在黑洞口的後院。咱們這就去幹咱們的事兒，我親愛的藥劑師，處方很簡單：對準臉吹上三公克熱氣，兩公克的狠狠一摟，一公克不顧對方同意還是不同意，再一使勁兒就快到一克了。貼著她搖夠爲止，站著就能把她弄到手。咱倆都是有經驗的助理藥劑師，難道不對嗎，藥劑師先生？

康斯坦絲，你是誰的呢？

艾許禮拜六晚上到的時候，康斯坦絲在過道裡歡迎了他。他看了半天她那隻打石膏的腳。一進來他就感覺到過道裡的味兒，透過一個門往裡瞟了一眼，就覺出了那間起居室的氣氛，屋子倒挺好，就是家具擺得過多了點，落地式燈的大罩上帶著低垂的綢邊兒（還有一張長毛絨面兒的扶手椅）挺好，也挺舒適，給人一種本分過日子的氣息。他給嚇了一跳。他沒有聽見康斯坦絲說些什麼，只是請她給自己來一杯飲料——什麼？還沒進門就要喝的？——她和他一痛一拐地走到廚房倒了一杯白蘭地。他看見食品櫃上面的那塊油布，眞有點兒嚇暈了。世界上沒有什麼東西能比廚房食品櫃上的舊油布，說明一個家庭怎麼樣了。他把白蘭地撒了一地，只好再要一杯。她又給了他一杯。

一會兒，他覺得酒勁兒在他血管裡一跳一跳，並且有些發熱。他一個勁兒地盯著看康斯坦絲，免得使自己對廚房發表什麼看法。他裝出輕鬆的樣子問：「就你這樣兒，拍拍你屁股受得了嗎？」她說行。他暗暗地注意她的臉部表情，看她在想些什麼。「你的腳還疼嗎？」「一點也不疼了，就是石膏底下有點兒癢癢的。」「什麼時候可以拆石膏？」「再過兩、三天。」

進到屋子裡面，他向其他人打了招呼。艾許有點兒暈了，不幸的是後來更暈了。令他吃驚的是，他靠近藥劑師的時候，身上不再起那種雞皮疙瘩了。他斜眼看了看藥劑師的新未婚妻。天哪！她看上去傻乎乎的！藥劑師可以一輩子把她占爲己有。他坐下來，感到這是他最崇高的報復。他搓了搓雙手，眞正覺得有些開心了，走過去高興地拍了一下藥劑師的肩：

「你的未婚妻眞是個可愛的姑娘，」艾許低聲地說。「不算壞。」藥劑師說著點了點頭。艾許也向他點了點頭。他這下可完全占了上風。

又過一會兒，藥劑師爲大家唱歌。他是在德國上的學，在慕尼黑，他在那裡也學過點音樂。艾許一下子十分清醒起來。德國，威赫爾米妮，歌聲，他的思緒清晰起來。藥劑師是個男高音，他唱起來像——他唱得和誰那麼酷似呢？——對了，像那個建築師史密斯．赫門森。

藥劑師坐在那臺很小而且很舊的鋼琴前面，鍵都黃了，唱著舒伯特的《山坡的牧羊人》。他的新未婚妻坐在他身邊，高興得不知如何是好了，一個勁地用眼看著他。艾許也在那裡看著他，他鼻孔變白了，由於憋足勁兒尖叫，後脖頸也變紅了。他把頭揚起來，唱的時候，目光視而不見，齜牙咧嘴。他有些得意忘形。假若他不留神的話，艾許想，我非得收拾他不可。

他一下子變得非常痛恨唱歌，痛恨那些自以爲不錯的業餘歌手，像是一條不可動搖的眞理。在他看來，低劣的歌手是世界上最愚蠢的人，胡叫一氣，自以爲還讓別人娛樂呢，其實就只有他自己和他那個母雞般的未婚妻覺得滿不錯，這種人才是大傻瓜呢！

同時，他又十分生氣地想：我曾經不可思議地想過要當什麼作曲家，或者當什麼詩人，這就是最突出的例子，一個藝術家的作品就是這樣的下場。此時此刻，舒伯特一定在他的墳墓裡痛苦呢，他一定也傷透了腦筋，眞希望自己從未作過《山坡的牧羊人》，寧願這部作品從未問世。藝術家必須要保護自己。要是他又該怎麼去做呢？從不去寫那種沒有份量而只是因好聽而變得流行的作品，從不去寫那種任何笨蛋都能唱的歌曲，從來不去寫一道那麼合格律、那麼有韻腳、那麼激動人心的詩，以致任何普通人都能去背誦它。

（他突然記起了易卜生的 Terje Vigen，一想到他每次聽見背這首詩，每次那種呻吟、哭泣、炫耀、糟蹋的時候，他就直打寒噤。我一生中就沒有見過有兩行經讀的詩，他想。）

戲劇、小說還可以，就是散文這種東西，建築師和藥劑師是一行都朗誦不了的。因爲太妙了。就音樂而言，他是不是就永遠不去作一首歌呢？永遠不去作一首民謠呢？永遠不去作一首人們能唱的東西呢？他又仔細想了想這個問題。歌劇，他想，歌劇的一些唱段還可以，但必須是和《塞維利亞的理髮師》裡一樣難度的唱段——我看，巴希羅詠嘆調，費加羅抒情曲——這些唱段休止都很難，於是人們也就不敢去唱了，甚至那個自鳴得意的藥劑師，也不敢去試試費加羅的抒情曲，是嗎？他敢嗎？老天爺，你就看看他那張脹紅的臉吧，太陽穴和脖子上的青筋暴得老高，親愛的上帝，處死所有那些那樣唱歌的藥劑師吧！

十二點鐘的時候，那個藥劑師和未婚妻站起來要走。格爾妲、丹尼爾和艾許也站起來。藥劑師穿著外衣、戴著帽子，又從過道走進去的時候，屋裡出現了一種奇怪的僵持局面。那裡就剩艾許和康斯坦絲了，艾許剛說最好他也走。「從沒聽說過這種胡言亂語，」藥劑師神裡神氣精神奕奕地說，閃閃的無邊眼鏡底下，鼻子過於友好地擠了幾下。「你別因爲我們走你也走呀！」艾許憋著沒吭聲，藥劑師把他推回了屋子。「我敢肯定康斯坦絲不願意你馬上就走！」艾許低下頭去，覺得自己有點兒臉紅了，他沒敢去看康斯坦絲，他一點兒都不想再待了。可是當著康斯坦絲，藥劑師公開邀請他再待會兒！他非常厭惡他眼裡的淫笑。「多待一會兒吧！」藥劑師低聲地十分近乎地說。我應該扔掉他的眼鏡兒狠狠地揍他一頓，艾許想。

那幾個人走了以後，艾許好半天什麼都沒說。

「你還想再喝點兒咖啡嗎？」康斯坦絲小心翼翼地說。

她輕輕地靠在沙發邊的小茶几上，上面放著咖啡具。

「也許再來半杯。」艾許說著坐下來。

他坐在那裡眼看著地板。他自己也不知道他為什麼不高興和沉默寡言。今晚上有什麼意義呢？他幹嘛要來？他沉沉地嘆了口氣。然後他抬起頭來，悶悶不樂地看著康斯坦絲。

「你玩得不高興？」她問。

他搖搖頭。他覺得悲傷，一種出奇的憂鬱集中地表現在他那拉得老長的臉上。他走過去，在長沙發上康斯坦絲身邊坐下來。他用手摟著她的腰。「不行了，」他說並嘆了口氣，「現在我非走不可了。」

艾許剛要鬆開手，她又把它抓緊了一點。「我父母要三點才能回來呢，」她溫柔地說，「現在才一點。」

他眼睛朝下看去。「你知道，」他傷心地說，「我是想和你在一起的，但是……」

「你是擔心我的腳，是嗎？」她說。

「是。」他答。

她把臉轉向一邊，柔情地說：「我願意。」

他沒支聲。他看著她的背，看著她那好看的小姑娘似的背，藏在那緊身的鴿灰色毛衣下面。

「可是，不會弄疼你的腳嗎？」他說。

她擺了擺頭，她深深的閃亮的金髮輕輕地動了一下。

他把手放在她肩上，她有點兒發抖。他什麼也沒說，小心地使她躺下。他一下子變得高度興奮。她腿上的石膏很怪，給他帶來了一種在醫院的氣氛。儘管他很興奮，但還是沒有表露出來，就像例行公事一樣。他沒有吻她，也沒有做準備性的愛撫。他把她放在長沙發的邊上，使她的雙腳能著地。他使勁兒把她的衣服拉上去，使勁兒脫掉她的褲子。她想把衣服拉下來，可是他又給她拽上去，非常堅決。她屈服了，躺在那裡。他看著她的臉，她把目光轉向一邊。她無法與他的目光相遇，他需要的就是這個。

他站起來，去解自己的扣子。他總覺得讓一個姑娘看見他這種情景是十分難爲情的，他總想用手把它遮住，一頭鑽進被窩兒藏起來——這時他抓住康斯坦絲的手，讓她去做下一步。開始那會兒，她的手一動不動地，後來她聽話了，把眼睜開看了看，看怎麼做好。他就希望她那樣，緊接著他又晃動身子，熾熱的欲火使他不顧一切地撞擊著她，使足了勁地震撼著她，她從來沒有這樣好過。

他用兩隻手支撐著自己，他們倆人的臉相隔著一定距離。過了一會兒，她睜開眼向上看了看。一滴汗珠從艾許額頭上落下來，她動人地、幾乎是無意識地伸出一隻手，給他擦了擦臉。他輕輕地說了聲「謝謝」。屋子裡很熱，他立起身子，用自己的手絹擦了擦臉和脖子，然後採取了避孕措施，回到她身邊，又上去了。他低聲地說：「馬上就要舒服了。」她娓娓地應：「嗯。」

他給自己找了好幾個藉口，說準備要走了。（瞬間，他覺得無名地擔憂起來，生怕她父母提前回來。他倒不是因爲怕她父母把他們倆這樣堵在屋裡，而是一想到要和她父母握手心裡就直哆嗦）他們說了一、兩句就分手了，他在她臉上輕輕地吻了一下，對，他禮拜五會給她打電話。

他在街上往家走著。已經是深夜，他正往自己那間屋子走去。他有些悶悶不樂。他把手抬起來，聞了聞，那眞是世界上最香的香氣。但是，他心裡卻悶悶不樂。

他回到了自己屋子，脫去衣服，慢慢地一點兒一點兒地把身上的東西都扒掉。康斯坦絲，康斯坦絲。他心裡絕望極了，他太年輕、太不可思議了。他實在是想對世界上誰都那麼好，但他眞是又太不像話了。

這個年輕人跪倒在地上，充滿了震撼心靈的絕望，但他還是不能給康斯坦絲帶來幸福。他就那樣跪著，用拳頭捶打著地板，渾身不由自主地哆嗦個不停：我不愛她！我不愛她！我不愛她！

34 駕駛主考人和宇宙

正準備考試，他接到了宮西爾德的信。那一年他接到她許多封信，每一封都使他落到了憂鬱的絕望的地步。每封信的語言都像出自罵街潑婦之嘴，每封信除了威脅和咒罵，就沒別的話了。他們當初經常會面，她每天晚上去到他那兒的時候，身上都常常帶著一種劣酒味兒；最後那個晚上，也就是他讓她懷上的那個晚上，她用一個平底杯喝純威士忌，他想奪下她手中的杯子，被她用一塊木柴在頭上打了一下。這個女人竟是他女兒的母親！她來的那些信，總是讓他隱隱約約的感覺到，都是在她半醉的情況下寫的。（這個半醉的母親坐在桌邊寫這些充滿仇恨的信時，那孩子在什麼地方待著呢？）信封上那些不規則的歪歪扭扭的字跡，就足以使他絕望地暈過去。

這封信帶來的消息使他眼睛瞪得老大，因爲他從不給她足夠的生活費。她說，她去年都是靠到處打零工養活孩子和她自己，有一段時間在一個飯店當招待員，後來又在一家商店工作，現在她把孩子寄託在她沒孩子的弟弟和弟媳婦那裡，自己打算在船上找個工作幹，當服務員和招待都行，這樣也可脫脫身。那主意倒也不錯，他想。見鬼，但願我沒有想錯她。

立刻，他就嚇得牙直打顫：他想，假若她在船上找到了工作，說不定就是條郵船，那就意味著她將上這兒來！每半個月來一次！並且郵船要在這裡停三天。她將會來看我。她說不定會到我屋子裡來，說不定會來學生組，說不定會走進校長辦公室找布勒弗特先生談談！

天哪！難道我就永遠也擺脫不了這個女人嗎？

他們到外面去試車。一切都處於良好狀況。

「你能降到七百五嗎？」艾許問道。

「嗯，不行。」那人說。

「你降到七百五，我這就在表上簽字。」

「行，」那人應道，用手指搔了搔後脖頸。「不過我這就得要二百克朗現金。」

「這就給你，」艾許說。「下次付錢是在九月十五日。」

兩人半天沒說話。艾許點了一支煙，給那人也遞一支。

「行，」那人說。「不過眞夠便宜你的了。」

「一般說來買主占不了便宜。」艾許說。

「看來他們在學校什麼都教你們，是嗎？」那人在笑。

「你知道，」艾許說，「爲輛摩托車還個價可用不著上專業大學。」

「對，」那人說，「也許用不著。」

「這就簽。」艾許說著，取出了自己的鋼筆。

後來，他有點兒昏頭昏腦，從他手上出去了二百克朗。二百克朗的鈔票就這樣沒了！

而他就從此變成了摩托車的主人。

不過，還不全是那樣。根據分期付款購買法，在全部款項付清以前，物件仍是賣主的財產。

我把它當成我的就是，艾許想。那才是最要緊的。

在艾許通過駕駛考試之前，摩托車還得放在賣主那裡。一個星期以後，死記硬背了一個晚上，他總算背下了那本《駕駛入門》小冊子。艾許來到派出所門外的街上。他的頭嗡嗡直響，盡是諸如汽化器、凸輪、內燃機、火星塞、底盤、齒輪箱、方向帶、分速器之類的專有名詞。他起了個大早，想在摩托車上找到這些奇怪的部件，可是一個也找不到。那該死的小冊子是爲開大臥車的人準備的，給開小摩托車的窮鬼一個字也沒有寫！摩托車駕駛員要那些方面的知識有什麼用？你只需要踩一下自動起動器，掛上檔，再把手柄一擰車就加上速了，你也就一蹦就出去了！費半天勁在摩托車上找什麼方向帶。

他一下子急了！最後才得出一個偉大的結論——原本就沒有那玩意兒！他決定去問問主考人是怎麼回事兒，也許是賣主騙了他？圓圈圈和三角形在他眼前亂跳，紅的，黃的，白的，藍的，單行線，非通道，禁止停車，前方主道，橫道，平面交叉……已經到了派出所外面，他突然有一樣東西想不起來了，甚至都搞不清楚他那輛車的頭尾在哪兒了。

主考官終於出來了，慢慢地朝臺階下走來，像在苦苦地思考著什麼。他還相當年輕，不到三十歲，穿著雨衣，腰間繫著束身帶，戴著一頂帽子。他在人行道上站住，點了一支煙。艾許想：他把我忘了？他，清了清嗓子。那人沒有看到他。啊，艾許想，他突然鎮定並警覺起來，這是種心理戰術，他們想用這種法子把參加考試的人弄得暈頭轉向，假使有人通不過考試再考第二次，他們就能收雙份的錢。也許這就是一種形式上的騙局。好，咱們這就走著瞧。艾許完全冷靜了下來，現在他能記起每一個交通標誌了。既然他能抽煙，艾許想，我也就能抽，他點了支煙。等了等。咱們試試看。那個賣車的主兒對我說什麼來著？往右拐的時候轉小彎，往左拐的時候轉大彎，轉彎的時候要記住打手勢，握把盡量靠外些能給主考人留個好印象，盡量靠外些。行啦，他就來吧！他總不能成心不讓我及格。我會把車駕得十分漂亮，好比我就是上帝一樣。

那人向艾許走過去。

「怎麼樣？」他說。

「沒錯。」艾許說著，並脫帽行禮。最好還是有禮貌些，反正也不花錢。

「摩托車？」那人說著並看了一眼車。

「沒錯。」艾許說。他確實無法否認他們兩人的眼睛全都看見了這輛車。

「你想考試，是嗎？」

「就是那麼回事。」艾許說。

那人冷冷地看了他一眼，艾許臉上的那點笑容立刻消失了。

「嗯，發動車，讓我看你開開。」

「你不打算坐在後面了？」艾許問。

「不，我就待在這兒，」那人說。「你在這條馬路上開上一、兩個來回看看。」

「行。」艾許說。

他朝停在人行道邊兒上的摩托車走過去。

他一跨腿騎了上去，輕輕地響了一聲，車子猛地被推上去，自己坐好了。座下的彈簧發出隱隱的、但卻好聽的嘎吱聲。上法國去。他查看一下檔位是不是掛空，再把右手往摩托車底下一掏，弄了弄那裡突出來的一個小容器。這一來，裡面滲出幾滴汽油，就容易發動了。賣車的主兒是這麼教他的。艾許站起來，把渾身的勁兒都使在那個反衝式起動器上：這就是了！

他到底要站在那裡踩多長時間？五分鐘？十五分？整整一個世紀？

他不知道。他只知道那輛車就是發動不了。他一試再試，每一次噗噗地響過後，緊接著腳踏板一放便是爆裂聲，但機器就是點不著。他的臉越來越紅。最後他直冒汗，腿也蹬得沒勁兒了。他不時地看看主考人。從那人臉上的表情看得出他在想：我就知道會這樣。假若那人能說說該多好，艾許想。

由於他站在那裡一個勁地發動車，他的慌亂好像暫時好一點，但很快又被眼前一種可怕的情景代替了。那個在人行道上一動不動冷酷無情的傢伙，那個眼睛沒有一點表情的傢伙，一下子變成了攔路虎。艾許到現在爲止，已騎了整整一個禮拜摩托車了。他能發動車，也能騎，就像滾一根木頭那麼容易。一定是機械部份什麼地方出了毛病，他只要把車推到修車的地方請人看看就行了。

但是人行道上那個人卻站在前面擋著他的去路。正是人行道上那個人，他有著極大的權力，就是他有權頒發駕駛執照，就是那個絕對普通、無名、無情的傢伙，那個不知名的傢伙，只要他不幫忙，只要他採取這個態度，就能使艾許得不到駕駛執照，就能讓他出不成國，去不成法國，不讓他看巴黎、羅浮宮和羅丹博物館、香榭麗舍大街和法蘭西大劇院，凡爾賽宮和蒙瑪特爾高地，聖心教堂和貓尾巴約魚街，不能在伏爾泰、狄德羅、巴爾札克、左拉、雨果散過步的街上去轉轉——這個渺小的傢伙竟攔住艾許通往世界文明之最的道路！

（難道艾許除了騎摩托車就沒有別的辦法去法國了嗎？他在城裡試過好幾條水路，他打聽假若自己管飯的話，貨船能不能免費搭船，但被回絕了，說他們再也不拉不付錢的人了。他又買不起火車票，騎摩托車是唯一的可能了，天底下就這唯一的辦法了！）

現在這個渺小的傢伙，卻把艾許的命運攥在他手心裡；這個叫不上名字的傢伙，卻要決定艾許要是永遠當一個挪威野人呢，還是可以去對優秀的文化和靈光開開眼界？人行道上這個陌生的傢伙，簡直是有一種能在全世界施展的權力，這個穿雨衣的傢伙比上帝的權力還大。艾許意識到這個無名的公務員這種無情的、包攬一切的權力時，不禁打了個寒噤。他永遠也不會忘掉那一刻，也永遠不會忘掉作爲一個社會主義者提倡的旨在增加官僚主義者的制度！（晚年的時候他發現卡爾．馬克思的女婿寫的一本小書叫《社會主義與國家》，這事使他很有想法。）但是那一刻他不是從政治上考慮，而是從宇宙角度考慮。他是從外在空間角度去看人行道上的那個陌生人。

最後主考人露面了。他向艾許走過來。

「發動不了，呃？」

「動不了。」艾許呻吟著說。

「是點火裝置哪兒出毛病了嗎？」

「不清楚，」艾許大聲說，「我騎了一個禮拜，還是第一次這麼彆扭。」

「噢，那眞怪了。」那人說。

「您，您是不是來試試？」艾許說。他覺得這倒是一線希望，成功的可能性使得他高興了起來。

「你下來，」那人說，「讓我看看。」

艾許正求之不得，他太高興了，早就該把摩托車塞給那人。

那人把雨衣往邊上一撩，上去坐好。他看了看機器，很明顯，他過去沒有見過這種型號。**Zündapp**。德國造。哼！

那人從座上站起來，一隻腳蹬了下去。

那人蹬了多久？艾許不清楚。五分鐘。十五分鐘。也許是一個世紀。

艾許只覺得沒給他帶來什麼福音。開始，那人很鎭靜，很內行，也很傲慢，然後那車變得有點兒和他開玩笑了，到最後一看眞是不行了。開始那人臉上還是坐辦公室幹事的那種黃臉色，後來慢慢地變成了粉紅，深紅，紫色，以致紫牡丹的那種深紫。最後當他放棄的時候，他的臉色成了有時你見的那種豬肝色。

「出乎意外，是嗎？」艾許斗著膽子說。

那人邁腿下車，帽子掉了，生氣地從地上撿起來，用手絹擦了擦額頭，咕咕噥噥地說：

「我還從沒見過這種怪事。」

艾許什麼也沒說。

過了一會兒，他壯著膽子建議：

「也許我可以再試試？」

「當然可以。」

艾許停了停，跨腿坐了上去，用手弄了弄底下，站起來用腳使勁一蹬。

奇蹟出現了。

車發動了。

艾許沒敢去看那人。假若我這時候笑一下的話，他想，他就會不讓我及格。這時的比分還是一比一。假若我還是一本正經，用完全正確的方式操作的話，他一定會讓我通過的。他看出我在裝傻，但我發現他也在裝傻。

「哈——哈——」那人喊道，「你就走吧！」

向右拐轉小彎，向左拐轉大彎，手盡量往外握，別太快！

五分鐘以後，艾許通過了。那位主考人關於發動機裡面奧秘的問題一個也沒有問，他實在無法再問了。

幾分鐘後，艾許差點兒撞在電車上，他好歹用腳踏住了，腳煞車尖叫一聲停住了。

他覺得太高興太痛快了。最後總算白紙黑字寫著，他能駕駛摩托車了！

35 公用電話亭裡

（查號臺嗎？你能告訴我天堂的電話號碼嗎？）

已經好幾天了，他懷疑能不能行得通，怎樣才行得通。假若他能寫幾行字最好了。寫封信要容易得多。但是那看上去不可笑嗎？給在同一個城裡的人寫信。愚蠢的主意。

他撥了她的號碼。他站在電話亭裡等著回話的時候，突然渾身變得麻木起來。

沒有再比公用電話亭裡更壓抑的沉靜了，尤其是你剛撥完那個你渴望的女人的電話號碼，並且你又摸不透她對你的感情，還站在那裡等待回話的時候。小亭子裡的空氣又燥又熱，還有股由於很多人用而留下的油污味兒，一種像是古塔膠的氣味直鑽鼻子。你心裡覺得很重，你好像都能聽見心跳，你都覺得說不出話了。在那間小屋子裡，你被幽閉恐怖所壓倒，又熱又怕，汗珠從額上淌下來，你眞是急得要死。沒有接電話的聲音，自然是沒人。你正要非常絕望地放下聽筒時，有人接了，眞是喜出望外。一高興，覺得眼前發黑。

「喂？」電話裡一個聲音喊。

他張不開嘴，他握話筒的手有些哆嗦，手心出汗，都快滑得握不住話筒了。他眞想一下子死了算了。

「喂？」那聲音再次喊道。這時多少有些奇怪，而且可能有點不耐煩了。艾許的心一下子沉了下去，也許還不等他開口，對方就會把電話掛掉。

「喂！」他應道。他自己都不知道他這聲音是不是聽得見。他一定得讓對方聽見才行。

「喂，」他大聲喊道，用舌頭舔了一下焦乾的嘴唇。「是艾卜拉嗎？」他說出她名字的時候，不由得顫抖了一下。

「是啊？」她說，並又加了句：「稍等一會兒。」

他聽是她在那一頭從話筒把頭掉向一邊在和屋子裡另一個人說話。聽上去好像她要人小心地包裝什麼東西，她的話那樣自信、那樣肯定，儼然是個眞正的行家。接著那聲音又回到話筒上來，又大又清楚。

「喂！對不起，我得對這小姑娘說點事兒。是誰呀？」稍稍停了一下。「喂？」

「喂，我是——我是艾許。」

停了一下。可是對於他來說，這時間太長了，他罵自己不該給她打這個電話。她怎麼立刻就能想起他是誰呢？他爲什麼要站在那裡佔用她寶貴的時間呢……掛了，掛了，算了吧，也許她還沒聽見他的名字。

「不會吧，是你？」

他的心跳得厲害極了，緊接著又平息下來。她的嗓音明明白白那樣的坦率和喜悅。不過也許她在電話裡總是那樣，對每個人都是那樣。他把頭側向一邊，以便對她的聲音聽得更清楚一些。這時，他有點兒激動起來。

「聽見你的聲音真高興，這一陣子你都到哪兒去了？」

她的聲音是那樣的溫和友善。假若他是個毛頭小伙子的話，她那快活的聲音，也許會讓他覺得她這一段日子什麼也做不下去，只是徹夜不眠地躺在那裡咬著指頭想他了；也許會讓他感覺到她一直在尋找他呢！那兩隻地中海似的眼睛和臉上的酒窩，使得這個天使聽上去確實是那樣，他盡量控制住自己激動的情緒，不讓它表露出來。

「你還活著！」

他在話筒裡含含糊糊地笑了兩聲。然而，她立刻變得驚慌的語調嚇了他一跳：

「啊，上帝，你不會是打電話叫我和你騎摩托車出去吧？我可不敢，我眞的不敢。」

他總算用了點法子把她穩住了。他要做的事太多了，五月底有好幾門功課要考試，還有，不是這事兒就是那事兒……他用左手費勁地把手絹掏出來，擦了擦臉上的汗。

「你會考的挺好，是嗎？」她欣喜若狂地喊道。

「那還得看。」他愁眉不展地說。他眼前好像出現了書架上和桌子上那些厚厚的書、計算題、練習簿、尺、對數表、計算尺……

「你必須……知道嗎？」電話裡那個快活的聲音說，這時她有點兒認眞了。

「我必須怎麼？」

「考好。我們都期望你考好。」

他下意識地從電話機旁往後縮了回去。你瞧，我們期望。我們，毫無疑問，誰是這個「我們」。我們，也就是社會主義學生小組，不是嗎？所以，我們期望這個年輕人將給小組增光，給社會主義者們增光，給我們的共同理想增光。我們不希望——難道不是嗎？——這個年輕人因分數不好而有損於社會主義，不是嗎？「給我們最好的分數，年輕人，最好的，我們也給你以最好的回報。」難道他們當中就沒有人有點憐憫心嗎？甚至艾卜拉也沒有？幹嘛非要從考試成績看一個人呢？當然他是要打算考好，但不等於非得考好。他沒有野心要求特別推薦。所有的教育都是沒有價值的，學校都是折磨人的工具。世界各地的教育都是基於習俗。學校之所以存在，是因爲社會上的老一代擔心對年輕人撒手不管而導致革命。學校是爲落後的孩子們辦的，所有的學校都如此，小學、中學、普通中學、學院、大學都是如此。

一個人只學會字母表就行了，其它都可以靠自己，圖書館總是有的。人們從學校什麼都學不到，只能使腦子變得遲鈍。偉人大都沒上過什麼學，都是自學成才；他們偉大，正是因爲他們保持了他們頭腦的清新……天哪，片刻間，艾卜拉使他想起了母親：「艾許，你可一定要考好，爲了我，你也要考好。」

一霎間，他甚至生艾卜拉的氣了，生艾卜拉的氣了！

（爲什麼？因爲他內心深處是希望人們承認、喜歡、熱愛現在的他，承認、喜歡、熱愛他內心固有而沒說出來的東西，而不是他文憑背後的那種東西，不是因爲他將來可能做什麼！二十年之內，他想，我或許可能創作一部交響樂來。那時，也許人們會羨慕我，也許人們會都圍著我，但不是那時候我才需要人們的體貼和理解，不是等大家都看到了我的價值，而是現在，現在，當我還把一切都埋在心裡的時候！二十年後將要形成的樂譜，現在就在我心中。爲什麼在現實生活中有實際效應的人，就要比富有幻想的青年得到更大的承認呢？當人年輕的時候，生活總是痛苦的。艾卜拉，你此刻使我充滿了悲痛，說不出的悲痛。你作爲小組的一員，在那裡等待我像一只熟透了的桔子掉下來時接住我，但是你只等我成爲一隻最好的桔子才要我。等我被公開地蓋上章保證了質量才要我。你使我痛心，艾卜拉。儘管如此，我還得請求原諒——我不能責怪艾卜拉；我想只有上帝才能看到人心裡去，才能知道沒有通過考試，沒有得到文憑，也是有價值的。原諒我吧，艾卜拉。人們不是離開痛苦就不能活的，所有的人當中，你是最不應該爲我的悲哀而痛苦的人，原諒我吧！）

奇蹟出現了：瞬間，他的痛苦變成了暖人心房的快慰和越來越大的喜悅。原來，也還是有一個人坐在那裡等著他，還有一幫子自己的人在等著他，他們把他當成自己的一員，在他們當中，他這個流浪兒能安置下來，他這顆疲乏的心能得到安寧。他頓時感激非凡，用手使勁兒去抓電話間牆上的東西，差點兒把它揪下來。

「好，」他用一種沙啞的聲音吞吞吐吐地說，「我盡力吧。」

「那就好，」她大聲說。「我們知道你會考好的。」

這時，他的情緒才慢慢高起來。確實，他會得到好成績的！也許是第一名！不行，班上還有一個學生，是個頭腦冷靜頭髮黑黑的傢伙，從來難不住他，什麼難題都做得出，不但不出錯，往往做出來的題目連教授們都發現有新意，教授們之間常常討論他的答案。

這個超天才學生有張不富於表情的白白的臉龐，褐色的眼睛，並且是個納粹主義分子。艾許對他總是敬而遠之。有時候艾許非常生氣，一個該死的納粹分子，竟然能成爲一個比社會主義者更有天才的經濟學家。不過艾許也有稍稍占上風的時候，儘管他那樣天才並且是納粹主義分子，他在他們的政治討論會上也得聽艾許的擺布。

突然，他產生了一種噁心的感覺，因爲他意識到他給她打電話，不只是爲了聽她那圓潤的嗓音和友好的話語；他的目的不是她的友誼，不是那表面的友誼，不是那同志間的友誼，那些東西他已經得到了。現在他要的是另外一種東西，一種完全不同的東西。過去他不想得到它，也不理解它，事實上他根本就不能想到她是女人。有那麼兩三回，一想到她是女人，立刻就聯想到她的肉體，這使他很絕望。他那種想法像是被她那雙大大的、純潔的、快活的眼睛看出來了。他想到把手放在她腿上，不禁打了個寒噤。把她當成性工具是不能想像的，是完全辦不到的。他一產生這種想法，心裡就害怕，就對自己反感。儘管她是個那麼可愛的姑娘，他還那麼想？

但是在他心中確實有一種渴望，極隱密、極深沉、極難辨，那是一種令人痛苦、令人折磨、令人莫名其妙的渴望。所有具有生命的男人，都知道他們內心的恥骨區和那種熱望。那種熱望要眞正活躍起來的話，是非常可怕的，因爲情慾所到之處，草木無存。那停頓是可怕的、漫長的，他再次聽到她聲音的時候，他的牙齒都有些打顫。不會是不耐煩了吧？

「聽著，」她說，「你打電話有什麼特殊事兒嗎？」

她是不是又把頭轉向一邊了？他是不是在浪費她的時間？當他意識到他現在必須馬上說話時，他一下子著慌了。現在必須得開口了。

「是的。」他喉嚨發乾地說。他的聲音顫抖起來。

「什麼？」

他狠命地嚥了一口，用一種想中止他成心做出來的聲音說道：

「是的。我——我只是想問問下禮拜六你準備做什麼？」

好容易開口了。他閉上眼，頭一偏向牆靠去，準備這就暈過去。但是他立刻想到，這時他絕不能給她一點機會找藉口或推諉。他極力振作起來，繼續往下說，說話的速度很快：

「不是這個禮拜六，是下一週的禮拜六。那時我們就考完期末考了，學院要辦個舞，並且——呃——我還準備爲女士們致祝酒辭，有聚餐，還有別的。當然還要跳舞，我想問問你，是不是願作我的舞伴。」

「作伴」這個字眼對他來說可太費勁了。他透不過氣來。他明白那字眼沒什麼錯，但由於他腦子裡胡思亂想，這個字有了一種完全不同的意義。突然間他腦子出現了另外一個世界，「做伴」兩個字後面的另外一個世界。他覺得自己無意中道出了內心的秘密。爲了控制內心害怕的感覺，他必須得說點兒別的什麼。他再次對著話筒大聲喊道：

「穿晚禮服！」

「你說什麼？」

「晚禮服。」

「啊，知道了。」

「嗯……」

「喂……你能來嗎？」

她的語調使他覺出好像不該提晚禮服，還那麼大聲。

稍稍停了一下。他覺得自己好像被放在一千個大氣壓底下，他的肺都給壓平了，出不上氣來。上帝，他禱告，親愛的上帝……

「我想不……」她猶豫地說。

「什麼？」絕望，一種令人驚呆的絕望使他大叫起來。

「我想那天晚上不會有什麼特別的事。下禮拜六，是嗎？」

親愛的，親愛的上帝，謝謝，謝謝你……他發現電話亭裡有輕輕碰壁的聲音，話筒握在手中，在那裡直哆嗦，碰到了牆上。

他用雙手握住話筒，不讓它動。他用一種遲鈍、幾乎是聽不見的聲音說：

「好，我會提前很長時間提醒你的，知道嗎？不會讓你太緊張……」

然而，他的話幾乎全沒說出聲，哪怕用很小的聲音都費勁。他的腿有些站不住，像是麵團做的一樣。他只好依在牆上。他知道艾卜拉是同意了。

艾卜拉會來作他的伴。

他用兩手才把話筒掛回去。

他莽莽撞撞從公共電話亭走回來的時候，差點兒和一位講師撞了個滿懷。

講師久久地盯著這個高個子學生的白臉龐和火燒火燎的眼睛。

那講師自言自語地說：這就是考試的好處，也許課程表重了一些。我得對院長說說。

36 穿晚禮服的年輕人

那個日子到了，他從中午就忙乎上了。

他已把給女士們的祝酒辭唸了四十遍還坐不住。他站起來，脫掉衣服，把床上放著的晚禮服穿在身上。頃刻，他想起多夫給他講的一個關於托洛斯基的故事，控制不住地笑起來。

一九一七年俄國無產階級進行革命後，列寧不惜一切代價，要和世界各國搞和平，尤其是波蘭。他派托洛斯基去參加布列斯特——立陶夫斯克的和平談判。可是作爲世界無產階級的代表，托洛斯基能穿晚禮服嗎？在進退兩難的情況下，托洛斯基給莫斯科發了電報。他得到的答覆是：「只要托洛斯基同志能得到和平，他愛穿什麼就穿什麼。同志般的問候。列寧。」

假若有助於他那天晚上的和平談判，他會欣然穿一件雜色上衣，隨便穿一件絲呢子上衣或是光膀子屁股上插幾根鴕鳥毛去的。

當他看見鏡子中的自己時，心裡涼了半截。在衣服出租店裡，只有兩套晚禮服供他挑選，一套腰身合適，但袖子足足短了四吋；另一套袖子長，但肥大得可以裝進一頭象。絕望中，他一狠心，對店裡的人說就要後面這一套。穿好後，他站在鏡子面前審視自己那分尊容，不禁哆嗦了一下。那身衣服使他想起了死一樣平靜的海面上停著的一張寬大的主帆。他可以把四周都掐去十八吋，前面，兩邊，後面都可以去掉一大塊。他覺得自己就像馬戲團的帳篷。還有那條褲子！褲腳高高地吊在他腿上。再也找不到這樣一個傻瓜和在教堂行堅信禮人的混合物了。他大笑起來，想試著把褲腳往下拽拽。那倒也沒什麼，最糟的是他站在那裡像個大麻袋似的，沒有一點型兒。還有，他腰間的背心和褲腰當中還空著一道蓋不住。

頓時，他恨透了那種非穿制服不可的專制。誰規定人非要穿晚禮服？這幫子壞傢伙都躲到哪兒去了？這些幕後操縱者們私下定了人們應該穿什麼。總有那麼一天，他要用煙把他們捅出來，他要把他們暴露在光天化日之下，他要像捕殺老鼠一樣用〇．二二口徑的手槍把他們統統擊斃。確實沒錯，他曾經渴望過一套晚禮服。一套晚禮服是富裕生活和他所夢想世界的一部分。他年輕的時候，一套晚禮服會給他更多的自信。他若是能有一套晚禮服，就不會覺得自己太窮酸，太無知，太絕望。他所希望的晚禮服，是他想穿的時候就穿，而不是別人強迫他穿的戲裝！

他氣得呼哧呼哧！他對自己說，這是我一生中第一次也是最後一次穿晚禮服了。這對那些藏在他們窩裡支配世界時髦而又不願透露姓名的先生們，是個更好的報復。我再也不穿晚禮服了！他們能聽見我這些話，我也就用不著用槍對付他們了，他們會氣死的。

他把那身可怕的黑色衣服脫下來，又放回了床上。然後，他又開始去擦自己那雙黑皮鞋。他非要把它擦得像鏡子一樣亮，烏木一樣黑。後來，他又想起來還沒有試襯衫。他突然又想起了他父親和他那身每年聖誕節才穿的老式晚禮服。他記得老看見他背對母親站著，罵她給他打的領帶太緊。他又回想起了幽默報刊上的一些笑話，還有胖商人跪著在床底下找鈕扣的漫畫。

最後，他才用哆哩哆嗦的手在領子下打起領結來。那領子又高又硬又緊，他覺得就像上了軛具的牲口一樣。非常奇怪，他竟然能把那個黑綢子結打得那麼好。他用指甲彈了彈襯衫的前胸，發出了像敲打空桶一樣的響聲。他想，爲什麼那些古怪的老鼠先生們沒有設計一種金屬襯衫呢？做一種有波紋的鐵片襯衫？他們應該想到這才行呢。

他再次脫掉衣服以後，他看見白色的硬領後面有一塊黑印兒。他嚇了一跳，一定是他的手指髒——一定是沾上了鞋油！他非常小心地用肥皂和水把那塊地方洗了洗，但是他嚇了一大跳，那黑印兒倒變得更大了！他實在是買不起一條新領子。他邊洗、邊搓、口裡一個勁禱告著，最後領子後面，留下一點不太明顯的污跡，但是領子卻不硬了，那片洗過的地方卻軟得像塊溼抹布。天哪，他想了想，把領子放在窗臺上的一塊太陽曬得著的地方，急得他每隔一會兒走過去看看。然後，他刮鬍子。因爲再沒有新刀片了，他只好還用他那把剪刀。他想在皮帶上磨磨它，可是那刀一滑，頓時，他覺像要把整隻手都割下來似的，他有點兒懼怕，哆嗦了一下。他把臉刷上肥皂，去刮脖子和下巴，最後刮到上嘴唇時割了一刀。他本是想刮鼻子底下的鬍子，可是一下子覺得刀刃拉進了肉裡，那一刀太深了，他不得不小心地把刀片從鼻子尖兒的地方挪開。他站在那裡，看著大滴大滴的血流出來。血從上嘴唇那裡流下來，一直流到下巴。他只得在臉盆前彎下腰，頭都覺得有些發暈。

他鼻子上貼了塊報紙來回走了有半個小時。報紙最好使用，因爲它吸血。最後，他提心吊膽地把那片報紙撕下來。行，好歹算止住了血。他在鏡子裡看了看自己那個模樣兒，那裡只要稍稍一動就又會出血。他聽說過一個故事，一個人把整個鼻子都割了下來，他趕忙撲過去，想在空中用手接住它，結果沒接住，他連忙把它從地上撿起來，在臉盆裡洗了洗，啪地一下又接在原來的地方，然後跑到一個大夫那裡，把鼻子又縫起來。那倒是可以的，但必須得立刻就撿起來，跑的時候還要使勁按住它。

兩點了。一想到要吃東西他就噁心。

他坐在那裡，第四十一次念他的講稿。他心裡實在很害怕，就像怕上次小肚子絞痛一樣。他倒不是怕那些學生和他們的女友，也不是怕那些教授，而是怕將要坐在他身邊聽他唸稿的艾卜拉。他突然想——一個奇怪的想法：我不知道她是不是看得出來，不——聽得出來字裡行間的意思？我將會站在一百五十個穿晚禮服的人面前，對他們毫不在乎，逗他們發笑。我唯一要做的正經事是對一個人說話，非常認眞地談話。我敢對一百五十個人演講，但在這一個人面前卻很難開口。

難道對她說我愛她嗎？

他垂頭喪氣地把頭側靠在桌子上。絕對不行。猶大是不能向聖母瑪利亞求愛的。

他唯一能做的就是按她所說的去做，聽她那動人的聲音，看她那動人的姿態，觀察她那可愛的臉上豐富的表情，研究她笑容裡的神韻：也許他會從中找到一點反應，找到一點理解，找到一線希望，這也就足以表明還不是完全的絕望。但所有這些他都拿不準。從她臉上可以看出很小很小的一點可能性，也許五年後，等他好歹把自己洗刷乾淨，他還可以回來見她。也許只是一點點暗示，暗示這不是絕對不可能的，也許十年之後——他模模糊糊地想道，她大概不會覺得我孤獨地生存在這個世界上並愛她而感到厭惡。他不會去探望她，不會去見她，不會給她寫信，只是在將來的什麼時候，也許十五年後，他能夠允許去見見她。他不會問她什麼，她也用不著回答什麼。他絕對不會說什麼讓她感到爲難的話，他絕對不說那些給她那大大的、善良的、快活的眼睛帶來悲哀的任何事情。看在上帝的份上，他只是想觀察她的微笑，傾聽她的生命之歌……

他坐在屋子裡的桌子旁。他突然看見眼前出現了她那快活的臉龐，她那白皙的面頰和藍色的眼睛，她栩栩如生，歷歷在目。他慢慢地合手把她的臉捧住，又輕輕地、虔誠地帶著顫抖的心把手拿回來放在自己臉上。他富有感情地親吻自己的手掌時，覺得有什麼在揪他的心。

那夢破碎了。他趴在桌子上喘著粗氣，痛恨、擔憂、苦惱。就在他親吻夢幻中的艾卜拉的同時，他想起了宮西爾德的信。她最近的一封信是兩天前收到的，信是在當地發的。宮西爾德已經在這個城裡了。

信是用鉛筆寫的。（世界上還有什麼比用鉛筆寫信更差勁的呢？當然，一個人在臨終時是會就近隨便拿起一樣東西胡亂地畫下遺囑的；或者是集中營的戰俘，要是能得到一支鉛筆，他一定會以爲很走運。可是在和平環境裡的大活人怎麼會這樣呢？——她當然根本也就沒想到這點。）

果然沒錯，她當上了服務員。這是她第一次跟船出來，現在她就在這個城裡，船要下週一才往回開，她堅持一定要見他，假若他不願讓她去他那裡，他就必須得去見她，她還留下了電話號碼，她住在一個老相識家裡。她說星期天對她最合適，不過要在十二點以後。他最好還是給她打電話。

他想，宮西爾德也是人，她也是有不少長處的。就她的身子來說，她一點兒也不小氣，並且身子骨還很好。烏黑的頭髮；皮膚紅紅的，很壯實。她曾經是個隨軍妓女，十九歲的時候，她喝得酩酊大醉，半光著身子躺在炮架上讓六名戰士拉著過街。可是我那時候年輕，特別覺得孤獨，她是在我孤獨的時候和我搞在一起的。我沒錢給她，但是她願意跟我，願意免費和我住一個晚上，因爲她喜歡我。要不是她懷上孩子我跑掉了，她會再給我一百個晚上的。我就那樣不顧死活地把她扔在那裡了，宮西爾德也是人啊！

他從桌子上抬起頭來，不顧一切地向四周看去，目光停在臉盆架上的那把剃刀上。

我絕對不能見她，他想。她也不許到我這兒來，絕對不行。我必須得給她寫封信。信一定得寫得厲害一些，只有這樣她才會放明白一點。我太客氣了，她太不識好歹，她把我這種態度當成了軟弱膽小，（天哪，本來就是軟弱膽小！）她那時二十六歲，我二十。難道我不能原諒自己比她小六歲嗎？不，也許不應該。但是也許沒有必要讓一個二十六歲的成年女人每次都對一個小伙子說用不著麻煩了，用不著戴那玩意兒了。唉，結束這些責備吧！我們不能永遠這樣不依不讓，老是譴責對方，我有六分錯，你呢？四分？天哪，就到此爲止吧。是什麼讓她沒完沒了地找我的麻煩呢？她的自卑感？她基本上是個沒有被人接受和承認過的渺小的不幸福的姑娘，她充滿了仇恨，是個半酒鬼，想對自己的恥辱進行報復？一個人要飛多遠，才能拯救自己的靈魂和自由？要飛到異國他鄉？爲什麼國家不能擔負起撫養孩子的費用，讓男男女女們和平相處呢？

天哪，什麼時候——什麼時候我們才能得到社會主義社會？再過一百年？我現在就要！這樣宮西爾德就會讓我安靜安靜了！現在就要！這些年來和我坐在一起的儒夫，天哪，看他們坐在社會主義理論學習小組的那個樣子！好像撫養孩子是個純學術問題一樣！他們究竟爲什麼不去鬧革命呢？就現在！只需要一點點組織才能就行，一個二十個年輕人的小組，就能攻打挪威每個城市的立法院，三十個人就能拿下議會，五個人就能占領廣播大樓，然後就只是宣布革命成功的問題了。今後每一個女子，不管已婚還是未婚，都將能從國家那裡每年一個孩子得三千克朗的補助！那就終將給這個國家的男男女女帶來和平和調解。工人運動要讓每一個人都有麵包吃，但是人們心裡要是不痛快，又怎麼吃得下呢？老天在上，五百名武裝起來的社會主義者，（他們甚至都不用武裝，只要玩具手槍就夠了）就能征服整個挪威，廢黜哈肯國王和他的宮殿，然後宣布社會主義共和國。他們爲什麼就不那麼做呢？

他又看了一眼那邊的剃刀。我給她寫封信，他想。我必須得把我的處境告訴她。假若把我逼急了，我對自己的行動可不負責任。我可從來沒有碰過一個人，但是有人要不給我一點出路，我一定會拚命的。我必須得告訴她，假若她非要來看我，我臉盆架上可擱著一把剃刀，我就打算用它。一定得讓她知道，刀就放在那裡。今天我就差點兒把鼻子割掉，我已經嘗了嘗那刀子有多快。使勁兒往脖子上一割就是，不過不是往我脖子上，就這些。

他坐在那裡，臉色蒼白。他想：假若我寫這樣一封信的話，我知道後果會怎樣。她會把這信拿給警察看，而我卻因爲殺人威脅罪判十五年的徒刑。要是我和她面對面地談，那我就更完了。我一定會站在那裡覺得痛苦和同情的要死，最後會去撫摩她的黑髮，我就是這麼個人。假若她給我拿出張小阿斯里德的照片，並好言求我娶她，我會答應的。那一來我可就眞的完蛋了。沒有辦法。實在是沒有辦法。

只有社會主義能解決得了。

社會主義社會，我們得等多長時間啊？

他知道他禮拜天是不會去看宮西爾德的。

他會想盡一切辦法的，什麼體面和不體面的手段都使得出來，去避免和她碰面。再說，禮拜一他還要去法國。先去克里斯蒂昂桑，然後坐船去丹麥，到了那兒也就踏上了歐洲大陸。

假若他能夠發動著摩托車的話。

宮西爾德信裡的什麼東西總是使他想得那麼多呢？每封信都是老調重彈，說他沒完沒了地上學，問他是不是不久就學夠了？還說他上的這所寶貝學院太貴，他不得不向銀行借錢，不是為了她和孩子借錢，而是為他自己借錢。沒錯，這麼對他說確實是夠損的，那些話句句都揭了他的老底。但是她信裡還有比這更傷他自尊心的東西。是什麼呢？

突然，他記起來了——

「你看起來像是很有理想，其實也和普通人一樣平平庸庸。」

這裡，她眞打中了他的要害。她每次都提這一點，像插在他身上的一把匕首，並且還要在那裡剜兩下。因爲，假若說他在這個世界上有什麼不喜歡的事的話，那就是不願等同於普通人。

他慢慢地穿上了晚禮服。租一次花十五克朗。他最後在鏡子裡擔心地看了一眼，檢查了三次，看祝酒辭稿是不是裝進了口袋，才穿上大衣、戴上帽子走出大廳。他又折回去一次，又想起了點什麼。也許他和艾卜拉，完事後……？他嚥了一大口唾沫，這眞是世界上最瘋狂的想法。再說，即使她不是個好大驚小怪的人，他也不想把她帶到自己的屋裡來。其實他也並不以爲她會那樣。

除了這些之外，他屋子裡的空氣不好：骯髒、罪惡、羞愧、貧窮、內疚。他在那裡站了片刻。這屋子裡就有一件東西是純潔的。他摘下了帽子和圍巾，從牆上取下小提琴，在幾根弦上彈了彈，調了調音，上上弱音器。他想了一下，然後拉了幾把，是海頓作品裡面的幾句，是F大調弦樂四重奏裡的一個小夜曲。

他拉這個曲子的時候，心就平靜下來了。他覺得那些音符使他的身心愉快，那些音符流過他的身軀和心田。他把提琴掛回到原來地方，覺得自己淨化了。好心的海頓。一個作曲家怎麼才能在他的作品中表現得那樣純潔呢——曲子那麼快活，那麼清晰，那麼平穩，那麼和諧。

海頓，這個車匠的兒子，在貧困中成長，年輕時候靠在街頭演唱度日，後來愛上了漂亮的姑娘苔蕾絲·凱樂。但是苔蕾絲進了修女院。又過了幾年，他當了一個樂隊的指揮，並且娶了苔蕾絲的姐姐瑪麗亞·安娜。那是個不幸福的婚姻，他們的生活過得很不和諧。海頓對他的妻子是這樣寫的：對於她來說，丈夫是補鞋匠是藝術家都沒什麼兩樣。更震撼他靈魂的是，後來苔蕾絲離開了修女院，又還了俗。他年輕的心上人，苔蕾絲！

爲什麼海頓的作品不痛苦、不悲哀、不激烈呢？這對年輕的艾許一直是個謎。但他實在感激他作品的純潔。

他又重新戴上帽子、穿上外套走出了大廳。他想起了什麼事，又回到屋子裡面。他取出半瓶子白蘭地，倒進一個扁瓶，塞進了外套口袋。

走過大廳的時候，他看見阿布蘭漢森夫人站在爐子邊，灶上的炊具發出牛排和蔥頭的香味。

「啊，」阿布蘭漢森夫人說，「年輕的社會名流。」

他強做了個苦笑。

「阿布蘭漢森夫人，」他說，「我想請您幫個小小的忙。假若今天晚上……有人來找我的話，就說我不在。」

「行，你本來就不在嘛，」小個子阿布蘭漢森夫人說，笑容從她褐色的臉龐展開去，「我想一定是舞會要開得挺晚。」

「沒錯兒，就那個意思。假若有人來找我，您別說我參加舞會去了，就說我出去了。」他用手做了個這是不得已的動作。「出去了。」他又把話嚥了回去。「這個——保密。」

「哈！」阿布蘭漢森夫人向他投去一種洞察的，但又是理解的目光。「明白了，就說出去了。」

「謝謝您。」他說。

「禮拜一你去法國。」她說，像是嘆了一口氣。

「是的，」他說。但是臉上立刻露出了喜色，因爲他總還可以說點讓她高興的事兒。「不過，我在禮拜一前還會回來的。」

他下樓梯的時候，想到了一個人：康斯坦絲。一兩天以前她給他往學院打過電話，誰都知道學院裡有舞會。他說過，他有些不舒服，感冒了，累得很，還不知道能不能參加。很可能參加不了。這座城市還沒大到那種地步，以致康斯坦絲直到星期一還不知道他和艾卜拉・湯姆森一同去參加過那個舞會。

康斯坦絲。

他不知道該去哪裡。現在是四點，在七點半以前，他不能給艾卜拉往馬廄打電話。

此刻，他想是不是先到他們吃午飯的食堂去，在那裡打打撞球。可是，那裡會有人笑他的，這麼早就把衣服穿好了？從沒穿過晚禮服？怕不夠本兒？

他想起來了：我去看看多夫。我要是在他那裡聽聽留聲機唱片，他是不會在意的。

他到多夫家的時候，他們都在吃飯。他不和他們吃點兒？不，謝謝，他已經吃過了。他只想聽幾張唱片。吃完飯，多夫也進來和他聽唱片。他看了一眼艾許的晚禮服，清了清嗓子，艾許不想問他是什麼意思，只是向他解釋了一下他要和艾卜拉去參加舞會。

「我想……」他急忙補充道，「……我想做點兒微不足道的事兒，來報答我在馬廄度過那麼多的美好時光。」

「你做得對，孩子，」多夫說著把一隻肥大的手放在他膝上。「做得太對了。我敢肯定，艾卜拉哪兒也沒去過。」

他笑得滿臉通紅，艾許的臉也紅了，不過臉紅的原因可不相同。他從多夫的臉上看得出來，他又要出什麼新名堂。他一定要設法制止住他才是，於是大聲地說他外衣口袋裡還有點白蘭地。

「Quod felix, faustumque!」多夫呼哧呼哧的，聽說有白蘭地，立刻興奮起來，拉丁語張口就來。「我最終總算看見了我教你那點兒社會主義的實惠。這是了不起的一天。麥雅！艾許帶白蘭地來了。白蘭地！正經的白蘭地！拿杯子來，吉普賽女人和野鴿子們！」

多夫和麥雅每人都帶著一種虔敬的心情飲了兩杯白蘭地和蘇打水。艾許只喝了一杯。他想著自己心裡的事兒，不停地看著腕子上的手錶。

已是兒童廣播節目時間，兩個孩子要聽收音機了。男孩子九歲，女孩子才三歲。男孩兒一直坐在收音機前，眼瞪得老大；小女孩兒不大懂說的什麼，但是挺高興，不停地跑來跑去。所播的節目明顯地非同小可。事情本身沒什麼，但是對它一加想像，可就熱鬧了。艾許看著那個幾乎快著迷的小姑娘，心裡想。事情本身沒什麼，但是對它一加想像，可就熱鬧了。他立刻想起了艾卜拉。他對自己剛才形成的那種哲理有點兒不寒而慄。艾卜拉也只是作爲個概念存在的嗎？難道她本身也是沒什麼的嗎？

七點鐘，艾許該走了，孩子們也該上床睡覺了。艾許剛走到大廳，那小女孩就從臥室跑了出來。她已經脫光了，就只有襪子脫了一半，在腳上一扇一扇。她用手拽住艾許的褲腿，抬起頭看著他，跳起來揪他的褲子，喃喃地說：“UPPY MAN!” 艾許不懂她說什麼，他問孩子說的是什麼，她又不耐煩地、急急忙忙地重複道：“UPPY MAN!” 艾許有些不知如何是好了，他不知所措地看看多夫：「她說什麼呀？」

又肥又大的多夫看他有點兒爲難，說：「她是想讓你把她抱起來。」艾許吸了口氣，彎下腰去。他過去從沒抱過小孩，沒抱過不穿衣服的小孩，一個三歲的小姑娘，他雙手往她腋下一放把她舉起來。她圓圓呼呼的，挺結實。他看見她肉皮下的酒窩，身上有股奶味兒，那種孩子們身上的暖暖的略微帶酸氣的奶味。她把小手指頭按在他鼻子上問道：「痛嗎？」他又一次求援似地看著多夫，但緊接著馬上就懂了，點點頭說：「是，痛。」小女孩噘起了嘴，同情地說：「可憐蟲蟲。」這個可憐蟲蟲不知道說什麼好。

多夫把手向女兒伸過去，告訴她客人該走了，不過小姑娘得先親親他才行。她把小嘴探到他臉上，狠狠地咂了他一嘴。他立刻覺出了她的小嘴唇，然後他想道：在這個世界的某個地方，我有兩個小女兒，她們也有這樣的小嘴唇。他差點兒失手把小姑娘掉了。「你那裡留下了愛的烙印。」多夫笑了笑。他臉上是一種善良的自豪的表情，艾許從未見過這張臉那樣好看。

他想對他們說點什麼，對多夫，對麥雅，對這個小姑娘，她的小圓臉蛋兒那麼好看——一點兒瑕疵都沒有——因爲這是他放暑假前最後一次來看他們了，他實在太想說點兒什麼了，但是他什麼都說不出來。他無可奈何地把孩子遞給她的父親。他摸索著把身後的門拉上，走了出去。他甚至連再見都沒說出來。

37 藍椅子

他按了門鈴。門半天沒有開。他抄起了手。一會兒，艾卜拉把頭伸出來招呼他進去。她頭用紅毛巾包著，穿著睡袍和拖鞋。她急匆匆地把他拉了進去。她請他原諒，她花了半個小時在火車站托運了一批貨，結果晚了這麼多。他必須得先坐下等等她，舒舒服服地在那裡坐一會兒。她必須得沖個澡，打扮打扮……她在空中做了個手勢，像是在彩虹的琴鍵上彈了組琶音，那動作無限迷人……

她飛快地爬上螺旋型的樓梯，露出了兩條赤裸的腿。他坐在一張嘎吱嘎吱的沙發上，一句話也沒說。

他雙手放在膝蓋上坐在那裡，覺得整個世界都那樣的茫然。他都在做些什麼？假若他說他突然發燒了，燒到一百零二度，她會同意把整個這件事取消嗎？他就可以回家了嗎？

他聽見樓上有點動靜。一會兒，她推開門叫道：「你不會煩吧？桌子上有好幾種雜誌！」他費了好大勁才放開嗓門喊道：「不煩！」

他拿起一本《時髦》，看著封面上的姑娘。

然後，他的目光又落到那張大藍色扶手椅上。他聽著。他又小心地站起來。他站了片刻，用手摸了摸椅子面，然後坐在上面，他從沒坐過這樣好的椅子，那是把成人坐的椅子。接著他又站起來回到了原來坐的那張沙發。他也算坐了坐那把藍椅子。

隨之，他立刻能聽見她在沖澡。一會兒水太熱，一會兒水太冷，這下行了，噴頭的水聲穩定住了。他坐在那裡聽著流水聲，不知不覺地變得肅然起敬。據古老的神話，宙斯主神把自己變成金色的水珠，落在了戴安娜的身上。上帝，他說，讓我變成水珠落在艾卜拉的肩上吧！這時，噴頭的水聲不響了，她把水關了。他好像還能覺出她在上面做什麼。

他像是踩著一付大高蹺，站得高高的像是從上往下看一樣。他覺得自己像是穿著晚禮服坐在一樓的沙發上。他好像看見那個年輕姑娘在一樓浴室光著身子擦著：她先是擦臉，然後是靠頭巾下的脖子後面，接下來就擦肩，自由自在地擦胳膊。然後，她把毛巾往肩上一甩，斜著在背上拉了幾下；然後毛巾又從另外一個肩上拉了幾下；她又抬起左手，把另一隻胳膊從手腕子擦至腋下。這時又擦她那柔和和富有彈性的乳房（艾卜拉乳房上還有水珠嗎？）他搞不清楚她是怎樣擦乳房的，也許她把乳房托起一點。胸前那兩個柔軟的、鼓得高高的東西怪好玩兒的，你必須得小心點兒才是，也許你擦它的時候要往起托一托才行。女人總是複雜一些。他坐在那裡，對她產生了出奇的敏感。現在該擦腹部和大腿了，還有胯部，也許女人比男人擦那兒要容易一些。他立刻就敢肯定，這個姑娘擦她的下身是絕不會費勁的，她不是像他看見的一些擦身子的女人一樣把腿緊併著，而是把雙腿叉得老大，恨不得用整個一條毛巾的寬度去擦她那裡。

他說不上爲什麼，但他突然覺得高興、自豪，當然主要是替她高興和自豪。下面該是膝蓋了，不，她還忘了擦她的下腰和臀部；現在擦膝蓋，現在該擦腿了，現在她又把一隻腳放在凳子上彎腰去擦腳趾縫，想得眞夠開心的，艾卜拉光著身子站在那裡擦腳趾縫。這個想像出來的擦身子的過程，是他見過的類似情景最漂亮的一個了。

他對她沒有產生肉慾的要求，一刻也沒有。他完全可以在洗澡間站在她身邊，給她遞毛巾，但絕對不會產生邪念，他甚至都能對她說：「你脖頸還濕。」

他看著她就像看著一尊漂亮的塑像一樣。

（頓時，他害怕起來。他心裡害怕，他爲什麼不想她？我出毛病了，他想。那個令人高興的情景是奇妙的，像是一場非常優美的音樂會，可是一個男人要是沒毛病的話，就不會看到一個可愛的姑娘而無動於衷。十五年之後，假若有點可能的話，我怎麼去碰她呢？在我看來，那簡直是完全不可能的。我永遠不可能爲了對她產生情慾，而把手放在她裸露的皮膚上。我對她的態度像是對待親生骨肉，絕對的純潔。絕對純潔本身就是根本錯誤的。絕對純潔就是滅亡。我對艾卜拉的愛泯滅了嗎？）

八點過十分的時候她走下了樓梯。他匆忙站了起來。他不大明白他在期待著什麼：穿著金閃閃衣服的公主？他不得不向一邊，向下邊的水泥地板看去。她穿一件白色的鬆軟羊毛套衫，使她的胳膊、肩膀及胸前露出了V字型的膚色，她的皮膚基本上是褐色的，下身是條寬大的裙子，上面都是有趣的大圖案，主要是各種動物，裙子的底色比較深。他覺得這有些埃及味道。

「我好看嗎？」她快活地說。

「哈……」他幾乎笑出了眼淚。她這樣開心，頓時給他留下很深的印象。他想：眞想不到一個人竟那麼自信地自己說自己漂亮！一個悲傷的想法從他心中掠過，眞是所有的人都那麼漂亮嗎？我也應該是漂亮的，他想，假若我也敢那樣說就好了。但是我不行，因爲我沒有把握這樣說，因爲我痛苦，對我那件晚禮服心裡覺得噁心，因爲我心裡老想著我鼻子上割了的那個刀口，因爲我知道自己那麼貪那麼傲，心裡爲此感到難受——因爲所有這些，我覺得自己太不美了。我爲什麼不扣開外衣，讓她看看我那身可笑的馬戲團帳篷式的晚禮服？爲什麼不在她面前跳上一圈兒並欣喜若狂地問：「我好看嗎？」假若我敢那樣做的話，我所有的憂慮就不存在了，我就自由了，我們就會擁抱到一起去了！

「你就這樣帶我去，是嗎？」她說著，好笑地眨了眨大大的藍眼睛。

「哈！」他說。

「我自己做的這裙子。」她說著轉了一圈兒。

在他看來，這裙子眞好看，上面有朱鷺、金字塔、象形文字、大象、黑貓。這時，他看了看自己的那雙手，看上去那麼無用，那麼拙笨，毫無用途的一雙手，一點兒不美的一雙手。他想，我幹嘛不穿上件大繡花襯衫，一件女人專門給他繡的襯衫，或者我自己繡的花襯衫？而是穿著件平平淡淡的現成貨走來走去，由普普通通的工人平平常常的機器做出來的那種貨色，胸前還像白鐵皮一樣硬……

一轉眼她在沙發上坐在他身邊。他可以聞見她洗過澡的乾淨的皮膚氣息，肯定也有一點點花露水味兒。他不敢看她。她坐在桌前手指頭在做著什麼，立刻就傳來一種鑽鼻子的味兒，這種味兒使他想起了薄膜膠合劑。他小時候有過一架小電影放映機，常常黏膠卷兒。他抬起頭來，看見她在弄指甲油。他坐在那兒看她慢慢地擦指甲，心裡十分欽佩。一會兒，她突然手指朝下輕輕地甩來甩去。她的手指紅紅的，特別好玩兒，他笑了。就是那麼做的！她說：

「你可得給我點一支煙，指甲不乾我不敢碰。」

他在口袋裡摸著，口袋眞怪，因爲那不是他的口袋。他摸出了一支煙，在桌子上輕輕地敲了敲，第二次才遞到嘴裡。（因爲他不敢看，第一次他沒遞好，這次他只好看著她遞過去。）他的手像是溪面上撥水的細枝兒，一個勁地哆嗦。離她的嘴巴那麼近，使他覺得特別的不自在，特別的感覺不一樣。他突然想道：那是張很普通的嘴，他覺得有點兒莫名其妙的失望和不快。有點兒不快倒成了好事，他給她點煙的時候手倒不怎麼哆嗦了。

指甲乾了，她把煙從嘴裡拿下來，對他笑了笑。不知什麼東西使他想起了他那個小扁瓶裡剩的那點白蘭地，他還對她說起了多夫。他問她，在他們出門之前，她是不是願意喝一杯。

「假若你認爲我們需要喝的話。」她說。

有暗示吃驚的意思和責怪的語氣嗎？他突然覺得難受起來，像小學生那樣；不，更像那種最愚蠢、最粗魯的挪威人；更像那種不帶著黑暗角落裡的邪勁和怪笑就不去參加週末舞會的挪威人；更像那種沒有出路而只好以酒度日的挪威人；更像那種具有渴望但又沒有希望的挪威人（世界上沒有任何一個國家的人像挪威人那樣懂得渴望）。他的那種感覺太強了，以致都使他有些顫抖，但他最終還是擺脫了。他像是受到了譴責似的，但也許她不是那個意思。他好像喃喃地說了點不需要喝之類的話，又好像說喝點兒也不錯。她去廚房簾子後面取酒杯，把頭從簾子後面探出來，不高興地一個勁地眨著眼說，喝酒多可怕呀，再說她也沒有蘇打水。他說：「那咱們就用白水，白水就挺好，白水就最好不過啦！」

他們坐下來向對方說「乾杯」時她說：

「我特別容易喝醉，喝一點兒就醉了，就一個勁地胡說八道，我可不願意那樣。所以一喝醉我就蒙頭大睡，我長這麼大就喝醉過兩次。」

她半閉眼睛學著喝醉了的樣子。那樣兒挺逗，又學得挺像，逗得艾許哈哈大笑。對於她來說，生活是那樣的豐富。她很容易就能變換自己所表演的角色，能塑造出無數的形象。她總是充滿活力，身上總有一種他摸不著的溫暖、神秘和靈活的東西，但她又總是她自己，是艾卜拉。

他們都要走了，她杯裡的酒還幾乎沒碰。艾許突然想起了他爺爺的一句名言。爺爺叫富羅賽，胖胖的，曾經是個小船長。全家人坐在一起吃飯，一個孩子不願意吃完盤子裡的剩飯的時候，他總是好說這句話。老富羅賽總是把那孩子剩下的東西吃掉，然後說：

「我寧可撐破肚子，也不把這麼好的東西倒掉。」

艾許打了個寒噤。怎樣才能消除富羅賽和艾卜拉之間的差距啊？他們乘上市內有軌電車。艾許不得不苦笑著承認，他要不起出租汽車。他們站在車箱的前面。她戴著一塊綢子頭巾，老是往肩上滑，她無可奈何地嘆了一口氣，乾脆一下子把它拿掉，塞進了外衣口袋裡。他高興地站在她身邊，心裡有點緊張。突然，他心裡產生了一種巨大的擔心。她已不是個小姑娘了，她已是成年婦女。她身上有一種成熟、平靜和聰明。她是個成年婦女，而他卻倒像個毛頭小伙子了。這對她來說，是個很普通的場合，很普通的舞會。她以前一定參加過上千場舞會，並且一定都是很不一樣的舞會，她還去過奧斯陸，還在巴黎待了整整一年，也許她還在英國也待過一陣？

他有些不知道怎麼好了。她看上去那麼漂亮、那麼高雅，他覺得他必須得說點兒什麼，說點兒和這氣氛相適應的東西，得多少有些豪俠，多少有些義雅，但是從他嘴裡迸出來的卻是：「你一顆牙上沾了口紅！」

「哪兒？」她嚇了一跳，問道。並用舌頭去舔了舔門牙。「現在還有嗎？」

「還有一點兒。」他嘶啞著聲音說。

她打開了小手提包，從中取出塊小手絹。

「給擦擦，艾許。」

他站在那裡，拿著塊香噴噴的小手絹有點兒驚呆了。天哪，多麼小的手絹啊！那麼小的手絹啊！那麼小能幹什麼用呀？女人就用巴掌大的一小塊東西摸鼻涕？她閉著眼，把牙給他露出來。他用綢子手絹包著食指，給她去擦牙上的那點紅斑。電車偏了一下，在拐彎的地方搖晃起來，但是他不敢用左手摟住她的腰，別讓她倒了。他給她擦了兩次。他有點兒吃驚，心想：她給人一種冷淡和無情的感覺！

就那麼簡單的一眼，他就看見她前面兩顆牙齒補著瓷料。上帝，謝天謝地她也並不那樣十全十美。世界上再沒比盡善盡美的東西更可怕了，那些生食癖者，那些戶外狂們，那些看上去有六十二顆珍珠般的白牙齒並且沒有一顆上面有洞的人，那些張著大嘴笑的人，那種盡善盡美的東西實在是太愚蠢了。

熙熙攘攘川流不息的穿晚禮服的人群，陌生的小伙子，陌生的姑娘們，都穿著各自的晚禮服。他們兩人被淹沒在人群當中。門廳裡的桌子上擺滿了雞尾酒，可是艾卜拉看了微笑著搖了搖頭。「難道連一個櫻桃都不想吃嗎？」他問道。她笑著從他手上的小棍上把櫻桃咬下來，打了個戰慄。

他們本來就走在後面，艾許還沒有喝完他杯中的酒，人們就湧到門廳外的大理石臺階上，從那裡走到地下室的俱樂部聚會室，他們將在那裡舉行晚餐。他們一時被擠散了，像落了水一樣，他伸過手去找她，把她的手緊緊抓住。他怕丟掉她。但是他還是把她的手放開了，他像被燙了一樣。艾卜拉的手！

他看見了一些他認識的人。他看見艾力克．富樂登穿著一身講究的晚禮服。他帶著他那位大塊頭未婚妻西婭，像座大山似的西婭穿著件橙紅色的薄紗晚禮服。他也看見了丹尼爾和格爾妲。天哪！第二天一早康斯坦絲就會知道的。知道就知道，越快越好。他也看了一眼西娜維，真是謝天謝地，他想，她也開始參加舞會了。他好奇地看了看她的舞伴，西娜維斜眼看了艾許一眼，故意拉著那個小伙子的手。那小伙子有點兒生氣。啊，是的，艾許想：生活多麼不容易啊。於是他記起了西娜維那豐滿的杏仁霜似的身子，這種想法又是熱望，又是絕望：天哪，西娜維總是那樣輕浮和不長心眼兒！沒有那些討厭的空想，只有惹人喜歡的公開手腕。想到這裡，他恨起了走在自己身邊的女人。就那一瞬間，他恨透了艾卜拉。

用一張張桌子湊成的L型大桌面上，有一百五十多人在亂哄哄地吃著說著。屋子裡充滿了煙霧、熱情和笑聲。是不是有那麼一兩個年輕人醉了？他們的聲音聽上去異常高大——一般情況下他們還是挺體面的，說話嗓門也不太大。食譜是啤酒、阿瓜維特酒和香腸及馬鈴薯沙拉。艾卜拉不想來一杯阿瓜維特嗎？不，她幹嘛要喝？那種酒挺討厭，所以還是他替她喝算了。（爲什麼委員會裡竟沒有一個人想到，有些女士不喜歡阿瓜維特酒——給女士們上紅葡萄酒才合適。他們從沒聽說過葡萄酒嗎？）

艾許沒有同意他那個室內樂隊在舞會上演奏的建議。什麼事兒都要看機會才行。他們準備了一個小保留節目，幾個短曲子，還有小夜曲的最後一個樂章，那段快板。（他們最後一次排練的時候出了點事兒。他們正演奏，艾許一下子受不了啦，一屁股坐在椅子上。其他人都停下來圍著他，他在椅子上一個勁地喘氣。

「你病了？」

他搖了搖頭說道：「啊，天哪，太美了！」

那些人糊塗了，「什麼東西那麼美？」

他說：「第二把提琴進來後改快的那一段……你們掌握住要領了！」他喘著。

他們都用眼睛瞪著，而他又說不出什麼來——八個樂手全奏得那麼準確，他都高興傻了，高興暈了，那種演奏莫札特作品並掌握莫札特天才的時刻，也許一去不復返了！他哆嗦著站起來，擁抱吹長笛的那個學生，吻他的臉頰。他哆哩哆嗦地說：「上帝，太美啦！」

然後，過了那麼一會兒，他想了想，有點兒震驚：像這樣容易感情衝動，我永遠也當不了大樂隊的指揮。假若我在指揮交響樂團，並且樂隊確實奏出了感動我的東西，我便會扔掉指揮棒突然停下來。聽眾會一眼就看見站在臺上不知如何是好的哭喪著臉的指揮是什麼情景！——啊，天哪，我太無用了，太無能了，假若我要控制不住感情，我一輩子都會是失敗。我必須得訓練自己！——從現在起，他就要粗暴生硬了，「從第六拍開始重奏！」他命令道，但那令人發暈的非凡的時刻再也不來了。樂手們都像傻瓜似地奏著。）

不行，室內音樂和學生舞會本來就搞不到一起，莫札特作品和啤酒阿瓜維特酒是格格不入的。所以，他們還是用了留聲機唱片。有好幾個學生的爵士樂奏得相當不錯，艾許自己也很願意毛遂自薦地彈一兩首。他說，假若他們還非要求他的合唱隊唱《沉思的小夜鶯》，（他剛好為它配了和聲，並且還很得意，還為低音部作了新的對位旋律。事實上，他的《沉思的小夜鶯》是首相當不錯的合唱曲子。）他也沒什麼意見，只不過，只要他們一起頭，就會有不少人參進來，合唱隊的聲音也就聽不見了，大家聽聽大合唱也就算了。事情就這麼定下來了。

他們唱了其中的一兩首歌，艾卜拉坐在那裡從頭到尾地把那幾張油印紙都看了一遍。她指著她剛讀過的一首：

「這首挺有趣。」

艾許看了看她拿著的油印紙，那是一首模仿古老民歌的打油詩。

「啊，那——」他說，「那是在政治經濟學課上獲得評價寫的。」他在自己座位上不自在地來回動了兩下，說：「是我寫的。」

她看了他一眼。她把身子向他探過去，輕輕地說：

「你可真夠損的。」

「沒錯，」他低聲地說，「不過，別人並沒看出來。」

他倆的目光對到了一起。倆人變得越來越開心，最後他倆意味深長地大笑起來。太好玩兒了。

「喔喲，」她使勁地忍著，用牙咬著餐巾。「眞要笑死我了。」她藍藍的眼睛裡笑得湧出了淚。

「喲，喲，」他都快笑得把頭貼到盤子上了。突然他碰了她一下，叫她別出聲，因爲他看見教務主任站起來了。

教務主任是個瘦高個兒，臉色發白，頭髮硬硬的，眉毛很濃，又大又方的那種挪威式的獅子鼻。他的爲人也像他教的數學那樣精確，學生們在他面前常常像是耗子見了貓一樣，有時甚至嚇得連他說的話都聽不懂。他的名字在學術界令人肅然起敬，但是現在他站在那裡講話的時候，艾許覺得特別討厭，心裡又惋惜、又恐懼、又痛恨。上了整整一年塡鴨式的枯燥的課，還要坐在這裡聽此人甜言蜜語地講什麼學生歡快的生活，學生的自由和精神，聽他講大學生作爲眞理和正義維護者的重要性。艾許對生活和理論之間的巨大差別，對那漫長學年裡此人只講大家必須得唸什麼書學什麼和這種點眼藥水似的歡樂場面的截然不一致是覺得多麼的厭惡。他好像覺得，教務長們說的不外乎是這一套，他好像覺得，教務長們都是與衆不同的人，要當教務長必須天生就得有特殊的反覆無常的本領才行。

艾卜拉在碰他。

「你不能老那麼繃著臉，」她微微一笑，小聲地提醒他，「你不高興也用不著那樣。」

他嚇了一跳，趕快用手遮住臉。

教務長坐下去後，她說：

「你還沒對我說你考得怎麼樣呢。」

「噢，」他說，「只不過是一年級的考試，無關緊要。還可以。」

就是個「還可以」。還可以，考得還可以。接著而來的，就是考完試的那種無法忍受的內心空虛和失望的感覺。看書都快看暈過去了，連考場都無力進了；進去以後，坐在那裡拚命寫五個小時，寫完出來後，發現有幾個錯處，但整體來說還考得可以。他畢竟覺得還是容易的，可是眞討厭，爲什麼還要那樣莫名其妙的痛苦和害怕考試呢？那整整一學年意味著什麼呢？痛苦了那麼多個月，那麼多個禮拜，那麼多天，最後就得了紙上的那點分數。就用墨水寫的那個小字，就那麼一小點兒。大山能生出小鼠，他想，大山如何？緊接著又想：我即使能生出個小鼠也是好的呀——因爲即使是個小鼠也還是活的，是個能長大的東西，可是紙上那個小點兒有什麼用呢？我只生出個小點兒——一年的收穫就那麼個小點兒！——我眼前就是轟轟烈烈的生活，我就生活在社會主義小組的朋友當中，四個月我本可以很了解艾卜拉的，可以把她的容貌銘刻在心，本可以對艾卜拉說，對她說我愛她、迷戀她、贏得她的愛，我本來可以得到那種我夢想的美好的豐富的生活，用我的手捧住她的頭，仔細地端詳她動人的眼睛，生活就應該是那樣，只能是那樣！而我卻毀掉了我青春的整整一年，再也不會返回的年華，幹嘛呀？——只是爲了生出那麼個小點兒！他也不知道爲什麼那麼痛苦和悲傷。

過了一小會兒，她問道：

「你到底以後想幹什麼？」

聽了這話，他心裡又一驚：他更覺得自己無能了。他從沒想過自己要幹什麼！他突然害怕起來，當他……其他四十九個人在這一年中當然制定了計劃，到處遊說，有把握在下學年結束的時候找一個永久的肥缺。他痛苦地把臉轉向她，笑了笑，聳著肩膀對她說：

「也許到蘇門答臘當莊園主。」

他有些太沮喪了，再往下說的時候，他自己都不知道說了些什麼：

「願意跟我去嗎？」

她笑了笑噘起嘴：

「開玩笑呢！」

他眞是覺得自己該死。他提的問題無形中成了對她的感情的一種嘗試。他本來不是那個意思，本來也不敢那麼做。現在他坐在那裡耳邊老響著她那句話，那聲音老在耳邊繚繞。她的聲音很友好，還行，但是也不過如此而已。出自一個朋友之口。朋友對朋友說話而已，只不過是朋友。這是最可怕的了。朋友，這是最可憐的了。朋友。什麼樣的人才能成爲世界上最好最迷人的姑娘的朋友呢？才能感覺到幸福呢？僅僅朋友就夠了嗎？

該他講話的時間快到了。多數人都吃完了他們盤中的紅香腸和馬鈴薯沙拉。但他還沒吃完。他有點兒太緊張了。他不時地看看那個正在講話的人，他只要一舉杯，也就是告訴他，該他爲女士們祝酒了。然後艾許就必須站起來，站在大家面前。他有點兒嚇糊塗了，按了按上衣口袋，看看他的講稿還在不在。他突然覺得自己盤子裡咬剩下的紅香腸看著怪討厭，就用一張油印紙把它蓋起來。

有好幾回他都想過，他那篇講稿還寫得不錯。他斷斷續續地寫了半個月。他是知道能帶艾卜拉來以後才接受這項工作的。當然，他所想到的是：別的我做不好，講話還行。

他想起了一個雜技演員的故事。他是一個虔誠的天主教徒，窮得連聖母瑪利亞像前燒的蠟燭都買不起，爲了對她略表敬意，他唯一能做的是在聖像前拿十分鐘的大鼎。

艾許甚至去找過菲富勒，他是搞慶祝活動和爲學生集會寫稿的專家。他是從菲富勒那裡得到的啓示，在給女士們祝酒的時候，他必須得用聽衆們熟悉的一些術語。「比如說，」菲富勒說，「假若我要是在挪威汽車俱樂部爲那裡的女士們祝辭，我就談預墊、離合器、點火和開穩當些……」「嗯。」艾許應道，並感謝他的指點。他不喜歡菲富勒，也不喜歡他那種腔調，但是，人類學習螞蟻的勤奮、學習燕子的建築藝術，並不有損於自己的尊嚴，所以爲什麼要因爲只是出自一隻公山羊之口，就要小看那點做祝酒辭的啓示呢？

那個做祝酒辭的人把椅子往後一推，乾了杯中的酒。

艾許吸了口氣，他渾身上下一震，害怕得閉上了眼。

38 想對一個女人訴衷情卻成面對所有人

好幾回他都想過，他那篇講稿還寫得不錯。可是，當他費了好大勁站起來的時候，他才意識到那是最糟的一篇了，全是廢話！對這一點他很清楚。他站在那裡向人群看了老半天，也不知道自己爲什麼站了起來。這一切都是可怕的誤會，天大的誤會：他把自己的椅子朝桌子推去，抓住椅背，嚥了口唾沫，張開嘴想說：「我太對不起了……」然而，事情的發展卻使他萬分吃驚，他聽見自己說：「教務長、女士們和先生們。」

他不是怕那些學生和他們的女友，也不是怕那幾個教職員工；他是怕艾卜拉。他的講稿是爲她而寫的。那是一個訊息，一個滑稽的面目全非的訊息，和他的本意完全相反的訊息。那是一個無法隱藏的訊息，一個最能暴露他眞實面貌的訊息，是一個不受個人情感所支配的難解的訊息。但正因爲這樣，它形式上必須要眞誠才行。因爲他不敢把自己的心掏給她，他才不得不耍小聰明。但是，那個講話全是胡說八道。通篇講話既不理智又不聰明，只是像小丑似地表演。講話很長，但沒有提一句人的價値和尊嚴，沒有提一句反對資本主義和納粹主義，甚至連一句社會主義也沒提。他站在一個節目安排得挺滿的聚會上，可以任意佔用他所需要的時間來講演。他的聽衆像黑夜裡的白喇叭花那樣期待地把臉轉向他——在一九三九年五月的那個晚上。那是人們都認爲將是世界歷史上很重要的一年，他要給他們做什麼演講呢？——他要爲女士們的健康而乾杯！

他好幾次都看見艾卜拉在四下打量，也許她要看看這個學院到底有些什麼怪人。當她的夥伴，一個社會主義學生小組的成員站起來吹玩具號，而不是吹奏他具有的戰鬥號角，難道她不會因爲羞愧而用手把臉捂起來嗎？

他不是剛才還因爲菲富勒只不過是個空頭演說家而同情和輕蔑過他嗎？他不是剛剛還因爲教務長那一通子講話，而坐在那裡氣得臉色發白嗎？難道所有這些他對別人的指責，都不應該遭到千萬倍的報應嗎？

他心裡明白，這不是做社會主義宣傳的場合。每個人都有權僞裝和欺騙。要是連這個都沒有，我們就成死人了。儘管如此，他還是有一種無名的內疚，那種幾乎每個挪威人都會有的內疚。當他們當衆下了決心的時候，當他們不是板著臉孔的時候，當他們不是作發自內心的講演的時候，他深深地嘆了口氣，然後用顫抖的聲音說：

「教務長、女士們和先生們。」

這種重複使得大家發笑。人們鼓掌了，他了解他們的熱情，心裡覺得挺美。他突然意識到大家都喜歡他的時候，尤其地感激。還好，他在他們心目中還不是個無賴，他們還挺喜歡他。他看見有些學生用胳膊肘子碰他們的女友，並一個勁地搓手，像是在說：看吧，準有好戲看！這個布勒弗特可什麼都幹得出來，他能給你玩兒出最荒謬絕倫的把戲來！

突然，艾許才明白過來他還要給大家做演講。

「我想引用昆西的一句話來開頭。他在他的《一個英國鴉片鬼的自白》裡說：因為無能，也是為了好玩兒，我把注意力轉向了——政治經濟學。」（七十五個穿晚禮服的學生都小心地把臉轉向兩位教政治經濟學的教授。有人偷偷地發笑。）

「今天晚上，我想揭一揭他的這個暗諷，我甚至想說得更深刻一些，讓大家看看我們確實是需要這個難得的專長，以便能評估我們人類最寶貴的財富。詩人可以讚美女士，但只有經濟學家才能真正地評估女人。」（你聽，你聽！）

「所以今天晚上，我打算就女人做一點純粹的內在經濟分析。」（學生們發出了笑聲。用這種新的、從未聽說過的方法認識這門課程，倒是挺能安慰人的。）

「我首先關心的，是要讓大家看看，如何用四個聯立方程式，求出這種特殊商品的價格，這裡設想所求的數量、形象以及所需的曲線都是已知的。」（現在他們和他想在一處了。他們猜得出來他是什麼意思，於是高興得叫了起來。七十五個學生都對自己的夥伴「噓」著，想要知道他的聯立方程式是些什麼。）

「我有一份附錄資料，你們可以從中發現不少計算方法。我所統計的數字表明，當今可提供五千三百一十六萬這樣的女人。先生們，五千三百一十六萬個女人哪！」（你瞧，他們正在笑，艾卜拉，你知道我為什麼用了那麼一個大數目字嗎？你知道嗎？當我說五千三百一十六萬個女人的時候，我只想著一個人。）

「表面上看來，人們可能會相信，資源這麼充足，一定會迫使這種商品降價，但情況並不如此。說到這裡，我們腦子裡必須清楚非重複使用費和預約費的差異，這點十分重要。」

（瞧，大夥兒開心了吧！）

「我們現在得問問：從經濟學角度來看，女人是哪一類別的商品？銷路曲線圖是什麼形狀？有多大的伸縮性？女人是必需品呢還是奢侈品？銷路是不是XY等於一個常數的均勻拋物線呢？或者是XY大於或小於一個常數的均勻拋物線？」（現在他們眞和他想到一處了。他有些感激涕零，因爲他們當中竟沒有一個人懷疑他講得那麼認眞。有些更夠哥們兒的喊道：「大於一個常數！」）

「假若我們再仔細研究一下的話，既然女人又是必需品又是奢侈品，我們將會發現我們這種商品，有一種天生的推陳出新的傾向。我們能消耗多少多少，或者說對很少很少的能滿意，所以銷路看上去會在很大的限度內擺動。但是我們知道，在有些情況下又很討厭，銷路沒有伸縮性，而這種沒有伸縮性的現象，又可以解釋爲——儘管這樣我可能要得罪一半聽衆——這是邊際效用等於零的一種商品。」（這時他們坐在位子上活躍起來，這簡直有點兒太不像話了，但又是不容否認的。這就像演講……）

「不過，我敢肯定，只要我再補充一句：這就是等於說，良好經營的總效用加無窮大，也就是說，無窮大，我和聽衆又一致了。」

（鼓掌聲和高興的跺腳聲。這時候，姑娘們也鼓掌了！你認爲我是傻瓜嗎，艾卜拉？）

「就此而論，我不打算涉及前輩關於禁慾的觀點了。不言而喻，過度的節制，將會對她們正常價格的形成過程帶來災難性的影響——不過，我願意插一句，你用不著當經濟學家就懂這個道理。插話完。」

（你聽聽他們說的，艾卜拉！你都聽過這種屁話嗎？你瞧，教務長總是在他的課堂上好說插話兒。你瞧瞧他呀！他還坐在那兒笑呢！這麼說來，他在笑他自己！教務長畢竟也是人）

「現在，再看一眼資本的結構。女人既是產品，又代表一種消費品，投資一般來說，都能在較短的年限完成，即所謂的青春年華——嗯，我們在這裡考慮供應的不同階段——女人的最大投資，一般都是在婚禮的宗教儀式上。和傑文斯的三角法對比，（這裡我可以稍稍休息一下，他們都笑的時候，我這裡能休息休息倒也不錯）這東西的生命也夠長的。在一些個別情況下，不管人們是多麼希望盡快勾銷它，但超過稅務部門規定的比率是不可取的，這個比率一般是每年百分之二，並且隨著實用價值的器官折舊，可相當於五十年的資本消耗。」

（啊，看把他們樂的！能讓大家開開心是多麼愉快的事啊！每個大學生都高興極了，連他們的女友也都那麼開心！）

「大家可得原諒我，我還得提提被勾銷以後這種商品可能出現的剩餘價值。至於那些所謂的剩餘價值和它們對計算的影響，我只需向那些感興趣的人提提《成本會計學生教科書》的第一百七十八頁。」

（艾卜拉，我失禮了嗎？對女人的人格失禮了嗎？我說話的本意可不是那樣。你不見怪，是嗎？別人也不見怪。你聽聽吧！）

「一個不是不知名的經濟學教授——因為他今晚在場，我就不提他的名字了……」

（這話讓大家都坐不住了，尤其是那位教授。大家只是瞪眼看著他。）

「……在他的教科書裡展開了這樣的爭論：就某種意義而言，人們有理由說，或者至少不否認……」

（快來，他們要是還那麼笑，我就講不下去了；不過，這下我算是行了，把教授的學風摸了個透。）

「……在某種框框裡，或者說至少不在那種框框外，不再突出那種原始的純粹的器官需要，或者至少是少突出這種需要，以及爲了文化的需要讓路，這可以說是文化活動的目的。」

（他們會自己完蛋的，艾卜拉，但願你清楚，我們坐在教室，自己都糊里糊塗，費了九牛二虎之力，也搞不清他是什麼意思。而現在，這老兄坐在那裡自己都笑得發抖，也許我錯怪教授他們了？）

「但是，在器官需要和文化需要上都能滿足顧客的女人，將也許最能獲得理論上的完美的壟斷價值。這個價值完全可以用幾何級數來定，只要提交她的等值——三角底邊平分點的垂直線就行了。」

（一個學生像一隻中了彈的兔子從他坐的椅子上跳了起來，躺在地上打起滾來。我的話當眞那麼逗嗎？這只不過是我們學的一點新東西。）

「在經濟學遊戲裡，女人時刻注意自身的售額指數是非常有益的。這裡顧客也要用水準儀一樣的精確計算，去衡量從她中分點散開的魅力。」

（噯喲，噯喲，噯喲！老天爺，我看他們非把桌子掀翻不可，看來，我得停下來了，不然他們會把窗戶玻璃都砸碎的……）

「最後，我只想說，女人對收支差額的影響，一般說是不存在的；但是，從另一方面來講，她常常對人口的淨增商數，起著非常積極的影響作用！」

（行啦，艾卜拉，就這些吧。顯然，心裡還有些話沒說出來：給一個女人標價是很難的，大家都知道，而欣賞她就容易得多也快得多了，所以……）

「先生們，爲恭賀女士們乾杯吧！」

在你的杯底總是有那麼一兩滴走了氣的啤酒，爲什麼呢？總是當你說話說得口乾舌燥的時候，當你用盡了力氣，累得筋疲力盡的時候，當你像參加五十公里滑雪比賽衝向終點就要癱下去的時候……

掌聲雷動。這一定是篇相當棒的演講。大家都站起來，鼓掌，歡呼，有的人甚至叫喊：「太棒了！」——這麼一個斯堪地納維亞半島國家！——他稍稍地離開點兒椅子。他有點兒哆嗦，不得不又坐下來。他坐了一會兒，慌亂地看著空啤酒杯子，然後深深地吸了口氣，看了艾卜拉一眼。也許她對眼前這張面孔覺得有點兒奇怪？——他情不自禁地問她：

「你都明白我剛才說的那些嗎？」

「大約明白了一半兒，不過，你講得實在是太好了。」

她敏捷地輕輕地把手放在他胳膊上，這使他想起了一個母親拍著兒子的胳膊說：

「聰明的孩子，你實在是太好了。」

他不知道怎麼才好。爲了保險起見，他只笑了笑。

過了十幾秒鐘，他把手伸進了內衣兜兒，裡面是他的講稿。他驚呆地張大嘴，臉色白了。

他沒有按照講稿講！

39 無辜的一刻

桌子清理過後，接下去就是舞會。

他和艾卜拉跳舞。

他高興得半死，對自己說：天哪——我是在和艾卜拉跳舞。

過了一會兒，她抬頭看看他，笑著說道：「你總是鬆鬆地摟著你舞伴的腰嗎？」

他含含糊糊地希望她沒有注意到自己的表情。他覺出她背上柔軟的肌肉一動一動的，這對他來說是很大的威脅。她的背部那麼精力充沛，她的腰身出奇的苗條。他把她的身子往自己這邊拉的時候，牙齒都有些暗暗打顫。在那一刻，當他和她身子貼得很近跳舞的時候，當他覺得她上面靠近他的時候，當他不時地碰到她腹部和大腿的時候，他的全部注意力都集中了，整個的感覺器官都集中到了她身上。而他卻很清楚，她只是在跳舞。她的舞跳得很好，跳得非常出色，很輕捷。她喜歡跳舞，但她僅僅是在跳舞。他心裡有一種放心而又溫暖的感覺：她不是個賣弄風情的女人，她不慣於用身子傳遞感情。

他心裡有一種無法形容的悲痛。假若她想給他傳遞一點點比純精神的朋友更多一點的感情的話，現在就正是時候。他的整個身體像個高度興奮的神經網，可以把她最細微的一點點愛慕之情都記錄下來。她只是聚精會神地跳舞，別的就什麼也不知道了。

他暗自對自己下決心說：這樣就挺好。

過了一會兒，有人換了一個搖擺舞曲的錄音帶，他仍站在那裡聽了一會兒音樂。他問道：「妳喜歡搖擺舞嗎？」她把臉轉向他，從她臉上半閉的眼睛裡便可知道她的回答。她那樣子就像處於半睡眠狀態，她的身子已經扭起了節奏，他頓時又害怕、又興奮、又幸福。她身上那種發自內心的女人的欣喜，甚至在他摟住她腰之前就出現了。所有的舞曲，他最喜歡搖擺舞。

此時，她站在那裡，隨著節奏微妙地、輕巧自如地擺起來。他把手向她伸過來的時候，她慢慢地朝他一擺一擺走過來。她朝他走過來，他拉住她伸出的手。開始，他們之間相隔兩步，看著對方，帶著笑聲。他們就這樣跳呀，笑呀，轉著圈圈，有時轉到別的舞伴當中也不知道。他們相互微笑著，那麼高興，身體的動作和舞曲的節奏融在了一起。他們飄了起來，此刻猶如神仙一般，那麼自在。他難以置信的興奮，把一切都拋到了腦後，他只知道歡笑和節奏了，他一隻手把她推出去，又把她拉回來，推出去，拉回來，他們眞是跳得自如極了。他閉起了雙眼，眼前只有她那迷人的臉龐，他閉著雙眼跳著，把她拉過來，抓住她的手腕，入迷地跳著。此刻她是猶太人，她是亞洲人，她是非洲人，他有些人不由己，瘋狂地跳著，因爲高興而氣喘吁吁。

一霎間，他發現人們都站在那裡看他們，好像是在人們圍成的圈圈裡跳，但立刻又把眼前這些全忘了。她的表情那麼狂放，那麼可愛，她大眼睛的眼瞼多少有點呈褐色，微微呈褐色，但這時的褐色不再是那種危險的死色，這色兒恰到好處，像他們的舞步那樣，那樣的順其自然。他抓住她的手腕，跳著，沒有一點束縛，在這無辜的一刻，他可眞是個人物了。錄音帶放完了，他仍有節奏地跳著，深深地陶醉於歡快之中，他已停下來了，節奏感還在他身上持續著，在慢慢靜下來的時候，他低下頭去，用他的臉去貼了貼她的額頭。這是純潔的一刻，在那一刻，他完全可以把嘴唇貼在她的眼瞼，當作純潔的餘波，在那純潔的一刻，他完全可以吻她一下。

然後，他又醒悟過來似的，覺得有些內疚。他絕望地看著她：那一霎，他都差點兒做了些什麼？同時，他又覺得太悲傷了，覺得自己白活這麼大。他完全可以去吻她一下，但沒敢。對失去的那一刻，他心裡有一種說不出的痛苦，還有那麼一次機會嗎？他心裡明白過來以後，感到十分內疚。他怎麼才能有機會再去碰碰她呢？上帝，你這全能之神，你能再把那一秒鐘還給人們嗎？就一秒鐘，就在時間的長河裡取出那短短的一秒鐘。一秒鐘還多嗎？我的要求過份嗎？就那麼短短的一秒鐘呀！

他渾身上下都在發抖。他用嘶啞的嗓音對她說：「來，咱們在……在這兒坐一會兒。」

他們一同走過去，在一張桌前坐下來。正好艾力克．富樂登和他那位穿橙紅色薄紗的大塊頭未婚妻坐在那張桌上。

他坐在那裡聽艾卜拉和另外兩人談話，使他產生了一個奇怪的想法。他想，艾卜拉和我一起跳搖擺舞，我們兩人跳得很協調。搖擺舞。我將永遠忘不了我和她的這段經歷。她的搖擺舞跳得好極了。她是被我請來跳的，已經五個月了，我們兩人坐在馬廄的長桌邊，皺著眉頭，若有所思地討論著馬克思和恩格斯！他想，可以毫不誇張地說，這世界眞是全亂掉了。

他不得不說了聲對不起，說要離開一下。

「不會去太久的。」他說。

她笑笑，點了點頭。

「男廁」裡擠滿了穿晚禮服的小伙子。他們都過來拍他的肩膀。

「講得太好了，我從沒聽過這麼逗的事兒，你看見教務長了嗎？」

他搪塞地笑了笑。那全是過去的事了，全已完了。

其中一個人說：「今晚帶了個美人兒，你哪兒抓來的，哥們兒？她叫什麼名字？」

另一個說：「是叫艾卜拉．湯姆森嗎？噢，沒錯，她是個不錯的小寶貝兒。」

艾許從磁磚前面轉過身來。他四下尋找剛才說話的小伙子。雖然，他的話裡含著一種誇獎。不過……他是不是應該去追上這小伙子，去問個究竟呢？

又進來好幾個，對他的講話又有新的讚美，又有一些人對他舞伴的身份提出不少新問題。

他又聽見有個人說她的名字：

「是問艾卜拉．湯姆森嗎？是這座城裡兩條腿兒當中最漂亮的一個小東西了。」

他得意得不知道怎麼好了，聽別人說他的選擇確屬高人一等的那種得意。他有點兒憋不住了，還有，周圍這些人都圍著一個勁兒地看他。他真是得意得不知怎麼著好了，他一定得說點兒什麼。「對，沒錯兒，」他說，很快地向周圍看了一眼，看第一個誇艾卜拉的小伙子是不是真走了，「她是個不錯的小寶貝兒。」接著，這頭穿晚禮服的大角鹿嘶啞地狂笑了一聲，從門裡跑出去，逃到了走廊。

逃？

緊接著發生的，他後來把它看成爲最令人震驚的事件之一。有時候他都不相信發生過這件事，覺得他只是做過這樣一場夢。

在走廊裡，他走進了一群姑娘和小伙子當中。他們一下子向他湧過來，他立刻被一群年輕人圍了起來。他們也都在評論他的講話。他淡然地笑了笑之後，有一個姑娘在他耳邊說點兒什麼。他愣了一下才明白她說的是什麼意思。她是在暗指他講話裡提到的事情。這姑娘的話使他意識到有些人會把他的演講看得有些太淫猥，甚至很下流。他是很下流嗎？和艾卜拉在一起，他可說什麼也不能下流啊！於是他的臉一下子變紅了，突然覺得心裡有愧，不願意再看那姑娘的眼睛。她已說了一句話，但她是湊在他耳邊說的，帶著一種取笑的、責備的和挑釁的口吻。

她的話是這麼說的：「垂直。」

艾許明白了什麼意思的時候，才掉過頭去看那姑娘。

她又好看又不好看，又惹人喜歡又不惹人喜歡。她有一對深綠色眼睛，一頭厚厚的紅頭髮，在額頭上面用一條窄絲絨帶往後面那麼一紮。她使他想起了一個印加姑娘。他能看見她的耳朵和耳朵周圍白晰的皮膚。那裡的皮膚大概過去被頭髮擋著曬不著太陽。看得出，這姑娘骨架子大，厚厚的嘴唇，高高的額骨。上唇有點小疤，很小很小，還不致構成缺陷。那是摔跤磕的還是什麼東西碰的？他模模糊糊，但又明明看見她嘴角上長著較長的紅紅的汗毛。假若她的汗毛是黑的，那就變成了小鬍子。他一看就認出了她。在俱樂部的好幾次舞會上他都注意到了她，但每一次都特別討厭她。她的樣子總是那麼引人注目，她跳舞的時候總是有些吵吵嚷嚷的，笑的時候聲音很大，看上去總喜歡吸引人們的注意力。她常常撲通就坐在男人身上。（有一次她一屁股往艾許懷裡坐去，艾許突然站起來，她摔了好大一跤）有好幾回，她跳到桌子上跳起了康康舞。肯定，她和艾許之間有過性關係，艾許非常了解她，那種性緊張使他很反感。她那挑釁的態度裡有一種冷酷和刻薄。艾許從來沒有想和她跳舞。他知道她沒說出來的問題：「你敢嗎？」主要還是艾許不敢。他也不想。他站了一會兒，稍稍挑起眉看了看那姑娘。

「你來。」他說著拉起了她的手。

「幹什麼？」她問。

「我告訴你件事。」

他把她拉到一邊，他不知道誰是她的舞伴。他把她領到樓梯旁，然後兩人往樓上走去。

「什麼事呀？」

「秘密。」

他們從一些站在門邊來透氣兒的人身邊走過。他把她一直拉到了校園。外面天黑了。

「不能在這兒說嗎？」

「是很保密的事兒。」

這時他們已走到花園裡了。他覺得周圍沒別的什麼人，再沒人能看得見他們了，覺得他背後再沒什麼東西了。他站住，讓她面對著他。夜，早夏的夜，他的手鬆開了她。他很快地審視了她一番，她也看著他，嘴裡嚼著口香糖。然後他用左手摟住了她的肩，她動了一下，他一把抓住她的頭髮，像揪馬鬃一樣地揪住了她。他把她頂在一棵樹幹上，他使的勁兒挺大，迫使她的頭抬上去又低下來。他把手往下移去，他能覺出她綢內衣下面的邊緣來。她想掙扎著去踢他的小腿骨，但被死死地頂在那裡。她的手一點兒動不了勁兒，自始至終他都揪著她的頭髮。這時，他把頭向她逼過去，直視著她，把自己的嘴向她的嘴靠過去，掃了一眼她上嘴唇那個小疤。兩張嘴巴只一髮之隔，他都能覺出她呼出的熱氣，充滿了啤酒和口香糖味兒。他站著，盯著她的兩隻眼，突然他從她臉部的表情看出來，現在她明白，只要他願意，他完全可以動手給她一拳。他最後使勁把她一揪——又把她放開了。他那動作像是鬆開一枝撇彎了的柳樹枝似的。

他看那個喘著大氣的姑娘時，把眉揚得老高。

他拍了拍手上的塵土：「今晚夜色挺好是不是？」

他停了好幾秒鐘，然後拉著她的手，又領她回到樓裡。他們誰也沒有理誰。他們快要來到樓前亮處進門的時候，他從內衣口袋裡取出了梳子，說道：「也許你應該梳梳你的頭髮。」

她接過了梳子，梳頭的時候，深綠的眼睛裡充滿了仇恨，頭上濺著火花。

他們進到了樓裡。一進到裡面，她停下來，讓他先走。他微微地客氣地向她點點頭，一個人走了。瞬間，他覺得肩胛骨之間有點顫抖，心想：她會從後面向我扔把刀過來。

一轉眼，他就忘掉她了。

後來在他晚年，他想到這個夢幻般的朦朧的奇怪插曲時，怎麼也理解不了自己這種行徑。想碰碰姑娘的想法，不論是想碰哪個姑娘，總是使他特別難爲情，而在這兒，他的表現像個道道地地的征服者，只用了三十秒鐘就讓那個姑娘大吃一驚，他一點兒都沒有憐憫心。也許那是對那個姑娘的一種感情的爆發？那個姑娘對他恨鐵不成鋼，而使得他有了進取心？那麼，也許恨是一種比愛更強的力量？也許他是陶醉了？被成功和學生們的好意陶醉了？

或許？

或許決定因素是來自一個坐在舞廳桌子前等他的那一個人的壓力，來自那個苦苦地、不顧一切，而且又並不得法地愛著的那個姑娘的壓力，來自那個他在她面前永遠不會是壓迫者和征服者的年輕姑娘的壓力？

他打開舞廳門去找艾卜拉的時候，他十分擔憂：她要是不在那兒了可怎麼辦？她要是不在她剛才坐的那個地方了可怎麼辦？假若她正和另一個人跳舞呢？假若她就那麼離開他走了呢？在過去的舞會上他發生過那樣的事。他和一位姑娘去那裡跳舞，但是她突然一下子不見了，把他甩了和別人跳舞去了，乾脆把他丟下找別人去了。爲什麼呢？爲什麼會發生這種事呢？在有些時候，這是發生在年輕人身上最令人痛苦的擔心，擔心在莫名其妙的情況下就失去自己的意中人。由於一種魅力，由於一種黑暗力量的干擾，她突然就不在那裡了，簡直丟得莫名其妙，在極端的痛苦之中，這個年輕人把手伸向空蕩的夜幕。

但是，艾卜拉仍然坐在那張桌邊。

他急忙向桌子那邊跑去，停下來，看著桌邊那幾個人。他看見了自己的心上人，看見了美麗的面頰，輕輕地寬慰地嘆了一聲。

這時，桌邊又多了幾個人。她被三、四對兒圍了起來。他看見其他那些人都被她吸引住了，大家湊過來聽她說什麼，大家都目不轉睛地看著她。他看見他們的笑容和臉上振奮人心的注意力，心裡確實十分感動。她一眼看見了他，向他伸著手，一個勁地動著她的手指頭，她想讓他拉著自己的手。「在這兒呢！」她興奮地溫柔地說。

後來，他們又跳了幾個舞曲，但那已不再是那種純潔的時刻了。舞會是一點結束的。

他們站在那裡排隊等著拿自己的大衣和帽子。他幫她穿上了大衣。上帝，親愛的上帝，他絕望地禱告著，就有一件事艾卜拉不該那樣，就有一件很小很小的事我不大喜歡，就有一件很小的事不是太好，不是太美，不該是那樣，不該那樣煩人。上帝太忙，也許沒有時間仔細去看看她的頭髮，他小聲地抱怨說。艾許看看她的頭髮，她那漂亮的栗色秀髮。他使勁地看著，直到眼珠子都鼓出來了，在她頭髮深處看見了一點點頭皮，一頭栗色秀髮裡就那麼一小點兒。艾許笑了笑，微微地苦笑了一下，他咽喉裡像堵了什麼東西一樣，實在無法感謝上帝。他又不能去碰她的頭髮，把那點頭皮彈掉。再說，那點兒頭皮也太小了，只有上帝和癡心的小伙子才發現得了。

來到外面街上，他倆加入到一群學生中間。學生們正站在那裡唱歌。他們看見艾許，便要求他指揮大家再唱一次《歌唱學生的幸福日子》作爲今天晚上的最後一幕。艾許嚥了口唾沫。他給大家起了個音，人群裡有幾個小合唱隊的成員，不過他們的聲音也很小。裡面也有一個高音，四個低音。「還不曾有這憂傷……」低音部唱道。這句歌詞使他覺得心裡很不愉快，因爲他還太年輕，還熱愛眞理。

而後，那群學生走了，街上就剩下他們兩個人。那是五月末的夜，有點涼意，儘管這樣，夜空裡也能感覺得出夏天在悄悄走來。

天空隱隱的有幾顆小星星。

他站在她身邊，有點狼狽。他閉著眼說：「咱們一起走走，你介意嗎？」

她輕輕地嘆了口氣，像是累了一樣。他心裡突然閃過無名的擔憂，也許這就要分手了——但接著她又笑了，眨著大眼睛，說道：「太好了，剛才那麼熱，現在需要點新鮮空氣。」

「知道嗎？」他說。他們已經到街的那一頭，就他們兩人了。在靜靜的黑夜中，他都能聽見兩人的腳步聲，「知道嗎？整整一晚上，我都很難找到時間和你聊聊。」

對這點她沒作答覆。她只是把臉轉向他，笑了笑。他們慢慢地朝前走去。

稍稍過了一小會兒，他很爲難地說：「咱們上公園裡走走行嗎？」

她說：「假若大門開著就去吧，不過都這麼晚了還去？」

她看著他，眼睛那麼大，那麼藍，那麼清晰，那麼純潔。

他和她轉身，上了一條旁街。他看見了公園的大鍛鐵門。頓時，他覺得身上有點發抖。

40 最美好的一個夜晚

他們在靜靜的夜空下的公園裡散步。他們不時地在長椅上坐坐。他們說話的聲音一直很小。他們相互都很坦率和友好。他們同歲，都二十三。倆人都帶著笑容。她笑得鼻子都有點兒歪了，他笑得眼睛都瞇在一起。他從小就是這麼笑的。她說話那麼輕，那麼甜。她不時地用手指做著表情，有那麼一回，她隔了好長時間沒說話，只是專心地聽著。他說話顯得有些坐立不安，幾乎都連貫不起來了。因爲是晚上，且在公園裡，他說話的聲音很低，但卻沒有間斷。他像不敢停下來似的。

此刻——他們坐在長椅上——他看了一眼就要碰著自己手的那隻小小的紅紅的手。我要是敢把自己的手放在她手上就好了，他想。天哪，我要是敢停住我嘴裡這一連串控制不住的傻話該多好啊。假若我要是停下來就好了——他離她眞夠近的——然後我就可以去看看她的臉，他想，並且要自自然然地去看。我將握住她暖暖的小手說：「艾卜拉，我眞是太喜歡你了。」

他是因爲莫名其妙地害怕可能被拒絕才沒敢那麼做嗎？假若她不願意的話，他再活下去就沒有希望、沒有意義了，永遠也就那樣了，寧可得不到確切的答覆心神不定地活著，也不願意毫無意義地活著做那樣的行屍走肉。

也許還有一點兒不好意思。因爲他很自豪，他很自負。他知道，他最了解自己，假若他向她表白說：「艾卜拉，我實在太喜歡你了。」他的嗓聲就會把他的感情全部暴露出來，他將會像乞丐一樣地站在她面前。他就乾脆說吧，這一來他的貧乏和孤獨也就清楚了。這個世界上再沒有什麼親人了，沒有他覺得是自己的父母，自己的姊妹，沒有朋友，沒有上帝。甚至他身上穿的衣服也不歸他所有。他是世界上最不掩飾的人，他唯一的財富就是他那狂熱的無法控制的渴望。一但把自己的秘密公諸於世，艾許又覺得無地自容，因爲它充滿了醜行。

假若他對她說：「艾卜拉，我實在是太喜歡你了。」他知道他將會立刻從精神上垮下來，跪倒在她面前，不是帶著欽佩和愛情給予的權力，而是乞丐的那種窮相。說出這種帶有宣言性質的話，等於是撕碎遮蓋他感情的外衣，然後他的感情就會全部流露出來，甚至還不用聽到她的回答，他就會用手把臉捂起來，像迷路的孩子一樣不知所措、絕望。他太自負了，絕不讓自己爬在她懷裡落淚。他是絕不能那樣做的，他不能哭乾自己的眼淚，求得艾卜拉對他的愛。他心裡明白，用那種辦法是不能贏得女人的心的。她可以去同情一個瘸子，往他伸出的手裡扔一枚硬幣，但同情絕非愛情！他不會再像這樣子出現在她面前，他再不能這樣了。

假若他們再要相見的話，必須要在平等的基礎上。只有王子才能向公主求愛。假若要有那麼一天的話，他必須得騎著馬去找她，頭上閃爍著光彩，心裡充滿了力量。他將勒緊繮繩讓馬止步，手中揮著帶羽飾的帽子；他會去把手放在公主的馬鞍上，向她表示敬意。他問候她，目光裡閃著愛情的光芒；他會渾身顫抖，但絕對不是由於憂慮，他將會以愛情給予的權力去看著她，他心裡充滿勝利的信心，她的雙眸將會在他的目光下低垂。

然後……

頃刻間，他眼前出現了這樣的情景，一個令人吃驚和害怕的情景，使他的心都不跳了。

（他一直都在和她低聲地談一些無關緊要的事。他一個勁地說著，好像停一停就會造成多大損失似的。假若他停下來的話，她也許能聽見他激烈的心跳？——或許他一個勁地說，是下意識地希望她聽得發睏，於是能暫時把頭靠在他肩上？——是不是會重複他希望的那種純潔的時刻呢？——那天晚上剛開始的時候，他還因為她一點不賣弄風騷而感到無限自豪，現在他卻從心底裡希望她能有點兒調情的味道，有一點兒就行，她只要說聲：「艾許，我有點兒冷，你能讓我暖和一點嗎？」接著便會出現奇蹟：他將會把她拉過來，用雙臂摟住她；因為天氣冷，並且他也覺得很冷，他便可以把臉貼在她臉上；因為天氣冷，並且他也確實覺得冷，他便可以把嘴唇貼在她臉上；他熱血流動的節奏，將會同樣帶來樂曲，帶來那種純潔時刻，然後閉上雙眼，摸索著她的嘴唇，她將會接受他的熱吻。但是她不覺得冷。他一直都在說著，十分感興趣地談著剛讀過的一個法國作家的一本書。他此刻就像是兩個人，一個說著話，另一個心裡卻只想著這個年輕姑娘。那一個在不停地說話時，這一個卻做著奇怪可怕的幻覺。）

他想：絕不要她的同情。假若真同情的話，我就必須得絕對佔有她。

正是這種絕對佔有的想法，使他突然頭暈眼花。

突然地，也是偶然地，他窺視到了男人心底最深處的恐懼。事物的最深處，都隱藏著最致命的東西。

在那一瞬間，他意識到愛情和死亡，是生命的兩個守護神。因爲他對生活的知識，多數都來自小說，他便常常想，愛情並不那麼複雜，並不那麼困難，就像在點綴著鮮花的河岸上跳舞一樣。此刻，他坐在那裡，明白了愛情的底下就隱藏著死亡。

那一瞬間，他看到了要佔有她會是什麼樣子。假若他贏得了她，他就必須得很透徹地了解她，就必須得發掘她靈魂的每個角落，這只是因他對她的愛太偉大了。他必須得老讓她記在心間，因爲他瘋狂地愛著她。他必須得在各個方面佔有她，別人在她心目中不能有任何地位，別的事兒她想都不能想。他把那些去看她的人、讓她想念的人，都當成死敵。所有的友誼和理解，都應從她的心中泯滅。假若他佔有了艾卜拉，那就意味著所有的社會主義者們，將在別的什麼地方去開會；既然她是中心，是關鍵人物，給這群人溫暖，把他們凝聚在一起，也就意味著國家這部分精英將被瓦解。假若他得到了艾卜拉，他就等於扼殺了他認定過的理想——社會主義。

此刻，他才明白社會主義只不過是個妄想，任何一種理想的大廈，都會在生命最深處的守護神——愛情——的面前倒塌。

他非常吃驚，爲什麼卡爾．馬克思的《資本論》會馳名於世——畢竟全世界都上當了；眞正的書應該叫《愛情》——爲什麼沒人買一本叫《愛情》的書呢？他知道他會對她手裡的東西妒忌得要死，對她手中的泥坯，對她的陶器，對她的筆，他一想到她的電話，心裡就彆扭，他眞想拆除它，把電話線從牆裡拽出來，把她與世隔絕。他一定得讓她全想著他，一定得讓她老記著他，他一定得佔有她的青春，佔有她的童年。她有過什麼秘密嗎？她那兩隻深邃的藍眼睛後面隱藏著什麼呢？她的一切他都喜歡嗎？當他探索她靈魂深處每一個神秘的地方，當他了解她的過去的時候，她的一切他都喜歡嗎？（他必須得喜歡她的一切，她是他唯一這樣要求的人。愛情是沒有什麼憐憫的。）她過去有過些什麼經歷嗎？能想像這個快活的、迷人的、遊歷過很多地方的聰明、文雅的姑娘，二十三歲還是處女嗎？他不希望她那樣，因爲他把童貞當成病態，當成一種資產階級的弊病；假若她不是處女的話，那她也會是像處女那樣，那她也……

「你眼睛裡總是有一種奇怪的目光。」她笑著說道。

他不知道該怎麼回答她。

他把臉掉向一邊，因爲他知道，此時他臉上也會流露出她心裡的那種情緒。他知道，假若他得到了她，假若他在她心中紮得很深，以致她完全向他坦白了，他的心將會變得冷酷無情，將會死去。就在這同一個時刻，她一定也會死。愛情和死亡，二者是不可分割的。

在他那種年輕人的憂傷和輕浮的時刻，他常常慣於給自己重複聖經裡的一句話。那原本出自一齣詩劇。由於文字的優美，聖歌裡的歌詞牢牢地留在他心中，但他只能輕輕地哼唱出前半段，其它的他就不懂了。現在，他懂了。

把我印在你的心上，印在你的臂上；
因爲，愛情會像死亡一樣的強硬，妒忌會像墳墓一樣的令人痛苦；
善有善報，無限的溫暖充滿人寰。

要紮到最深處？到你自己的最深處？到艾卜拉的最深處？

（此刻他們正在談論巴黎，她把一些她在那裡的熟人的地址給了他，他們都是些痛快的人，都挺好，去看看他們也許會有好處並給他增添不少愉快。他坐在那裡聽她低聲地、熱情地、動聽地給他說著。他掏出鋼筆，一張把信封撕開的小紙記著。非常幸運，信封背後沒寫字。不過，坐在那裡，往宮西爾德寄來的信封上記艾卜拉口述的東西怪好玩的。他記了一些名字和地址，一個耳環夾供應商；也許他還願意去看一位膳宿公寓的老闆，她以前就在那裡住過；他要是有時間，還一定得給那個陶器商打個電話，她在那裡當過八個月學徒，就向他替湯姆森小姐問候。她是用法語說的這句話，說到自己是「小姐」的時候，鼻子有點兒笑歪了。他表面上聽她說著，心裡卻琢磨著所有這些背後是否有什麼文章。）

人們對事情不應該想得過深，應該讓行家們考慮那些。

他想只有行家們才有那樣的嗅覺，才有那樣的鐵腕手段，才能不費勁地看到事情的深處，才能容忍他們所看見的那些情況。讓行家們去幹那些事兒吧！留給那些監獄的看守，留給警察，留給那些能察看一個被強姦了的六歲幼女，並不動聲色地追問罪犯的人。留給精神分析學家和收容所的管理人員，他們能靜靜地聽精神病院傳來的獸性的尖叫聲。留給那些外科大夫和內科醫生們，他們能夠不動聲色地在在湖水中躺了三個月的屍體上施行手術。把死亡留給將軍們。把死亡留給政客們。（頓時，他看見了德國人伍爾弗岡的那張臉。他想他忍受了恐怖的五年，流血的五年，集中營的五年，伍爾弗岡是個行家。）

這個年輕人艾許呢？此時此刻他才真正明白了他是什麼。

他只是個業餘愛好者。

生活美好的時候，他熱愛它，生活不妙的時候，他便害怕地退縮回來。他只不過是個情人，是個業餘愛好者。他還只是個毛孩子，什麼都害怕，並且那麼脆弱，連殺隻雞的勇氣都沒有。在驚心動魄的死亡面前，他註定會是個逃兵或靠不住的傢伙，儘管他也是個堂堂的男子漢，儘管他看上去什麼也不在乎，儘管他也在和一切強暴做不懈的鬥爭，（哪裡沒有自由，哪裡就是我的國家）儘管他調色板上有各種彩色並且還有點鬼辦法，儘管他是個色情狂並且也還有點泰坦人的氣質——但他只具有女人心腸。

他看了看放在膝上的雙手。他想，也許那是雙歌唱家的手，也許那是雙詩人的手。但是在殘酷的死亡面前，我會立刻就跪倒，那歌聲和詩句還有什麼用呢？突然他假設，由於某種想像不到的原因，政府任命他當了將軍。行，他想，我可以當將軍，也可以率領部隊去保衛祖國，但是我要不見血才行。有一個斷胳膊斷腿兒的就能把他嚇瘋，一具屍體就足以使他對死亡深惡痛絕。我會把將軍的肩章撕掉，下命令停火，立刻要求和平談判，竭盡全力避免無意義的犧牲。我將會是民族的叛徒，會被送到軍事法庭審判、處死。

他慢慢地把頭轉向這個春夜坐在他身邊的年輕姑娘。他久久地注視著她那對大大的、純潔的、美麗的藍眼睛，那對好看的褐色皮膚後面的具有女性成熟美的眼睛，他目光低了下去。

他是個業餘愛好者。

又過了一會兒，他想：也許我不該用詭計？也許愛情和戰爭都需要公平合理？假若我要以某種藉口把她貼得很近，來引誘她、制伏她、奪取她，那又會怎樣呢？假若男人要是狡詐一點，這種事情是可能的，假若你相信你在書中讀到過的那些情節的話。

他強忍著，慘淡地一笑。狡詐？——他想，我不能用狡詐的辦法。噢，沒錯，不過對那些我不在乎的事，我不心愛的，也是能狡詐的。我動心機地把摩托車的價格砍下去五十個克朗，那就是向狡詐靠近了一步；不過對我心愛的人是不行的。

還有，假若我用計謀贏得了她的話，我將得不到內心深處的渴望。讓我們想像，假若我能在這個樹叢裡強姦她的話，（這實在是不可思議的事，因爲她的聖潔消除了我的肉欲，這天晚上我沒有這方面的要求。）那我佔有了她肉體的這一刻便是痛苦的，可是我得到她的愛情了嗎？我不是要肉體上的滿足，我要的是奇蹟，這奇蹟就是愛情。愛情應該是一朵向陽開的鮮花。

假若我要用狡詐的辦法得到她，我將永遠都會明白——我生命的每時每刻——我是不光彩的。我永遠也不敢說，我是眞正地佔有了她。透過狡詐取得的勝利，將永遠都會是失敗。

又過了一小會兒，他嘴邊又蹦出一個字：「Tananarivo。」

他是苦笑著說的。

「什麼？」她說，「那是什麼意思？」

「一個單詞，」他說，「一個我突然想起來的字，一種文字遊戲。我可以說 Tananarivo，你可以說，比如 Atacama。」

「Tananarivo？」他小聲地說。

「Atacama。」她答道，她的嘴唇使勁憋著沒有笑出來。

他看著她的笑臉，心想會永遠記住那一時刻。他將永遠地把那一刻從時間的長河裡抽出來，緊緊地抓住它。他那麼問了一句，她那麼答了一句，但是她並不知道她說的是什麼意思。

「那使我想起了，」她一邊說一邊快活地眨著大眼睛，「那個創造字的人的故事。我想是多夫給我講的那個故事。他有滿肚子的怪故事。你瞧，這人創造了 Ropopopate 這個字，到外面看看人們反應如何。首先，他去到一個餐館，對女招待說：『小姐，您今天 Ropopopate 好嗎？』——『你敢試試嗎？』她答道。」（她紫藍色的大眼睛高興地閃爍光輝）「那人後來又去到一家銀行，並問現在比價是不是對 Ropopopating 不利，『那就買債券怎麼樣？』出納員說。」（她又笑得鼻子都有點兒歪了）「然後那人進到了一家布店，急急忙忙地說：『您能不能告訴我哪兒能 Ropopopate？』櫃臺後面的姑娘放下手上的活兒，壓低嗓音說：『恐怕您得繞到後面去，門上寫著男廁。』」（她眼裡笑得流出了淚，他將會永遠記住那種眼淚，那是生命之淚，是永遠忘不掉的。）

長夜就要過去，他們心中的某種東西開始漸漸淡去，不想再說了，不想再走了，不想再坐了，不想再抽煙了，長夜就要逝去。在公園裡他一直在捕捉，一直在用每一根神經纖維捕捉，捕捉那一點點哪怕是超出同志友誼的一絲絲的感情流露。

他十分恐懼起來。他想，現在，就現在，他覺得自己就要摔倒下去。他覺得昏昏沉沉，死的恐懼向他襲來，他使勁地咬著牙，不讓它打顫。

他還是不敢。但是他可以間接試試。他眼睛直呆呆地看著前方（因爲千萬不能讓她看見眼神）問道——他在問一個世界上最有力量創造奇蹟的人：

「唉，假若你——我是說，假若你今年夏天也能去趟巴黎，就好玩兒了……」

這話好像老在耳邊嗡嗡回響，他也不知道自己是說過頭了還是說得不到火候，不知道她是不是懂了他的意思。他的心開始跳了，眞有些害怕，嘴唇變得又僵又白，嗓子也有些壓得太緊。他結結巴巴地說：「……假若咱們能見面，我是說，嗯——找時間一塊兒出去走走……」

他本想把心兒的航船划回來，划回風平浪靜的岸邊；然而，他覺得自己太狂熱了，一下子駛入了大海，一下子駛入了足以把人吞沒的大海深處，在那裡就只有上帝能看得見他，在那裡人的命運都靠他自己了。她給他的答覆將是最具決定意義的，會永遠有效，並且絕沒有什麼折扣。

周圍的一切都空虛了。

他覺得整個宇宙都變成了一個玻璃罩鐘，一個大極了的薄極了的水晶玻璃鐘。他覺得自己有些耳鳴，大鐘裡有人輕輕地對他說話。第一句話就會震碎那個大鐘，第一句話就會把他的整個世界炸成玻璃的粉末。他使勁兒屏住氣。

她輕輕地清了清嗓子。他用手抓住了木條長椅，腦子立刻清醒了。他聽她開口了：

「只是，」她說（不用說他也知道），「我工作室裡的活兒太多。」

「是的。」他說。

「我還必須得和我父母在一起待幾天，」她說，「他們去年一年都沒和我有多少往來。」

「是的。」他說。

「再說我也不一定去得起一趟巴黎。」她說。她把臉掉向他，鼻子又有點兒笑歪了。

「對，」他說，「當然是。」

他的雙手都有些哆嗦，臉色也慘白。他期望過，祈禱過，繞了那麼大的一個圈子，而現在他卻一無所有。他心裡有一種令人痛苦和壓抑的空虛。他想忍著，但又不行。他想站起來，但又覺得渾身麻木，硬邦邦的，像在水裡遊了很長時間的人，在黑暗中看見前方有一塊能救他的岩石，但又滿口血腥、無力地躺在水上讓海浪漂流，此刻相信有得救的希望，但手又夠不著那塊能使他獲得安全的礁石。

既然一切都使他失望了，這個青年只能求助於這個法子了，他問：「你想抽支煙嗎？」此刻，這是他唯一能給她的東西了，所以，他對她的答覆記得特別清楚。她那可是純粹的答覆，但那又是她此時此刻對他唯一能向她奉獻的東西的答覆：「謝謝，我已經抽得夠多了。」話說得很動聽、嬌柔、客氣。

他看見她很疲倦，他那些傻裡傻氣毫無意義的講話使她困乏，他很快看了她一眼。就怪他，她臉上都沒神兒了。他覺得一陣後悔，她工作了整整一天，一定特別累。因為她特別溫順，又那麼純潔，那麼有禮貌，整整一個晚上她都那麼客氣，耐心地聽他沒完沒了地說。啊，原諒我吧！他祈禱著，原諒我吧。我並沒有想傷害你，原諒我吧！我讓你在一個白痴、一個飯桶身上白白浪費了一晚上的好眠，原諒我吧，艾卜拉……

他抬起頭，深深地吸了口氣。事到如今，他看了她一眼，用清晰的嗓門說道：

「你一定累了，艾卜拉。」

「噢，」她說，「你看，是有那麼一點。」她揉了揉眼睛。他對她顯出無比的關懷和體貼。

她眨眨犯睏了的眼睛，吃力地笑笑，說道：「我甚至都想，咱們該收拾收拾，回家倒在床上去睡一覺，假若你不在意的話？」「不在意，」他說，「當然不。」

他們站了起來。

他差點兒沒暈倒。神話般的故事就這麼結束了，這本兒連環畫也就啪地闔上了。

就這麼完了。

他替她打開大鐵門，讓她先走出去。他看著她的背影，看著她那好看的栗色秀髮，腦子裡出現了一個奇怪的想法。他想，艾卜拉，我從沒像今天晚上這樣愛過你，永遠不會有另一個男人能奉獻給你像我這樣對你的愛。

艾卜拉，這是最美好的一個夜晚，
而你卻不知道。
愛情就從你身旁悄悄走過，
而你卻不知道。

他們走出公園的時候，他感覺出一種小小的乖戾的滿足。他淡漠地看著遠處的樓房，和一排排拉上百葉窗的窗戶。他想，沒有什麼可作賊心虛的。我在清晨和一位姑娘走出公園，而我們沒做過什麼見不得人的事。假若一個警察跟上來，我也會泰然處之。我會因此感到欣慰：我沒有什麼壞心。但同時他也懂得：假若那奇蹟眞的在公園裡面發生過，我就更什麼都不怕了。哪個警察也不敢叫住我們看我們一眼。他也可能會張口問一個例行公事的問題，不過他只要看看我的臉部表情，就會小心地閉起嘴，把手舉到帽沿給他敬個禮，打心眼兒裡希望自己到一邊兒待著去。

這時天已破曉，早晨的空氣是那樣的清新。

在無人擁擠的街道上行走，給人一種奇怪的感覺。他覺得有點兒冷。人行道上傳來他們的腳步聲，朦朧的晨光中，可聽見他們兩個人的腳步聲——響的是他的，她的不太響，她穿的是軟底低跟鞋，鞋幫只是編在一起的金黃色皮碎條。他一時覺得他們兩個好像是正在穿過街道的幽靈。

頓時，他好像覺得自己的嘴巴笑成了橢圓型，那樣子好比提琴上的出音孔。

他們要過馬路了，他去扶住她的胳膊，要不那樣，就顯得太不禮貌了。但是他又覺得，一到馬路那邊，就應立刻放開她。

熱火勁兒過去了，他嘴裡留下一種冷冰冰的煙灰味兒。

馬廄。

看一個女人在自己包包裡找鑰匙那情景是十分好玩的。那把小耶魯鑰匙哪兒去了？

「艾卜拉，現在你可以去睡覺了。」他說。

他看著她的臉，那樣蒼白，有點哭相。儘管如此，她還是快活地向他眨著眼。

「還好，」她說，「總算玩兒得挺好，能看看大學是什麼樣子我實在是太高興了。」

他能說什麼呢？說他希望沒有因爲自己一個勁的廢話而把她累死？

她這時打開了門。門半開著。

「行啦，晚安，艾許。」她的聲音此刻變了，變得挺高興。「我是說早安。」

他對她笑了笑，非常激動地說：「早安，艾卜拉，謝謝你了。」

她使勁地握了握他的手。那可是艾卜拉的手啊。「謝謝。」

他們在門口站了一下，對他來說，這一瞬間是何等的僵持。

「你禮拜一去法國，對嗎？走之前我還能見到你嗎？」

「不確定，我還有不少事要做，還要收拾東西。」

「對，肯定是那樣，那咱們只好秋天再見了？」

「行，秋天見。」

「那就再見，祝一路順風。」

「謝謝，祝你夏天度得愉快。」

「謝謝。」

就這麼分手了。他一定是在她走進去的時候把頭掉了過去，因爲一轉眼她就不見了。他站在那裡木呆呆地看著門。他永遠也找不到要尋求的那個門，到現在也沒有找到。現在這門關上了。

過了一會兒，他走下石頭臺階，慢慢地朝小巷那邊走去。走到小巷當中，他停下來回頭看看。馬廄。天亮了，他看見天空映在那座木結構老式斜屋頂上的大玻璃窗戶裡。他站在那裡看著這間屋子，那裡面有他世界上最喜歡的東西。　那間，他像是擁抱了它，像是用鮮花蓋滿了它，用紅玫瑰蓋滿了它。

在他的想像中，那是空中飄來的雪一般晶瑩的紅玫瑰，一大片，像花的海洋一樣向馬廄湧來，最後那屋子都被香花淹沒了。他只留下頂樓窗戶沒蓋，因爲可能會有人從那裡伸出手來，向他做個告別的手勢。那麼漂亮的一隻手，假若他是個雕塑家，一定會把它銘刻在大理石上。

但是一切依然那麼平靜。

他站了很久，眼睛什麼也看不見，把臉轉向馬廄。

那張端莊的、和藹的溫柔的臉啊！假若他再朝門走去，再按她的門鈴，她一定會走過來把門打開，站在半開的門邊，然後他就能對她說：「艾卜拉，我要娶你，一定得娶你。」——然後，她便會眨眨她的大眼睛，嚇一大跳，因爲她沒想到事情會這樣。她便會做一個害怕的動作，把手放在嘴上，因爲她即使對要好的同事，也很少會表現出這樣的關心和好客。她一定會說實在是太晚了太累了；可是她又會說：「你怎麼不早說呢，艾許？」這將是她對他僅有的責備，她會顯得溫柔羞澀，會拉住他的手把他拉進去……他站在那裡等待，知道她會那樣做的。但是他也明白，她會像接待朋友一樣地接待他，像接待朋友那樣。他一定不能待得超過一個小時，他必須要表現得像個好同志；她喜歡他，很喜歡他，但他千萬不能擾亂她的生活……

他喘了一大口氣。他四周看了看。這會兒，最好誰也不要看他。他慢慢地偷偷地又走回到那塊空地。他怦怦地心跳著，站在門口的那個石頭臺階上。他一點兒一點兒跪下去，低下頭去，用嘴唇貼著乾裂的門框。他熱烈地無言地吻著她的門檻。

她卻永遠不會知道。

41 紅寶石之歌

他不知道自己向何處走去，他看不見也認不出兩旁的街道。但是，當他睜開眼看見自己正好來到港口、站在開闊的水域前時，他並不覺得吃驚。他是來找船的嗎？是要到海邊來的嗎？他來到魚市，晨空充滿了清新的空氣，港口飄來充滿鹹味的海風。空氣中有擦洗得很乾淨的粗糙木桌上的魚腥氣和靠碼頭停泊的漁船上微微的燃料味。

他是打算來看船的嗎？

人們的生活中，確實有無所適從、孤獨淒涼的時候，人們的生活中，確實會有過得毫無意義的時候。

他們確實可能會到港口去觀看一隻停泊在水邊的船。生命是沙漠，大地是沙漠，但是最大、最沒意義的沙漠還是大海。

就在這兒，在這片水的沙漠上，人留下了他意志最光輝最強烈的印記。那船。

好像有一個人在他身邊，他不想去看那人。有人在和他說話。會是宮西爾德嗎？是他打算要在十二點以後會見，後來又不打算會見的她嗎？不是，那更像個男人的聲音。是上帝嗎？

他現在累了，太累了，以致都不覺得難受了。

「法國也有女人，」那聲音說，「多得數不清。那裡也有妓院，男人可以飽享女人。」

艾許沒有搭腔。

「艾卜拉有什麼特別之處呢？」

艾許也沒有回答。

「不過——」那聲音說，「她一定會有特別之處嗎？那種使她和別的女人不同的地方？」

艾許還是沒有回答。

「她有智慧，有教養。不過，她有過什麼獨到的見解嗎？有過什麼過去從未有人提到過的見解嗎？」

艾許一隻手去摸了摸額頭，他眞是筋疲力盡了，思想都有些集中不起來。他朝地下看去，沉重地說：「她說的每件事兒都有新意，別人都從未說過。她眞是太不一樣了，世界上沒有一個女人能和她孋美。」

「只告訴我她說過的一件事如何？」

「一個人不可能因爲一個見解就揚名天下。」

「坎貝婁內將軍，他曾在滑鐵盧戰役指揮拿破崙禁衛軍的最後一個團，像雄獅一樣勇猛地戰鬥。有人招引他放棄鬥爭，他只答覆過一句話，那句話就使得他非常出名。」

「可是，艾卜拉從來也沒說過什麼粗俗的話。」

「就告訴我一句她說過而別人從沒說過的話吧。」

空地上靜下來。那裡只有峽灣遠處傳來的海鷗啼叫聲。

「我記得，我們從座位上站起來，向公園大門走去。我們沿路走過好多棵樹，其中一棵是野櫻桃樹。櫻桃花兒還沒有開。我說假若花開了，我一定給她採一枝，讓她插在馬廄。她把兩隻眼瞪得老大，充滿稚氣，有些震驚的眼睛轉向我說：「給我？放在我的客廳裡？」「是呀？」我說。她笑了笑說：「手風琴和野櫻桃花都最好在室外欣賞。」

空地上靜靜的。

靜了好長一段時間。

「你這時哭了嗎？」

「假若我哭了的話，」這個小伙子吃力地說，「假若我哭了的話，我爲自己流淚而感到自豪。這是我一生中最偉大的一夜。我能允許爲一個女人哭泣而萬分感激。」

他盡量控制住自己不哭出來，吃力地說：「我過去認爲，兩個肉體的結合就是目的；現在我明白了，那只是手段；我過去以爲，肉體上的滿足就是一切；現在我明白了，那只是很初步的東西；今天晚上我才踏上了聖潔的土地。」

「現在你幸福了嗎？」

「是的，我幸福。每一個能看到內心光亮的人都覺得幸福。」

他抬起頭來。他就獨自一人。

他獨自一人站在魚市。在這夏日的早晨，他穿著一套晚禮服。太陽的光輝已經照到城後高山的山頂。太陽的光輝向城鎮撒下來，像是從屋頂慢慢飛下來的一隻大鳥的粉紅色爪子，高高的窗戶裡向他射過一道刺眼的陽光。

這個年輕人戰慄了一下，因爲那光線很像紅寶石裡放出的光芒。

他的第一學年就在這裡結束了，這是他青年時代很關鍵的一年。他生命的第二輪預賽結束了。

此刻，他想到了馬廄的那些人。

他想：在那裡，我和同志們一起，在同志們中間；但是我算得上是他們的一個同志嗎？

一個人朝街這邊走來。這座城市又開始了新的一天。那人是上夜班的，戴一頂布帽子，沒穿外套。他腋下夾著個斯堪地納維亞產業工人常喜歡用的那種東西：那種老式文件包，當中一折，裡面裝著三明治和暖水瓶。

就在這時，首班電車開了過來，車從坡上往下開。那工人從電車前面穿過馬路，向司機行了個舉手禮。一看就知道，他們相互都認識。

工人向車上行了個同志式的舉手禮，那司機同時還了禮。

這個孤獨的小伙子心裡熱呼呼的，他看見了他們兩人的臉部表情。他們的臉部表情和同志般的敬禮，都帶著一種珍貴的、安寧的、親密的同志間的團結。

42 尾聲（酒神狄奧尼索斯平靜下來）

後來，他對他所仰慕的女人一直保持著平靜。

那年秋天，他從國外旅行回來，一直很平靜。一九三九年聖誕節，他錢用完了，不得不暫時中斷學業，回老家去找工作幹。這個時候，還保持寂然，也許是因爲他離開學校前聽說他心上的姑娘和另一個男人搞上了，他便更平靜了。這事兒使馬廄的人大吃一驚，並且從那以後，社會主義小組也就分裂了。他本人很欽佩那個男人，儘管他並不怎麼了解他。他並沒有同他做過很多的談話，只笑著給他解釋過一次德文歌曲《擁抱可是件美事兒》的歌詞。

他常常也想起那把藍色扶手椅，那一來，他就會變得更平靜。

後來便是一九四〇年的春天。那段時間，所有的挪威人都有另一件事要考慮：德國兵佔領了他們的國家。（他曾經也有過那麼一閃之念：納粹正在追捕的政治逃亡者，現在看來得飛離挪威了。但他保持了鎮靜。）挪威國土上進行著戰爭。直到一九四一年的新年，他才又重返學校。

一九四一年春天，他再次遇到那位姑娘。他知道馬廄已經不存在了，德國人徵用了那所老建築。他們是在一個地下小組會上碰見的。事先他知道她要去參加那個會。她見他走進來的時候，站了起來。她戴著眼鏡，遠距離有些看不大清楚。她向他伸過一隻探索性的手。他們從後排的空椅子處向對方走過去，他覺得自己像走過一條長長的海岸線。兩隻手握在一起的時候，兩人都有點哆嗦：兩人都像是等了很久一樣。他從她臉上看出來，她有一點兒顯老了，眼神露出一點悲傷的色彩。他們久久地握著手，像相互有吸引力一樣，他們靠在了一起。他們的笑臉像是向陽的花朵。他們於一九四二年結婚了。

他們兩人在戰爭年代其它日子裡有什麼情況這裡就不說了。一九四五年五月底的一個晚上，他們的國家又獲得了自由，他站在他們那間小閣樓外的窗邊，向城下望著。整整黑暗了五年，電燈終於又復明了。那天晚上夜色很好，春夜的芳香通過敞開的窗戶飄進來，不是也還有點兒野櫻桃的香味嗎？他踮起腳尖，想看見前面屋頂的那邊。他正巧記起了一座公園，假若他能從站的這個地方看見那個公園該多好啊！春夜的芳香，使他產生這麼一種奇怪的心情。

她進到屋子來的時候，他把臉掉過去。她去看了看他們的孩子，他睡得很香。她穿過屋子，走過去在工作臺坐下來，他的目光一直跟隨著她。她把衣服的袖子推了上去，這樣她的小臂動起來就方便多了。他無法不去看她的手臂和雙手。她朝他笑了笑，然後戴上了眼鏡。她把臉轉向工作臺，拿起一支鉛筆，輕輕地咬著左手的大拇指尖，吹了兩聲口哨，開始在她的畫板上畫起來。她坐在那裡工作的時候特別漂亮。

他清了清嗓子。他說話的時候把臉半掉過去，不願讓她看出他心裡在想什麼。他低聲地說：

「那公園，我從這裡看得見。」

她問：「哪個公園？」

「有天鵝的那個。」

「是那年春天我們去散步的那個？在一九四一年的時候？」

「是的，」他說。「咱們一九四一年常去。都是早晨去。不過，咱們戰前也去過一回。一天晚上，一九三九年五月的一個晚上，是在一次學院的期末的舞會之後，咱們走了整整一個晚上，沒完沒了地聊著，記得嗎？」

她摘下了眼鏡，用手揉揉眼。她看了看他，滑稽地眨了眨大眼睛。

「一九三九年我和你晚上散過步？」

「嗯。」他說。

「沒有，」她說，「我可記不起來了。」

接著，屋裡出奇地寂靜。寂靜中，他聽見她在椅子上轉動身子，又去作畫。他不敢去看她。

「不，」他低聲地說。「那次咱們沒有談什麼太重要的事情。」

他慢慢地猶豫地又轉向窗口，朝外面看去。夜空布滿了星星。過了一會兒他關上窗戶，看來有點兒涼了。

他以前就知道了嗎？

他現在知道了。

愛情是一種別人無法了解的東西。

愛情就是孤獨。

〈全書終〉

國家圖書館出版品預行編目資料

紅寶石之歌／阿格納・米克勒（Agner Mickler）著
裴顯亞譯 --初版 --新北市：新潮社文化事業有限公
司，2024.09
面；　公分
譯自：Sangen om den røde rubin
ISBN 978-986-316-910-9（平裝）

881.457　　113009224

紅寶石之歌
作　者　阿格納・米克勒
譯　者　裴顯亞

【策　劃】林郁
【制　作】天蠍座文創
【出　版】新潮社文化事業有限公司
電話：(02) 8666-5711
傳真：(02) 8666-5833
E-mail：service@xcsbook.com.tw

【總經銷】創智文化有限公司
新北市土城區忠承路 89 號 6F（永寧科技園區）
電話：(02) 2268-3489
傳真：(02) 2269-6560

印前作業　菩薩蠻電腦科技有限公司
東豪印刷事業有限公司
福霖印刷企業有限公司

初　版　2025 年 07 月